Kelley Armstrong, née en 1968, est canadienne. Elle a déjà publié plus d'une dizaine de romans, la plupart situés dans l'univers que les lecteurs ont découvert avec *Morsure*, qui remportent un succès étourdissant aux États-Unis et en Grande-Bretagne. Sans surnaturel, point de roman : telle pourrait être sa devise.

La Révélation

Du même auteur, chez Castelmore :

Pouvoirs obscurs :
1 *L'Invocation*
2. *L'Éveil*
3. *La Révélation*

Clair-Obscur :
1. *Innocence*

www.castelmore.fr

Kelley Armstrong

Pouvoirs Obscurs

La Révélation – Tome 3

Traduit de l'anglais (Canada)
par Olivia Bazin

Castelmore

Titre original : *The Reckoning*

Loi n° 49-956 du 16 juillet 1949 sur les publications destinées à la jeunesse

Dépôt légal : mai 2011

ISBN : 978-2-36231-013-3

Castelmore
60-62, rue d'Hauteville – 75010 Paris
E-mail : info@castelmore.fr
Site Internet : www.castelmore.fr

Pour Julia

1

Après quatre nuits de cavale, je me sentais enfin en sécurité, au chaud dans un lit à profiter d'un profond sommeil sans rêver de morts… jusqu'à ce que ces derniers décident finalement qu'ils préféraient me réveiller. Un rire vint d'abord s'insinuer dans ma torpeur et finit par m'en tirer. Je me redressai sur les coudes en clignant des yeux et m'efforçai de me rappeler où je me trouvais. Un chuchotement incompréhensible tourbillonna autour de moi.

Je me frottai les yeux et laissai échapper un bâillement. Une faible lumière grise filtrait à travers les rideaux, dans la chambre calme et silencieuse. Pas de fantôme, Dieu merci ! J'en avais assez vu ces dernières semaines pour le restant de ma vie.

Un raclement contre la vitre me fit sursauter. Ces jours-ci, la moindre branche qui grattait contre un carreau semblait annoncer un zombie que j'aurais ressuscité et qui essaierait d'entrer.

Je me dirigeai jusqu'à la fenêtre pour tirer les rideaux. Le jour se levait presque lorsque nous étions arrivés à la maison, et je savais donc qu'on devait déjà être en milieu de matinée, mais le brouillard dehors était si épais qu'on n'y voyait rien. Je me penchai un peu plus, le nez appuyé contre la vitre froide.

Un insecte vint s'y écraser et je sursautai. Un rire retentit derrière moi.

Je me retournai vivement, mais Tori était toujours dans son lit et gémissait dans son sommeil. Elle avait repoussé les couvertures et s'était recroquevillée sur le côté, ses cheveux sombres ébouriffés sur l'oreiller.

Un autre ricanement résonna derrière moi, clairement un rire d'homme. Mais il n'y avait personne. Non, correction : je ne *voyais* personne. Pour une nécromancienne, cela ne signifiait pas qu'il n'y *avait* personne.

Je plissai les yeux en essayant d'apercevoir l'éclair vacillant d'un fantôme et aperçus, sur la gauche, le mouvement d'une main qui disparut avant que j'en voie plus.

— Tu cherches quelqu'un, petite nécro ?

Je fis volte-face.

— Qui est là ?

J'obtins pour seule réponse le ricanement caractéristique de pauvre mec que n'importe quelle fille de quinze ans a déjà entendu un million de fois.

— Si tu veux me parler, répondis-je, il va falloir te montrer.

— Moi, te parler ? fit-il, avec toute l'arrogance d'un joueur de football du lycée. Je crois plutôt que c'est toi qui veux me parler.

Je poussai un grognement et me dirigeai vers mon lit. Sa voix s'enroula autour de moi.

— Non ? Mmh. Je pensais que tu voudrais en savoir plus sur le groupe Edison, l'expérience Genesis, le docteur Davidoff...

Je m'arrêtai. Il se mit à rire.

— C'est bien ce que je me disais.

Tori, Derek, Simon et moi avions tous les quatre fui le groupe Edison, après avoir découvert que nous étions les sujets du projet Genesis, une expérience conduite sur des surnaturels génétiquement modifiés. Ma tante Lauren était l'un des médecins impliqués, mais elle avait trahi ses collègues en nous aidant à nous échapper. Désormais, elle était retenue prisonnière. Ou du moins je l'espérais. La nuit précédente, alors que le groupe Edison nous poursuivait, un fantôme avait essayé de m'aider… un fantôme qui ressemblait à ma tante.

Nous étions censés nous trouver en lieu sûr, dans une maison appartenant à un groupe qui s'opposait à ces expériences. Et voilà qu'apparaissait le fantôme d'un adolescent qui connaissait le projet ? Je n'allais pas le renvoyer d'où il venait, aussi tentant que cela puisse être.

— Montre-toi, dis-je.

— Tu aimes bien donner des ordres, hein, petite nécro ? fit sa voix en passant derrière moi. Tu veux simplement savoir si je suis aussi mignon que tu l'imagines.

Je fermai les yeux, visualisai une vague silhouette masculine et la tirai mentalement vers moi. Le fantôme commença à se matérialiser : un banal garçon brun, âgé de seize ou dix-sept ans, avec un sourire hypocrite qui trahissait la haute opinion qu'il se faisait de lui-même. Je voyais encore à travers lui, comme s'il n'était qu'un hologramme ; je fermai les yeux pour le tirer davantage.

— Hé ! protesta-t-il, si tu en veux plus, il va falloir qu'on apprenne à se connaître un peu mieux.

Il disparut de nouveau.

— Qu'est-ce que tu veux ? demandai-je.

— Comme je l'ai déjà dit, chuchota-t-il à mon oreille, je veux mieux te connaître. Mais pas ici. Tu vas réveiller ton amie. Elle est mignonne, mais pas vraiment mon genre. (Sa voix s'éloigna vers la porte.) Je connais un endroit où on pourra discuter en privé.

Bien sûr… Est-ce qu'il croyait que j'avais commencé à parler aux fantômes la veille ? Enfin, c'était presque ça : j'avais débuté deux semaines auparavant. Mais j'en avais déjà assez vu pour savoir que, même si certains fantômes voulaient m'aider et que d'autres souhaitaient simplement parler, la plupart cherchaient surtout à semer un peu de désordre, à pimenter leur vie après la mort. Et celui-là appartenait sans aucun doute à la seconde catégorie.

Malgré tout, s'il s'agissait de l'un des sujets de l'expérience menée par le groupe Edison, vraisemblablement mort dans cette maison, je devais apprendre ce qui lui était arrivé. Mais il me fallait de l'aide. Tori ne m'avait jamais vraiment rendu service avec les fantômes, et, même si nous nous entendions mieux, je n'avais pas suffisamment confiance en elle pour lui confier la mission d'assurer mes arrières.

Je suivis donc le fantôme dans le couloir mais m'arrêtai devant la porte de la chambre de Simon et Derek.

— Non, non, fit-il, tu n'as pas besoin d'amener un mec en plus.

— Ils aimeraient te parler, eux aussi, répondis-je en élevant la voix.

Je priai pour que Derek m'ait entendue. Il se réveillait habituellement au moindre bruit, avec son ouïe surdéveloppée de loup-garou. Mais je ne percevais que les ronflements de Simon. Il n'y avait personne d'autre à l'étage : Andrew, celui qui nous avait amenés ici, s'était installé dans la chambre du rez-de-chaussée.

— Allez, petite nécro. C'est une offre limitée dans le temps.

Tu sais qu'il mijote un mauvais coup, Chloé.

Oui, mais j'avais aussi besoin de savoir si nous étions en danger ou pas. Je décidai d'agir avec une extrême précaution. Ma voix intérieure ne protesta pas, ce que j'interprétai comme un bon signe.

Je me mis en route.

Nous étions directement allés nous coucher en arrivant, et je n'avais pas visité notre nouveau refuge. Je savais seulement qu'il était immense et ressemblait à une construction victorienne extravagante sortie tout droit d'un film d'horreur gothique.

Je suivis la voix le long du couloir, avec l'étrange impression d'être dans un de ces films, prise au piège dans un étroit passage sans fin où défilaient portes fermées après portes fermées, jusqu'à ce que je parvienne au pied de l'escalier.

D'après ce que j'avais pu en voir depuis la voiture, la maison possédait deux étages. Les chambres se trouvaient au premier, et Andrew avait dit que le second était un grenier.

Le fantôme m'emmenait donc dans le grenier plongé dans la pénombre et sinistre ? Je n'étais pas la seule à avoir visionné trop de films d'horreur.

Je le suivis dans l'escalier. Il débouchait sur un palier où il y avait deux portes. Je m'arrêtai. Une main apparut à travers celle qui se trouvait en face de moi et m'indiqua d'avancer. Je pris une seconde pour me préparer. Même s'il faisait noir là-dedans, je ne voulais pas qu'il voie que j'avais peur.

Une fois prête, j'attrapai la poignée et…

La porte était fermée à clé. Je tournai le verrou et entendis un déclic. Je pris une nouvelle profonde inspiration, ainsi qu'une seconde encore pour me préparer mentalement, puis j'ouvris grande la porte et avançai d'un pas…

Une bourrasque d'air frais me fit reculer. Je clignai des yeux. Devant moi, le brouillard tournoyait dans le vent.

Un verrou sur la porte du grenier, Chloé?

Non, je me tenais sur le toit.

2

La porte se referma derrière moi ; je me retournai vivement et l'attrapai par le bord, mais quelque chose la poussa violemment et elle claqua. Je posai la main sur la poignée au moment où le verrou émit un bruit sec. Je tournai le bouton de porte, persuadée d'avoir mal entendu.

— Tu pars déjà ? demanda la voix. Quelle impolitesse !

Je regardai fixement la poignée. Un seul type de fantômes, très rare, pouvait faire bouger des objets dans le monde des vivants.

— Un Agito, chuchotai-je.

— Agito ? répéta-t-il d'un ton méprisant. Je suis la crème de la crème, moi, petite. Je suis un Volo.

Cela ne me disait rien. Je ne pouvais que supposer qu'il s'agissait d'un genre plus puissant. Dans le monde vivant, un demi-démon utilisant la télékinésie pouvait faire bouger des choses par la force de l'esprit. Dans le monde des morts, il pouvait les toucher. Un *poltergeist*.

Je reculai prudemment d'un pas. Le bois grinça sous mes pieds et me rappela où je me trouvais. Je m'arrêtai net et observai les alentours. J'étais sur une sorte de passerelle extérieure qui faisait le tour du second étage, où se situait sans doute le grenier.

Il y avait à ma droite une surface presque plane jonchée de capsules et de canettes de bière rouillées, comme si quelqu'un l'avait utilisée comme patio de fortune. Cela me rassura. Je n'étais pas coincée sur le toit, mais sur un balcon. C'était ennuyeux, mais pas dangereux.

Je frappai doucement à la porte, non pas pour essayer de réveiller quelqu'un mais dans l'espoir que Derek le perçoive.

— Personne ne va t'entendre, dit le fantôme. Nous sommes seuls. Je préfère quand ça se passe comme ça.

Je levai la main et m'apprêtai à tambouriner à la porte mais me retins net. Mon père affirmait toujours que le meilleur moyen de faire face à une brute était de ne pas lui montrer qu'on avait peur. Je sentis ma gorge se serrer en pensant à lui. Me cherchait-il toujours ? Bien sûr que oui, et je ne pouvais rien faire.

Son conseil pour affronter les brutes avait fonctionné autrefois, sur les autres enfants qui s'étaient moqués de mon bégaiement. Ils avaient abandonné en voyant qu'ils n'obtiendraient aucune réaction de ma part. Je pris donc une profonde inspiration et passai à l'offensive.

— Tu as dit que tu connaissais le groupe Edison et leurs expériences, dis-je. En faisais-tu partie ?

— Sans intérêt. Parlons plutôt de toi. Tu as un petit copain ? Je parie que oui. Une jolie fille comme toi, qui traîne avec deux garçons. Tu es forcément sortie avec l'un d'eux. Mais lequel ? (Il se mit à rire.) Question stupide. La jolie fille remporte le joli garçon. Le Chinetoque.

Il parlait de Simon, qui était à moitié coréen. Il essayait de me provoquer pour voir si j'allais m'empresser de le défendre et prouver ainsi que je sortais avec lui. Mais ce n'était pas le cas. Enfin, pas encore, même si les choses semblaient aller dans ce sens.

— Si tu veux que je reste pour parler, il faut d'abord me donner quelques réponses, fis-je.

Il éclata de rire.

— Ah oui ? Je n'ai pas l'impression que tu sois sur le point de partir.

J'agrippai encore une fois la poignée. Une capsule de bière ricocha sur ma joue, juste sous l'œil. Je jetai un regard noir dans sa direction.

— Ce n'était qu'une mise en garde, petite nécro, me dit-il d'un ton où perçait une certaine méchanceté. Ici, c'est moi qui dirige la partie, et nous jouons selon mes propres règles. Et maintenant, parle-moi de ton petit ami.

— Je n'en ai pas. Si tu connaissais ne serait-ce qu'un tout petit peu l'expérience Genesis, tu saurais que nous ne sommes pas ici en vacances. Être en cavale ne laisse pas beaucoup de temps pour une idylle.

— Arrête tout de suite les sarcasmes.

Je cognai à la porte. Une autre capsule me blessa légèrement à l'œil.

— Tu es en danger, petite. Tu t'en fiches ? (Sa voix s'approcha de mon oreille.) Pour l'instant, je suis ton meilleur ami, alors tu ferais mieux de me traiter comme il faut. Tu viens de tomber dans un piège, et je suis le seul qui puisse t'en sortir.

— Un piège ? Tendu par qui ? Celui qui nous a amenés ici… (Je choisis un faux nom au hasard.) Charles ?

— Bien sûr, Charles ! Qui d'autre, espèce d'idiote ?

— Hum… Mais il a dit qu'il ne travaillait plus pour le groupe Edison. Il était leur médecin avant…

— Il l'est toujours.

— Tu veux dire… le docteur Fellows ? Celui dont ils parlaient au labo ?

— En personne.

— Tu en es sûr ?

— Je ne pourrai jamais oublier ce visage.

— Mmh, eh bien voilà qui est bizarre. D'abord, celui qui nous a amenés ici ne s'appelle pas Charles. Ensuite, il n'est pas médecin. Et enfin, je connais le docteur Fellows. C'est ma tante, et cet homme en bas ne lui ressemble absolument pas.

Un coup violent m'atteignit derrière les genoux. Mes jambes cédèrent et je tombai à quatre pattes.

— Ne joue pas avec moi, petite nécro.

Lorsque je tentai de me relever, il me frappa avec une vieille planche qu'il maniait comme une batte de base-ball. J'essayai de l'éviter, mais il toucha mon épaule et m'envoya valser contre la rambarde. Celle-ci lâcha dans un craquement. Je basculai et, pendant une seconde, je ne vis que la terrasse de béton deux étages plus bas.

J'attrapai une autre rambarde. Elle tenait bon, et j'étais en train de rétablir mon équilibre quand la planche fut projetée droit sur ma main. Je lâchai la balustrade et me précipitai plus loin sur la passerelle au moment où la planche s'abattait si violemment qu'elle se cassa et brisa la rambarde dans une pluie de bois moisi.

Je courus jusqu'à la partie plate du toit. Il envoya la planche cassée sur moi de toutes ses forces. Je reculai en trébuchant et me cognai encore une fois contre la balustrade.

Je retrouvai mon équilibre et regardai autour de moi. Aucune trace de lui. Aucune trace de quoi que ce soit, aucun mouvement. Mais je savais qu'il était là et qu'il m'observait pour savoir ce que j'allais faire ensuite.

Je fonçai vers la porte puis feintai et obliquai vers le toit. J'entendis le fracas du verre qui se brise; des tessons explosèrent devant moi et le fantôme apparut en brandissant une bouteille cassée. Je fis marche arrière.

Mais oui, quelle idée géniale. Continue à reculer contre la rambarde, pour voir jusqu'à quand elle va tenir.

Je m'arrêtai. Je ne voyais aucune issue. J'envisageai de hurler. J'avais toujours détesté ça dans les films: les héroïnes qui braillaient «Au secours!» quand elles se retrouvaient coincées. Mais, à cet instant, acculée entre un *poltergeist* qui agitait une bouteille cassée et une chute de deux étages, je pouvais survivre à l'humiliation d'être secourue. Le problème était que personne n'arriverait à temps.

Alors... que vas-tu faire? La nécromancienne dotée de superpouvoirs contre le méchant poltergeist*?*

C'était vrai. Je pouvais me défendre, du moins contre les fantômes.

Je pris l'amulette que ma mère m'avait offerte quand j'étais petite. À l'époque, elle m'avait dit que ça éloignerait les monstres que je voyais. Je savais dorénavant qu'il s'agissait en fait de fantômes. La pierre ne semblait pas fonctionner si bien que ça, mais la serrer dans ma main m'aidait à me concentrer et à me rappeler qui j'étais.

Je me visualisai en train de pousser le fantôme.

— Ne t'avise pas de faire ça, petite. Tu ne feras que m'énerver encore plus, et…

Je fermai les yeux et lui donnai mentalement un grand coup.

Silence.

J'attendis et écoutai, persuadée que lorsque j'ouvrirais les paupières, il se tiendrait devant moi. Au bout d'un moment, je jetai un coup d'œil et ne vis que le ciel gris. Mais je m'agrippai tout de même à la rampe de toutes mes forces, prête à voir une bouteille cassée voler sur moi.

— Chloé !

À ce cri, mes genoux se mirent à trembler. Des bruits de pas firent vibrer le toit. Les fantômes ne produisaient pas ce genre de son.

— Ne bouge pas.

Je regardai par-dessus mon épaule et aperçus Derek.

3

Derek traversa la partie plate du toit. Il portait un jean et un tee-shirt, mais il était pieds nus.

— Fais attention ! lui lançai-je. Il y a du verre cassé.

— J'ai vu. Reste où tu es.

— Ça va aller. Je vais simplement reculer, et… (Le bois grinça sous mon poids.) Peut-être pas, finalement.

— Reste là. Le bois est pourri. Il ne cédera pas tant que tu ne bouges pas.

— Mais je suis venue jusqu'ici, alors il doit bien…

— On ne va pas tester ta théorie, d'accord ?

Je n'entendis aucune trace de son impatience habituelle dans sa voix, ce qui signifiait qu'il était vraiment inquiet. Et si Derek était inquiet, il valait mieux que je reste là où j'étais. Je serrai un peu plus la rampe.

— Non ! fit-il. Je veux dire, oui, tiens-toi, mais n'appuie pas dessus. La base est fragilisée.

Génial.

Derek regarda autour de lui, comme s'il cherchait quelque chose à utiliser. Il finit par enlever son tee-shirt. Je m'efforçai de ne pas détourner les yeux. Non pas qu'il était moins bien sans. Au contraire, et c'était pour cette raison que… Disons simplement que les amis sont vraiment mieux quand ils restent habillés.

Derek s'avança aussi près qu'il le jugea prudent, puis il fit un nœud au coin de son tee-shirt avant de me le lancer. Je l'attrapai au second essai.

— Je ne vais pas te tirer, me prévint-il.

C'était une bonne chose, car avec sa force de loup-garou, il m'aurait probablement arraché le tissu des mains, et j'aurais basculé en arrière.

— Hisse-toi avec pour avancer…

Il se tut en voyant que j'étais déjà en train de le faire. Je parvins à la zone plate, esquissai un autre pas hésitant et sentis mes jambes fléchir. Il m'attrapa le bras (celui qui n'avait pas de points de suture, de bandages ni d'éraflure de balle) et je me baissai doucement.

— Je… je vais juste m'asseoir une minute, dis-je d'une voix plus chevrotante que je ne l'aurais souhaité.

Derek s'assit à côté de moi après avoir remis son tee-shirt. Je sentais qu'il me regardait, perplexe.

— Ça… ça va aller. Donne-moi une seconde. On ne craint rien à s'asseoir ici ?

— Non, la pente n'est que d'environ vingt-cinq degrés, donc…

En voyant mon expression, il résuma :

— On ne craint rien.

Le brouillard se levait. J'apercevais des arbres à perte de vue de tous les côtés, et un chemin de terre qui serpentait entre eux jusqu'à la maison.

— Il y avait un fantôme, dis-je enfin.

— Ouais, j'avais compris.

— Je… je savais qu'il valait mieux ne pas le suivre, mais… (Je tremblais encore un peu et marquai une pause, ne me sentant pas prête à tout expliquer.) Je me suis arrêtée devant la porte de ta chambre en espérant attirer ton attention. J'imagine que tu m'as entendue ?

— Plus ou moins. Je somnolais. Je me suis réveillé désorienté, et ça m'a pris du temps pour arriver jusqu'ici. J'ai un peu de fièvre.

Je remarquais à présent sa peau rougie et ses yeux brillants.

— Est-ce que tu… ? commençai-je.

— Je ne vais pas me transformer. Pas d'ici un moment. Je sais ce que ça fait, maintenant, et j'ai encore le temps. Au moins un jour. Plus longtemps, j'espère.

— Je parie que tu vas te transformer complètement, la prochaine fois, affirmai-je.

— Oui, peut-être.

Je sentis à sa voix qu'il en doutait.

Nous restâmes assis et je l'observai du coin de l'œil. À seize ans, Derek faisait au moins trente centimètres de plus que moi. Il avait également une carrure solide, avec de larges épaules et des muscles qu'il gardait habituellement cachés sous des vêtements larges pour ne pas paraître trop intimidant.

Depuis qu'il avait commencé à subir des transformations, Mère Nature semblait lui avoir un peu facilité la vie. Sa peau était moins marquée. Ses cheveux bruns n'avaient plus l'air si gras. Ils lui pendaient toujours devant les yeux mais ne le faisaient pas pour autant ressembler à un gothique ; il paraissait seulement ne pas s'être donné la peine d'aller les faire couper depuis un moment. Ces derniers temps, sa coiffure avait sûrement été le cadet de ses soucis.

J'essayai de me détendre et de profiter du paysage qui baignait dans une nappe de brouillard, mais Derek s'agitait d'un air impatient, ce qui me dérangeait encore plus que s'il s'était comporté normalement et m'avait demandé ce qui s'était passé.

— Donc, il y avait ce fantôme, répétai-je finalement. Il a dit qu'il était un Volo doué de télékinésie, mais d'un genre plus puissant que le docteur Davidoff. Comme Liz, probablement. Il m'a attirée jusqu'ici, a fermé la porte à clé et a commencé à me bombarder d'objets.

Derek jeta vivement un coup d'œil autour de nous.

— Je l'ai renvoyé, ajoutai-je.

— Tant mieux, mais tu n'aurais pas dû le suivre du tout, Chloé.

Il parlait d'une voix calme, raisonnable, qui lui ressemblait si peu que je le dévisageai, en me demandant bizarrement si c'était bien Derek. Avant de m'enfuir du laboratoire du groupe Edison, j'avais rencontré un demi-démon, une femme retenue prisonnière là-bas pour servir de source d'énergie. Elle avait pris possession de quelqu'un, mais seulement d'un fantôme. Derek pouvait-il être possédé ?

— Qu'est-ce qu'il y a ? me demanda-t-il en voyant que je l'observais.

— Est-ce que ça va ?

— Oui, je me sens seulement... (Il se frotta la nuque en grimaçant et fit bouger ses épaules.)... fatigué. Pas très bien. J'ai vraiment du mal à... (Il chercha le mot juste.)... à être ici. À me sentir en sécurité. Je ne me suis pas encore adapté.

Je pouvais le comprendre. Son instinct protecteur de loup-garou avait pris le dessus depuis plusieurs jours et le tenait éveillé, sur ses gardes. Il était étrange d'avoir quelqu'un pour veiller sur nous, à présent. Cependant, ne pas m'engueuler pour avoir allégrement suivi un fantôme inconnu sur un toit lui ressemblait si peu que je sus qu'il y avait quelque chose d'autre.

Je lui demandai ce qui le tracassait, et il marmonna que ce n'était rien. Je n'insistai pas et m'apprêtai à donner plus de détails sur le fantôme, lorsqu'il me lâcha :

— C'est Tori. Je n'aime pas trop son histoire d'évasion.

Le groupe Edison nous avait presque capturés la nuit précédente. Ils avaient attrapé Tori mais avaient recentré leurs efforts sur la menace la plus urgente, Derek, et ils avaient laissé la jeune sorcière sous la surveillance d'un seul garde. Elle lui avait jeté un sort d'immobilité et s'était échappée.

— Tu crois qu'ils l'ont laissée partir ?

— Ce n'est pas ce que... C'est juste... Je n'ai aucune preuve.

C'était pour cette raison qu'il était mal à l'aise : ses doutes ne reposaient sur rien d'autre que son intuition. L'as des maths et des sciences préférait de loin se fier aux faits.

— Si tu penses qu'elle nous ment depuis le début, lui dis-je à voix basse, tu te trompes. Ne lui répète pas ce que je vais te raconter, d'accord ? Quand elle m'a aidé à m'évader, elle voulait seulement quitter le groupe Edison et courir retrouver son père. Alors elle lui a téléphoné. Au lieu de venir, il a envoyé sa mère, alors que nous voulions justement lui échapper. Tori a eu de la peine, elle était vraiment blessée. Choquée, même. Elle n'aurait pas pu faire semblant.

— Non, je ne me disais pas qu'elle jouait un double jeu depuis si longtemps.

— Tu penses qu'elle a conclu un marché seulement hier soir ?

— Oui.

— Elle nous livrerait en échange de la promesse de retrouver sa vie d'avant ? C'est possible, et nous devrions faire attention, mais je crois à son histoire. Sauf si sa mère a dit au groupe Edison qu'elle apprenait à jeter des sorts, ce dont je doute, à leurs yeux elle a seulement des accès de puissance incontrôlés. Son sort d'immobilité a pu marcher sur un seul garde. Je l'ai vue en action, elle n'a même pas besoin de réciter une incantation. Un peu comme s'il suffisait qu'elle l'imagine pour en être capable.

— Pas d'incantation ? pas d'entraînement ? fit Derek en secouant la tête. Ne dis pas ça à Simon.

— Ne dis pas quoi à Simon ? répéta une voix derrière nous.

Nous nous retournâmes pour le voir passer la porte.

— Que Tori n'a pas besoin d'incantation pour jeter un sort, répondit Derek.

— Tu es sérieux ? (Il poussa un juron.) Tu as raison. Ne me le dis pas. (Il avança prudemment sur le toit.) D'ailleurs, ne lui dis pas non plus que j'ai besoin d'incantations et de plusieurs semaines d'entraînement, et que je n'y arrive toujours pas.

— Tu as bien réussi le sort d'étourdissement hier soir, protestai-je.

Il sourit.

— Merci. Bon, puis-je avoir l'audace de vous demander ce que vous faites cachés ici ? Ou bien la réponse va-t-elle me rendre jaloux ?

Simon souriait, mais Derek détourna le regard en marmonnant :

— Bien sûr que non.

—Alors il n'y a pas eu d'autre aventure ? dit Simon, avant de s'asseoir à côté de moi en me frôlant, et de poser sa main sur la mienne. En tout cas, le lieu s'y prêterait bien. Une cachette en haut d'un toit, un vieux belvédère. C'est bien là qu'on est, non ? Sur un belvédère ?

—Oui, répondit Derek. Et le bois est pourri, alors ne t'y aventure pas.

—J'ai fait attention. Alors, cette aventure ?

—Pas vraiment épique, assurai-je.

—C'est bête. Je les manque toujours. Bon, raconte-moi sans me narguer. Que s'est-il passé ?

Je lui expliquai. Tout en m'écoutant avec une attention soucieuse, Simon jetait de drôles de regards à son frère. Son frère adoptif, devrais-je dire. Il suffisait d'un coup d'œil pour deviner qu'ils n'avaient pas de lien de parenté. Simon avait quinze ans, six mois de plus que moi, avec un physique élancé et sportif, des yeux sombres en amande et des cheveux blonds coiffés en pointes. Derek était venu habiter avec Simon et son père alors qu'il avait cinq ans. Ils étaient meilleurs amis et frères, peu importe qu'ils soient ou non liés par le sang.

Je lui racontai tout ce que j'avais déjà dit. Il détourna ensuite les yeux et examina Derek.

—Je devais dormir profondément pour ne pas entendre tous vos cris, fit-il.

—Quels cris ? demanda Derek.

—Tu veux dire que Chloé vient de t'avouer qu'elle avait suivi un fantôme jusque sur le toit, et que tu ne lui as pas hurlé dessus pendant des heures ?

—Il n'est pas très en forme ce matin, commentai-je.

—Plus que ça, je dirais. Tu ne vas pas lui demander la suite de l'histoire ? Pour qu'elle explique *pourquoi* elle a suivi ce fantôme ? Parce que je suis sûr qu'il y avait une raison.

Je lui souris.

—Merci. Il y en avait bien une. C'était un ado qui connaissait le groupe Edison et leurs expériences.

— Quoi ? s'écria Derek en tournant vivement la tête.

Son exclamation ressemblait plus à un grognement qu'à une question.

— C'est pour ça que je l'ai suivi. Il y a le corps d'un garçon dans les parages. Il a peut-être été un sujet de l'expérience, et s'il est mort ici…

— Ça va poser un problème, intervint Simon.

J'acquiesçai.

— Évidemment, ajoutai-je, je me suis tout de suite dit : « Oh mon Dieu ! nous sommes tombés dans un piège. »

Simon fit « non » de la tête.

— Pas Andrew. Il est du bon côté. Je le connais depuis toujours.

— Mais pas moi, et c'est pour ça que j'ai questionné le fantôme pour savoir s'il avait reconnu Andrew. Ce n'était clairement pas le cas. Andrew a dit que cet endroit appartient à celui qui a fondé le groupe, un homme qui était impliqué dans les expériences. S'il y a un lien avec cet ado, je crois que nous le trouverons ici.

— On pourrait demander à Andrew…, commença Simon.

Derek l'interrompit :

— Nous trouverons nos réponses par nous-mêmes.

Simon et Derek se dévisagèrent un instant, puis Simon grommela à son frère qu'il compliquait les choses, mais il ne protesta pas. Si Derek voulait s'amuser à jouer au détective, grand bien lui fasse. Nous serions bientôt partis, de toute façon, pour retourner porter secours à ceux que nous avions laissés derrière nous et faire tomber le groupe Edison… Du moins, c'est ce que nous espérions accomplir.

4

Nous descendîmes peu après. Derek se dirigea directement vers la cuisine pour dénicher quelque chose à manger. Nous n'avions dormi que quelques heures, mais il était déjà presque midi et comme il fallait s'y attendre, son estomac gargouillait.

Pendant qu'il cherchait de la nourriture, Simon et moi partîmes explorer notre refuge temporaire. J'avais un jour lu un livre à propos d'une fille qui habitait dans un immense manoir anglais où se trouvait une pièce secrète que personne n'avait ouverte depuis des années, car une armoire avait été placée juste devant la porte. Je me souvenais d'avoir trouvé cela ridicule. Certains amis de mon père possédaient de très grandes maisons, et il aurait malgré tout été impossible d'y dissimuler une pièce. Mais dans cette demeure, et avec un peu d'imagination, pourquoi pas ?

La maison n'était pas simplement grande : elle était bizarrement agencée, comme si l'architecte s'était contenté de coller des pièces sur un plan sans réfléchir à un moyen de les relier les unes aux autres. L'avant du bâtiment était assez simple : il y avait un couloir principal sur lequel donnaient les portes, l'escalier, la cuisine, un salon et une salle à manger. Ensuite, les choses se compliquaient. Le couloir se divisait en deux branches qui permettaient d'accéder à des pièces, qui elles-mêmes donnaient encore sur d'autres pièces. La plupart d'entre elles étaient minuscules et faisaient à peine trois mètres carrés. Toutes ces petites pièces qui partaient dans tous les sens me faisaient penser au terrier d'un lapin de garenne. Nous trouvâmes même un escalier séparé qui semblait ne pas avoir été nettoyé depuis des années.

Simon partit voir si Andrew était réveillé, et je me dirigeai vers la cuisine où Derek observait une boîte de conserve de haricots rouillée.

— Tu es si affamé que ça ? lui demandai-je.

— Je le serai bientôt.

Il rôdait dans la cuisine et ouvrait tous les placards.

— Donc tu ne veux pas que j'interroge Andrew sur l'identité de ce garçon, dis-je. Mais tu lui fais confiance, non ?

— Bien sûr.

Il sortit une boîte de biscuits salés qu'il retourna pour chercher la date de péremption.

— Tu n'as pas l'air convaincu, insistai-je. Si on est ici avec quelqu'un en qui tu n'as pas confiance…

— Pour l'instant, les seules personnes à qui je fais vraiment confiance sont toi et Simon. Je ne crois pas qu'Andrew prépare quelque chose. Si j'avais des doutes, on ne serait pas ici. Mais je ne veux pas prendre de risques, pas si on a la possibilité de trouver les réponses par nous-mêmes.

Je hochai la tête.

— Je comprends. Seulement… Je sais que tu ne veux pas faire flipper Simon, mais… Si tu es inquiet… (Je me sentis rougir.) Je ne dis pas que tu dois te confier à moi, mais ne me…

— Tu ne veux pas que je t'envoie paître quand tu vois bien que quelque chose ne va pas, dit-il en se tournant pour me regarder dans les yeux. Ça n'arrivera plus.

— Est-ce qu'il a déjà bu le ketchup ? demanda Simon en déboulant dans la cuisine. Encore dix minutes, frangin. Andrew arrive et…

— … et il s'excuse platement pour l'absence de provisions, conclut ce dernier en entrant.

Il devait avoir l'âge de mon père, les cheveux gris coupés très court, de larges épaules, une carrure imposante et le nez de travers. Il donna une tape sur l'épaule de Derek.

— Ça arrive, dit-il. Quelqu'un du groupe apporte le petit déjeuner, il sera ici d'une minute à l'autre.

Il serra un peu la main qu'il avait laissée posée sur l'épaule de Derek. Le geste avait l'air maladroit, peut-être parce que Andrew faisait quinze centimètres de moins que lui, même si cela semblait plus profond que ça. La nuit précédente, lorsqu'il avait vu Derek pour la première fois depuis plusieurs années, l'expression de son visage avait trahi sa surprise et sa méfiance. Derek l'avait remarqué et, j'en étais sûre, avait ressenti de la peine en voyant cet homme qu'il avait bien connu autrefois réagir comme s'il était un jeune voyou qu'en d'autres circonstances il aurait évité en traversant la rue.

Tout comme Simon, Andrew était un sorcier. C'était un vieil ami de son père et un ancien employé du groupe Edison. Il était également la personne à prévenir en cas d'urgence. Andrew et le père des garçons s'étaient brouillés quelques années auparavant, mais ils étaient restés en contact, et lorsque nous nous étions retrouvés à court de solution, nous nous étions tournés vers lui.

Andrew serra une dernière fois l'épaule de Derek puis s'affaira dans la cuisine, sortit des assiettes, les rinça, épousseta les plans de travail et la table, nous demanda si nous avions bien dormi et s'excusa de nouveau pour le manque de préparatifs.

— En même temps, dit Simon, c'est dur de se préparer quand on ne sait pas que du monde arrive. Est-ce que ça va aller pour toi ? Tu peux rester ici avec nous ? Je sais que tu as du travail…

— … que je fais à domicile depuis déjà deux ans. Je suis enfin parvenu à un niveau de responsabilités qui me permet de commencer à travailler à distance, Dieu merci ! Les trajets quotidiens jusqu'à New York m'épuisaient. Maintenant, j'y vais une fois par semaine pour les réunions.

Simon se tourna vers moi.

— Andrew est éditeur. De livres. (Il regarda Andrew.) Chloé est scénariste.

Je rougis et balbutiai qu'évidemment je n'étais pas une vraie scénariste mais que j'aimerais le devenir. Andrew me dit qu'il voulait que je lui explique sur quoi je travaillais et qu'il répondrait à toutes mes questions concernant l'écriture. Il avait même l'air sincère, contrairement à la plupart des adultes qui disent ce genre de choses uniquement pour faire plaisir.

— En ce moment elle travaille sur une bande dessinée avec moi, ajouta Simon. Les chroniques illustrées de nos aventures. Juste pour rigoler.

— C'est super. Je suppose que c'est toi qui fais les dessins ? Ton père m'a dit que tu…

Quelqu'un sonna à la porte.

— Ça doit être le petit déjeuner, reprit Andrew. Chloé ? Je sais que Tori est sûrement épuisée, mais elle devrait assister à cette réunion.

— Je monte la réveiller.

Le mystérieux groupe de résistants était donc ici. Il n'était pas bien impressionnant : trois personnes en plus d'Andrew.

Il y avait Margaret, qui ressemblait à beaucoup de collègues de mon père : habillée comme une femme d'affaires, grande, les cheveux grisonnants coupés court. Elle était nécromancienne.

Gwen était à peine plus grande que moi et semblait avoir fini ses études très récemment. Je m'interrogeai sur son espèce surnaturelle ; avec ses cheveux blonds et courts, son nez retroussé et son menton pointu, je commençais à me demander si les fées existaient vraiment mais elle annonça qu'elle était une sorcière, comme Tori.

Le dernier nouveau venu, Russell, un homme chauve du troisième âge, était un infirmier chaman, au cas où nous aurions eu besoin de soins après l'épreuve que nous avions endurée. Il était, avec Andrew et Margaret, l'un des membres fondateurs du groupe Edison et avait lui aussi travaillé autrefois pour eux.

Andrew nous informa qu'il avait encore une demi-douzaine d'alliés autour de New York, et une vingtaine de plus dans le reste du pays. Mais, dans les circonstances actuelles, il ne semblait pas prudent de les faire tous débarquer pour nous rencontrer. Ils avaient donc envoyé ceux qui pouvaient nous apporter une aide précieuse : une nécromancienne et une sorcière. Derek n'avait pas de chance, il n'y avait aucun loup-garou dans le groupe. Ce n'était pas surprenant, car ils étaient à peine plus d'une vingtaine dans tout le pays, contre des centaines de nécromanciens et de jeteurs de sorts.

Les surnaturels qui avaient rejoint le groupe Edison n'étaient pas malfaisants. Pour la plupart, ils étaient à l'image de ma tante, qui offrait ses services en tant que médecin pour aider des gens comme son frère, un nécromancien qui s'était suicidé, ou bien était tombé du haut d'un toit à cause de fantômes alors qu'il était encore à l'université.

Le groupe Edison estimait que la manipulation génétique était la solution : altérer notre ADN pour minimiser les effets secondaires et améliorer notre contrôle sur nos pouvoirs. La situation avait commencé à dégénérer quand nous étions encore petits, et trois des sujets loups-garous avaient attaqué une infirmière. Ils furent « éliminés », c'est-à-dire tués, par ceux-là mêmes qui avaient juré vouloir aider les surnaturels. C'était à ce moment-là que le père de Simon et d'autres, comme Andrew, avaient quitté le groupe.

Mais pour certains, partir ne suffisait pas. Inquiets de ce dont ils avaient été témoins, ils décidèrent de surveiller le groupe Edison pour s'assurer qu'il ne représentait pas une menace pour les autres surnaturels. À présent, nous apportions justement la nouvelle qu'ils redoutaient le plus. Pour la plupart d'entre nous, la modification génétique avait eu l'effet inverse de ce qui avait été escompté, et le résultat était de jeunes gens aux pouvoirs incontrôlables, des sorcières qui pouvaient jeter des sorts sans incantations et des nécromanciennes capables de ressusciter des morts par accident.

Lorsque les sujets de ces expériences ratées se révélèrent moins faciles à maîtriser qu'ils l'avaient espéré, les membres du groupe

Edison agirent de la même façon qu'avec les jeunes loups-garous. Ils les tuèrent.

Nous avions demandé de l'aide au groupe d'Andrew. Nous étions en danger de mort et nous avions laissé derrière nous un autre sujet, Rachelle, ainsi que ma tante Lauren. Elles couraient davantage de danger que nous. Nous avions donc demandé à Andrew et aux autres de les secourir et de mettre fin à la menace qui nous guettait. Étaient-ils prêts à le faire ? Aucune idée.

Gwen avait apporté le petit déjeuner : des donuts, du café et du lait chocolaté, ce qui lui semblait sûrement parfait pour des adolescents. Le seul problème était que nous avions passé trois jours à manger des cochonneries et que l'un d'entre nous était diabétique…

Simon prit un donut et une brique de lait de vingt centilitres en plaisantant sur le fait qu'il avait une bonne excuse pour manger des choses qui lui étaient d'habitude interdites. Derek se plaignit à sa place, Andrew s'excusa d'avoir oublié d'avertir les autres de sa maladie et nous promit de la nourriture plus équilibrée pour le repas suivant.

Tout le monde était très sympathique et compatissant. Cependant, je me faisais peut-être des idées, ou bien Derek déteignait sur moi, mais derrière ces sourires et ces regards doux, il semblait y avoir une pointe de malaise, comme s'ils ne pouvaient s'empêcher de penser à nos pouvoirs disproportionnés. Comme s'ils ne pouvaient faire autrement que nous considérer comme des bombes à retardement.

Je n'étais pas la seule à me sentir gênée. Quand nous passâmes au salon, Derek se réfugia dans un coin de la pièce. Simon ne dit presque rien. Tori, qui d'habitude ne voulait rien avoir à faire avec nous, resta collée à moi à tel point que je crus qu'elle essayait de me voler mon donut.

Nous contre eux. Les créatures génétiquement modifiées contre les surnaturels normaux.

Seuls Simon et moi participâmes activement à la conversation. Cela me sembla étrange, à moi qui restais toujours assise derrière les autres en espérant qu'on ne me demanderait pas d'intervenir sous peine de me mettre à bégayer. Mais il m'incombait de fournir la preuve de ce que j'avais vu : les fantômes des autres jeunes disparus, et les fichiers de l'ordinateur du docteur Davidoff.

Au fur et à mesure de nos explications, je vis la compassion dans le regard des amis d'Andrew, mais aussi le doute. Ils croyaient au fait que l'expérience avait mal tourné pour certains sujets, c'était exactement le genre de choses qu'ils craignaient quand ils avaient démissionné. Ils nous croyaient aussi pour Lyle House, le « foyer » où nous avions été enfermés. Puisque l'expérience avait échoué, il était évident que le groupe Edison allait essayer de brouiller les pistes.

Mais pour le reste ? Que penser du fait que les membres du groupe nous avaient traqués quand nous nous étions échappés ? qu'ils nous avaient tiré dessus, d'abord avec des fléchettes de tranquillisant, puis avec de vraies balles ? enfermés dans le laboratoire ? qu'ils avaient tué trois sujets qui n'avaient pas réussi leur réhabilitation ?

On se serait crus dans un film. Non, correction : en tant que scénariste-réalisatrice de blockbusters en herbe, si on m'avait montré un tel synopsis, je l'aurais rejeté comme étant trop extravagant.

Andrew nous croyait. Gwen aussi. Je le devinais à l'expression d'horreur sur son visage. Mais elle était la plus jeune, et son avis ne semblait pas peser bien lourd. Russell et Margaret ne parvinrent pas à dissimuler leur scepticisme, et les convaincre de nous aider n'allait pas être aussi simple que nous l'espérions.

Je finis par insister :

— Rachelle et ma tante sont en *danger*. Elles pourraient se faire tuer d'un jour à l'autre, si ce n'est pas déjà fait.

— Ta tante est un bon élément de l'équipe, répondit Margaret avec une expression impassible. Ils ne vont pas la tuer. Ton amie ne semble pas être en danger dans l'immédiat non plus. Elle est heureuse et docile, c'est tout ce qu'ils attendent d'elle pour le moment.

— Mais si elle découvre la vérité, elle ne sera plus si docile…

Russell m'interrompit :

— Ta tante et ton amie ont fait leur choix, Chloé, aussi dur que cela puisse être pour toi. Elles t'ont trahie toutes les deux. Je ne pensais pas que tu serais si impatiente de leur venir en aide.

— Ma tante…

— Elle t'a aidé à t'enfuir, je sais. Mais tu n'en serais pas arrivée là si ton amie ne t'avait pas trahie.

Rae avait parlé de notre projet d'évasion au docteur Davidoff, de sorte que lui et les autres s'étaient tenus prêts à se lancer à notre poursuite quand nous avions essayé de fuir. Elle avait cru à leurs mensonges quand ils lui avaient affirmé vouloir nous aider, et elle pensait que les garçons m'avaient fait subir un lavage de cerveau.

— Elle a commis une erreur. Êtes-vous en train de dire que nous devrions la laisser mourir pour ça ?

Je haussai le ton, déglutis et tentai de retrouver une voix calme et raisonnable.

— Quoi qu'elle ait fait, repris-je, elle pensait agir au mieux, sur le moment, et ce n'est pas maintenant que je vais l'abandonner.

Je regardai les autres. Simon hocha tout de suite la tête, vigoureusement. Derek marmonna à son tour d'un ton bourru :

— Ouais, elle a merdé, mais la stupidité ne mérite quand même pas la peine de mort.

Nous nous tournâmes tous vers Tori. Je retins mon souffle et sentis le poids du regard des adultes sur nous. Je savais que nous avions besoin d'être unanimes sur la question.

— Puisqu'on doit retourner chercher la tante de Chloé, il faut aussi sauver Rae, dit-elle. Elles ont toutes les deux besoin d'être secourues le plus vite possible. Les membres du groupe Edison ne sont peut-être pas des meurtriers fous assoiffés de vengeance, mais ma mère si, et quand nous sommes partis, elle était vraiment énervée contre le docteur Fellows.

— Je ne crois pas que…, commença Russell.

— À présent, intervint Andrew, il est temps de passer à la partie ennuyeuse de la discussion. Les jeunes, pourquoi n'iriez-vous pas en haut visiter les autres pièces ? Je suis sûr que vous aimeriez avoir chacun votre chambre.

— Ça ira, répondit Simon.

Andrew regarda les autres. Ils voulaient que nous sortions pour pouvoir décider entre eux s'ils allaient nous aider ou non.

J'avais envie de hurler : « Vous n'avez pas à discuter ! Ceux pour qui vous travailliez tuent des enfants. Vous assurer que leur travail ne fait de mal à personne, n'est-ce pas votre mission ? Cessez un peu d'avaler des donuts, et faites quelque chose ! »

— Pourquoi vous ne… ? commença Andrew.

— Ça ira, dit Derek dans un grognement.

Il avait simplement parlé de son ton sérieux, mais le silence se fit soudainement. Tous les regards se tournèrent vers lui, méfiants. Il détourna les yeux et grommela :

— Vous voulez qu'on parte ?

— S'il vous plaît, répondit Andrew. Ce serait plus facile pour…

— Ouais, ouais, OK.

Derek nous conduisit hors de la pièce.

5

Une fois dans le couloir, Derek se retourna.

— Allez voir si vous trouvez une nouvelle chambre pour Tori. Je vais chercher d'autres donuts.

Simon et moi échangeâmes un regard. Même si Derek adorait manger, se remplir le ventre devait être le cadet de ses soucis pour l'instant. Ce qu'il essayait de nous dire devait plutôt être : « Faites partir Tori d'ici pour que je puisse écouter leur conversation. » Son ouïe de loup-garou lui permettrait d'entendre ce qui se disait depuis la cuisine.

— Prends-en un enrobé de chocolat pour moi, lança Simon en nous accompagnant, Tori et moi, jusqu'à l'escalier.

— Tu n'es pas censé manger…, commença Derek.

— Je te fais marcher. Viens, Tori. On va te trouver une chambre.

Tori préféra finalement rester avec moi. Elle ne nous le dit pas, bien sûr. Elle inspecta les autres pièces, se plaignit de toute la poussière qui s'y trouvait et conclut en râlant qu'elle se retrouvait coincée avec moi. Je lui proposai de changer de pièce, mais elle me tomba dessus en prétendant que j'étais trop gentille et qu'il fallait que j'apprenne à me défendre. Je me dis qu'il était temps que j'aille prendre une douche.

Cela me permettrait aussi de me laver les cheveux et de faire partir ma coloration temporaire. Mon père avait été averti de notre fuite de Lyle House. Il ignorait complètement que je m'étais fait rattraper juste après par le groupe Edison, et qu'ils m'avaient emmenée au laboratoire. Il ne les connaissait pas et n'avait aucune idée de ce qu'était un nécromancien. Pour lui, sa fille schizophrène s'était enfuie de son foyer et vivait désormais dans les rues de Buffalo. Il avait donc offert une récompense. D'un demi-million de dollars.

Je voulais le rassurer. Dieu seul sait combien j'en avais envie. Mais tante Lauren m'avait dit qu'il serait plus en sécurité s'il ignorait tout, et Derek partageait son avis. Pour l'instant, j'essayais donc de toutes mes forces de ne pas penser à quel point mon père devait s'inquiéter. Je lui ferais passer un message dès que j'en aurais la possibilité. En attendant, sa récompense posait un problème.

Mes cheveux d'un blond vénitien étaient assez faciles à repérer, encore plus avec les mèches rouges que je m'étais faites avant de me faire envoyer à Lyle House. Derek m'avait donc acheté une coloration temporaire pour les cheveux. Noire. J'avais le teint bien trop pâle pour cette nuance, et je correspondais désormais à ce que l'on pouvait s'imaginer d'une nécromancienne : la peau laiteuse et les cheveux noir de jais. Supergoth. Mais heureusement, la couleur commençait à s'estomper. C'était du moins ce que je me disais.

Tori me suivit dans le couloir en me donnant des conseils pour faire partir ma couleur, jouant les Mme Serviable deux minutes après m'avoir traitée de poule mouillée. Le scénario semblait se répéter ces derniers jours : Tori commençait à se comporter comme une amie puis se souvenait que nous étions censées être des ennemies jurées.

À ce moment-là, elle était en mode amical.

— Ne te lave pas les cheveux plus de trois fois, sinon ils vont devenir comme de la paille. J'ai vu de l'après-shampooing quelque part. Laisse-le bien poser.

— Pour l'instant, des cheveux secs seraient toujours mieux que des cheveux noirs.

Simon passa la tête hors de sa chambre.

— Tu vas enlever la teinture ?

— Aussi vite que possible.

Il hésita, et je vis à son regard qu'il s'apprêtait à me dire quelque chose vraiment à contrecœur.

— Je sais que tu veux l'enlever, mais… Enfin, si jamais on sort d'ici…

— Au point où j'en suis, je préfère rester cloîtrée plutôt que d'avoir les cheveux noirs.

— Ce n'est pas si terrible que ça.

Tori chuchota assez fort pour que Simon l'entende quand même :

— Il te trouve sexy avec ce look gothique.

Simon lui jeta un regard furieux.

— Non. Je veux seulement…

Il la regarda impatiemment pour lui signifier d'aller voir ailleurs, mais elle ne bougea pas. Il se pencha alors à mon oreille en entrelaçant ses doigts aux miens.

— Je sais que tu veux t'en débarrasser. Je vais demander à Andrew de te trouver une nuance plus jolie. Je me fiche de la couleur de tes cheveux ; l'important, c'est que tu sois en sécurité.

— C'est trop mimi, commenta Tori.

Simon se positionna entre elle et moi, et lui tourna le dos.

— Tu peux demander à Andrew. Peut-être que je m'inquiète trop…

— Non, tu as raison. J'ai tout de même besoin d'une douche, mais je n'essaierai pas de faire partir la teinture.

— Bien. Au fait, Derek m'a dit que tu lui avais réclamé des leçons d'autodéfense. Tu veux qu'on essaie après ?

Je n'étais pas vraiment d'humeur à ça, mais il souriait et semblait vouloir faire quelque chose de gentil pour moi après avoir opposé son veto à ma solution capillaire. Nous n'avions rien de mieux à faire, de toute façon…

— D'accord, répondis-je.

— Bonne idée, ajouta Tori. Oui, je sais, tu ne m'as pas invitée, mais j'aurais bien besoin d'un entraînement moi aussi. Et non, je ne vais pas essayer de m'interposer entre vous. J'ai tourné la page, Simon. Je trouve que Chloé et toi feriez un couple mignon à en vomir. Mais vous vous noierez dans le regard de l'autre une prochaine fois. Pour l'instant, j'ai besoin de leçons d'autodéfense. Je vous rejoins derrière la maison.

Elle commença à descendre l'escalier et ajouta :

— De toute façon, ça n'aurait pas été un tête-à-tête pour très longtemps. Je suis sûre que Derek vous rejoindra dès qu'il aura fini d'écouter aux portes.

Je croisai Derek en sortant de la salle de bains.

— La réunion est terminée ?

— Oui.

Simon passa la tête dans le couloir et Derek lui fit signe de s'approcher.

— Où est Tori ? me demanda Derek.

— Dehors. Mais elle nous attend, alors on ne devrait pas traîner.

— Quel est le verdict ? s'enquit Simon.

— Gwen et Andrew nous croient. Margaret se demande si nous n'avons pas mal évalué la situation et si nous n'avons pas tiré des conclusions trop hâtives sur la mort de Liz, Brady et Amber. Il n'y a que Russell qui pense que nous mentons carrément.

— Quel connard ! Pour qui se prend-il…

Derek lui jeta un regard ; Simon se tut et lui fit signe de poursuivre.

— Ils ont fait une téléconférence avec deux ou trois autres membres haut placés, et… (Derek me regarda, et je compris sa réponse à la manière dont il baissa ensuite les yeux.) Ils veulent aller doucement, rassembler des informations d'abord. Ils vont envoyer une équipe à Buffalo pour faire du repérage.

— Mais oui, s'énerva Simon, prenez donc le chemin le plus lent et le plus plan-plan pendant que Rachelle et le docteur Fellows se font… (Il me regarda.) Désolé.

Nous restâmes tous immobiles pendant une minute, furieux. Je me tournai vers Derek.

— Tu penses qu'on devrait faire quoi ?

— Pour l'instant, jouer le jeu, répondit-il d'une voix qui laissait paraître sa frustration. On ne peut rien faire d'autre. Le groupe Edison est à notre recherche. On doit rester à l'abri.

Nous retrouvâmes Tori dehors. Je m'excusai d'avoir mis si longtemps à la rejoindre, mais les garçons ne dirent rien. Simon venait à peine de commencer à nous montrer comment attraper quelqu'un par le poignet qu'Andrew nous demanda de rentrer.

Russell était déjà parti.

— Il a pris la fuite…, marmonna Simon. Pour éviter de devoir nous regarder dans les yeux après avoir dit aux autres qu'on mentait.

Gwen avait disparu elle aussi, mais seulement pour faire quelques courses et trouver à manger pour le dîner. Oui, nous en étions déjà au dîner. Nous nous étions levés si tard que nous avions sauté le déjeuner.

Nous prîmes notre repas avec Andrew, Gwen et Margaret. Ils nous présentèrent le plan en termes optimistes, bien sûr, et nous expliquèrent qu'ils faisaient simplement un peu de reconnaissance en prévision de l'opération de sauvetage.

— Alors pendant les jours qui viennent, dit Andrew, vous aurez trois choses à faire. Vous reposer, nous révéler tout ce que vous savez à propos du laboratoire, et vous entraîner.

— Nous entraîner ? répéta Tori.

Cela semblait la ragaillardir autant que moi. Gwen sourit.

— Oui. C'est pour cette raison que Margaret et moi sommes ici.

— Et moi, je vais travailler avec toi, Simon, même si je sais que ton père t'entraîne depuis des années, ajouta Andrew.

— Je suis sûr que ça lui sera utile quand même, dit Tori.

Simon lui adressa un bras d'honneur. Andrew fit semblant de ne pas le voir.

— Quant à Derek…, commença-t-il.

— Oui, je sais. Pas de prof loup-garou pour moi.

— Non, mais nous avons tout de même quelqu'un. Tomas, un semi-démon membre de notre groupe qui vit dans le New Jersey. Tu te rappelles peut-être l'avoir vu à l'époque où tu logeais au laboratoire. Il faisait partie de l'équipe responsable de la section loup-garou du projet.

L'avais-je imaginé, ou Derek venait-il bien de tressaillir ? Si c'était le cas, je pouvais le comprendre. Il avait vécu au labo avant d'être recueilli par le père de Simon et que cette partie de l'expérience soit abandonnée. Les trois autres loups-garous avaient alors déjà été tués. Revoir l'un de ses « gardiens » ne serait certainement pas agréable.

— Tomas a démissionné avant que tu quittes le labo, en grande partie parce qu'il n'était pas d'accord avec la manière dont on vous traitait. Mais il en sait plus sur les loups-garous que quiconque que je connaisse. Ton père l'a consulté comme conseiller pour ton éducation.

Les épaules de Derek se détendirent.

— Ah bon ?

— Il est parti en voyage d'affaires, mais il sera de retour la semaine prochaine. À ce moment-là, si nous attendons encore avant de passer à l'action, ce qui j'espère ne sera plus le cas, tu auras quelqu'un à qui parler et qui pourra répondre à toutes les questions que tu te poses.

6

Après le dîner, Andrew nous prévint que l'extinction des feux se ferait à 22 heures. D'ici là, il allait se plonger dans son travail, et nous pouvions nous amuser.

Cependant, nous n'en avions pas envie. Tout comme nous ne voulions pas d'une bonne nuit de sommeil. Notre souhait le plus vif était de retrouver notre vie d'avant, ce qui nécessitait d'arrêter le groupe Edison, de libérer tante Lauren et Rae, de retrouver le père de Simon et Derek et de faire savoir au mien que j'allais bien. Rester assis à s'occuper avec des jeux de société serait une vraie torture… et c'était exactement ce qu'Andrew suggérait, puisque la maison n'offrait pas d'autre distraction.

Tori et moi étions en train de monter dans notre chambre quand Gwen arriva dans le couloir pour nous dire au revoir.

—Je peux vous poser une ou deux questions avant que vous partiez? lui demanda Tori en se dépêchant de redescendre les marches. Tous ces trucs de sorcière sont nouveaux pour moi, et je sais qu'on commence les leçons demain, mais si vous avez quelques minutes pour me répondre…

Gwen lui sourit.

—Bien sûr. D'habitude, c'est moi l'élève par ici, alors je suis contente de pouvoir aider à mon tour. Viens dans le salon, on va discuter.

Je ressentis une pointe de jalousie. Moi aussi, j'avais des questions. J'en avais plein. Et à quel professeur avais-je droit ? À Margaret, qui n'était pas vraiment du genre « viens, on va discuter ». Sans parler du fait qu'elle faisait partie des sceptiques.

Je montai l'escalier en traînant des pieds et ne remarquai pas que la porte de la chambre des garçons était ouverte, jusqu'à ce que Derek tende le bras et m'effleure l'épaule.

— Salut, lui dis-je en m'efforçant de sourire.

— Tu es occupée ? demanda-t-il d'une voix à peine plus forte qu'un chuchotement.

— J'aimerais bien. Qu'est-ce qui se passe ?

Il regarda la porte de la salle de bains, sous laquelle brillait un rai de lumière. Il s'avança en baissant un peu plus la voix.

— Je me disais, heu, si tu es libre, on pourrait peut-être...

La porte de la salle de bains s'ouvrit en grand et le fit sursauter. Simon apparut dans l'embrasure.

— Ah ! Très bien, tu as trouvé Chloé, fit-il. Qu'est-ce qu'on fait, alors ? Cette fois-ci, je compte bien ne pas rater l'aventure.

— Toutes nos aventures sont accidentelles, répondis-je, et pour la plupart, nous serions heureux de passer à côté. (Je levai les yeux et regardai Derek.) Tu disais ?

— Rien. Seulement qu'on ne devrait pas trop en faire.

— D'accord. Mais qu'est-ce qu'on fait alors ?

— Ce soir, rien. On n'a qu'à... peu importe.

Il rentra dans leur chambre. Je me tournai vers Simon.

— Oui, il est bizarre, constata-t-il. Je vais lui parler. Je te rejoins dans quelques minutes.

Tori revint alors que je rejoignais notre chambre. Nous y entrâmes ensemble et nous nous mîmes à discuter, mal à l'aise, jusqu'à ce que Simon vienne heureusement nous interrompre en frappant à la porte.

— Je peux entrer ? demanda-t-il en entrouvrant le battant.

— Dis donc ! rétorqua Tori. Tu ne pourrais pas nous laisser au moins le temps de répondre ?

— C'était une mise en garde, pas une question. Je voulais juste être poli.

— Pour ça il aurait fallu que tu attendes que…

Je levai la main, et cela suffit à mettre fin aux chamailleries.

— J'ai trouvé quelque chose, dit Simon en entrant.

Il sortit une clé ancienne de sa poche et me fit un grand sourire.

— Elle était scotchée derrière le tiroir de ma commode, reprit-il. Qu'est-ce que vous en pensez ? Un trésor enfoui ? un passage secret ? une pièce fermée à double tour où tante Edna, la vieille folle, est enfermée ?

— Elle ouvre sans doute une *autre* commode, répliqua Tori. Celle qu'ils ont jetée il y a cinquante ans.

— C'est tragique d'être née dépourvue d'imagination. Est-ce qu'il existe des Téléthons pour ça ? (Il se tourna vers moi.) Chloé, tu veux bien m'aider ?

Je pris la clé. Elle était lourde et rouillée.

— C'est vrai qu'elle est vieille, reconnus-je. Et elle était cachée… (Je levai les yeux sur lui.) Tu t'ennuies, c'est ça ?

— À mourir. Alors, tu viens explorer ?

Tori leva les yeux au ciel.

— Je crois que je vais aller m'allonger, dit-elle, et rêver que je suis chez moi, avec des gens qui ne s'imaginent pas que partir à la chasse d'une porte fermée est une bonne distraction.

— Hé ! je t'avais prévenue qu'on n'était pas cool, fit Simon. Plus tu passes de temps avec nous, plus tu te mets à nous ressembler. (Il me regarda.) Tu viens ?

Je ne répondis pas tout de suite.

— Non ? demanda-t-il.

La déception le fit baisser la voix, et il se força à sourire et à prendre un air enjoué pour ajouter :

— Tant pis. Tu es fatiguée et…

— Non, ce n'est pas ça. Seulement… il faut qu'on identifie le fantôme du garçon que j'ai vu et qu'on découvre s'il a un rapport avec cette maison.

— Quel fantôme ? demanda Tori.

Je lui expliquai ce qui s'était passé et ajoutai :

— Derek a dit que nous ne devrions pas nous faire trop remarquer ce soir, je sais, mais…

— … mais apparemment l'avertissement ne valait que pour nous, parce qu'il est parti chercher des indices sur ce fantôme. Il ne veut pas qu'on participe. Il a dit que ce serait louche si nous étions tous en train de farfouiller dans la maison.

Derek menait donc son enquête sans moi ? Je sentis une pointe de… je ne savais pas de quoi exactement. De déception, sans doute. Je repensai ensuite à notre entrevue dans le couloir un peu plus tôt. Avait-il essayé de m'inviter à l'accompagner ? Ma déception s'accentua.

— Et les cours d'autodéfense, alors ? demanda Tori.

— Oui, d'accord…, répondit Simon. C'est mieux que rien.

— En fait, il y a autre chose dont il faudrait que je m'occupe, annonçai-je. Allez-y sans moi.

Ils me regardèrent comme si je leur avais suggéré de nager avec des requins. La comparaison n'était pas si mauvaise : encourager Simon et Tori à s'entraîner ensemble finirait forcément dans un bain de sang.

— Qu'est-ce que tu dois faire ? interrogea Simon.

— C'est que… Heu, ma tante… Ce que j'ai vu hier soir… J'aimerais…

— … essayer de l'invoquer, acheva Tori pour moi. Pour voir si elle est morte, c'est ça ?

Simon lui jeta un regard mauvais pour avoir été si brusque, mais je hochai la tête.

— Voilà. Et Liz. Je veux essayer d'entrer en contact avec elle. Elle pourrait nous aider à chercher des indices. Mais le problème c'est que si je l'appelle, je risque de faire venir cet autre type.

— Et c'est pour ça que tu ne devrais pas agir seule, décida Simon. Je vais rester avec toi.

— Moi aussi, dit Tori. Si tu fais venir le démon, j'arriverai peut-être à le faire parler.

Elle tendit la main, où une boule d'énergie apparut et commença à tourner sur elle-même.

— D'accord, répondis-je.

7

Les invocations n'étaient pas du tout aussi cool qu'elles semblaient l'être dans les films. Le procédé était l'inverse de celui que je suivais quand je bannissais un esprit. Je fermais les yeux et m'imaginais en train de tirer un fantôme vers moi, au lieu de le renvoyer d'où il venait.

Dans l'idéal, il me fallait un effet personnel du défunt. J'avais utilisé le sweat-shirt de Liz jusqu'à ce que la mère de Tori me le confisque. Je ne possédais aucun objet appartenant à ma tante. L'invocation ne fonctionnerait donc que si les fantômes erraient dans les parages à attendre de pouvoir entrer en contact avec moi.

Je soupçonnais que c'était le cas pour un des esprits : celui de l'emmerdeur que j'avais croisé le matin même. J'étais tentée de le questionner un peu plus, mais une voix intérieure (qui ressemblait étrangement à celle de Derek) me le déconseilla. Il n'avait pas eu envie de communiquer, et je l'avais mis en rogne en le bannissant. Assise par terre dans la chambre, je fis donc attention à garder une image très claire de ma tante et de Liz, et j'alternai entre les deux.

J'espérais ne pas voir ma tante, mais je voulais vraiment appeler Liz, mon ancienne camarade de chambre à Lyle House. Elle avait été tuée la nuit de mon arrivée. Elle avait mis du temps à comprendre qu'elle était morte, mais une fois qu'elle l'avait accepté, elle avait refusé de traverser de l'autre côté. Elle était restée pour aider.

Non seulement son statut de fantôme faisait d'elle une parfaite espionne, mais elle était aussi un demi-démon de la même espèce que le garçon de ce matin : douée de télékinésie, c'est-à-dire qu'elle était dorénavant un *poltergeist*. Elle serait donc d'une grande utilité ; mais j'avais surtout vraiment envie de la voir et de m'assurer qu'elle allait bien.

— Ce collier est censé t'empêcher de voir les fantômes, c'est ça ? demanda Tori après quelques essais d'invocation infructueux.

Simon ouvrit la bouche et s'apprêtait à la sermonner pour m'avoir dérangée, mais je parlai avant lui :

— Apparemment, je les vois quand même. Soit il ne marche pas, soit les choses seraient encore pires si je ne l'avais pas, ce que je finirai sûrement par essayer un jour. Je veux en parler à Margaret.

— D'accord, mais s'il éloigne les fantômes, c'est peut-être pour ça que Liz ne vient pas.

Elle n'avait pas tort. Et pourtant... Je touchai le pendentif. S'il fonctionnait, que pouvait-il repousser ? Quelque chose de pire que le *poltergeist* ?

— Pourquoi tu ne l'enlèverais pas ? commença Tori.

— Parce qu'elle..., s'écria Simon d'un ton brusque, avant de se reprendre. Laissons-la essayer encore un peu avec le collier. Ces choses-là prennent du temps, et on n'est pas pressés. Si tu t'ennuies, notre chambre est libre.

Tori avait l'air de vouloir riposter, mais comme il avait parlé d'une façon raisonnable, elle ne trouva rien à lui répondre.

— Ça ira, dit-elle.

Je repris l'invocation. Liz était celle que je voulais vraiment voir, et je me concentrai donc sur elle, en lançant quelques appels à ma tante de temps en temps, tout en priant pour qu'elle n'y réponde pas. Comme Liz n'apparaissait pas, je finis par solliciter davantage ma tante. Si je voulais être certaine qu'elle était encore en vie, je devais m'assurer de l'avoir invoquée de toutes mes forces.

— Arrête, chuchota Tori.

J'ouvris les yeux.

— Arrête quoi ? demandai-je.

Elle fronça les sourcils.

— Tu m'as dit « arrête », expliquai-je.

— Heu, non, je n'ai pas ouvert la bouche.

— Je confirme, ajouta Simon. Tu dois entendre un fantôme.

Je fermai les yeux et me concentrai sur Liz.

— Arrête, chuchota de nouveau une douce voix féminine. S'il te plaît, mon bébé.

Mon cœur fit un bond. Ce n'était pas Liz. Mais tante Lauren ne m'appelait pas comme ça non plus. À moins que… ? Je n'en étais pas sûre.

— Si vous êtes là, qui que vous soyez, montrez-vous.

Rien.

— L'amulette, murmura Tori. Ça doit être ça qui empêche la communication.

Je posai la main sur mon collier.

— Non ! chuchota la voix. C'est dangereux.

— Vous ne voulez pas que je l'enlève ?

Pas de réponse. Mes mains tremblaient tellement que l'amulette cogna contre mon cou.

— Vas-y, me dit Simon. On reste ici. S'il arrive quoi que ce soit, je te le remets.

Je commençai à soulever le pendentif.

— Non ! S'il te plaît, mon bébé. Trop dangereux. Pas ici. Il va venir.

— Qui va venir ?

Silence. Au bout d'un moment, je crus l'entendre chuchoter, mais elle ne parlait pas assez fort pour que je comprenne.

— Elle essaie de me mettre en garde contre quelque chose, expliquai-je, mais je n'entends pas ce qu'elle dit.

Simon m'indiqua d'enlever le collier. Je le fis passer au-dessus de ma tête…

— Je peux savoir ce que vous faites ? rugit une voix derrière nous.

Derek entra à grands pas dans la pièce et remit le collier autour de mon cou d'un geste brusque.

— Tu fais une invocation sans ton amulette ? Tu es folle ? Un fantôme a réussi à t'attirer sur le toit ce matin, tu aurais pu te faire tuer.

Simon se mit debout.

— Vas-y doucement, tu veux ? On tentait d'appeler Liz, et un esprit a voulu avertir Chloé de quelque chose mais elle n'a pas compris ce qu'il disait. C'est pour ça qu'on lui a suggéré d'enlever le collier, pour voir si ça aiderait le fantôme à se matérialiser.

Derek ne se défit pas de sa mine renfrognée caractéristique.

— Ce n'est pas parce que vous lui suggérez quelque chose qu'elle doit vous écouter, répondit-il. Elle le sait bien.

— Mais leur idée paraît logique, dis-je. Je faisais attention. Si tu t'étais arrêté pour regarder au lieu d'entrer à toute blinde, tu t'en serais rendu compte.

Son regard était toujours aussi noir, et il resta debout à me toiser de toute sa hauteur. Personne ne faisait cela mieux que lui, mais j'avais assez d'expérience pour ne pas me laisser impressionner.

— Je garde le collier, dis-je, mais je vais réessayer. Si le fantôme de la femme est encore là, j'enlèverai peut-être le bijou.

— Qui est-ce ?

— J-je… (J'hésitai, la poitrine serrée.) P-peut-être ma tante. J-j-je ne crois pas, mais… je devrais refaire une tentative.

Son expression furieuse se dissipa un peu. Il se passa une main dans les cheveux, soupira puis hocha la tête.

— D'accord. Tu devrais. Si elle revient et qu'elle a l'air d'essayer de te mettre en garde, alors… on verra ce qu'on peut faire pour le collier.

J'aurais pu lui faire remarquer que c'était à moi de prendre la décision, mais il était en train de se calmer et je ne voulais pas le remettre de mauvaise humeur.

J'essayai une fois de plus. Sans résultat.

— Elle ne voulait pas que je l'appelle ici, dis-je.

— Ça alors! ironisa Derek. Sans doute parce que tu pourrais invoquer cet abruti de *poltergeist*. (Il se tut puis laissa tomber le mode sarcastique.) On ira se promener demain, on s'éloignera un peu de la maison et on réessaiera.

— Je viendrai avec vous, déclara Tori. Et si l'abruti débarque…

Elle leva les mains. Une boule d'énergie apparut, tourbillonnant au-dessus de ses doigts. Elle sourit et fit un mouvement du poignet pour la lancer comme une balle de base-ball. La boule s'écrasa contre le mur et explosa en une pluie d'étincelles, laissant une trace de roussi sur le papier peint décoloré.

— Oups, dit-elle.

Derek la toisa.

— Qu'est-ce que tu fous, bon sang?

— Je frime. Je ne savais pas que ça allait marquer le mur.

Il s'approcha de la trace et la frotta, mais elle ne s'effaça pas.

— Personne ne le remarquera, dit Tori. Et même si c'était le cas, personne n'ira accuser mes pouvoirs.

— Je m'en fiche. On aurait pu te voir.

— Bon, je vais me faire gronder pour avoir abîmé le papier peint. Je pense que je peux survivre.

— Tu ne comprends pas. On ne peut pas faire n'importe quoi. La puissance de nos pouvoirs les inquiète déjà assez. Il faut qu'on se modère un peu, sans quoi on va les rendre tellement nerveux qu'ils pourraient décider que nous serions finalement mieux enfermés dans un labo.

— Tu vas un peu loin, là, objecta Simon.

Derek se tourna vers lui et Simon baissa la voix, les mains levées:

— Écoute, je sais pourquoi tu flippes…

— Je ne flippe pas.

— D'accord, mais… Je crois qu'on doit être prudents, mais ils sont déjà au courant des expériences. Ils ne pensent pas que nous sommes des surnaturels comme les autres. C'est vrai qu'il vaut sans doute mieux que tu ne jettes pas les meubles par les fenêtres et que Tori évite les boules de feu, mais à part ça… eh bien…

—Il faut qu'ils sachent, dit Tori. Si on veut les convaincre que le groupe Edison nous a trafiqués, on doit le leur prouver. Il faut qu'ils sachent que je suis capable de faire des choses comme ça. Que tu peux balancer un canapé à travers la pièce. Que Chloé peut ressusciter les morts.

—Non, rétorqua Derek.

Personne ne répliqua et il nous regarda d'un œil noir l'un après l'autre, en finissant par moi.

—Hors de question.

—Je n'ai rien dit, moi, répondis-je.

—Je pense seulement que, pour notre bien à tous, il faut qu'on fasse profil bas. On ne peut pas leur fournir des raisons de… (Il releva vivement la tête.) Andrew arrive.

Il jeta un dernier regard au mur endommagé et nous fit vite sortir de la chambre.

Andrew voulait que nous allions nous coucher, et Simon partit vérifier son taux de glucose avant la nuit. Je descendis chercher de l'eau. J'étais en train de sortir un verre, quand Andrew arriva.

—Simon m'a prévenu que tu as du mal à dormir, donc je vais te donner ça, dit-il en déposant un comprimé au creux de ma main. C'est une demi-dose d'un somnifère qu'on peut acheter sans ordonnance. Je ne t'oblige pas à le prendre. Je ne te demanderai pas si tu l'as fait. Je suis sûr que tu as eu assez de somnifères à Lyle House. Mais je pense qu'il est important que tu aies une bonne nuit de sommeil. Si tu décides de le prendre, tu trouveras de l'eau dans le frigo.

Il sortit. Je regardai fixement le comprimé. L'avaler semblait être la solution de facilité. Je devais apprendre à gérer mes pouvoirs, parce que les fantômes n'allaient pas disparaître. Mais il avait raison, j'avais besoin de sommeil. L'entraînement du lendemain me serait plus profitable si j'étais bien reposée. Et pourtant…

— Prends-le.

Je sursautai. Derek s'approcha de la table et attrapa deux pommes dans le plat.

— Il faut que tu dormes. Jouer les dures n'impressionnera personne. Ce serait stupide.

Ah ! Derek. Toujours si encourageant.

— Et toi ? demandai-je. Tu pensais que la prochaine transformation était pour bientôt.

— Ça n'arrivera pas ce soir. Dans le pire des cas, je…

Il haussa les épaules et croqua dans une pomme.

— Tu viendras me chercher ?

— Ouais, marmonna-t-il la bouche pleine.

Je pris la carafe dans le réfrigérateur et remplis mon verre.

— Bon, que penses-tu de…

Je me retournai et, en voyant la porte de la cuisine se refermer, me rendis compte que je parlais toute seule.

8

J'avalai le somnifère et m'endormis aussitôt. Lorsque je me réveillai, je me sentis en effet revigorée, mais il faisait noir. J'avais laissé les stores remontés la nuit précédente, comme je le faisais toujours. Tori avait dû les baisser. Je bâillai et me tournai sur le côté pour regarder l'heure :

03 h 46.

Je poussai un grognement et essayai de me rendormir. J'y parvins mais fus ensuite réveillée par des pleurs.

Je me redressai dans mon lit et observai la chambre. Le réveil affichait 05 h 28.

Il y eut un reniflement à ma droite et je jetai un coup d'œil à Tori, recroquevillée dans son lit. Pleurait-elle dans son sommeil ? Elle marmonna quelque chose puis se remit à ronfler, mais j'entendais toujours les petits gémissements de sanglots étouffés. Je l'examinai encore un peu : elle dormait à poings fermés.

J'entendis un autre reniflement suivi d'un halètement, qui provenaient bel et bien du lit de Tori. Je m'approchai. Ses joues semblaient sèches ; j'en touchai même une pour m'en assurer.

Une longue plainte grave résonna et me fit froid dans le dos. Elle venait de sous le lit.

Je reculai.

Mmh, que crois-tu trouver sous le lit ? un monstre ?

Oui, un monstre caché sous le lit était un terrible cliché… Mais je n'allais pas pour autant me risquer à regarder.

Je croyais que tu allais tenir tête aux fantômes, désormais ?

Demain, peut-être… de préférence quand il ferait jour.

Ma voix intérieure poussa un long soupir exaspéré.

Tu sais très bien qui c'est. Le même con, deuxième épisode. Il essaie de t'avoir avec les sanglots. Tu ne peux pas retourner te coucher, sinon il pourrait t'étouffer avec un oreiller.

Waouh, merci. Ça m'aiderait sûrement à dormir.

Remonte les stores. Dans le pire des cas, tu réveilleras Tori. Ça lui apprendra à vouloir les baisser.

J'étais d'accord. En m'approchant, j'aperçus une forme ovale et sombre près de son lit. Pas étonnant : il y avait une descente de lit dans la pièce et elle l'avait tirée de son côté.

J'avais remonté les stores à moitié lorsque je perçus un mouvement. Quelque chose coulait le long du bord du lit, mais je n'entendais aucun bruit de gouttes qui s'écrasent sur le sol. Le tapis devait les absorber.

Je remontai davantage les stores, laissant le clair de lune emplir la pièce et l'éclairer…

Le store glissa de mes doigts. Il remonta en s'enroulant à toute vitesse avec un « flap, flap, flap ». Je reculai et me cognai dans la table de nuit. Le réveil vint s'écraser par terre.

La forme ovale près du lit de Tori n'était pas un tapis, mais une mare de sang. Je levai les yeux et remarquai les draps ensanglantés, et puis…

Le corps qui gisait sur le lit était couvert de sang, le crâne enfoncé, le visage réduit en un…

Je me forçai à détourner la tête. La vision me soulevait l'estomac, et j'appelai Tori en gémissant. Je vis ensuite le reste du corps : il était zébré de sang, mais entier, et ne portait qu'un bas de pyjama, laissant clairement voir la poitrine d'un jeune garçon de treize ou quatorze ans. Il avait les cheveux châtain clair collés par le sang et parsemés de…

J'en eus un haut-le-cœur. Je clignai des yeux plusieurs fois, et le garçon disparut. À sa place se trouvait Tori, qui dormait toujours en ronflant. Je baissai vivement la tête vers le sol : rien. Pas de sang. Pas de descente de lit.

Je restai le regard rivé sur cet emplacement vide et repensai au sang que j'avais vu couler. Il ne faisait pas de bruit en tombant. C'était une vision fantomatique, comme celle de la fille près de la station-service ou de l'homme dans l'usine. Des morts terribles qui se répétaient à l'infini, comme des films muets.

Ces visions ne peuvent donc pas te faire de mal.

Non, en effet. Elles pouvaient me faire peur ; elles pouvaient me perturber ; elles pouvaient rester inscrites dans ma mémoire pour toujours. Mais elles ne pouvaient pas me blesser physiquement.

Au moment où je me glissais de nouveau dans mon lit, les sanglots reprirent de plus belle. Puis j'entendis quelque chose qui ressemblait à un rire. Je me rassis, mais le silence se fit. Je regardai autour de moi. Il y eut un autre bruit, à mi-chemin entre un sanglot et un rire.

C'était peut-être simplement la scène du meurtre qui se répétait, mais d'habitude, je n'avais pas de bande sonore dans ces cas-là. Cela ne m'aurait pas étonnée que le jeune demi-démon ait mis au point ce petit scénario. Si je n'étais pas effrayée par ses effets de *poltergeist*, peut-être qu'une horrible scène de meurtre fonctionnerait. Je m'apprêtai à me rallonger mais me repris. Derek m'avait engueulée plus tôt dans la journée pour avoir voulu gérer quelque chose toute seule. J'avais déjà laissé ce fantôme me mener en bateau une fois, je n'allais pas recommencer. Je me levai et me dirigeai vers la chambre des garçons.

Leur porte n'était pas complètement fermée. Je m'arrêtai devant et entendis Simon ronfler. Derek, comme d'habitude, était complètement silencieux. Je toussai et tapai des pieds dans le couloir pour faire un peu de bruit. Je me sentis comme une gamine qui lance des cailloux à la fenêtre d'un ami pour voir s'il va sortir jouer. Il n'y eut pas de réponse.

Je poussai la porte de quelques centimètres et attendis une réaction. Je n'avais pas vraiment envie de faire irruption dans la chambre des garçons pendant leur sommeil… pas quand je savais que Derek dormait en caleçon.

Je toussai et traînai des pieds un peu plus, mais Derek ne se réveillait toujours pas. Je jetai un coup d'œil à l'intérieur. Simon dormait sur le lit qui se trouvait près de la porte, enroulé dans ses draps. Le lit de Derek était vide.

Je regardai dans la salle de bains, mais la porte était ouverte et aucune lumière n'était allumée. Je pensai à aller voir sur le toit, mais après la nuit précédente je gardai cette possibilité pour la fin. J'allai voir en bas et m'arrêtai d'abord dans la cuisine, bien sûr. J'y trouvai un verre de lait vide et une assiette pleine de miettes, tous deux soigneusement posés dans l'évier.

Tout en parcourant les pièces du rez-de-chaussée, je ne cessais de jeter des coups d'œil vers la porte au bout du couloir qui donnait sur l'arrière de la maison. Il avait bien dit qu'il m'appellerait s'il sentait venir une transformation, non? Était-il sorti tout seul? Je me sentis soudain blessée.

Et quand bien même? Il avait le droit. Il n'avait pas besoin de mon aide. Sauf qu'il avait visiblement bien aimé m'avoir près de lui, et j'avais apprécié d'être capable de faire quelque chose pour lui.

Je m'approchai de la porte. En effet, elle n'était pas fermée à clé. Sans m'attarder sur mon sentiment renouvelé de déception, je tournai la poignée. L'arrière de la maison donnait sur un tout petit jardin entouré d'une forêt. Le soleil se levait au-dessus des arbres. Je fis un pas dehors et observai les alentours.

— Derek? appelai-je.

Pas de réponse. J'avançai un peu et répétai plus fort:

— Derek? Tu es là?

J'entendis le son d'une branche qui se casse en provenance des bois. J'imaginai Derek en pleine transformation, incapable de répondre, et je courus jusqu'à la lisière de la forêt. Le bruit se tut et j'attendis au bord du chemin qui s'enfonçait entre les arbres, scrutant l'obscurité, l'oreille tendue. Il y eut un autre craquement, accompagné d'une espèce de gémissement.

— Derek ? C'est moi.

Je pénétrai dans la forêt. Après seulement quelques pas, le soleil matinal disparut et je fus engloutie par les ténèbres.

— Derek ?

Il apparut à l'endroit où le chemin s'éloignait dans un virage et me fit sursauter. Je n'eus pas besoin de la lumière du jour pour lire l'expression de son visage. Je n'eus d'ailleurs même pas besoin de voir son visage : la position de ses épaules et l'allure à laquelle il fonçait sur moi me laissèrent comprendre que j'allais avoir des ennuis.

— Je…, commençai-je.

— Qu'est-ce que tu fabriques, enfin, Chloé ? J'ai dit qu'on viendrait ici ensemble plus tard pour essayer d'invoquer ce fantôme. Le mot-clé, c'était *ensemble* ! Si tu es là…

Je levai les mains en l'air.

— Bon, bon, tu m'as eue. Je suis sortie toute seule en espérant que personne ne le remarquerait. C'est d'ailleurs pour cette raison que j'étais en train de t'appeler.

Mon sarcasme le fit hésiter. Je poursuivis :

— J'ai encore fait une rencontre dans ma chambre tout à l'heure, et après ce qui s'est passé hier, je me suis dit qu'il valait mieux que j'aille chercher de l'aide. Tori et Simon sont en train de dormir, mais tu n'étais pas couché, donc je te cherchais.

— Oh…

Il se frotta la bouche et marmonna quelque chose qui aurait pu être une excuse.

— Tu vas te transformer ?

— Mmh ? Non. Je serais venu te chercher, sinon.

— Tant mieux. Ces temps-ci, il vaut mieux qu'on s'en tienne à notre système d'entraide.

Je fis demi-tour pour revenir dans le jardin. Derek me suivit. Le sentier était étroit, mais il marchait à côté de moi, si près que sa main m'effleura le coude plusieurs fois, jusqu'à ce qu'il bredouille quelque chose et me laisse passer devant lui.

— Que faisais-tu, alors ? demandai-je. Une balade matinale ?

— J'explorais un peu. J'étais… agité.

Je me retournai pour l'observer et lus la fatigue sur son visage. Il jetait des regards dans tous les sens. Il semblait inquiet plutôt qu'agité. Je sortis de la forêt et me retournai vers lui une fois dans le jardin.

— Quelque chose te tracasse ?

— Non. (Il marqua une pause.) En fait, si. Je n'arrivais pas à dormir, alors je suis monté sur le toit et j'ai cru voir quelque chose ici. Une lumière dans la forêt. Mais je n'ai rien trouvé.

Il regarda en direction des bois, les doigts pianotant sur sa cuisse, comme s'il avait hâte d'y retourner.

— Tu veux continuer à chercher ?

— Peut-être, oui.

— Je te laisse, alors, dis-je en avançant vers la porte.

— Non, lança-t-il très vite en tendant le bras pour me retenir, mais il s'arrêta avant de me toucher. Je veux dire, si tu es fatiguée, pas de problème. Mais tu peux rester.

— D'accord.

Il hocha la tête. Nous restâmes un moment là où nous étions, puis il se frotta la nuque et fit bouger ses épaules.

— Donc, heu, tu parlais d'un fantôme ?

— Oui, répondis-je, et je lui racontai.

— Tu vas bien ? me demanda-t-il lorsque j'eus fini.

— J'ai eu la frousse, mais oui, ça va.

Il me dévisageait toujours comme s'il ne me croyait pas, et je repris :

— Alors, tu as trouvé quelque chose, hier soir, quand tu as fouillé la maison ?

Il secoua la tête.

— J'ai essayé d'aller au sous-sol, mais c'était fermé. Il doit y avoir une clé quelque part.

— Une serrure ancienne, pour laquelle il faudrait une clé ancienne ?

— Oui, comment… ?

— Simon et toi, vous devriez apprendre à mieux communiquer. Il l'a déjà trouvée. Enfin, il a trouvé une clé. On devrait aller voir si elle correspond avant que tout le monde se réveille.

Nous étions presque parvenus à la porte de derrière lorsque Andrew l'ouvrit. Il nous jeta un coup d'œil en fronçant les sourcils sans rien dire, mais son regard ressemblait beaucoup à celui auquel Derek et moi avions eu droit de la part des éducatrices de Lyle House quand nous étions sortis ensemble de la cave. Andrew avait l'air moins sûr de lui, comme s'il espérait se tromper. Dans la mesure où il m'avait vue main dans la main avec Simon l'autre nuit, je ne lui en voulais pas.

La dernière fois que Derek et moi nous étions fait prendre ensemble, j'avais balbutié des excuses. Lui n'avait rien dit, et ça m'avait énervée. Mais il avait eu raison : mes excuses n'avaient fait que renforcer l'idée que nous avions fait quelque chose qui avait besoin d'être expliqué. Andrew ne nous avait pas surpris en train de nous embrasser, ni de nous tenir la main, ni même de sortir de la forêt. Nous étions ensemble dans le jardin, en plein jour, en train de marcher et de discuter. Il n'y avait rien de mal à cela. Pourquoi persistait-il alors à nous regarder comme s'il attendait des explications ?

— Il fait un peu plus chaud aujourd'hui, dis-je. On va peut-être même voir le soleil.

Une remarque tout à fait mûre, faite en passant. Derek grogna même :

— J'espère bien.

L'expression d'Andrew ne changea pas.

— Les autres sont debout ? demandai-je. Ils dormaient comme des souches quand nous sommes sortis.

— Pas encore. J'allais préparer le petit déjeuner quand j'ai remarqué que la porte de derrière était ouverte.

— Je me suis dit qu'on ferait mieux de ne pas la fermer, expliquai-je. Vous préférez sans doute savoir où on est, pas vrai ?

Il hocha la tête et nous fit signe d'entrer. Une fois que nous fûmes tous les deux à l'intérieur, il se retourna vers la forêt en fronçant les sourcils avant de fermer la porte à clé.

Derek monta prendre une douche. Je m'apprêtais à aller voir si Tori dormait toujours, mais Andrew avait besoin de moi dans la cuisine et me demanda de mettre la table pendant qu'il faisait frire le bacon.

— Tu es écrivain, donc je suppose que tu aimes lire, dit-il. Qui sont tes auteurs préférés ?

Je lui débitai quelques noms et il se mit à rire.

— Simon avait raison. Tu ne cours pas après les livres de princesses pour petite fille riche ! J'ai quelque chose qui pourrait t'intéresser, un mélange d'action et d'aventure. C'est encore sous forme de manuscrit, mais si tu veux y jeter un coup d'œil, je te prêterai mon ordinateur portable. (Il me regarda par-dessus son épaule avec un grand sourire.) J'aimerais beaucoup que tu me dises ce que tu en penses, si ça ne t'ennuie pas de participer à une étude d'opinion.

— Non, pas du tout. De quoi ça parle ?

Ce qu'il m'expliqua me donna envie d'en savoir plus, et nous parlâmes de livres pendant un moment. Il me demanda ensuite comment je voulais mes œufs, et tout en les préparant, il me lança :

— Que sais-tu sur les loups-garous, Chloé ?

— Seulement ce que Derek m'a appris.

— Je ne suis moi-même pas un expert, mais Tomas m'a dit il y a des années qu'il faut toujours se souvenir d'une chose quand on a affaire à des loups-garous. Ils ont peut-être l'air d'être comme toi et moi, mais ils ne le sont pas. Ils ne sont qu'à moitié humains.

Je me hérissai. J'avais assez entendu ce genre de conneries au laboratoire.

— Et à moitié monstres? terminai-je d'une voix un peu froide.

— Non, à moitié loups.

Je me détendis.

— Le père de Derek l'a éduqué pour qu'il ait conscience de ça, dis-je.

— Je suis sûr que Kit l'a fait, mais… à ses yeux, Derek est son fils, tout autant que Simon. Il y a des choses que les parents passent sous silence quand il est question de leurs enfants. Être à moitié loup ne rend pas seulement Derek un peu différent. Il est pour moitié un animal gouverné par l'instinct. Et certains instincts… (Il s'éclaircit la voix.) Derek semble très attaché à toi, Chloé.

— Attaché? répétai-je sans pouvoir m'empêcher de rire. C'est vrai, il se sent un peu responsable de moi. C'est ce que vous dites sur le fait d'être à moitié un loup. Je fais temporairement partie de sa Meute, et il est obligé de me protéger, qu'il le veuille ou non. Il n'a pas le choix, c'est son instinct.

Andrew garda le silence pendant un moment et se contenta de retourner les œufs.

— Vous voulez que je fasse griller les tartines? demandai-je. Je peux…

— Quand le groupe Edison a commencé à élaborer le projet Genesis, le docteur Davidoff voulait y inclure les loups-garous et les vampires.

— Les v-vampires?

Il y avait des *vampires*? Je n'étais même pas encore habituée au concept de loup-garou…

— Les autres ont voté contre ce projet, mais il est arrivé à ses fins avec les loups-garous. En ce qui vous concerne, nous étions en train de jouer avec des choses dont nous ignorions tout, mais c'était encore pire pour les loups-garous.

Il me passa les tartines et désigna le grille-pain.

— Les loups-garous et les vampires sont différents des autres types de surnaturels, poursuivit-il. Ils sont vraiment beaucoup plus rares, et nous les considérons, tout comme ils se considèrent eux-mêmes, comme des espèces à part. Tu ne trouveras aucun loup-garou ou vampire parmi nous, ni dans le groupe Edison. Les Cabales ne veulent pas les recruter. Nos hôpitaux spéciaux refusent de les soigner. Je sais que ça ressemble à de la ségrégation, mais ça marche dans les deux sens. Nos médecins ne connaissent pas assez les loups-garous pour les guérir. Quant aux loups-garous, ça ne les intéresse pas de venir voir nos médecins ou de travailler avec nous. Nous leur sommes aussi étrangers qu'ils le sont pour nous. Cela ne veut pas dire qu'ils ont un problème. Ils se portent mieux et sont plus heureux s'ils restent entre eux.

Je fis « non » de la tête.

— Derek est heureux là où il est.

— Derek est quelqu'un de bien, Chloé. Il l'a toujours été. Responsable, mûr... Kit plaisantait souvent en disant que, parfois, il aurait préféré en avoir dix comme Derek plutôt qu'un seul comme Simon. Mais le loup est en train de faire son apparition, et Derek a beaucoup de mal avec ça. J'ai toujours répété à Kit... (Il poussa un soupir et secoua la tête.) Ce que j'essaie de dire, c'est que je sais que Derek a l'air d'un garçon normal.

Normal ? J'aurais pu en rire. Je ne pensais pas que quiconque ait jamais pu le prendre pour quelqu'un de normal.

— Mais il faut que tu te rappelles qu'il est différent, insista Andrew. Tu dois faire attention.

J'en avais marre d'entendre dire à quel point Derek était dangereux. Différent, oui, mais pas plus qu'une dizaine d'autres garçons que je connaissais au lycée, des garçons qui se distinguaient des autres, qui ne se comportaient pas comme tout le monde, qui suivaient leurs propres règles. Dangereux, il pouvait l'être, avec sa force surhumaine. Mais en quoi était-il pire que Tori et ses pouvoirs magiques incontrôlables ? Elle avait essayé de me faire du mal à de nombreuses reprises, mais personne, hormis les garçons, ne m'avait jamais mise en garde contre elle.

À la différence de Tori, Derek faisait des efforts pour maîtriser ses pouvoirs. Mais personne ne le reconnaissait. Personne ne voyait Derek ; ils ne voyaient tous que le loup-garou.

9

Gwen arriva pour l'entraînement après le petit déjeuner, et Margaret était censée débarquer d'une minute à l'autre. Simon et moi étions dans le couloir quand Gwen fit son apparition, le téléphone portable à la main.

— Tori est avec vous ? demanda-t-elle.

— Je crois qu'elle est encore au lit, dis-je. Elle ne voulait pas petit-déjeuner. Je vais aller…

— Ce n'est pas la peine. Je viens de recevoir un coup de téléphone du travail. Quelqu'un a appelé pour prévenir qu'il était malade et ils ont besoin que je tienne la galerie. Dis à Tori que je serai de retour vers 16 heures.

Elle s'apprêta à partir puis s'arrêta et se tourna vers Simon :

— Hier, quand Andrew a dit que j'étais une sorcière, tu as eu l'air surpris. Tu n'avais pas deviné ?

— Heu, non.

— Cool. Cette partie de la modification a dû fonctionner, alors.

— Hein ?

Elle sourit et nous fit signe d'entrer dans le petit salon, puis elle se laissa tomber dans un énorme fauteuil, envoya valser ses chaussures et replia ses jambes sous elle, manifestement pas si pressée d'aller travailler.

— J'arrive à savoir que tu es un sorcier rien qu'en te regardant. C'est un don héréditaire. Les sorciers peuvent reconnaître les sorcières, et *vice versa*. Andrew m'a dit qu'ils voulaient se débarrasser de cet aspect quand ils ont trafiqué vos gènes.

— Pourquoi ?

— Un excès de leur pensée politiquement correcte. Ils soutenaient que les sorciers et les sorcières développent ce don comme mécanisme de défense. (Elle fit un large sourire.) L'importance de connaître ses ennemis.

— Ses ennemis ? répétai-je.

Elle regarda Simon.

— Qu'as-tu entendu dire à propos des sorcières ?

— Heu, pas grand-chose.

— Oh ! ne sois pas si poli. Tu as entendu dire que nous étions des jeteuses de sorts inférieures, n'est-ce pas ? On nous raconte la même chose à propos des sorciers. C'est une rivalité idiote, qui remonte à l'Inquisition. Les hommes comme les femmes sont de bons jeteurs de sorts, avec leurs spécialités propres. Bref, selon Andrew, les membres du groupe Edison se sont dit que s'ils arrivaient à se débarrasser de ce radar interne, nous nous entendrions mieux. (Elle leva ses yeux bleus au ciel.) Personnellement, je pense qu'ils ont commis une grosse erreur. Cette capacité à se reconnaître les uns les autres est très utile du point de vue de l'évolution : ça évite les reproductions accidentelles.

— Tu veux dire entre les sorcières et les sorciers ? demandai-je.

— Oui. C'est un métissage instable, et… (Elle se tut tout à coup en rougissant.) Enfin, assez avec mes bêtises. J'ai beau me plaire à éviter les injonctions, le travail m'appelle.

Elle s'apprêtait à se relever mais s'interrompit.

— Vous aimez les pizzas ? s'enquit-elle.

— Bien sûr.

Elle nous demanda quel genre nous voulions.

— J'apporterai aussi le dessert, ajouta-t-elle. (Elle se tourna vers Simon.) Tu pourras en prendre ?

— Apporte ce que tu veux, et je pourrai en manger un peu.

— Très bien. (Elle baissa la voix.) Si vous avez besoin de quoi que ce soit, dites-le-moi. Cette maison n'est pas l'endroit idéal pour des ados, et vous devez vous inquiéter énormément, pour ton père, Simon, et ta tante, Chloé. J'espère vraiment…

Elle regarda de nouveau autour d'elle et ajouta, à voix encore plus basse :

— J'espère que les autres prendront la bonne décision. Andrew les y poussera, et je ferai ce que je peux pour vous aider.

Nous la remerciâmes. Elle nous demanda quels magazines nous lisions, pour pouvoir nous en rapporter. Puis Andrew appela Simon ; c'était l'heure de sa leçon. Simon informa Gwen qu'il aimerait beaucoup lire des bandes dessinées, n'importe lesquelles si elle réussissait à en dénicher puis partit rejoindre Andrew. Je lui demandai un exemplaire de la revue *Entertainment Weekly* [1], car il serait facile à trouver.

Avant qu'elle parte, je lui posai encore une question :

— À propos de ce que tu as dit sur la reproduction entre sorcières et sorciers… Est-ce que c'est dangereux ?

— Tu veux dire que… ?

— Je connais quelqu'un qui pourrait être concerné.

Elle sourit.

— Quelque chose me dit que nous parlons toutes les deux de la même personne, mais qu'aucune de nous ne veut prononcer son nom de peur que l'autre ne soit finalement pas au courant. Le quelqu'un en question porte-t-il le nom d'une ancienne reine ?

Je hochai la tête et Gwen fit semblant de pousser un soupir de soulagement.

— Andrew ne savait pas vraiment si vous étiez au courant, et je ne voulais pas être celle qui propage les ragots.

Je tentai de lui faire comprendre que Tori ignorait tout, mais elle poursuivit :

---

1. Magazine américain de divertissement qui publie des critiques de films, émissions télévisées, livres, albums de musique, spectacles, etc. (*NdT*)

— Oui, le mélange des deux espèces présente quelques défis. Il apporte une stimulation supplémentaire, et d'après ce que j'ai cru comprendre, toi et tes amis n'en avez pas besoin. Mais ceux de notre groupe disent que ni Diane ni Kit n'étaient des jeteurs de sorts particulièrement puissants, donc…

— K-Kit ? le père de Simon ?

Nous nous regardâmes fixement. Les lèvres de Gwen remuèrent tandis qu'elle poussait un juron silencieux, avant de grimacer.

— Je suppose qu'en fait, je suis bien celle qui propage les ragots. Ça ne m'étonne pas. (Elle eut un rire mal assuré et s'affaira à regarder son téléphone portable.) Ce n'est probablement pas vrai. D'ailleurs, son père n'est peut-être même pas un sorcier. Enfin, je n'en sais rien. Je n'ai jamais travaillé pour le groupe Edison et je ne connais ni Kit ni Diane. Quoi qu'il en soit, qu'elle ait du sang de sorcier ou non, je suis sûre que Tori s'en sortira très bien. Je vais lui dire que…

— Non ! Je veux dire, elle n'est pas au courant des rumeurs. Elle n'a rien entendu dire. Une conversation que j'ai surprise au labo sous-entendait juste que son père était un sorcier.

— Bon, dans ce cas, je ne lui dirai rien. Tu devrais en faire autant.

Kit Bae était-il le père de Tori ? C'était impossible. Il était coréen, on le voyait bien sur les traits du visage de Simon. Mais pas chez Tori.

Il était vrai que la génétique pouvait produire de drôles de résultats, comme la blondeur de Simon. Mais si Diane Enright avait fait exprès de tomber enceinte d'un sorcier, comme le prétendait le demi-démon, choisir Kit Bae aurait été comme de choisir un père roux alors que ni elle ni son mari ne l'était. Il y aurait eu de grandes chances que le père de Tori découvre que l'enfant n'était pas de lui.

Donc, non, Tori et Simon ne pouvaient pas avoir le même père. Mais si tout le monde le croyait, la rumeur finirait par atteindre Tori et Simon, ce qui serait une complication dont personne n'avait besoin.

10

Margaret arriva peu après le départ de Gwen. Quand Tori descendit et apprit que Margaret m'emmenait dehors pour ma leçon, elle décida de se joindre à nous. Elle parvenait peut-être bien à le cacher, mais je savais qu'elle était tout aussi nerveuse et agitée que nous. Passer la matinée enfermée dans la chambre était la dernière chose dont elle avait besoin. Et ce n'étaient pas Derek et Simon qui l'inviteraient à venir avec eux.

Margaret hésita à accepter, mais je lui dis que je me sentirais plus détendue si Tori venait avec nous. C'était n'importe quoi, mais je ne pus m'en empêcher. Derek n'était pas le seul à souffrir de ses instincts irrépressibles : j'avais l'envie irrésistible de venir en aide aux gens, ce que je finissais en général par regretter. J'espérais seulement que cette fois-ci, ce ne serait pas le cas.

Avant notre départ, Andrew donna plein de conseils à Margaret sur la manière de se déplacer en compagnie d'une fugueuse recherchée avec un demi-million de dollars à la clé. Il n'avait clairement pas envie de nous voir partir, mais Margaret y tenait. J'étais bien loin de Buffalo, disait-elle, et avec mes cheveux noirs, je ne ressemblais pas à ma photo sur les affiches. De plus, quelle victime de kidnapping irait se promener en voiture avec une femme qui aurait pu passer pour sa grand-mère ?

Nous partîmes donc. Margaret conduisait un beau modèle de voiture européen, du même genre que celles que louait mon père. Cela me fit penser à lui. Nous n'avions jamais été très proches, lui et moi. J'étais le bébé de ma mère et après sa mort, ç'avait encore une fois été une histoire d'instinct. Certaines personnes ont l'instinct parental et d'autres pas. Mon père n'avait pas la fibre paternelle, même s'il faisait de son mieux.

Il voyageait beaucoup, ce qui n'aidait en rien. Mais il tenait à moi. Plus que je ne m'en rendais compte. Après ma crise de nerfs, il était revenu de Berlin par avion pour être à mes côtés jusqu'à ce que je sois envoyée à Lyle House. Il y retourna seulement lorsqu'il n'eut pas d'autre choix, pensant que j'étais en sécurité sous la garde de tante Lauren.

— Donc, ce truc de nécromancien, dit Tori depuis le siège arrière, Chloé n'y connaît pas grand-chose.

Elle me fit signe de commencer à poser des questions. J'avais rêvé de rencontrer un autre nécromancien, et maintenant que je me retrouvais avec Margaret, je ne lui avais encore rien demandé. M'inquiéter pour mon père n'allait pas m'avancer à grand-chose.

Je commençai par interroger Margaret sur les scènes fantomatiques que j'avais vues se répéter en boucle. Elle les appela des images résiduelles mais ne m'apprit rien que je n'avais déjà deviné. Il s'agissait de traces d'énergie d'un événement traumatique qui se rejouait encore et encore, en boucle. Des images inoffensives, et pas des fantômes. Quant à la manière de les bloquer…

— Tu n'auras pas besoin de t'en inquiéter avant quelques années. Concentre-toi sur les fantômes, pour le moment. Tu t'occuperas des scènes résiduelles quand tu seras assez grande pour les voir.

— Mais je les vois déjà.

Elle fit « non » de la tête.

— Je suppose que tu vois un esprit qui reprend l'aspect qu'il avait à l'instant de sa mort. Les fantômes en sont malheureusement capables, et certains aiment s'en servir pour intimider les nécromanciens.

— Je ne crois pas que c'était vraiment ça.

Je lui expliquai alors ce que j'avais vu : un homme qui sautait sur une scie dans une usine et une fille qui se faisait assassiner près d'une station-service.

— Mon Dieu ! s'écria Tori. C'est… (Je lui jetai un coup d'œil et remarquai qu'elle avait pâli.) Tu as vu *ça* ?

— J'ai entendu dire que tu aimais les films, Chloé, l'interrompit Margaret. Je suppose que tu as une imagination fertile.

— D'accord, alors peut-être pourriez-vous me dire comment bloquer ces scènes quand je commencerai à les voir ?

J'avais dû laisser filtrer une pointe de sarcasme dans ma voix, car Margaret me décocha un regard sévère. Je le soutins du mieux que je pus en ouvrant grands mes yeux bleus, et j'ajoutai :

— Ça pourrait m'aider de savoir ce qui va se passer. Pour me sentir prête à y faire face.

Elle hocha la tête.

— C'est la bonne attitude à adopter, Chloé. D'accord. Je vais te révéler le secret. Quand tu vois une image résiduelle, il existe une solution sûre pour s'en débarrasser : s'éloigner.

— Mais je peux la bloquer ?

— Non, mais tu n'as pas besoin de le faire. Contente-toi de tourner le dos. Ce ne sont pas des fantômes, donc ils ne peuvent pas te suivre.

J'aurais pu trouver cela toute seule. Mais un problème subsistait.

— Comment savoir si c'est une scène résiduelle ou non ? Si ça semble réel, comment être certaine que ça ne l'est pas ? Avant de voir… le moment où ils meurent.

— Un des indices est que les images résiduelles ne produisent aucun bruit.

Je le savais déjà.

— Un autre est qu'il n'y a pas d'interaction possible.

Ça aussi, je le savais.

Si je remarquais qu'un homme s'apprêtait à sauter sur une scie industrielle, je devais donc m'arrêter et écouter s'il y avait des bruits ?

Lui hurler dessus pour voir s'il réagissait ? Pendant ce temps-là, s'il s'agissait d'une scène résiduelle, l'homme aurait déjà sauté et j'aurais ainsi assisté à ce que je voulais éviter de voir. Et s'il était réel, je pouvais le laisser mourir en essayant de m'épargner une scène pénible à regarder.

S'il était possible de reconnaître un fantôme, résiduel ou non, j'aurais pu alors savoir que la personne ne courait aucun danger, et quitter les lieux. Pendant qu'elle traversait une petite ville, je demandai donc à Margaret comment m'en assurer.

— Excellente question, dit-elle. À présent, les vraies leçons commencent. Il existe trois moyens de différencier les fantômes des vivants. Tout d'abord, les vêtements. Par exemple, si un homme porte un chapeau et des bretelles, c'est un fantôme, probablement des années 1950.

— J'ai déjà vu des mecs porter des chapeaux et des bretelles, intervint Tori. Même des jeunes. C'est vintage.

— Un uniforme de la guerre de Sécession alors. S'il en porte un, c'est un fantôme.

Sans déconner.

— Ensuite, comme tu l'as peut-être remarqué, les fantômes peuvent passer à travers les matériaux solides. Donc si tu vois quelqu'un marcher au travers d'une porte ou d'une chaise, tu peux être sûre qu'il s'agit d'un fantôme.

Même quelqu'un qui n'est pas nécromancien aurait pu le déduire.

Margaret engagea le véhicule sur une route qui sortait de la ville.

— Et le troisième moyen..., commença-t-elle. Tu as une idée, Chloé ?

— S'ils ne font pas de bruits de pas quand ils marchent ?

— Oui, excellente réponse ! Voilà les trois moyens de différencier les fantômes des vivants.

Génial. Donc si je voyais un type debout, immobile, qui ne portait pas de vieil uniforme, je devais simplement lui demander de traverser un meuble. S'il me regardait comme si j'étais folle, alors je saurais qu'il n'était pas un fantôme.

J'espérais que l'aspect pratique de la journée se passerait mieux. Mais quand je vis où Margaret nous emmenait, mon espoir s'évanouit rapidement.

— Un c-cimetière ? dis-je alors qu'elle entrait sur le parking. Je ne p-peux pas. Je ne d-devrais même pas être ici.

— Arrête, Chloé. J'espère bien que tu n'as pas peur des cimetières.

— Heu, non, fit Tori. Ce sont les corps qui s'y trouvent enterrés qui l'inquiètent.

Le regard de Margaret alla de Tori à moi.

— Vous savez, les cadavres ? les zombies potentiels ?

— Ne dis pas de bêtises. On ne peut pas relever les morts par accident.

— Chloé, si.

Margaret eut un sourire pincé.

— J'ai entendu dire que les pouvoirs de Chloé sont assez puissants, mais je suis sûre qu'elle n'a pas encore besoin de craindre de ranimer les morts.

— Elle l'a déjà fait. J'étais là.

— C-c'est vrai, bégayai-je. J'ai ressuscité des sujets de l'expérience du docteur Lyle qui étaient enterrés dans le sous-sol de Lyle House. Et puis j'ai ressuscité des chauves-souris mortes dans un entrepôt, et un sans-abri dans une vieille maison où nous voulions passer la nuit.

— Des chauves-souris ? répéta Tori en grimaçant.

— Tu dormais. Je ne voulais pas te réveiller.

— Et je t'en remercie, ajouta-t-elle avant de se tourner vers Margaret. J'étais là pour le sans-abri. Je l'ai vu ramper vers Chloé…

— Je n'en doute pas, mais j'ai bien peur que vous ayez été victimes d'une blague cruelle. Certains membres du groupe Edison ont beaucoup investi dans cette expérience et aimeraient bien faire croire que les pouvoirs des sujets ont été considérablement augmentés par la modification. Un des nécromanciens de leur équipe voulait apparemment faire croire au groupe que Chloé pouvait ressusciter les morts. Ce qui est absurde, évidemment. Cela requiert non seulement des années d'entraînement, mais aussi des rituels et des ingrédients que tu ne possèdes pas.

—Mais j'ai réveillé le cadavre du sans-abri *après* notre évasion.

—C'est ce qu'ils ont voulu te faire croire. Il semble évident qu'ils étaient sur votre piste, c'est comme ça qu'ils vous ont interceptés chez Andrew. Peu importe. Même si tu pouvais ressusciter les morts (elle eut un petit sourire qui montrait qu'elle essayait de me faire plaisir), je suis là, et je vais m'assurer que nous prenons toutes les précautions nécessaires. Apprendre à se maîtriser est le meilleur moyen de surmonter ses peurs.

Je tentai de protester une fois de plus, mais Tori lui demanda si nous pouvions avoir une minute. Nous sortîmes de la voiture et elle m'emmena dans un coin, sous un érable. Mon ventre se contractait chaque fois que j'apercevais les pierres tombales, et je m'imaginais ressuscitant par accident les fantômes dans leurs cadavres enterrés dessous.

Je n'avais qu'à jeter un coup d'œil aux murs du cimetière pour voir le visage désapprobateur de Derek et l'entendre m'aboyer : « Ne pense même pas à t'entraîner ici, Chloé. »

—Elle est jalouse, tu sais, dit Tori.

—Comment ?

—Tu peux ressusciter les morts. L'admettre, c'est admettre aussi que tu es une meilleure nécromancienne qu'elle.

—Je ne pense pas que relever les morts puisse rendre quelqu'un *meilleur*.

—Dans leur univers, si, parce que cela signifie que tu es plus puissante. Tout le monde veut être plus puissant. (Elle laissa son regard balayer le cimetière et se perdre au loin.) Peu importe que le pouvoir soit bon ou mauvais. J'ai vécu avec ma mère assez longtemps pour m'en rendre compte. Margaret ne souhaite peut-être pas ressusciter les morts, mais elle veut en être capable, et elle ne souhaite pas qu'une gamine soit plus douée qu'elle dans ce domaine. Alors elle se convainc elle-même que tu ne peux pas le faire.

— D'accord, mais je préférerais ne pas lui prouver qu'elle a tort.

Tori fit la moue.

— Quoique…

— Mmh-mmh. Je ne vais pas renvoyer un pauvre fantôme dans son enveloppe pourrie…

— Ce serait provisoire.

Je lui jetai un regard méchant. Elle soupira.

— Bon, très bien. Mais quels que soient ses complexes, cette nana est censée t'entraîner, et tu as besoin d'entraînement. Comme nous autres. Tout se passera bien à partir du moment où tu y vas doucement, pas vrai ?

Elle avait raison. Je ne pouvais m'empêcher de repenser aux soupçons de Derek quant à la loyauté de Tori envers nous mais ne voyais pourtant pas ce qu'elle pouvait gagner en m'encourageant à réveiller les morts.

— Écoute, dit-elle, fais comme tu veux. Je te soutiendrai. C'est peut-être un cliché, mais on est dans le même bateau. Toi, moi, les garçons. Ce n'est pas exactement la bande que j'aurais choisie, sans vouloir être méchante, mais…

— Tu es coincée avec nous.

— Si tu veux mon avis, suis son entraînement, et fais attention.

J'imaginai ce que Derek aurait dit. Il n'aurait pas aimé la situation, mais je supposais qu'il aurait fini par être d'accord.

Je retournai auprès de Margaret et lui annonçai que j'étais prête.

11

Margaret nous mena au cimetière. Quelques personnes se tenaient sous une tente provisoire, groupées autour d'un cercueil. Nous évitâmes de nous approcher d'elles.

Le seul cimetière dans lequel j'étais entrée était celui où reposait ma mère. Mon père et moi y retournions chaque année pour son anniversaire.

Celui-ci était plus grand et comportait de nouvelles tombes près de l'entrée, là où se trouvait l'attroupement. Margaret nous emmena jusqu'au fond, dans le secteur des tombes les plus anciennes. Il était désert : les disparus étaient partis depuis si longtemps qu'il ne restait personne pour venir leur rendre hommage.

L'endroit était assez agréable, pour un cimetière, avec beaucoup d'arbres et de bancs. Si on y avait enlevé les tombes, il aurait fait un joli parc, surtout avec le soleil qui réchauffait cette froide matinée d'avril. J'essayai de me concentrer sur la luminosité et le paysage, et pas sur ce qui se trouvait sous mes pieds.

Margaret s'arrêta devant une des tombes les plus récentes du secteur ancien. C'était celle d'une femme morte en 1959 à l'âge de soixante-trois ans. Margaret dit que c'était la personne idéale. Elle n'était pas morte depuis assez longtemps pour être trop alarmée par nos vêtements modernes, mais une période suffisante s'était quand même écoulée pour qu'elle n'ait plus beaucoup de proches encore en vie, et elle n'aurait sans doute pas besoin de faire passer de messages.

Elle nous dit de nous agenouiller comme si nous étions de la famille de cette femme, nommée Edith, et que nous étions venues nous recueillir. La plupart des nécromanciens évitaient les invocations en plein jour, mais Margaret trouvait cela ridicule. Venir la nuit ne faisait qu'attirer davantage l'attention. Pendant la journée, si on amenait un ami avec soi (un surnaturel, bien sûr), c'était facile, parce qu'on pouvait s'agenouiller devant une tombe et parler, sans que personne ne s'en étonne.

— Ou bien tu pourrais utiliser un portable, me dit Tori.

— Ce n'est pas très respectueux, dans un cimetière, répondit Margaret en faisant la moue.

— Sans doute pas, répondit Tori en haussant les épaules. Mais elle pourrait. Et elle devrait sans doute avoir un portable, de toute façon, si jamais un fantôme essaie de lui parler en public.

Margaret leva les yeux au ciel, mais je trouvais que c'était une bonne idée et je lui étais reconnaissante de sa suggestion.

J'aurais aimé pouvoir me dire que Tori commençait à m'apprécier, mais comme elle l'avait dit elle-même, elle avait pris conscience qu'elle était très seule. Tout le monde a besoin d'un allié, et j'étais son unique option.

Je soupirai. Je ne m'étais jamais rendu compte de la chance que j'avais eue quand j'avais une vie encore normale, à l'époque où si une fille populaire m'adressait la parole, la pire chose qui pouvait m'arriver était qu'elle se moque de mon bégaiement pour faire rire les garçons.

Margaret ouvrit sa sacoche et en sortit des sachets remplis d'herbes, un morceau de craie, des allumettes et une petite soucoupe. Du matériel rituel pour aider les nécromanciens à réussir leur invocation, expliqua-t-elle. Tori étouffa un ricanement, comme pour signifier que je n'avais pas besoin de ça. Je ne commentai pas.

— Faut-il que j'enlève ça ? demandai-je en sortant mon pendentif de sous ma chemise.

Margaret cligna des yeux.

— Où as-tu trouvé ça ?

— Ma mère me l'a donné, quand j'étais petite. Je voyais des fantômes, et elle m'a dit que ce collier les éloignerait. Est-ce qu'il marche vraiment ?

— Ce qui marche vraiment, ce sont les superstitions idiotes. Je n'en ai pas revu depuis que j'avais à peu près ton âge. Les nécromanciens ne les utilisent plus, mais c'était un accessoire très à la mode pour les gens comme nous, autrefois. C'est censé réduire notre halo.

— Votre halo ? répéta Tori.

— C'est ce que voient les fantômes et qui leur indique que nous sommes des nécromanciens, c'est ça ? demandai-je. (Margaret hocha la tête.) Et si ce collier l'affaiblit, alors le nécromancien n'attire pas les fantômes.

— Margaret a raison alors, dit Tori. Il ne marche vraiment pas. Mais ce n'est pas le même que celui que tu portais à Lyle House. L'autre était rouge, au bout d'une chaîne.

— Si, c'est bien le même, répondis-je en tripotant la pierre bleue. Il *était* rouge. La chaîne s'est cassée. Mais s'il fonctionne vraiment, le fait qu'il ait changé de couleur pourrait signifier qu'il a perdu de son pouvoir.

Margaret observait le pendentif.

— Il a changé de couleur ? fit-elle.

Je hochai la tête.

— Est-ce que ça veut dire quelque chose ?

— On raconte que… (Elle haussa les épaules.) Ce ne sont que des superstitions. Notre monde en est plein, j'en ai bien peur. Bon, mettons-nous au travail. La première chose que tu dois faire, Chloé, c'est lire le nom de la personne et le garder en tête. Puis, à haute voix, tu vas répéter ce qu'on appelle une imploration. Tu dis le nom de l'esprit et tu lui demandes respectueusement de te parler. Essaie comme ça.

— Edith Parsons, j'aimerais vous parler, s'il vous plaît.

— Voilà. Ensuite, on allume la…

Pendant que Margaret expliquait, une femme grassouillette en robe bleue apparut derrière la pierre tombale, les sourcils froncés tandis qu'elle regardait autour d'elle de ses grands yeux bleus. Lorsqu'elle m'aperçut, son visage se détendit et elle me fit un large sourire.

— Bonjour, dis-je.

Margaret suivit mon regard et sursauta. Tori pouffa.

— On dirait que Chloé n'a pas besoin de tous ces trucs, en fin de compte.

Margaret salua la femme, qui lui jeta un coup d'œil avant de revenir vers moi, toujours souriante.

— Comme tu es mignonne, dit-elle. Quel âge as-tu, ma belle ?

— Quinze ans.

— Et tu vois les fantômes. Ton halo l'indique. Je n'ai jamais rencontré quelqu'un de ton espèce, mais j'ai entendu les autres en parler. Ils vous appellent…

Elle chercha le mot juste.

— Une nécromancienne, dis-je.

Elle grimaça, comme si elle avait mordu dans un citron.

— De mon temps, on appelait ceux qui pouvaient parler aux fantômes des adeptes du spiritisme, ou des médiums. Ce sont de meilleurs termes, n'est-ce pas ?

Je lui dis que j'étais d'accord. Elle regarda ensuite Margaret, et se mit à rire.

— Pendant toutes ces années, je n'ai pas cru ceux qui racontaient des histoires sur les gens comme vous, et voilà que j'en rencontre deux le même jour.

Elle tendit le bras et tapota l'air autour de moi, là où se trouvait sans doute mon halo.

— C'est si joli, murmura-t-elle. Ça attire le regard… Le tien est si brillant, mon petit. Beaucoup plus que le sien. J'imagine que c'est parce que tu es plus jeune.

J'avais entendu dire que plus le halo était fort, plus le nécromancien était puissant, et ça devait être vrai, car Margaret pinça les lèvres.

— P-puis-je essayer quelque chose ? demandai-je.

— Bien sûr, ma belle. Pas besoin d'être timide. C'est un grand jour pour moi. (Elle baissa la voix.) On s'ennuie parfois un peu de l'autre côté. Ça sera une belle histoire à raconter à mes amis.

— Je vais enlever mon collier, et j'aimerais savoir si mon halo change.

— Bonne idée, murmura Tori.

Margaret s'éclaircit la voix, comme pour signifier que c'était une perte de temps, mais je ne m'arrêtai pas pour autant. Je passai le ruban au-dessus de ma tête et le tendis à Tori. La vieille femme eut un cri de surprise.

— Ça alors !

Je me retournai et vis ses deux yeux, ronds comme des soucoupes, qui me regardaient fixement. Puis il y eut un miroitement sur ma gauche… et un autre sur ma droite.

Margaret poussa un juron. Elle se précipita sur Tori, lui arracha le collier des mains et le mit entre les miennes. L'air continua à miroiter et des formes commençaient à apparaître pendant que je remettais vivement le bijou autour de mon cou.

Le fantôme d'Edith s'évanouit, et à sa place apparut une jeune femme en tenue de pionnière. Elle s'agenouilla devant moi en sanglotant.

— Oh ! Dieu soit loué. Dieu soit loué ! J'ai attendu si longtemps. S'il te plaît, mon enfant, aide-moi. J'ai besoin…

Un jeune homme qui portait une veste en jean sale et déchirée l'attrapa par l'épaule et la tira en arrière.

— Écoute-moi bien, petite, s'écria-t-il, je suis coincé ici depuis…

Un homme costaud le poussa violemment et l'envoya valser.

— Un peu de respect pour tes aînés, jeune voyou !

— Merci, fis-je.

Je regardai derrière lui la pionnière qui pleurait et sanglotait.

— Comment puis-je…, commençai-je.

— Je parlais de moi, dit l'homme costaud. J'étais là le premier.

— Non, c'est faux. Vous me parlerez après.

Je tentai de me pencher pour voir derrière lui.

— Tu veux que je fasse la queue ? Parfait.

Il attrapa la pionnière et la jeta d'un coup. Elle disparut.

— Oups. On dirait qu'elle est partie. À moi, maintenant.

Je me levai d'un bond.

— N'essayez pas de...

— ... de quoi ? demanda-t-il en se précipitant sur moi.

Son visage devint violacé et gonfla jusqu'à doubler de volume. Ses yeux s'écarquillèrent et sa langue noire se mit à pendre. Je reculai en chancelant. L'homme à la veste en jean sauta derrière moi, et je me tournai pour l'éviter.

— Désolé, petite, fit-il en souriant, découvrant des rangées de dents pourries. Je ne voulais pas te faire perdre tes esprits. Tes esprits ! Tu comprends ?

Il se mit à rire et je reculai, mais il se rapprocha de moi.

— J'ai un problème, et tu peux m'aider, petite. Vois-tu, je suis coincé ici dans les limbes, à cause de deux ou trois choses que je n'ai pas commises. Des accusations bidon, tu sais ? Donc je me retrouve ici, et il faut que tu fasses quelque chose pour moi.

— Et moi aussi ! dit une voix derrière moi.

— Moi aussi !

— Moi !

— Moi !

Je me retournai lentement et vis que j'étais entourée de fantômes de tous âges, au moins une dizaine, qui se bousculaient, une lueur sauvage dans leurs yeux, les mains tendues vers moi. Ils parlaient de plus en plus fort, criaient, me hurlaient des ordres avec hargne. L'homme costaud qui m'avait montré son masque mortuaire se planta devant moi.

— Ne reste pas les bras ballants, sale môme. C'est ton boulot. Ton devoir. Aider les morts. (Il me colla sous le nez sa figure qui était redevenue violette et gonflée.) Alors mets-toi au travail.

— C'est ce que nous allons faire, annonça une voix sur ma gauche.

Je me retournai. La foule des fantômes s'écarta. Margaret se tenait debout, une soucoupe pleine de plantes séchées dans une main et une allumette en feu dans l'autre.

— Vous effrayez l'enfant, dit-elle d'une voix calme. Venez plutôt par ici pour me parler. Je peux vous aider.

Les fantômes s'agglutinèrent autour d'elle. Puis ils se mirent à hurler, à gémir, à maudire. Enfin, ils commencèrent à disparaître en se débattant dans tous les sens et en poussant quelques jurons supplémentaires, ils continuèrent à s'effacer jusqu'à ce qu'il ne reste que Margaret, qui soufflait sur la fumée des plantes brûlant dans la soucoupe.

— Q-qu'est-ce que c'est ? demandai-je.

— De la verveine. Ça bannit les fantômes. Enfin, la plupart d'entre eux. Il en reste toujours un qui s'acharne.

Elle me contourna à grands pas. Je me retournai et aperçus un vieux monsieur en train de reculer.

— Non, je vous en prie, dit-il. Je n'embêtais pas l'enfant. J'attendais simplement mon tour.

Margaret avançait toujours. Tori, qui ne pouvait voir et entendre que Margaret et moi, s'écarta avec précipitation de son chemin en regardant confusément autour d'elle.

— Je vous en prie, insista l'homme. Je n'aurai peut-être que cette chance. C'est seulement pour un message.

Il me regarda par-dessus l'épaule de Margaret, et des larmes brillèrent dans ses yeux.

— S'il te plaît, mon petit. Accorde-moi juste un instant.

Une sensation déplaisante, nauséeuse me parcourut. Qu'un homme adulte me supplie de lui rendre service me paraissait complètement déplacé…

— Attendez, demandai-je à Margaret. J'aimerais entendre ce qu'il a à me dire. S'il vous plaît ? Il ne me harcelait pas.

Margaret hésita puis fit signe à l'homme de poursuivre rapidement.

Il prit un moment pour se calmer puis me raconta :

—Je suis mort il y a deux ans. Je me suis endormi au volant de ma voiture, et elle est tombée d'une falaise. Ils ne l'ont jamais retrouvée et ils disent… Ils disent que je suis parti, que j'ai abandonné ma femme, mes enfants, mes petits-enfants. Tout ce que tu dois faire, c'est leur envoyer une lettre pour leur expliquer où trouver la voiture.

—Il faut que je prenne des notes, dis-je en me tournant vers Margaret.

J'étais sûre qu'elle avait du papier dans sa voiture. Même un téléphone portable aurait fait l'affaire, je pouvais écrire un SMS ; mais elle secoua la tête.

—Attends, intervint Tori, et elle sortit quelques morceaux de papier pliés et un stylo de sa poche. J'allais faire une liste des choses dont nous avons besoin. Andrew a dit que quelqu'un irait faire des courses pour nous tout à l'heure.

J'écrivis l'adresse de la femme du fantôme et l'emplacement de la voiture. Les routes et les repères qu'il m'indiqua n'avaient pas de sens pour moi, mais il affirma que sa femme comprendrait. Il me demanda d'ajouter un mot de sa part, disant qu'il l'aimait et qu'il ne l'aurait jamais abandonnée.

—Elle ne croira peut-être pas que je lui ai envoyé un message d'outre-tombe, mais elle le lira quand même. Je ne t'embête pas plus longtemps. Merci.

Il disparut avant que j'aie pu lui répondre.

—C'était trop cool, dit Tori en reprenant le stylo et le reste du papier.

J'étais en train de plier la feuille contenant les informations quand Margaret tendit la main. Je la lui remis.

—J'imagine qu'il faudra la poster depuis un endroit loin d'ici, hein ? Juste au cas où.

—Cette lettre ne sera pas postée.

—Quoi ? m'écriai-je en même temps que Tori.

—Tu ne dois jamais promettre de transmettre un message de la part d'un fantôme, Chloé. *Jamais.*

— Mais…

Elle posa sa main sur mon coude et ajouta d'une voix plus douce :

— Tu ne peux pas faire ça. Sinon ce que tu as vu aujourd'hui ne sera que le début. Ils se passeront le mot que tu veux bien leur venir en aide. C'est vrai qu'il y a des requêtes tout à fait valables, comme celle-ci ; mais tu as entendu les autres… La plupart de ces fantômes sont dans les limbes. Ils y ont été *condamnés*. Tu ne peux pas les aider, et tu ne le veux pas non plus, mais cela ne les empêchera pas de te harceler jour et nuit. Il faut que tu passes outre aux deux cas de figure : les gentils et les méchants.

Je relevai la tête pour la regarder et crus brièvement voir en elle une femme plus jeune, plus triste. Je me rendis compte que ce qui ressemblait à une froide efficacité était en fait un moyen de se préserver. La nécromancienne dure et sérieuse, le cœur insensible aux supplications des morts. Serait-ce aussi mon destin ? M'endurcir jusqu'à pouvoir jeter cette lettre dans la poubelle sans me poser une seule question ? Je ne voulais pas devenir comme ça. Jamais.

— Est-ce que ça va ? me demanda Tori.

Margaret s'était éloignée pour se débarrasser des cendres de la verveine. Tori posa sa main sur mon bras. Je pris conscience que je tremblais. Je serrai mes bras autour de ma taille.

— J'aurais dû prendre un pull, dis-je.

— Il fait encore frais quand le soleil est caché, n'est-ce pas ? fit Margaret en revenant vers nous.

Elle brandit un sachet de plantes séchées.

— La verveine, dit-elle. Je t'en donnerai quand on sera rentrées. Il est clair que tu pourrais en avoir besoin.

Elle essaya de sourire, mais elle en avait perdu l'habitude et ne parvint qu'à crisper les lèvres.

— Merci, répondis-je en m'étonnant de ma propre sincérité.

— Tu es prête pour continuer l'entraînement ? demanda-t-elle.

Je regardai le sachet qu'elle tenait comme s'il s'agissait d'un prix pour une leçon réussie, mais j'avais beau avoir très envie d'arrêter, ma tendance à vouloir faire plaisir prit le dessus :

— Bien sûr.

12

— Il est facile d'invoquer les fantômes qui veulent qu'on les appelle, dit Margaret, mais parfois on a besoin de parler à un fantôme réticent. Nous essayons de respecter les souhaits des disparus, mais tu as compris l'importance de garder le dessus dans les relations entre fantômes et nécromanciens. Certains d'entre eux croient vraiment que nous n'existons que pour les aider, et nous devons rapidement les détromper. Rester ferme dans ton invocation est un des moyens pour te faire une réputation sérieuse.

Margaret nous fit aller de tombe en tombe. Nous rendîmes visite à quatre fantômes avec qui nous discutâmes quelques minutes, avant d'en trouver un qui résistait à ses invocations.

Elle me laissa essayer. Le fantôme ne me répondit pas non plus.

— Sais-tu comment augmenter la puissance de tes invocations ? me demanda-t-elle.

— Il faut que je me concentre davantage ?

— Exactement. Augmente progressivement ta concentration et focalise tes pouvoirs. Commence à le faire maintenant. Doucement, doucement…

Nous continuâmes ainsi pendant un moment et Margaret se sentait frustrée de la lenteur avec laquelle j'augmentais la puissance. Je sentis enfin un soubresaut en moi qui me dit : « ça suffit », et j'en fis part à Margaret. Elle soupira.

— Je comprends que tu sois nerveuse, Chloé. Celui qui a ressuscité ces cadavres t'a effrayée.

— C'est moi qui ai ressuscité…

— C'est impossible. Oui, tu es clairement une jeune nécromancienne puissante, mais sans les outils et les rituels qui conviennent, tu ne peux tout simplement pas le faire. Je n'ai même pas les ingrédients avec moi.

— Et si c'était une des modifications qu'ils ont faites ? S'ils avaient fait en sorte que je puisse plus facilement ranimer les morts ?

— Ils n'avaient aucune raison de…

— Et pourquoi pas ? intervint soudain Tori. Réveiller les morts doit bien avoir une utilité.

L'armée des morts, pensai-je en essayant de ne pas me rappeler les vieilles images que j'avais vues de nécromanciens fous qui ressuscitaient des hordes de zombies.

— Je vois, dit Margaret. Vous êtes toutes les deux inquiètes parce que vous ne savez pas ce qu'on vous a fait. Mais le seul moyen de surmonter cette peur, c'est de comprendre l'étendue de vos pouvoirs et d'apprendre à les maîtriser. Je ne te demande pas d'y mettre toutes tes forces, Chloé. Pousse juste un peu plus loin.

J'obtempérai, et j'aperçus le premier miroitement d'un esprit qui apparaissait.

— Parfait. Encore un peu plus, allez. Vas-y progressivement. C'est ça. Lentement, mais sûrement.

Mon alarme interne retentit encore, plus fort cette fois.

— Ça suffit, dis-je. Je ne le sens pas.

— Mais tu fais des progrès.

— Peut-être, mais ça me met mal à l'aise de continuer.

— Si elle ne veut pas…, commença Tori.

— Victoria ? rétorqua Margaret en lui tendant un trousseau de clés. Va nous attendre dans la voiture, s'il te plaît.

Tori se leva.

— Viens, Chloé, me dit-elle.

Je me remis debout. Margaret m'attrapa la jambe.

— Tu ne peux pas t'en aller en laissant un esprit comme ça. Regarde-le.

L'air miroita de nouveau. Un bras apparut, puis un visage commença à prendre forme ; mais il s'effaça avant que j'aie pu distinguer ses traits.

— Il est pris entre les limbes et le monde des vivants, expliqua Margaret. Il faut que tu finisses de l'amener jusqu'à toi.

— Et vous, pourquoi vous ne le faites pas ? demanda Tori.

— Parce que c'est un exercice pour Chloé.

Tori recommença à argumenter, mais je secouai la tête pour lui dire de se taire. Margaret avait raison. Je devais apprendre à résoudre ce problème. Je refusais d'être responsable d'un fantôme coincé entre les dimensions.

— Je vais le renvoyer, dis-je.

— Le bannir ? Ça ne marche pas pour les esprits enfermés.

Je fis « non » de la tête.

— Je veux dire, le repousser. Comme une invocation, mais dans l'autre sens. Je l'ai déjà fait.

Elle me jeta un regard qui me rappela celui de ma nounou quand j'avais sept ans, lorsque je lui avais annoncé avoir fait don de la moitié de mes vêtements à une vente de charité à l'école. Cela m'avait paru tout à fait raisonnable, je n'avais pas besoin de tous ces habits ; mais elle m'avait regardée comme le faisait maintenant Margaret, avec une expression à la fois horrifiée et incrédule.

— Il ne faut jamais, jamais repousser un fantôme, Chloé. J'ai entendu dire que c'était possible, mais…

Elle déglutit, comme si elle ne trouvait pas les mots.

— Je crois que c'est quelque chose de mal, chuchota Tori.

— C'est un acte terrible, cruel. Tu ignores complètement où tu les renvoies. Ils pourraient se retrouver perdus dans… dans… (Elle secoua la tête.) Je ne veux pas te faire peur, mais tu ne dois jamais reprendre ce risque. Est-ce que tu comprends ?

Je hochai la tête.

— Donc je dois essayer d'amener celui-là…

— C'est ça.

Je m'agenouillai et continuai à le tirer jusqu'à ce que des gouttes de sueur apparaissent sur mon front. Je ne tins pas compte des alarmes mentales et le fantôme finit par se matérialiser.

— Voilà, Chloé. Tu y es presque. Donne-lui un dernier…

Tori poussa un cri. J'ouvris immédiatement les yeux. Elle regardait fixement un chêne qui se trouvait à côté de nous, les yeux écarquillés. Quelque chose bougeait sous l'arbre, un tapis informe de fourrure grise qui recouvrait des ossements.

— Renvoie-le, chuchota Tori. Vite.

— Ne fais pas attention à ça et finis d'invoquer cet esprit, me dit Margaret.

Je me retournai vers elle, perplexe.

— Vous êtes tarée ? s'exclama Tori. Vous ne voyez pas que… ?

— Si, je le vois, répondit Margaret ; sa voix était d'un calme inquiétant. On dirait que je me suis trompée sur l'étendue des pouvoirs de Chloé.

— Ah ! vraiment ? lança Tori.

J'examinai Margaret. Son visage restait impassible. Était-elle sous le choc ? Ça devait être ça. Elle ne semblait pas être le genre de personne qui paniquait facilement, mais elle venait de me voir ressusciter un animal mort, sans rituel ni ingrédients, sans même essayer. Elle aurait eu raison de rester bouche bée d'horreur, comme Tori. Mais elle se contentait de regarder la chose qui rampait vers nous en traînant son corps mutilé.

L'animal leva la tête, comme s'il me sentait le regarder. Mais il n'avait ni yeux, ni museau, ni oreilles, seulement un crâne couvert de morceaux de peau et de fourrure râpée. Sa tête remua dans un sens et dans l'autre, comme s'il tentait de voir qui l'avait fait venir.

— Chloé, dit Margaret d'un ton sec. Aussi horrible que soit cette chose (sa voix avait-elle un peu tremblé ?), ta priorité doit rester le fantôme humain. Finis vite de le tirer.

— M-mais si je…

Elle m'attrapa le bras et m'ordonna, une pointe de panique dans la voix :

— Il faut que tu le fasses, Chloé. *Vite.*

La créature était presque arrivée jusqu'à nous. C'était un écureuil. Je voyais des touffes de long pelage gris encore attachées à sa queue, qui ressemblait à celle d'un rat. Il commença à émettre d'horribles petits glapissements et des bruits d'os qui s'entrechoquaient. Il leva la tête et tourna ses orbites vides dans ma direction en continuant à ramper, laissant derrière lui des bouts de fourrure et des morceaux de peau. Le vent me fit parvenir la puanteur de sa chair pourrie.

Tori plaqua sa main sur sa bouche.

— Fais quelque chose, murmura-t-elle.

Je pris mon courage à deux mains, fermai les yeux et, avec un énorme effort, m'imaginai tirant de toutes mes forces le fantôme vers moi…

Le sol gronda sous nos pieds. Tori poussa un hurlement. Margaret eut un hoquet de surprise. J'ouvris les yeux ; la terre trembla avec un bruit sourd puis, dans un craquement assourdissant, une faille se creusa juste devant nous.

Tori me saisit par le bras et me mit debout. Nous reculâmes à toute vitesse alors que la crevasse béante s'élargissait dans un fracas tonitruant. La terre s'y engouffrait et en rejaillissait en répandant une forte odeur d'humus.

L'abîme s'approfondit encore en engloutissant des avalanches de terre de tous les côtés. Les pierres tombales tanguaient en grondant. L'une d'entre elles s'effondra tandis que le sol continuait à s'ouvrir, jusqu'à ce que le couvercle d'un cercueil apparaisse et se mette à trembler bruyamment.

— Oh ! non, dit Tori. Non, non, non.

Elle me reprit le bras et tenta de me tirer en arrière. Je la repoussai, allai trouver un endroit assez éloigné pour être en sécurité, et fermai les yeux pour me concentrer et libérer les esprits. Je semblais peut-être faire preuve de beaucoup de sang-froid, mais disons simplement que la terre n'était pas la seule à trembler. Je dus me mettre à genoux avant que mes jambes me lâchent.

Les yeux fermés, je prolongeai mes efforts, même quand Margaret m'attrapa par les épaules. Elle me cria de me relever, mais je restai focalisée sur la délivrance. *Délivrance, délivrance, délivrance…*

Quelqu'un poussa un cri. Puis quelqu'un d'autre. Je me relevai d'un bond et regardai autour de moi, mais il n'y avait personne près de la faille, qui devait désormais mesurer au moins six mètres de long et laissait apparaître une demi-douzaine de cercueils.

La terre avait cessé de trembler. Je n'entendais plus que le bruissement des feuilles. Je levai les yeux et aperçus les branches couvertes de minuscules bourgeons. Ce n'étaient pas eux qui faisaient ce bruit.

Je me dirigeai vers le son, jusqu'aux cercueils. Il ne s'agissait pas d'un bruissement, mais de grattements, ceux des ongles qui griffaient l'intérieur des cercueils. Puis vinrent les faibles cris étouffés des fantômes prisonniers dans ces corps qui essayaient de se hisser à l'extérieur…

Je retombai à genoux.

Libère-les. C'est ton devoir maintenant. Ton seul devoir. Libère ces esprits avant que ces zombies…

Il y eut un autre hurlement, derrière moi cette fois. Un cortège funéraire arrivait de notre côté ; des hommes portaient le cercueil en direction d'une tombe fraîchement creusée à la limite de l'ancienne section du cimetière.

Ils s'étaient arrêtés et regardaient à présent le cercueil. Je me dirigeai vers eux, lentement et avec précaution, les yeux rivés sur leur charge en me répétant qu'ils s'étaient immobilisés à cause des secousses.

Le groupe poussa un cri. J'entendis alors la même chose qu'eux : un « boum-boum » qui provenait de l'intérieur.

Détends-toi. Détends-toi et délivre-les. Délivrance, délivrance, dé…

Un gémissement grave s'éleva d'entre les planches et me donna la chair de poule. Il y en eut un autre, plus fort. Assourdi. Puis un cri étranglé.

Deux des porteurs laissèrent échapper leur poignée, et le cercueil commença à basculer. Les quatre autres, surpris, lâchèrent prise. La bière dégringola et heurta une pierre tombale. Le couvercle s'ouvrit dans un craquement.

L'attroupement tout autour me bloquait la vue. Chacun s'était saisi de la personne la plus proche, certains pour trouver du soutien, d'autres pour les pousser hors de leur chemin alors qu'ils prenaient la fuite.

Quand ils se furent dispersés, je vis un bras étendu par terre. Le reste du corps était caché derrière la pierre tombale. Le bras était immobile, habillé d'une manche de costume, paume contre le sol. Soudain, les doigts se mirent à bouger, à se recroqueviller comme des griffes et à s'enfoncer dans la terre pour faire avancer le reste du corps dans ma direction, vers la personne qui l'avait invoqué et…

Et qui va le renvoyer d'où il vient. Immédiatement!

Je fermai les yeux et visualisai l'homme, vague silhouette en costume. Je m'imaginai en train de libérer son âme, de le délivrer, et envoyai un message d'excuse en même temps…

— C'est bien, chuchota Tori à côté de moi. Il a cessé de bouger. Il est… non, attends. Continue. Encore… C'est bon, il est immobile.

Elle se tut un moment puis ajouta d'une voix tremblante de soulagement :

— Il ne bouge toujours pas. Tu as réussi.

Peut-être bien, mais je n'ouvris pas les yeux pour vérifier. Tori s'approcha pour évaluer la situation et je continuai à délivrer les esprits en imaginant des gens en costume, en robe, des gens de tous les âges, des esprits d'animaux, des esprits de toutes sortes. Tout en me concentrant, je tendais l'oreille pour guetter non seulement les cris et les hurlements des vivants, mais aussi les coups, les craquements et les grattements des morts-vivants.

Lorsque je rouvris les yeux, Tori s'approchait de moi en suivant un chemin éloigné de la crevasse. Des gens se tenaient debout de chaque côté et observaient avec méfiance en attendant de voir si la terre allait trembler. Mais il ne se passa rien.

— Les morts sont de nouveau morts, murmura Tori en arrivant près de moi. Tout est calme.

Margaret était debout à côté de la faille avec les autres. Je l'appelai, et elle se tourna lentement pour me regarder. Je lus la peur dans ses yeux. Non, pas la peur ; l'horreur et la répugnance.

Tu n'es pas comme elle. Elle le voit à présent, elle sait ce que tu es, ce que tu peux faire, et ça l'effraie. Ça l'effraie et ça la dégoûte.

Elle nous fit signe de revenir à la voiture, mais elle ne bougea pas, comme si elle ne pouvait pas supporter de marcher près de moi.

— Quelle vieille conne ! marmonna Tori. « Oh ! tiens, amenons la nécromancienne et ses superpouvoirs au cimetière. » « Bien sûr que non, tu ne vas pas ressusciter les morts, petite sotte. »

— Je dirais bien que ça lui apprendra, mais j'aurais vraiment préféré m'abstenir.

Tori eut un rire chevrotant.

— On ferait sans doute mieux de partir d'ici avant que les gens commencent à poser des questions, dit-elle.

— Mais sans courir, répondis-je. Il ne faut pas qu'on ait l'air de fuir la scène du crime.

— Tu as raison.

Tout en marchant, nous prîmes un air abasourdi ; le contraire aurait paru louche. Nous regardâmes la crevasse, bouche bée. Nous levâmes la tête vers le ciel en plissant des yeux. Nous montrâmes le cercueil ouvert du doigt en chuchotant, en essayant de paraître aussi choquées et perplexes que les autres ; tout en avançant aussi vite que nous le pensions acceptable.

— Les filles ! appela une voix masculine. Attendez.

Je me retournai et vis un homme d'une cinquantaine d'années courir vers nous. Je tentai d'attirer l'attention de Margaret et de lui faire comprendre que nous allions peut-être avoir des ennuis, mais elle regardait de l'autre côté. Nous allions devoir nous en sortir toutes seules.

13

— Tout va bien, les filles ? demanda l'homme.

Tori hocha la tête.

— Je crois, répondit-elle.

— Q-qu'est-ce qui s'est passé ? dis-je. Un tremblement de terre ?

Il hocha la tête.

— On dirait bien. Nous n'avons pas connu ne serait-ce qu'une vibration en vingt ans.

Une jeune femme vêtue d'un long manteau en cuir apparut derrière lui.

— Et rien de tout ça ne serait arrivé si la carrière n'avait pas rouvert l'été dernier, ajouta-t-elle.

— On ne peut pas faire des accusations tant qu'on n'est pas sûrs, dit l'homme.

— Oh ! j'en suis sûre. Les écolos voulaient la garder fermée pour une bonne raison, et ce n'est pas non plus par hasard qu'elle avait fermé la première fois… après les dernières secousses, il y a vingt ans. Tu crois que c'est une coïncidence ? Creuser comme ça, frapper sur les plaques teutoniques. Et voilà le résultat… (Elle gesticula en direction de la faille et fronça les sourcils.) La carrière va devoir payer les dégâts.

— Est-ce que tout le monde va bien ? demandai-je. J'ai cru entendre un hurlement.

— Oh ! c'était seulement…

Elle montra du doigt le cercueil, toujours renversé sur le sol, entouré de personnes qui espéraient toutes que quelqu'un d'autre se porterait volontaire pour remettre le corps à sa place.

— On enterrait mon grand-oncle aujourd'hui, reprit-elle. Quand la terre s'est mise à trembler, il a sauté à l'intérieur du cercueil. Les porteurs ont eu peur et l'ont laissé tomber.

L'homme s'éclaircit la voix pour lui faire comprendre que nous n'avions pas besoin d'entendre les détails sordides, mais elle poursuivit.

— Le cercueil s'est ouvert, oncle Al est tombé, il y a eu une autre secousse et… (Elle tenta d'étouffer un ricanement.) Ils ont pensé, heu, qu'il bougeait.

— Berk, fit Tori. Moi aussi j'aurais crié, à leur place.

— Bref, dit l'homme, je vois que votre grand-mère attend que vous retourniez à la voiture. Je la comprends. Mère Nature n'en a peut-être pas fini avec nous.

Nous les remerciâmes et nous mîmes en marche pour retourner au parking. Margaret avançait toujours derrière nous, à cinq mètres de distance.

— Les plaques teutoniques ? commenta Tori. Est-ce qu'ils enterrent des poteries allemandes avec leurs morts, par ici ?

J'étais forcée de rire à cette blague, mais sans grande conviction.

— Pour causer un tremblement de terre, reprit-elle, il faut qu'il y ait une ligne de faille dans les plaques *tectoniques*, et elle se situe, genre, à l'autre bout du pays.

— Ça paraissait plausible. Et c'est tout ce qui importe. Derek et Simon disent que c'est ce que font les gens quand ils sont témoins d'événements surnaturels : ils inventent une explication logique. Si tu n'étais pas au courant de l'existence des nécromanciens et que tu venais de voir ce qui s'est passé, qu'aurais-tu pensé ? Que c'était un tremblement de terre monstrueux, ou que quelqu'un venait de ressusciter les morts ?

— Ce n'est pas faux. Enfin quand même, les plaques teutoniques !

Cette fois-ci, je m'assis à l'arrière avec Tori. Quand nous arrivâmes à l'autoroute, Margaret finit par dire quelque chose :

— Qui t'a appris à faire ça, Chloé ?

— Comment ?

Je croisai son regard dans le rétroviseur.

— Qui t'a appris à ranimer les morts ?

— P-personne. J-je n'ai jamais rencontré d'autre nécromancien avant vous.

Ce n'était pas complètement vrai. J'avais brièvement rencontré le fantôme d'un nécromancien, mais il ne m'avait pas été d'une grande aide.

— Le groupe Edison t'a-t-il fourni des livres, des manuels ?

— S-seulement un livre d'histoire que j-j'ai un peu parcouru. M-mais il ne disait rien sur les rituels.

Il y eut un moment de silence pendant lequel elle m'étudia dans le miroir.

— Tu essayais de prouver quelque chose, n'est-ce pas, Chloé ?

— Q-quoi ?

— Je t'ai dit que tu ne pouvais pas ressusciter les morts. Tu m'as prouvé le contraire. Tu t'es visualisée en train de ramener une âme dans…

— Non ! criai-je, mon bégaiement évaporé. Ressusciter un fantôme dans un corps en décomposition pour prouver quelque chose ? *Jamais* je ne ferais ça. J'ai fait exactement ce que vous m'avez demandé, et j'ai essayé de faire venir cet esprit. J'étais en train de l'invoquer. Mais si je fais ça alors qu'il y a des cadavres près de moi, je les ressuscite. C'est ce que j'ai tenté de vous expliquer.

Elle roula pendant une minute dans un silence pesant. Puis elle leva de nouveau les yeux vers le rétroviseur pour m'observer.

— Tu es en train de me dire que tu peux ressusciter les morts en faisant une simple invocation ?

— Oui.

— Mon Dieu ! chuchota-t-elle, le regard braqué sur moi. Qu'ont-ils fait ?

En entendant ces mots et en voyant l'expression de son visage, je sus que Derek avait eu raison la nuit précédente. J'avais fait pire que ressusciter les morts ; j'avais confirmé ses craintes les plus folles à notre sujet.

Andrew était seul à la maison à notre retour. Margaret lui demanda de venir dans la cuisine et ferma la porte derrière eux, ce qui ne servit pas à grand-chose. Elle ne cria pas, mais sa voix prit un ton strident qui résonna dans toute la maison.

Sa diatribe revenait à dire que j'étais un suppôt du diable et qu'il fallait m'enfermer dans une tour avant que je déchaîne des hordes de morts-vivants pour les massacrer tous pendant leur sommeil. Enfin, ce n'étaient pas les mots exacts qu'elle employa, mais ça y ressemblait.

Tori ouvrit la porte de la cuisine à toute volée et entra à grands pas. Je la suivis.

— Excusez-moi, mais qui a emmené la nécromancienne génétiquement modifiée dans un cimetière ?

Andrew se tourna vers elle et lui dit :

— Tori, s'il te plaît. Nous n'avons pas besoin de…

— Chloé ne voulait pas y aller. Est-ce que Margaret vous l'a dit ? Est-ce qu'elle vous a dit qu'on l'a prévenue que Chloé pouvait ressusciter les morts, que je l'avais vue faire ? Et qu'elle ne nous a pas crues ?

Tori agitait les mains en parlant, et j'aurais juré voir des étincelles jaillir du bout de ses doigts.

— Vous a-t-elle dit que Chloé lui a répété encore et encore qu'elle voulait arrêter ? Que c'est elle qui l'a *forcée* à continuer ? Même quand Chloé a ressuscité un écureuil mort, Margaret l'a obligée à finir l'invocation.

— Je ne l'ai pas forcée à…

— Vous lui avez dit qu'elle avait enfermé un fantôme entre les dimensions.

— D'accord, intervint Andrew. Nous avons clairement besoin de parler de…

— Oh ! nous devons parler de beaucoup de choses, confirma Margaret.

Andrew nous chassa de la pièce. Dès que nous fûmes sorties, la dispute reprit. Tori et moi restâmes à écouter derrière la porte.

— Nous n'étions pas préparés, dit Margaret. Pas du tout.

— Alors nous devons le faire immédiatement.

— Elle a ouvert la terre en deux, Andrew ! La terre s'est fendue pour libérer les morts. C'était… c'était… (Elle prit une profonde inspiration désespérée.) On se serait crus dans les vieilles histoires que racontait mon grand-père. Des histoires terribles qui me faisaient faire des cauchemars à propos de nécromanciens si puissants qu'ils étaient capables de ressusciter des cimetières entiers.

Je me rappelai ce qu'avait dit le demi-démon : « Tu as appelé ton amie, et les ombres d'un millier de morts ont répondu et sont retournées en gémissant dans leur carcasse putréfiée. Un millier de cadavres prêts à devenir un millier de zombies. Une immense armée de morts que tu pourras commander. »

— Elle peut ressusciter les morts à quinze ans, poursuivit Margaret. Sans entraînement. Sans rituel. Sans en avoir l'intention.

— Alors elle doit apprendre comment…

— Sais-tu ce que Victoria a dit à Gwen ? Elle n'a jamais appris à jeter un seul sort, mais elle en est quand même capable. Il lui suffit de voir quelqu'un le lancer pour pouvoir refaire la même chose. Pas d'entraînement, pas d'incantation. Naturellement, nous avons pensé qu'elle racontait des bêtises, mais à présent… (Elle inspira profondément.) Nous ne pouvons pas gérer cela. Je sais qu'ils ne sont que des enfants, et que ce qui leur est arrivé est terrible et tragique. Mais leur dire qu'ils peuvent espérer mener une vie normale serait encore pire.

— Baisse la voix, lui intima Andrew.

— Pourquoi ? Pour que tu puisses continuer à leur dire que tout ira bien ? Je refuse. Ces enfants vont avoir besoin d'être suivis de près tout au long de leur vie. Ça ne fera qu'empirer.

Tori me tira en arrière.

— Elle sait qu'elle est responsable de ce qui s'est produit, me dit-elle, et elle essaie de se couvrir le plus vite possible. On n'a pas besoin d'entendre ça.

Tori avait raison. Margaret avait merdé et elle avait eu peur. Elle n'était pas le genre de personne à l'accepter facilement, et il lui fallait rejeter la faute sur quelqu'un. En nous faisant paraître extrêmement dangereux, il deviendrait évident qu'elle n'aurait pas pu gérer la situation.

Et pourtant…

Ils étaient nos alliés. Nos seuls alliés. Nous savions que Margaret et Russell avaient eu des doutes quant à la décision d'Andrew de nous recueillir. À présent, je venais de leur donner les armes dont ils avaient précisément besoin.

14

Tori et moi nous dirigions vers l'escalier quand j'entendis des bruits de pas sonores. J'espérai que c'était Simon, je priai pour que ce soit lui, mais je savais que ce n'était pas le cas. Je me retournai et vis Derek nous dominer de toute sa hauteur, les sourcils froncés.

— Je m'occupe de lui, proposa Tori.

— Ça va aller, dis-je. (Puis j'élevai la voix à l'approche de Derek.) On a eu un problème...

— J'ai entendu, dit-il.

Il s'arrêta à un mètre de moi, comme s'il ne voulait pas sembler menaçant, mais la distance importait peu. Derek aurait pu avoir l'air menaçant de l'autre côté de la pièce.

— Alors tu as aussi entendu que ce n'était pas la faute de Chloé, intervint Tori.

Il ne la regarda même pas et concentra toute son attention réprobatrice sur moi.

— Tu as fait une invocation dans un cimetière ?

— Oui.

— Tu savais que c'était problématique ?

— Oui.

— Elle n'a pas eu le choix, objecta Tori.

— Elle a toujours le choix. Elle peut dire « non ».

— J'ai essayé, dis-je.

— Tu ne peux pas *essayer* de dire « non ». Soit tu le dis, soit tu ne le dis pas.

Il baissa la voix. Une partie de sa fureur s'était envolée, mais il parlait toujours sur un ton sec.

— Il ne suffit pas de protester, Chloé. Il faut poursuivre tes convictions jusqu'au bout, et c'est ça que tu sembles incapable de faire.

— Hé là ! fit Tori. Tu exagères.

— Il n'a pas tort, murmurai-je.

— Quoi ? Tu… (Elle chercha ses mots.) Ne le laisse pas dire ça, Chloé. Je me fiche qu'il soit plus grand ou plus intelligent, il n'a pas le droit de te parler sur ce ton. Tu as fait de ton mieux.

On m'avait poussée à faire quelque chose que je savais être mal et j'avais obtempéré.

— De quoi crois-tu qu'ils soient en train de discuter là-dedans ? lui demanda Derek. La meilleure façon de nous aider à maîtriser nos pouvoirs ?

— On sait de quoi ils parlent, Derek, dis-je. Et je sais bien ce que j'ai fait. Exactement ce contre quoi tu nous as mis en garde hier soir. J'ai donné une bonne raison de ne pas nous aider à tous ceux qui ne le voulaient pas.

Il ouvrit la bouche puis la referma. Il aurait pu reconnaître que j'avais au moins pris conscience de cela avant d'avoir à me le dire. Mais il voulait finir ce qu'il avait commencé. Ma dernière remarque n'était qu'un obstacle temporaire qu'il renversa, à peine ralenti.

— Tu dois dire « *non* », Chloé. *Non*, je ne ferai pas ça. *Non*, parce que je pense que c'est dangereux. Et si vous me poussez, eh bien, désolée, mais on dirait que je n'arrive pas à faire d'invocation aujourd'hui.

— Je…

— Et s'ils m'avaient demandé quelle était ma force physique réelle ? Tu crois que je serais entré et que j'aurais soulevé le canapé pour leur montrer ?

— Ce n'est pas ce que je voulais…

— Mais c'est bien ce que tu as fait. Tu leur as donné une démonstration complète de ta puissance, et maintenant, ils vont se demander si le groupe Edison n'avait pas pris la bonne décision en nous enfermant, voire en nous supprimant.

— Arrête un peu, dit Tori. Ils n'iraient jamais…

— Tu en es sûre ?

Je secouai la tête.

— Si tu croyais ça, Derek, tu ne serais déjà plus ici. Tu serais à l'étage avec Simon en train de faire ses valises.

— Ah oui ? Et où est-ce que j'irais ? Le groupe Edison nous a suivis jusqu'au cottage d'Andrew, et on ne sait toujours pas comment ils ont pu faire ça. Et qu'est-ce qu'ils nous ont fait là-bas ? Est-ce qu'ils nous ont demandé gentiment de venir avec eux ? Est-ce qu'ils nous ont envoyé des fléchettes sédatives ? Non, ils nous ont tiré dessus. Avec de vraies balles. Nous sommes coincés ici, Chloé.

— Pour ce qui est arrivé aujourd'hui, dit Tori, elle ne l'a pas fait exprès.

Il serra les mâchoires puis se retourna vers elle.

— Pourquoi tu la défends tout à coup ? Tu tentes de gagner sa confiance pour une raison ou une autre ?

— Qu'est-ce que tu essaies de dire ?

— Je me méfie de toi, Tori.

— Ah oui, ça fait longtemps que j'ai reçu le message, cinq sur cinq.

Simon apparut dans l'embrasure de la porte derrière Tori et Derek. Il me fit un signe et remua les lèvres pour me dire silencieusement : « Échappe-toi, vite ! »

Ce n'était pas une mauvaise idée. Je les contournai subrepticement et courus jusqu'à la porte où attendait Simon. Je me retournai pour jeter un coup d'œil à Tori.

— Ne t'inquiète pas pour elle, dit Simon en m'emmenant dans la pièce d'à côté. Elle ne s'est sans doute pas autant amusée depuis des jours. Malheureusement, je ne peux pas en dire autant de Derek, et dès qu'il aura cessé de crier assez longtemps pour remarquer que tu es partie…

— Hé ! appela Derek. Où vous allez, tous les deux ?

Simon me prit par le coude et m'entraîna avec lui à toute vitesse à travers la maison, alors que les bruits de pas de Derek résonnaient derrière nous. Simon continua jusqu'à ce que nous arrivions dehors.

Il me conduisit à un banc dans le jardin. Nous nous assîmes et je jetai un coup d'œil vers la maison.

— Ne t'inquiète pas. Il ne recommencera pas ses conneries devant moi.

Il se laissa aller contre le dossier, le bras autour de mes épaules tout en me regardant du coin de l'œil pour vérifier ma réaction. Je me rapprochai de lui et il me sourit.

— Bon, alors qu'est-ce qui s'est passé pendant ta leçon ? demanda-t-il. Je sais que ce n'était rien de bon, mais je n'ai pas eu les détails.

Je lui racontai tout et lorsque j'eus fini, il secoua la tête.

— Mais qu'est-ce qui lui a pris, enfin ? T'emmener dans un cimetière pour te donner des cours de nécromancie ?

C'était exactement ce que j'avais envie d'entendre, mais je savais que rejeter la faute sur quelqu'un d'autre, comme l'avait fait Margaret, était une solution de facilité. Oui, elle était en partie coupable, tout comme moi.

Derek avait raison. J'aurais dû refuser. Il fallait que j'assume mes responsabilités, même si cela signifiait que je devais m'opposer à une figure d'autorité, car j'étais mon propre chef.

— Tu aimes la crème glacée ? demanda Simon.

— Comment ?

Il me sourit.

— J'ai attiré ton attention.

— Désolée, j'étais simplement…

— Inquiète. C'est pour ça que je vais t'emmener manger une glace. Derek et moi sommes allés courir tout à l'heure et on a vu une station-service à huit cents mètres par là-bas. (Il me montra la direction.) Il y avait un panneau pour des glaces dans la vitrine, et c'est là qu'on ira après le dîner.

— Ça m'étonnerait qu'ils me laissent aller où que ce soit, maintenant.

— On verra bien. Donc… Tu es d'accord ? Ce n'est pas exactement ce que j'avais imaginé pour un premier rendez-vous, mais on est un peu coincés ici et j'en ai marre d'attendre.

— Un p-premier rendez-vous ?

Il me contempla.

— Tu en penses quoi ?

— Bien sûr. Oui. Évidemment. (Mes joues étaient en feu.) Bon, heu, on la refait avec un peu moins d'enthousiasme.

Il fit un grand sourire.

— C'est très bien, l'enthousiasme. Alors on se retrouve ce soir. Je vais parler à Andrew.

J'étais sur le point de me rendre à mon premier rendez-vous. Pas seulement mon premier rendez-vous avec Simon, mais mon premier rendez-vous tout court. Je n'allais évidemment pas le lui avouer. Bien sûr, ça ne l'aurait pas dérangé, il aurait sans doute plaisanté sur la pression que l'événement représentait. Ne jamais avoir eu de premier rendez-vous à quinze ans n'avait rien d'anormal, mais j'étais tout de même un peu gênée, comme d'avoir eu mes règles à quinze ans, ce que je m'étais bien gardée de confier à qui que ce soit.

Un rendez-vous, avec Simon. J'avais accepté immédiatement, mais quand nous fûmes rentrés pour déjeuner, je pris conscience de ce qui venait de se passer.

J'avais le même sentiment que lorsque je m'étais trouvée devant les portes du cimetière : mon instinct me disait que c'était une très, très mauvaise idée. Sortir avec un garçon alors que nous étions en cavale pour sauver notre peau ? Précisément avec l'un de mes compagnons d'exil ? Et si les choses tournaient mal ? Comment est-ce que nous… ?

Mais ça ne se passerait pas mal. Il s'agissait de Simon, et tout irait bien.

J'avais simplement besoin de me détendre. Malheureusement, le déjeuner ne me facilita pas la tâche.

Margaret était partie, mais elle avait dû raconter à Russell ce qui s'était passé et il nous était tombé dessus dans l'espoir de nous surprendre en pleine utilisation de nos pouvoirs incontrôlables.

Andrew aurait dû le mettre à la porte, mais il n'en fit rien. Il pensait sans doute qu'il valait mieux montrer à Russell que nous étions des ados comme les autres. Mais l'œil scrutateur de Russell alors que nous essayions de manger et son petit air dégoûté nous pesaient, à moi surtout. *C'est elle, la gamine qui peut ressusciter les morts*, devait-il se dire. *La monstrueuse nécromancienne.*

Après le repas, je courus me réfugier dans ma chambre. Simon tenta de me persuader de sortir mais je lui répondis que j'étais fatiguée et ajoutai en plaisantant que je ne voulais pas m'endormir pendant notre rendez-vous. Vers 15 heures, Derek frappa à la porte et me lança :

— Tu devrais sortir. Simon s'inquiète.

Je prétendis faire une sieste. Il ne répondit rien et je crus l'entendre soupirer et traîner des pieds comme s'il avait envie d'ajouter quelque chose. Je me levai et marchai jusqu'à la porte avec l'intention de m'exclamer : « Oh ! je ne savais pas que tu étais encore là. »

J'espérais qu'il avait quelque chose à dire. Je ne m'attendais pas qu'il s'excuse de m'avoir engueulée, c'était trop demander, mais j'aurais aimé un prétexte pour lui parler de ce qui s'était passé au cimetière et que nous puissions discuter de nos options si la situation empirait…

Je voulais en fait surtout qu'il ne soit plus fâché contre moi et qu'il redevienne l'autre Derek, celui à qui je pouvais parler, me confier. Mais lorsque j'ouvris la porte, le couloir était désert. Je retournai me coucher.

15

Tori revint à 16 heures et sembla surprise de me trouver encore au lit.

— Tu es restée là tout l'après-midi ? demanda-t-elle. Je croyais que tu étais dehors avec les garçons.

— Qu'est-ce que j'ai manqué ?

— Moi en train de passer la serpillière.

Elle me tira un sourire.

— Tu crois que je plaisante ? dit-elle.

— Non, j'imagine qu'on doit faire notre part du travail dans cette maison. On ne peut pas attendre qu'Andrew nettoie derrière nous.

Elle leva les yeux au ciel.

— Tu crois vraiment qu'Andrew serait capable de nous attribuer des tâches ménagères ? Il s'est même excusé que la maison ne soit pas déjà toute propre et prête pour les invités. Je lui ai proposé de nettoyer pour l'aider.

Je ne répondis rien et elle secoua la tête.

— Je plaisantais, là, Chloé. Andrew me paie autant qu'une femme de ménage, même si ça me prend sûrement deux fois plus de temps. Mais je me suis dit que nous ne sommes pas vraiment overbookés et qu'un peu d'argent pourrait toujours me servir. Donc à partir de maintenant, je suis officiellement l'intendante des lieux, et si je trouve des serviettes mouillées par terre, je les fourrerai entre tes draps.

Si quelqu'un m'avait dit, deux semaines auparavant, que Tori se mettrait volontairement à faire le ménage, même pour de l'argent, je ne l'aurais jamais cru. Je n'arrivais pas à l'imaginer maniant un balai. Mais j'avais aussi remarqué à quel point ç'avait été difficile pour elle de ne pas avoir d'argent quand nous étions en fuite. J'étais certaine que ce n'était pas la manière dont elle avait rêvé le gagner, mais elle préférait apparemment récurer les toilettes plutôt que quémander.

Je me demandai soudain ce que deviendrait Tori quand tout serait fini. Avait-elle de la famille chez qui aller ? Était-elle en train de se dire la même chose et de mettre désespérément de l'argent de côté au cas où ?

— Gwen est revenue, dit-elle. Elle est d'abord allée parler à Andrew. Je dois admettre que j'étais beaucoup plus impatiente de suivre cette première leçon avant que tu reçoives la tienne.

— Tout ira bien. Fais juste attention à ne pas t'énerver contre elle.

Elle sourit et je devinai sa nervosité, mais aussi son euphorie. Elle voulait apprendre à utiliser correctement ses pouvoirs. Nous savions que nous représentions un danger et nous n'avions pas envie d'en être un. Pourquoi personne d'autre ne s'en rendait-il compte ? Pourquoi persistaient-ils à nous traiter comme des enfants sans égard ni considération ?

— Tu vas bien ? demanda Tori.

— Oui, oui.

Elle plongea la main dans sa poche arrière et en sortit des feuilles de papier pliées.

— Peut-être que ça te remontera le moral.

Je les ouvris. C'étaient les feuilles vierges qui restaient du cimetière, quand j'avais noté le message du fantôme.

— Je suis sûre qu'il y a un crayon de papier quelque part, dit-elle.

— Un crayon de papier ?

— Ben oui, la cinéphile ! Qu'est-ce qu'ils font, dans les films, quand quelqu'un écrit un mot sur un bloc-notes et arrache la feuille du dessus ?

Je souris.

— Ils utilisent un crayon pour faire apparaître l'empreinte de ce qui a été écrit.

— Je doute qu'on nous emmène bientôt jusqu'à la poste, mais tu pourras envoyer une lettre quand on en aura l'occasion.

— Merci.

Tori me laissa seule. Quand j'entendis des bruits de pas dans le couloir un peu plus tard, je crus que c'était Derek qui revenait, mais elle apparut derrière la porte et avança jusqu'à son lit pour s'y laisser tomber.

— Pas d'entraînement pour moi.

— Que s'est-il passé ?

— Selon Andrew, leur groupe a décidé de repousser les leçons jusqu'à ce qu'ils soient en mesure de mieux comprendre nos capacités. En d'autres termes, on leur fout complètement la trouille. (Elle secoua la tête.) Andrew est quelqu'un de gentil, mais… il est trop gentil, tu vois ce que je veux dire ?

— Comme moi ?

— Non, toi ce n'est pas pareil. Je sais qu'Andrew essaie de nous aider, mais je préférerais qu'il ait plus…

Elle chercha ses mots.

— Plus de cran ? laissai-je échapper avant de sentir mes joues rougir. J-je ne veux pas dire…

— Tu vois, c'est comme ça que tu es trop gentille. Tu ne veux blesser personne, même derrière leur dos. Du cran, c'est tout à fait ça. (Elle s'allongea sur le lit.) Bref, assez de tout ça. Simon te cherche, comme d'habitude. Va t'amuser, Chloé. Je te garde la place au chaud dans ton boudoir.

Simon me cherchait, en effet. Apparemment, les garçons n'avaient pas réussi à aller au sous-sol ce matin-là ; Andrew avait insisté pour rester avec eux et jouer au ballon dehors.

Désormais, Andrew était enfermé dans son bureau avec son ordinateur portable et Derek s'était glissé au sous-sol. Simon montait la garde et il était plus facile de rester discret si on avait quelqu'un à qui parler. Nous étions dans l'une des pièces inutilisées, devant un mur couvert de photos, quand Andrew passa. Il nous vit examiner les images.

— Elles datent de l'ancien propriétaire, dit-il en entrant. Aucun de nous n'est dessus, comme vous le voyez.

— Il vaut mieux rester discret, approuva Simon.

Andrew hocha la tête.

— Les surnaturels doivent toujours garder cela en tête, Chloé, toujours penser à la façon dont ils peuvent accidentellement dévoiler qui ils sont ou attirer l'attention. Même s'associer publiquement à d'autres surnaturels peut se révéler dangereux. Je ne veux pas dire que tu n'auras pas d'amis surnaturels, au contraire, ça t'aidera d'en avoir. Mais nous faisons toujours attention.

Je lui dis que je comprenais.

— Ce que vous voyez sont des photos de famille de celui à qui appartenait la maison, Todd Banks, le fondateur du projet Genesis. Le docteur Lyle avait eu l'idée originale, mais il est mort avant que la modification génétique devienne envisageable. C'est le docteur Banks, Todd, qui commença l'expérience d'après les idées de Lyle. Il fut aussi le premier à tirer la sonnette d'alarme concernant les embûches éventuelles. Il a averti le groupe Edison mais ils étaient trop enchantés par les possibilités qui s'offraient à eux pour admettre leurs erreurs. Le docteur Banks quitta le groupe et en fonda un autre avec d'anciens employés inquiets. Il nous a légué la maison à sa mort, il y a quelques années.

Pendant qu'Andrew parlait, je remarquai une photo du docteur Banks… avec un garçon brun qui se tenait à ses côtés. Il semblait avoir treize ans, mais je reconnus tout de même son visage. C'était le fantôme du Volo.

— Est-ce que c'est le fils du docteur Banks ? demandai-je avec autant de désinvolture que possible.

— Son neveu. Il s'appelait… (Andrew fronça les sourcils.) Je ne me souviens plus de son nom. Je ne l'ai jamais rencontré. Je sais qu'il a vécu ici pendant un moment, avec son cousin et son oncle. Lui, c'était le plus âgé. Je le sais seulement parce que le plus jeune était blond.

Je me souvins du corps dans le lit. Le corps horriblement maltraité… d'un jeune garçon aux cheveux clairs de quelques années de moins que le demi-démon que j'avais rencontré.

— Vous avez dit que le docteur Banks vous avait laissé la maison. Qu'est-ce qui est arrivé aux deux garçons ?

— Ils sont partis vivre chez un autre membre de la famille. Un de leurs grands-parents, je crois.

Je savais pourtant qu'ils étaient tous les deux morts. Mais Andrew le savait-il ? Ou bien était-ce là une histoire qu'on lui avait racontée ?

Les garçons avaient-ils fait partie du projet Genesis ? Cela semblait avoir été le cas. Mais celui que j'avais vu était plus âgé que moi. Même s'il avait survécu à son oncle, il aurait fallu qu'il meure deux ans auparavant, étant donné son âge sur la photo. Cela signifiait que s'il avait été en vie, il aurait eu quelques années de plus que Derek, qui était pourtant censé être l'un des premiers sujets.

— Y avait-il une femme qui habitait ici avec eux ? demanda Simon.

— Mmh ? fit Andrew en nous indiquant de le suivre.

— Chloé a entendu une voix de femme hier soir, et on a pensé que c'était peut-être un fantôme. Est-ce qu'une femme vivait avec eux ?

— Pas que je sache, mais je peux me tromper. Bon, il faut que je prépare le dîner. Je sais que tu dois manger à heures régulières, Simon. Et je sais que vous avez un programme spécial prévu ce soir, tous les deux.

Il me fit un clin d'œil, et je suis sûre que je rougis.

Comme Andrew se dirigeait vers la cuisine, Derek se faufila hors du sous-sol. Nous montâmes tous les trois nous réfugier dans la chambre des garçons en fermant la porte derrière nous.

— C'est un espace de rangement, dit Derek. Deux grandes pièces remplies de trucs, plus une fermée à clé.

— Fermée ? répéta Simon en dressant l'oreille.

— J'ai enfoncé la porte. C'est un atelier. Il n'y a que des outils.

— Pourquoi est-elle fermée à clé, alors ? demandai-je.

— J'aimerais bien dire que ç'a l'air louche, répondit Simon, mais si ce docteur Banks avait des enfants qui couraient partout dans la maison, ça ne me surprend pas. Mon père n'est pas vraiment M. Bricolage, mais il a mis un cadenas sur sa boîte à outils. Tu sais comment sont les parents. Paranos.

— Oui, fit Derek. Surtout quand leur fils s'est aplati le doigt en essayant de clouer un dessin au mur.

— Hé ! ce n'était pas moi le génie qui l'a suggéré en premier, rétorqua Simon en me regardant. Le scotch ne tenait pas, et le Grand Scientifique ici présent m'a expliqué que le papier était trop lourd pour l'adhésif. Alors je suis allé chercher des clous.

Derek leva les yeux au ciel.

— Alors c'est tout ? dis-je. Un débarras et un atelier ? Aucun indice ?

— Je n'ai pas dit ça. Il y a des cartons de vêtements et d'objets. Trois noms : Todd, Austin et Royce. Dans la boîte de Todd, il y a des affaires pour adulte.

— Le docteur Banks, intervint Simon. Celui qui était propriétaire des lieux. Et laisse-moi deviner : les autres affaires étaient pour des ados.

Lorsque je lui expliquai ce qu'avait dit Andrew, Derek hocha la tête.

— Celui que tu as rencontré s'appelle Royce, alors. Ses vêtements étaient plus grands. Selon Andrew, il aurait déménagé après la mort de Banks ? Peut-être qu'il a été tué plus tard et qu'il est revenu.

— Je ne crois pas. Je suis presque sûre que c'est le corps d'Austin que j'ai vu hier soir.

Une famille disparue. Dont deux adolescents. Tous liés au groupe Edison, peut-être aussi au projet Genesis. Et nous nous étions réfugiés dans la même maison.

— Nous n'avons nulle part où aller, commenta Derek.

Nous y pensions tous, évidemment. Fuir. Mais où ? Aucun de nous ne croyait qu'Andrew était secrètement du côté du groupe

Edison et qu'il avait élaboré un stratagème pour nous retenir ici en prétendant comploter contre eux. Mais qu'était-il arrivé au docteur Banks et aux deux garçons ? Y avait-il un rapport avec nous ?

— Je vais continuer à chercher, annonça Derek. Peut-être que je poserai quelques questions à Andrew. Vous…

— On va s'absenter un moment après le dîner, dit Simon.

— Oh ! oui, c'est vrai.

Derek me jeta un regard furtif sans que j'aie le temps de le lui renvoyer, avant de revenir à Simon.

— Donc, heu, Andrew est d'accord ? demanda-t-il.

— Oui. Tu as perdu ton pari, frangin. Bon, c'est vrai qu'il m'a donné tout un tas d'avertissements : on doit passer par les bois, pas par la route, Chloé ne doit pas entrer dans le magasin, bla-bla-bla. Mais on peut y aller.

— Mmh.

Derek regarda par-dessus son épaule, comme s'il avait espéré qu'Andrew trouverait ça trop risqué. Au bout d'un moment, il hocha la tête.

— Très bien, alors, ajouta-t-il.

— On a du temps à tuer avant le dîner, dit Simon. Et si on reprenait les leçons d'autodéfense ?

— D'accord, répondis-je. Je vais chercher Tori… et ne fais pas cette tête-là. Je vais la chercher. Derek, tu viens avec nous ?

— Nan, fit-il en se retournant pour passer dans le couloir. Allez-y sans moi.

Simon nous donna une leçon d'autodéfense dans le jardin et nous enseigna quelques prises de base que Tori, avec les sorts qu'elle pouvait jeter, trouva un peu inutiles. Mais elle ne le chuchota qu'à moi et n'alla pas narguer Simon.

À un moment, pendant la leçon, Simon essaya de montrer une prise à Tori. Ils se tenaient côte à côte et je les regardais, assise sur une chaise de jardin… L'espace d'une seconde, je me dis qu'ils étaient peut-être parents. Je ne sais pas ce qui me fit penser cela ; l'angle sous lequel je les observais, je crois, quelque chose dans les pommettes, la forme de la bouche. Ils avaient tous les deux les yeux sombres, la même silhouette mince, ils faisaient la même taille.

Puis Simon s'éloigna et ce que j'avais vu disparut. Je décidai que j'avais repéré quelques ressemblances superficielles et laissé mon imagination faire le reste.

L'heure du dîner arriva puis s'écoula. Je montai ensuite à l'étage pour me préparer.

J'avais toujours pensé que je n'étais pas le genre de fille qui réfléchissait beaucoup à des choses comme le premier rendez-vous, le premier baiser. Comprenez-moi bien, je voulais que ça m'arrive, mais je ne fantasmais pas sur le jour J, ce que j'allais porter et la manière dont je me comporterais. Du moins, c'est ce que je croyais.

Je suppose que j'avais tout de même toujours eu une certaine idée de mon premier rendez-vous. Je me serais acheté une nouvelle tenue, et j'aurais peut-être été chez le coiffeur. Je me serais maquillée, c'était sûr, et je me serais sûrement verni les ongles. En résumé, j'aurais été plus jolie que je ne l'avais jamais été, et quand j'aurais ouvert la porte pour faire entrer ce premier garçon, je l'aurais vu dans ses yeux, dans son sourire.

Lorsque Simon frappa à la porte de ma chambre, je m'étais brossé les cheveux et j'avais trouvé de la vaseline en guise de gloss. Je n'avais même pas pu prendre de douche parce que Tori avait lancé une machine à laver. Quant à ma tenue, je portais le même jean et la même chemise depuis que je m'étais enfuie du laboratoire. J'avais malgré tout réussi à enlever la tache de sauce tomate sur la manche… enfin, pas tout à fait.

Mais quand j'ouvris la porte et que je vis son sourire, ce fut comme je l'avais toujours imaginé, et je sus que tout allait bien se passer.

16

Nous avions fait quinze mètres dans la forêt quand Simon s'arrêta net et poussa un juron.

— Qu'est-ce qu'il y a ? demandai-je.

Il désigna le bois d'un geste.

— J'aurais dû te consulter. Est-ce que ça te convient, qu'on passe par ici ?

Je lui assurai que ça m'allait.

— Derek m'a dit que les forêts te rendaient nerveuse, que tu t'inquiétais de ressusciter des animaux morts, reprit-il en me jetant un regard. Et bien sûr, tu n'y pensais même pas avant que j'y fasse allusion, n'est-ce pas ?

Il poussa un autre juron, un peu plus imagé cette fois.

— Ne t'inquiète pas, le rassurai-je. Du moment que je n'invoque pas et que je ne m'endors pas, ça ira très bien.

— Et si jamais tu t'endors, c'est que je dois sérieusement travailler mes capacités à faire la conversation.

Nous avançâmes un peu plus.

— En parlant de conversation, comment, heu… (Il grimaça.) Pardon, je suis un peu nerveux.

— Tu t'es entraîné avec Andrew, aujourd'hui ?

Il poussa un gros soupir de soulagement.

— Merci. Oui, absolument. Je me suis vraiment, vraiment ennuyé. On ne peut pas dire que j'aie senti la puissance monter soudain en moi. Je ne suis qu'un simple… (Il marqua une pause.) Aïe, ce que je viens de dire est vraiment indélicat. Je t'ai dit que j'étais nerveux ? Je devrais m'estimer heureux d'avoir des pouvoirs normaux. Et je le suis.

— Mais ça doit quand même t'embêter de voir Tori jeter des sorts comme ça alors que tu t'entraînes depuis des années.

— Oui. Ce ne serait pas très grave, s'il ne s'agissait pas de Tori.

— Alors quels sorts maîtrises-tu ?

— Rien d'utile. Je dois d'abord apprendre les bases. Je comprends, mais pour l'instant, tout ce qui m'importe sont les sorts qui pourraient nous aider, et parfaire mon brouillard magique ne nous mènera pas bien loin.

— Ton sort d'étourdissement est bien.

Il haussa les épaules.

— Peut-être qu'Andrew peut t'apprendre le sort d'immobilité que Tori est capable de jeter.

Il secoua la tête.

— C'est de la magie de sorcière, dit-il.

— Et c'est différent ?

— Tu veux la réponse courte ou une conférence sur les différentes espèces de jeteurs de sorts ?

— Option numéro deux, s'il vous plaît.

Il sourit et serra ma main dans la sienne.

— Il y a deux espèces majeures. Les sorciers sont des hommes et engendrent des fils, qui deviennent tous sorciers. Les sorcières sont des femmes, et ça se transmet de la même manière, mais avec des filles. La magie des sorciers nécessite de faire des gestes avec les mains et de réciter des incantations, la plupart du temps en grec, en latin et en hébreu. Et non, je ne parle ni grec, ni latin, ni hébreu. Je me contente de réciter les formules. Ça m'aiderait de connaître ces langues, mais pour l'instant, mémoriser les sorts est assez difficile comme ça. La magie des sorciers est offensive, on s'en sert pour attaquer. Les sorcières utilisent les mêmes langues pour les incantations, mais elles n'ont pas besoin de faire de gestes, et leur magie est défensive.

— Elles l'emploient pour arrêter une attaque.

— Ou pour l'esquiver, ce qui serait bien utile par les temps qui courent.

— Et tu ne peux pas apprendre la magie des sorcières ?

— Si, en faisant de gros efforts, parce que ce n'est pas naturel pour ceux de mon espèce. Pour l'instant, il vaut mieux que je m'en tienne à ma magie, mais c'est vrai que j'aimerais bien apprendre quelques sorts de sorcières un jour. Mais pas avec Tori.

Une fois à la station-service, Simon alla acheter les glaces, puis nous retournâmes un peu plus loin pour nous asseoir sur un tronc d'arbre.

— Je me serais contentée d'une seule boule, dis-je.

— Dommage.

— Mais…

— D'aussi loin que je me rappelle, j'ai toujours été diabétique, Chloé. Je n'ai jamais pris deux boules de glace, alors ça ne me manque pas. Si ça me dérangeait, je ne mangerais jamais avec Derek, pas vrai ? Et comme j'aurai fini le premier, je vais pouvoir te faire une démonstration de magie pour te divertir.

Il se mit en effet à faire l'imbécile pour m'amuser. Puis nous rentrâmes, main dans la main, en poursuivant notre discussion. La nuit commençait à tomber. Quand nous fûmes assez près de la maison pour voir les lumières à travers les arbres, il s'arrêta et m'amena face à lui. Mon cœur battait à tout rompre ; je me dis que ça devait être l'anticipation, mais ça ressemblait plutôt à de la terreur.

— Ç'a été ? me demanda-t-il.

Je lui souris.

— Plus que bien, dis-je.

— Alors j'ai gagné mon ticket pour le deuxième rendez-vous ?

— Je crois bien que oui.

— Parfait.

Il baissa le visage vers moi et je sus ce qui allait se passer. Je le sus. Mais quand ses lèvres touchèrent les miennes, je sursautai quand même.

— P-pardon, j-je…

— Toujours si nerveuse, murmura-t-il.

Sa main glissa jusqu'à ma nuque et il leva mon visage vers lui.

— Si je vais trop vite…, dit-il.

— N-non.

— Parfait.

Cette fois, je ne sursautai pas. Je ne bougeai pas d'un cil. Je ne respirai plus. Je ne fis absolument rien. Simon m'embrassa et je restai immobile, comme si quelqu'un avait coupé le câble qui reliait mon cerveau à mes muscles.

La connexion finit par se faire et je lui rendis son baiser, mais maladroitement. Une partie de moi se retenait toujours, et mon ventre se tordait, comme si j'étais en train de faire quelque chose de mal, une grave erreur, et…

Simon s'arrêta. Pendant un instant, il resta sans bouger, son visage au-dessus du mien, jusqu'à ce que je sois obligée de détourner les yeux.

— Je ne suis pas le bon, hein ? déclara-t-il d'une voix si douce que je l'entendis à peine.

— C-comment ?

Il recula doucement et son regard devint vide, impassible.

— Il y a quelqu'un d'autre, dit-il.

Ce n'était pas une question, mais une affirmation.

— Q-quelqu'un… ? Tu veux dire un petit ami que j'aurais eu avant ? Non. Jamais. Je ne pourrais pas…

— Sortir avec moi s'il y avait quelqu'un d'autre. Je sais.

Il fit un pas de plus en arrière, je sentis la chaleur de son corps se dissiper et laisser place à la fraîcheur de l'air nocturne.

— Je ne veux pas dire un garçon d'avant, Chloé. Je veux dire quelqu'un d'autre, en ce moment.

Je le dévisageai. *En ce moment? Mais qui d'autre… ? Il n'y a qu'un seul autre garçon…*

— D-Derek? Tu crois que…

Je ne parvins pas à terminer ma phrase. J'avais envie de rire. « Tu crois que j'aime Derek? C'est une plaisanterie? » Mais le rire ne sortit pas. Je n'entendais que le grondement de mon souffle court, comme si on venait de me donner un coup dans la poitrine.

— Derek et moi ne sommes pas…

— Non, pas encore. Je sais.

— J-je ne…

Allez, dis-le. S'il vous plaît, laissez-moi le dire. « Je n'aime pas Derek. »

Mais je ne réussis pas. Impossible.

Simon enfonça les mains dans ses poches et nous restâmes immobiles dans ce terrible silence jusqu'à ce que j'arrive à articuler:

— Ce n'est pas ce que tu crois.

— Ça ne l'était pas, non, pas au début, répondit-il, le regard perdu dans la forêt. Ç'a commencé à changer après l'épisode du sous-sol à Lyle House. Vous vous êtes mis à passer du temps ensemble, l'ambiance… n'était plus la même. Je me suis dit que je me faisais des idées. Quand toi et Tori vous êtes échappées du labo, j'avais l'impression d'avoir eu raison, mais ensuite, après le soir de la station-service, quand tu es revenue avec lui… (Il se tut et me regarda.) Je ne me trompe pas, si?

Il y avait une pointe de supplication dans sa voix qui semblait signifier: « Dis-moi que j'ai tort, Chloé. S'il te plaît. » Et tout en moi voulait prononcer ces mots. C'était Simon, après tout. Il était le petit ami dont j'avais toujours rêvé et se tenait devant moi; je n'avais qu'à dire que je le voulais. Il me suffisait de quelques mots, et j'essayai vraiment de les prononcer, mais je ne parvins qu'à protester faiblement:

— Ce n'est pas ce que tu crois.

— Si, justement.

Il commença à s'éloigner dans la direction par où nous étions arrivés puis s'arrêta et, sans se retourner, il fouilla dans sa poche et me tendit un papier roulé.

— C'est pour toi, murmura-t-il.

Je le lui pris des mains et il poursuivit son chemin.

Les doigts tremblants, je déroulai la feuille. Il s'agissait du portrait qu'il avait fait de moi, en couleurs à présent. Il était encore plus réussi que son croquis de départ. J'étais plus réussie. J'avais l'air sûre de moi, puissante et belle.

Mes yeux s'emplirent de larmes et l'image se brouilla. Je l'enroulai de nouveau avant de l'abîmer. Je fis quelques pas derrière Simon et l'appelai. Je voyais sa silhouette au loin. Il marchait toujours et je savais qu'il m'avait entendue, mais il ne s'arrêta pas.

17

Je regardai Simon partir puis essuyai mes larmes avec ma manche et me remis en marche vers les lueurs de la maison. Je venais de sortir du bois quand la porte de derrière s'ouvrit en laissant la lumière se répandre dans le jardin presque obscur. Une silhouette massive assombrit l'embrasure.

— Non, chuchotai-je. Pas maintenant. Retourne à l'intérieur…

La porte se referma en claquant et le bruit résonna pendant que Derek avançait à grands pas, droit sur sa cible.

Je cherchai désespérément des yeux une issue de secours, mais il n'y en avait pas. Avancer et faire face à Derek, ou rejoindre Simon en courant et être obligée de les affronter tous les deux. Je choisis la première solution.

— Où est Simon ? demanda-t-il d'un ton brusque.

Un sentiment de soulagement m'envahit. J'avais peur de me trahir si je parlais ; je désignai donc la forêt du doigt.

— Il t'a laissée toute seule ? Ici, dehors ? La nuit ?

— Il a perdu quelque chose, marmonnai-je en essayant de le contourner. Il n'est pas loin.

Sans un bruit, il vint se planter en travers de mon chemin.

— Tu pleures ? demanda-t-il.

Je détournai les yeux.

— Non, je… C'est juste la poussière. Du chemin. Simon est par là.

Je tentai de passer, mais il se pencha pour essayer de lire l'expression de mon visage. Je tournai la tête et il m'attrapa le menton. J'eus un mouvement de recul quand il me toucha, et mon cœur battit plus fort.

Je me disais que Simon se trompait. Jamais je ne serais assez bête pour tomber amoureuse de Derek. Et pourtant, c'était ce qui s'était passé. Il se tenait tout près de moi et je sentis de drôles de sensations au creux de mon ventre. Ce n'était pas de la peur. Ça faisait longtemps que ce n'était plus la peur.

— Mais si, tu as pleuré, dit-il d'une voix plus douce.

Puis son souffle devint rauque et il recommença à gronder.

— Qu'est-ce que Simon…, aboya-t-il avant de se taire en rougissant, comme s'il était gêné d'avoir envisagé que Simon puisse être coupable.

— Que s'est-il passé ? reprit-il.

— Rien. Ça n'a pas marché, c'est tout.

— Ça n'a pas marché ? répéta-t-il lentement, comme s'il essayait de comprendre une langue étrangère. Pourquoi ?

— Demande à Simon.

— C'est à toi que je demande. Qu'est-ce que tu lui as fait ?

Je me raidis, mais il avait raison. J'avais bien fait quelque chose à Simon. Je lui avais fait du mal. Et pour quoi ? Une tocade stupide pour un garçon qui arrivait difficilement à me supporter la plupart du temps. Était-ce là le genre de fille que j'étais ? Je choisissais le connard plutôt que le mec bien ?

— J'ai tout fait rater. Une fois de plus. Tu n'en crois pas tes oreilles, j'en suis sûre. Maintenant laisse-moi passer…

Il me bloqua la route.

— Qu'est-ce que tu as fait, Chloé ?

J'esquissai un pas de côté. Il m'imita.

— Tu l'aimes bien, pas vrai ?

— Oui, je l'aime bien. Mais pas…

— Pas quoi ?

— Va lui parler. C'est lui qui pense que...

— Qui pense que quoi ?

Un pas de côté. Lui aussi.

— Qui pense que quoi ? répéta-t-il.

— Qu'il y a quelqu'un d'autre, lançai-je sans pouvoir m'en empêcher.

Je pris une profonde inspiration en tremblant un peu.

— Il pense qu'il y a quelqu'un d'autre, dis-je.

— Qui ?

Je m'apprêtais à répondre : « Je ne sais pas. Quelqu'un de mon lycée, je suppose. » Mais l'expression de son visage me révéla qu'il connaissait déjà la réponse. Cette expression... Je m'étais sentie humiliée un peu plus tôt, quand Simon m'avait accusée d'être amoureuse de Derek, mais ce n'était rien comparé à ce que je ressentis alors en voyant le visage de Derek. Pas seulement surpris, mais choqué. Choqué et horrifié.

— Moi ? dit-il. Simon pense que toi et moi, on...

— Non, ce n'est pas ça. Il sait que nous ne...

— Tant mieux. Alors qu'est-ce qu'il s'imagine ?

— Que je suis amoureuse de toi.

Encore une fois, les mots sortirent avant que j'aie eu le temps de les arrêter. Cette fois, peu m'importait. Je m'étais complètement humiliée, et, dorénavant, je me sentais juste vide et honteuse. Je voulais seulement qu'il s'ôte de mon chemin, et si lui dire cela pouvait le faire s'enfuir de terreur, alors très bien.

Mais il ne prit pas ses jambes à son cou. Il se contenta de me dévisager, ce qui était pire. Je me sentais comme la fille la plus nulle de l'école qui avoue qu'elle est amoureuse du garçon le plus cool. Il resta planté là, bouche bée, comme s'il pensait avoir mal compris.

— Mais ce n'est pas vrai, dis-je à toute vitesse.

Ces mots-là sortirent facilement, parce que je les pensais vraiment à ce moment-là.

— Ce n'est pas vrai, répétai-je comme il continuait à me regarder fixement.

— Tu n'as pas intérêt, dit-il d'une voix grondante, et il adopta son froncement de sourcils caractéristique en se détendant tout de même un peu. Tu n'as pas intérêt, Chloé, parce que Simon t'aime bien.

— Je sais.

— Depuis qu'il a douze ans, il y a toujours eu des filles qui l'appellent tous les jours. Qui le suivent à l'école. Elles viennent même me parler pour essayer de se rapprocher de lui. Des filles mignonnes, populaires.

— Et donc je devrais être ravie qu'un garçon comme lui daigne regarder dans ma direction, c'est ça ?

— Bien sûr que non, ce n'est pas ce que je voulais…

— Oh ! je sais très bien ce que tu veux dire. Je devrais m'estimer heureuse de m'être trouvée là au moment où ces possibilités étaient, comment dire, inexistantes, parce que sinon je n'aurais jamais eu la moindre chance.

— Ce n'est pas ce que… Je n'ai jamais dit que…

— Je m'en fiche.

Je tournai les talons et m'apprêtai à partir dans la direction opposée quand il me retint.

— Simon t'aime beaucoup, Chloé. Oui, il est sorti avec plein de filles. Mais toi, il t'aime vraiment, et je croyais que tu l'aimais aussi.

— Mais oui. Simplement… pas de cette façon, je crois.

— Alors tu n'aurais pas dû le laisser penser que tu l'aimais de cette façon.

— Tu crois que j'ai joué les allumeuses ? Pourquoi j'aurais fait une chose pareille ? Pour m'amuser ? Ma vie est trop monotone, alors peut-être que je vais torturer un mec bien, lui faire croire qu'il a sa chance, et puis je vais lui rire au nez et lui tourner le dos ? Comment aurais-je pu savoir ce que je ressentais pour lui avant qu'on sorte ensemble et que…

Je me tus. Je ne pourrais pas gagner cette fois-ci. Quoi que je dise, je resterais la sale garce qui avait blessé son frère.

Je me détournai et commençai à marcher le long de la lisière du bois.

— Où est-ce que tu vas ? lança-t-il.

— Tu ne veux pas me laisser rentrer dans la maison. Je suis sûre que Simon ne veut pas que je reste près de lui non plus. Donc apparemment, je vais me balader au clair de lune dans la forêt.

— Ah non ! pas question, dit-il en se précipitant devant moi. Tu ne peux pas errer comme ça toute seule la nuit. C'est dangereux.

Je levai la tête vers lui. Ses yeux verts luisaient dans l'obscurité et reflétaient le clair de lune, comme ceux d'un chat. Son air réprobateur avait disparu. Son attitude de défi avait fait place à un pincement des lèvres, une inquiétude qui assombrissait son regard. En voyant ce changement subit, j'avais envie de…

Je ne savais pas ce que j'avais envie de faire. Lui donner un coup de pied dans les tibias semblait être une bonne solution. Malheureusement, il était plus probable que je fonde en larmes, puisque le problème résidait là : dans la contradiction de sa personnalité que je n'arrivais pas à déchiffrer, malgré tous mes efforts.

Il commençait par me tomber dessus et me faire sentir stupide et inutile, et la seconde d'après, comme à ce moment-là, il me regardait d'un air soucieux, préoccupé. Je me disais que c'étaient seulement ses instincts de loup qui l'obligeaient à me protéger, qu'il le veuille ou non. Mais quand il faisait cette tête-là et qu'il semblait regretter de m'avoir poussée à bout… Je voyais qu'il s'inquiétait vraiment pour moi.

Je me tournai vers la forêt et recommençai à marcher.

— Je vais faire attention, dis-je. Pas de morts-vivants pour cette nuit. Retourne à l'intérieur, Derek.

— Tu crois que c'est ça qui m'inquiète ? Le groupe Edison…

— … pourrait être planqué quelque part à attendre qu'on s'aventure dans la forêt sinistre et profonde ? Non, si tu le pensais, tu n'aurais jamais laissé Simon sortir.

— Je n'aimais pas trop l'idée, mais il m'avait promis que vous seriez de retour avant la tombée de la nuit. C'est pour ça que j'étais à la porte, je m'apprêtais à venir vous chercher.

Il m'attrapa le bras mais le relâcha tout de suite pour agripper ma manche à la place. Il était sur le point de me dire quelque chose mais se figea soudain. Je me retournai et vis qu'il scrutait les bois, le menton levé, les narines frémissantes, le visage tendu.

— Ne me fais pas ce coup-là, le prévins-je.

— Quel coup ?

— Ne fais pas semblant de sentir quelque chose. Ou quelqu'un.

— Non, j'ai cru… (Il inhala de nouveau puis secoua vivement la tête.) Ce n'est rien, je pense. Seulement…

Il se frotta la nuque en grimaçant un peu, et je remarquai que son visage était couvert de sueur et luisait au clair de lune. Ses yeux brillaient plus que d'habitude. Comme s'il avait de la fièvre. Sa transformation était sur le point de commencer.

Pas maintenant. S'il vous plaît, pas maintenant. C'est la dernière chose dont j'aie envie de m'occuper.

Il lâcha ma manche.

— D'accord, va faire un tour, dit-il.

Je m'éloignai tout en restant dans le jardin. Je n'étais pas stupide au point de me précipiter dans la forêt pour le contrarier. Après avoir fait un peu plus de cinq mètres, je regardai par-dessus mon épaule pour voir où il était parti. Il me suivait sans un bruit, à quelques pas derrière moi.

— Derek…, soupirai-je.

— J'ai besoin de prendre l'air. Continue.

Je fis cinq mètres de plus, et il me suivit encore. Je me retournai et lui jetai un regard furieux. Il s'arrêta et resta immobile, le visage impassible.

— Très bien, capitulai-je. Je rentre. Tu peux aller retrouver Simon avant que le groupe Edison l'attrape.

Il me raccompagna jusqu'à la porte et attendit que je sois à l'intérieur avant de retourner chercher son frère.

18

Tori était dans la chambre en train de lire un vieux livre relié en cuir qui provenait de la bibliothèque du rez-de-chaussée.

— Alors, comment s'est passée ta sortie glaces ? demanda-t-elle sans lever la tête.

— Bien.

Elle baissa son livre. Je détournai vivement les yeux et ouvris un sac qui se trouvait sur mon lit.

— Oh ! ce sont tes nouveaux habits, dit-elle. Margaret les a achetés. Apparemment, Gwen voulait le faire, mais la vieille bique a insisté. Elle s'est vengée de ce matin, j'ai l'impression.

Le sac était rempli de vêtements premier prix, du rayon enfant. Au moins ils étaient pour les filles, contrairement aux affreux sweat-shirts de garçon que Derek m'avait pris. Tout de même… Je dépliai un pyjama et découvris de la flanelle rose recouverte d'arcs-en-ciel et de licornes.

— Tu crois que ça, c'est moche ? dit Tori. Elle est allée dans le rayon des dames pour moi et m'a acheté une chemise de nuit pour grand-mère avec de la dentelle. De la dentelle ! Je te l'échangerais bien, si on faisait la même taille.

Elle jeta bruyamment son livre par terre et ajouta :

— Donc, qu'est-ce qui s'est passé avec Simon ?

— Rien.

Elle hésita.

— Bon, j'aimerais pouvoir dire que je suis surprise, mais n'oublie pas que j'étais folle amoureuse de lui jusqu'à ce qu'on soit obligés de passer vingt-quatre heures seul à seul. Ça m'a vite guérie.

— Simon est quelqu'un de très bien.

— Oh oui ! bien sûr. Enfin, il le sera quand il aura un peu grandi.

— Ce n'était pas lui, le problème. C'était moi. J'ai tout fait foirer. Je…

Je me tus. J'imaginais déjà la tête de Tori si je lui annonçais que j'avais peut-être des sentiments pour Derek. Je perdrais jusqu'à la dernière once du respect que j'avais gagné d'elle.

J'aurais pourtant bien aimé pouvoir parler à quelqu'un. À une fille avec une plus grande expérience des garçons, et qui de préférence ne penserait pas que j'étais complètement nulle d'être amoureuse de Derek. Rae aurait été la bonne personne. Elle n'aimait pas vraiment Simon et Derek, mais elle m'aurait écoutée et m'aurait donné des conseils. Liz aurait été encore mieux. Elle était toujours prête à aider les autres et ne portait pas de jugement. Quant à mes amis du lycée, il me semblait qu'ils appartenaient à une autre vie, qu'ils étaient les copains d'une autre Chloé.

— Est-ce que tu as pleuré ? demanda Tori en me regardant d'un air inquiet. Oui, on dirait.

— C-ce n'est rien. Je…

— Simon a tenté quelque chose, c'est ça ? Il t'a emmenée en promenade, et sans que tu aies le temps de t'en rendre compte, ce n'était plus ta main qu'il tenait. (La fureur se lisait dans son regard.) Les mecs. Ils peuvent être tellement…

— Non, ce n'est pas ça.

— S'il s'est comporté comme un con, tu peux me le dire. J'ai moi-même vécu quelques premiers rendez-vous surprenants. J'aurais bien aimé avoir mes pouvoirs, à l'époque. Surtout pour le sort d'immobilisation.

— Ce n'est pas ça, répétai-je en la regardant dans les yeux. Je t'assure. Simon a été très bien.

Elle me renvoya mon regard.

— Tu es sûre ?

— Il m'a seulement embrassée, et il m'a d'abord demandé. Il a été très bien. Ça… ça m'a paralysée.

— Ah ! fit-elle en s'asseyant sur mon lit. Premier baiser ?

— N-non. B-bien sûr que non.

— Tu sais, tu as du mal à mentir de façon convaincante quand tu bégaies, Chloé. Donc c'était ton premier baiser. C'est important. Le mien, c'était l'année dernière, et je l'ai fait patienter jusqu'au troisième rendez-vous. Je ne laisse aucun gars me pousser à faire quelque chose si je ne me sens pas prête. Ils croient que parce que je suis populaire, je dois forcément coucher. C'est faux, et à la fin du premier rendez-vous, ils s'en rendent bien compte. (Elle s'allongea sur le lit.) Donc il t'a embrassée, et tu es restée paralysée. Il a cru que ça voulait dire que tu ne l'aimais pas. Ça arrive. Il aurait dû s'en douter, tout le monde sait à quel point tu es nerveuse.

Je lui jetai un regard noir.

— Quoi ? C'est vrai. Dis-lui simplement qu'il t'a surprise, et invite-le à sortir, toi. Essaie encore une fois.

Et si je n'avais pas envie de réessayer ?

Je finis de rassembler mes affaires.

— Tu auras la chambre pour toi toute seule cette nuit, dis-je.

Elle se redressa.

— Comment ?

— Je vais dormir à côté. C'est juste que… je ne suis pas de très bonne compagnie.

Je vis que je l'avais blessée. Je m'améliorais de plus en plus dans ce domaine… Je m'arrêtai à la porte.

— Merci. Pour… pour tout, aujourd'hui. J'apprécie vraiment.

Elle hocha la tête et je quittai la pièce.

J'aurais mieux fait de rester avec elle.

Être seule signifiait que je n'avais rien d'autre à faire que me blottir sous les couvertures et pleurer en pensant à toutes les choses horribles qui se passaient dans ma vie, puis me mépriser pour m'être apitoyée sur mon sort.

J'avais tout raté. Je ne maîtrisais pas mes pouvoirs, même lorsque notre avenir en dépendait. Plus personne ne parlait de libérer Rae et tante Lauren, ni de retrouver le père des garçons. Nous aurions de la chance si mon invocation au cimetière ne faisait pas de nous tous des prisonniers.

Les seules personnes sur qui je pouvais compter étaient Derek, Simon et Tori. Alors qu'ils avaient tous semblé me pardonner pour la catastrophe de ce matin, j'avais réussi à blesser Simon, à énerver Derek, et à envoyer promener Tori.

Je voulais rentrer chez moi. Si j'avais eu un peu de courage, j'aurais fait mes valises et je serais partie avant d'empirer la situation. Mais je n'étais même pas capable de ça. Je me détestais, de toutes mes forces, pour cette faiblesse. Je ne pus rien faire hormis pleurer jusqu'à ce que je finisse par m'endormir, épuisée.

Je fus réveillée par des coups à la porte. Je cherchai des yeux le réveil sur la table de nuit avant de me rappeler que j'avais changé de chambre.

— Chloé ? C'est moi.

Il y eut une pause, puis :

— Derek.

Comme si j'avais pu confondre ce grondement sourd avec la voix de quelqu'un d'autre. Comme si je pouvais ne pas reconnaître cette chose en moi qui s'animait comme un petit chiot impatient et disait : « C'est lui ! Vite, va voir ce qu'il veut. »

Mon Dieu, comment avais-je pu être si aveugle ? Je le voyais si clairement à présent.

La situation me parut triste et pathétique, en accord avec le schéma qui semblait se répéter ces jours-ci.

Je tirai la couverture sur ma tête et fermai les yeux.

— Chloé ? insista Derek en faisant grincer le plancher. Il faut que je te parle.

Je ne répondis pas.

Il y eut un autre grincement. C'était la porte cette fois, et je me relevai d'un coup alors qu'il se glissait dans la chambre.

— Hé ! criai-je. Tu ne peux pas…

— Désolé, marmonna-t-il. C'est seulement…

Il se plaça dans le clair de lune. Ce n'était pas un hasard. Il voulait que je voie ses yeux brillant de fièvre, sa peau rougie, ses cheveux collés par la sueur. Il voulait que je lui dise : « Oh ! tu vas te transformer. », que je saute de mon lit et que j'insiste pour l'accompagner dehors et l'aider à traverser cela comme je l'avais fait les deux dernières fois.

Je le regardai et me rallongeai. Il s'approcha.

— Chloé…

— Quoi ?

— Ça… ça recommence.

— Je le vois bien.

Je me rassis, posai les pieds par terre et me levai. Il poussa un soupir de soulagement. Je marchai jusqu'à la fenêtre.

— Suis ce chemin sur une dizaine de mètres et tu tomberas sur une clairière à droite. Ça devrait être un bon endroit.

Un éclair de panique traversa son regard. Après la manière dont il m'avait traitée aujourd'hui, j'aurais dû penser « bien fait ». Mais non. Je ne pouvais pas. Je dus rassembler tout mon courage pour retourner dans mon lit.

— Chloé…

— Quoi ?

Il se gratta violemment le bras, et sa peau commençait à frémir, ses muscles à se crisper. Il me regarda d'un air si malheureux que je fus obligée de garder la mâchoire serrée pour m'empêcher de lui dire : « Bon, d'accord, je viens avec toi. »

— *Quoi ?* dis-je enfin.

— Je…

Il déglutit, s'humecta les lèvres et réessaya.

— Je…

Même me demander de l'accompagner était trop pour lui. Il n'avait jamais eu besoin de le faire auparavant.

— Je… J'ai besoin… (Il déglutit de nouveau.) Je voudrais… Tu peux venir avec moi ?

Je levai les yeux vers lui.

— Comment peux-tu me demander ça ? Combien de fois est-ce que tu m'as engueulée aujourd'hui ? Combien de fois tu m'as fait comprendre que c'était ma faute si tout allait de travers ?

Il écarquilla les yeux de surprise.

— Ce n'est pas ce que je voulais dire, protesta-t-il en repoussant ses mèches de cheveux humides. Si je t'ai fait du mal…

— Comment aurais-tu pu ne pas m'en faire ? Ce matin, après le cimetière, j'avais besoin de ton aide. De tes conseils. Tu n'as réussi qu'à me faire me sentir encore plus coupable que je ne l'étais déjà, ce qui, crois-moi, n'était pas gagné. Et ce soir, avec Simon, tu t'es comporté comme si tout était encore ma faute, même si tu voyais bien que je me sentais mal, que j'étais bouleversée. (Je pris une grande inspiration.) Après l'épisode de la station-service, quand on est rentrés ensemble… Je croyais qu'on était amis.

— Mais nous le sommes.

— Non, dis-je en le regardant dans les yeux. Apparemment pas.

En voyant l'expression de son visage, perplexe et malheureuse, je me sentis méchante et n'en fus que plus en colère. Il n'avait pas le droit d'entrer ici et de compter sur mon aide, pour ensuite me faire culpabiliser d'avoir refusé.

— Chloé, s'il te plaît, dit-il en se frottant la gorge.

Je voyais battre ses veines et ses tendons. La sueur perlait à son front.

— Ça arrive plus vite cette fois-ci, ajouta-t-il.

— Alors tu devrais y aller.

— Je n… Je ne p-peux p-p…

Il avala sa salive et me regarda. La fièvre rendait ses yeux si brillants qu'ils semblaient luire.

— S'il te plaît, dit-il.

Ce ne fut pas son « s'il te plaît » qui me fit changer d'avis. Ce fut la panique absolue que je vis dans ses yeux. La transformation le terrifiait. Il avait peur de ne pas pouvoir la finir, peur que la modification génétique lui ait fait quelque chose et que, pour cette raison, il souffrirait toujours ainsi sans jamais parvenir à achever la transformation.

Il ne m'avait jamais dit ça, et peut-être cédai-je trop facilement, mais je ne pouvais pas le laisser affronter ça tout seul. J'attrapai ma veste et mes baskets.

— Je te rem…, commença-t-il.

Je le contournai pour ouvrir la porte.

— On y va, dis-je.

19

Une fois dans le jardin, nous restâmes dans l'ombre au cas où quelqu'un regarderait par la fenêtre et nous verrait en train de marcher vers la forêt. Sur le chemin, Derek resta à côté de moi en me surveillant du coin de l'œil avec cet air abattu qui m'énervait encore plus, car j'essayais en vain de ne pas me sentir coupable.

Je voulais mettre mes sentiments de côté et laisser les choses revenir à la normale. Mais quand Derek m'observait, il me suffisait de repenser à cet autre regard horrifié qu'il avait eu quand je lui avais dit que Simon me croyait amoureuse de lui, et le souvenir mettait fin à mes envies de réconciliation.

— Tu voulais me parler de ce qui s'est passé au cimetière, finit-il par dire.

Je ne répondis rien.

— On *devrait* parler, poursuivit-il.

Je fis « non » de la tête.

Nous avancions avec précaution le long du chemin. J'essayai de rester en arrière et de le laisser passer devant, lui et sa vision nocturne plus développée, mais il resta à côté de moi.

— Pour l'autre jour, quand j'ai crié contre toi parce que tu voulais faire une invocation sans ton collier…, reprit-il.

— Ce n'est pas grave.

— D'accord, mais... Je voulais justement te dire que ce serait une bonne idée de faire un test sans. On devrait essayer...

Je me tournai vers lui.

— Arrête, Derek.

— Arrête quoi ?

— J'ai accepté d'être là pendant ta transformation, alors ne te sens pas obligé de m'aider en retour.

Il se gratta violemment le bras.

— Je ne...

— Mais si, c'est ce que tu es en train de faire. Trouvons plutôt un endroit avant que tu commences à te transformer en plein milieu du chemin.

Il continuait à se gratter, et des égratignures sanglantes formèrent des lignes le long de son bras.

— Je veux seulement...

Je lui attrapai la main.

— Tu es en train de te faire saigner.

Il baissa les yeux et s'efforça de se concentrer.

— Oh ! fit-il.

— Viens.

Je sortis du sentier et me dirigeai vers la clairière que j'avais repérée un peu plus tôt.

— J'ai entendu ce qu'Andrew a dit ce matin, me confia-t-il. Sur moi.

— C'est ce que j'ai pensé, dis-je d'une voix plus douce que je ne l'avais voulu.

Je m'éclaircis la voix et tentai de me remettre en colère.

— Il n'a pas complètement tort, dit-il. Je ne suis...

— Tu vas très bien, l'interrompis-je d'un ton brusque. Andrew est stupide.

Génial. J'étais de nouveau en colère, mais je m'étais trompée de cible.

— Il se trompe, d'accord ? repris-je. Tu le sais bien. N'en parlons plus.

— Quand je me suis énervé contre toi à propos du cimetière, je… je ne l'ai pas fait exprès. J'étais frustré et je…

— S'il te plaît, dis-je en me retournant brusquement vers lui. Arrête, OK ?

Il m'obéit, le temps que nous fassions cinq pas.

— J'étais frustré par la situation. D'être coincé ici. Avec la transformation qui approchait, c'était encore pire. Je sais que ce n'est pas une excuse.

Je levai les yeux vers lui. Il me regarda, plein d'espoir. Il voulait que je le rassure, que je confirme que cela expliquait peut-être son comportement. Il attendait que je cesse de lui en vouloir autant. Moi aussi, je voulais que ça s'arrête, mais si je cédais, la prochaine fois qu'il aurait envie de passer ses nerfs sur moi, il le ferait.

— Chloé ?

Je m'arrêtai au bord de la petite clairière.

— Ça t'ira, ici ? demandai-je.

Il ne dit rien et je crus qu'il observait les lieux, mais quand je me retournai, il était immobile, le menton levé, et il regardait les arbres.

— Tu as entendu ? m'interrogea-t-il.

— Quoi ?

Il secoua la tête.

— Rien, sans doute.

Il fit un pas dans la clairière et regarda autour de lui en murmurant : « Bien, bien. » Il enleva ensuite son pull et le posa par terre.

— Tu peux t'asseoir ici, proposa-t-il en me jetant un coup d'œil. Tu te souviens de l'autre nuit, chez Andrew ? Quand tu es sortie pour me tenir compagnie et qu'on a essayé de t'entraîner ? On devrait refaire ça un jour.

Je poussai un soupir.

— Tu n'abandonneras jamais, hein ? Tu crois qu'il suffit de trouver les mots justes et que tout ira mieux ensuite.

Ses lèvres s'étirèrent en une sorte de sourire.

— J'ai le droit d'espérer, non ?

— Bien sûr. Et si ça marche, qu'est-ce que ça signifie pour moi ? Tu as le droit de me traiter comme tu veux, et dès que tu décides de jouer les gentils, tout est pardonné ?

— Mais je *suis* désolé, Chloé.

— Pour l'instant, dis-je en me détournant. Bref, arrête avec ça, d'accord ? On n'a qu'à…

Il m'attrapa le coude. Je sentis sa peau brûlante, même à travers ma veste.

— Je le pense sincèrement. Je suis vraiment désolé. Quand je m'énerve comme ça, ce n'est pas… ce n'est pas…

Il me relâcha et se frotta la nuque. La sueur lui ruisselait sur le visage. La peau de ses bras nus se mit à onduler.

— Tu dois te préparer, déclarai-je.

— Non. Je dois te dire quelque chose. Donne-moi une seconde.

Il attendit une seconde, puis une autre, puis encore une autre. Il restait devant moi à se frotter violemment le bras, les yeux baissés.

— Derek, il faut que…

— Ça va. Laisse-moi juste…

Il prit une profonde inspiration.

— Derek…

— Juste une seconde.

Il recommença à se gratter. J'avançai vers lui pour lui attraper la main, et il s'arrêta.

— D'accord, d'accord, murmura-t-il.

Il fit bouger sa main puis serra le poing, comme pour s'empêcher de se gratter.

— Je te dis de ne pas avoir peur de moi. Je t'engueule quand tu as des mouvements de recul. Mais parfois…

Il passa le bras derrière son épaule pour se gratter et grimaça quand ses ongles s'enfoncèrent dans sa chair.

— Derek, tu dois…

— Parfois c'est exactement ce que je veux. C'est ce que j'essaie de faire, te faire fuir.

— Alors tu ne me blesses pas par accident, soupirai-je. Tu ne vas pas…

— Non, ce n'est pas ce que je veux dire. C'est…

Il passa la main sur son avant-bras et s'immobilisa en voyant des poils noirs surgir.

— Tu es en train de te transformer, Derek. On parlera plus tard.

— Oui. D'accord. Plus tard. Très bien.

Il prononça les mots à toute vitesse dans une expiration de soulagement.

Il regarda autour de lui en clignant des yeux alors que la sueur lui coulait sur le front.

— Tu devrais t'asseoir, dis-je doucement.

Comme il ne bougeait pas, je lui pris la main et le tirai vers le bas. Il se baissa avec difficulté puis se mit à quatre pattes, en position pour la transformation.

— À moins que Margaret t'ait acheté un tas de nouvelles chemises, tu ferais mieux d'enlever celle-là.

— C'est vrai.

Il saisit l'ourlet et tira vers le haut, mais son bras ne voulait pas se lever comme il fallait pour faire passer la chemise par-dessus sa tête, comme si ses articulations étaient déjà en train de se repositionner et de fusionner. Je lui vins donc en aide. Mais je refusai de lui enlever son pantalon. Par chance, il avait enfilé un jogging pour dormir et réussit à le baisser maladroitement jusqu'à ses genoux. Je consentis à faire le reste. Son caleçon resterait en place, et s'il se déchirait pendant la transformation, j'espérais seulement qu'il se serait assez métamorphosé pour que… enfin bref.

Il avait à peine fini d'enlever ses vêtements que les spasmes commencèrent à secouer tout son corps. Son dos s'arrondit et sa colonne vertébrale se courba tellement que ça paraissait impossible, tout en lui arrachant un gargouillis plaintif. Son visage se tordit de douleur et son cri fut stoppé net quand il envoya son repas dans les buissons.

Il continua ainsi pendant un moment. Il subit des spasmes, des convulsions, sa peau et ses muscles ondulaient comme on aurait pu le voir dans un film d'horreur. Il eut des hoquets, des gémissements et des cris de douleur étouffés entre les crises de vomissements. Je sentais cette puanteur mêlée à celle de sa sueur.

On aurait vraiment pu penser que ce spectacle me guérirait de tout sentiment romantique envers lui. Mais j'y avais assisté trois fois à présent et l'avais regardé chaque fois en sachant que si je détournais les yeux, si je m'éloignais, si je le laissais croire que j'étais horrifiée et dégoûtée, je n'aurais fait qu'empirer les choses.

Je n'étais ni horrifiée ni dégoûtée. Je ne regardais pas un type en train de vomir et de se tordre de façon monstrueuse. Je regardais Derek, qui était terrorisé et souffrait le martyre.

Le premier de ces affreux spasmes suffit à chasser le reste de ma colère. J'aurais bien le temps de m'énerver plus tard. Je préférai m'asseoir à côté de lui et lui frotter les épaules en lui disant que ça irait, qu'il s'en sortait bien, qu'il fallait continuer.

Ses haut-le-cœur s'apaisèrent et il resta ainsi, à quatre pattes, tête baissée, les cheveux pendant devant son visage, le corps couvert de poils courts et noirs, les épaules voûtées, les jambes et les bras tendus, les doigts crispés, plantés dans le sol comme des griffes. Il avait le souffle court et respirait en haletant.

— Tu y es presque, dis-je. C'est plus rapide, cette fois-ci.

Peu importait que ce soit vrai ou faux, j'étais seulement contente qu'il me croie, qu'il hoche la tête et se détende un peu.

Il fut secoué par un autre spasme. Son corps se tordit par vagues successives. Ses jambes et ses bras ne cessaient de changer de forme, de s'amincir et de rapetisser, en même temps que ses mains et ses pieds. Ses cheveux se rétractèrent, alors que les poils sur son corps s'allongeaient pour se transformer en pelage. Quant à son visage, je me doutais qu'il se métamorphosait aussi, mais Derek avait tourné la tête de l'autre côté.

Son corps continua à être secoué de tremblements jusqu'à ce qu'il soit obligé de s'arrêter, à bout de souffle, pour essayer de respirer. Je lui frottai le dos, et il s'appuya contre moi. Je sentais ses muscles trembler, comme s'il arrivait à peine à tenir sur ses membres. Je me rapprochai et le laissai se reposer contre moi, ma tête sur son épaule. J'entendais son cœur battre vite et fort. Ses frissons se calmèrent petit à petit.

— Tu y es presque. Continue. Tu vas aller jusqu'au bout, cette fois. Tu vas…

Il se contracta soudain, puis son dos s'arqua si violemment qu'il me renversa. Son corps devint rigide. Il garda la tête baissée pendant que son dos s'arrondissait encore comme si quelqu'un le soulevait, et que sa tête s'abaissait toujours. Sa fourrure noire brillait au clair de lune.

Ses os craquèrent. Il poussa un gémissement grave et je me rapprochai de lui pour lui caresser le dos et lui dire que tout irait bien. Puis il eut un dernier frisson, et ce fut terminé. Il leva la tête pour me regarder. Il s'était transformé en loup.

20

La dernière fois que Derek avait commencé sa transformation, il m'avait fait promettre d'aller me mettre à l'abri quand il semblerait sur le point de l'achever. En voyant ce loup devant moi, je sentis comme un poids dans mon ventre, et je me dis que j'aurais dû suivre ses conseils. Mais dès que ses yeux croisèrent les miens, mes craintes se dissipèrent. J'avais peut-être un énorme loup noir en face de moi, mais au fond de ces yeux verts, je voyais encore Derek.

Il essaya d'avancer, mais ses pattes cédèrent et il tomba dans un bruit sourd qui fit trembler le sol. Je m'approchai de lui tant bien que mal. Il restait couché, les yeux fermés, haletant, la langue pendante.

— Est-ce que ça va ?

Il ouvrit les yeux et leva son museau d'une drôle de façon, comme s'il tentait de hocher la tête, puis ses yeux se révulsèrent et il baissa de nouveau les paupières.

Il allait bien et était seulement épuisé, comme la fois précédente quand il avait été trop fatigué pour pouvoir se rhabiller avant de s'endormir. Je me levai et fis quelques pas vers le chemin en me disant que j'allais le laisser tranquille, mais il se mit à grogner. Je me retournai et le vis couché sur le ventre, prêt à bondir. Il fit un mouvement du museau pour me signifier de revenir.

— Je pensais que tu voudrais être…

Il me fit taire d'un grognement. Il était difficile pour un loup de froncer les sourcils, mais il parvint à me regarder méchamment.

Je sortis un couteau à cran d'arrêt de ma poche.

— Ça va aller. Je suis armée.

Un grognement. *Je m'en fiche.* Un mouvement de la tête. *Reviens ici.*

Comme j'hésitais, il gronda de nouveau.

— Eh ben, tu as tout de suite compris comment il fallait grogner. Ça doit être grâce à toutes ces années d'entraînement.

Il commença à se relever, les pattes tremblantes.

— D'accord, j'arrive. Je ne voulais pas te gêner, c'est tout.

Un grondement. *Tu ne me gênes pas.* Du moins, j'espérais que c'était ce qu'il voulait dire.

— Tu arrives à me comprendre, n'est-ce pas ? poursuivis-je en retournant m'asseoir sur son pull abandonné. Tu sais ce que je dis.

Il essaya de hocher la tête puis grogna en se rendant compte de sa maladresse.

— Ce n'est pas facile quand on ne peut pas parler, hein ? dis-je en souriant. Enfin, pas facile pour toi. Moi, je pourrais m'y faire.

Il émit un grognement, mais je lisais le soulagement dans ses yeux, comme s'il était content de me voir sourire.

— Alors j'avais raison, pas vrai ? C'est toujours toi, même si tu as la forme d'un loup.

Il grogna.

— Pas de pulsions soudaines et incontrôlables d'aller tuer quelque chose ?

Il leva les yeux au ciel.

— Hé ! c'était toi qui t'inquiétais.

Je marquai une pause puis ajoutai :

— Mon odeur ne te fait pas saliver, j'espère ?

J'eus droit à un regard bien noir cette fois-ci.

— Je veux juste être sûre qu'on n'oublie rien.

Il poussa un long grognement qui hoquetait un peu, comme un rire, puis il s'installa par terre et posa sa tête sur ses pattes, les yeux braqués sur moi. J'essayai de m'installer confortablement, mais la terre était gelée à travers le pull et je ne portais que mon nouveau pyjama, une veste légère et des baskets.

En me voyant frissonner, il étendit sa patte avant jusqu'au pull, en toucha le bord et montra les dents quand il se rendit compte qu'il ne pouvait pas l'attraper.

— Il va falloir s'habituer à l'absence de pouce opposable, on dirait.

Il me fit signe d'un mouvement de la truffe de me rapprocher de lui. Je feignis de ne pas comprendre et il se contorsionna pour venir prendre le pull délicatement entre ses dents et le tirer en retroussant les lèvres de dégoût.

— D'accord, d'accord, j'essaie simplement de ne pas t'oppresser.

Ce n'était pas l'unique raison pour laquelle j'étais mal à l'aise d'aller me blottir contre lui, mais il se contenta d'émettre un petit grognement, apparemment pour me dire que ça ne le dérangeait pas. Je vins m'installer à côté de lui. Il changea de position pour que son corps bloque en partie le vent. Il dégageait toujours une chaleur incroyable, même après la transformation.

Il poussa un grognement.

— Oui, c'est mieux. Merci. Essayons de nous reposer, maintenant.

J'ignorais ce qui allait se passer ensuite. Je ne pensais pas que Derek en avait la moindre idée non plus. Il s'était surtout concentré pour terminer cette épreuve. Je savais au moins ceci : nous n'en étions qu'à la moitié du processus. Il devait se métamorphoser de nouveau pour retrouver son apparence normale, et il allait avoir besoin de temps et de repos pour y parvenir.

Comment cela allait-il se passer ? Fallait-il qu'il attende que son corps soit prêt, comme il l'avait fait avant de pouvoir se changer en loup ? Combien de temps cela prendrait-il ? Des heures ? des jours ?

Je sentis qu'il me regardait, et me forçai à sourire et à chasser mes inquiétudes. Il s'en sortirait. Il était capable de faire une transformation complète. C'était ça l'important.

Quand je me fus détendue, il se rapprocha un peu plus. Son pelage me frotta la main. Je le touchai timidement pour sentir les poils durs et la couche de duvet plus doux par-dessous. Il s'appuya contre ma main comme pour me dire que je pouvais y aller, et j'enfonçai mes doigts dans sa fourrure. Sa peau était si chaude à cause de la transformation que j'avais l'impression de poser mes mains engourdies sur un radiateur. Mes mains froides devaient être tout aussi agréables, car il ferma les yeux et s'allongea jusqu'à ce que je sois appuyée contre lui. Il s'endormit en quelques minutes.

Je fermai aussi les paupières avec l'intention de me reposer juste un instant. Sans comprendre ce qui s'était passé, je me réveillai et pris conscience que j'étais couchée en boule sur le côté, et que je me servais de Derek comme oreiller. Je sursautai. Il me regarda.

— P-pardon, je ne voulais pas…

Il me fit taire d'un grognement, pour me signifier que je n'avais pas à m'excuser, puis il me donna un coup dans la jambe et me fit retomber sur lui. Je restai ainsi un moment et profitai de sa chaleur. Il bâilla et découvrit des canines longues comme mon pouce. Je finis par m'asseoir.

— Bon, il faudrait sans doute que tu fasses un truc de loup. Que tu chasses, peut-être ?

Un grognement, sur un ton qui voulait dire « non ».

— Tu pourrais courir, faire de l'exercice ?

Encore un grognement, moins convaincu, qui ressemblait plus à un « peut-être ».

Il se mit sur ses pattes, chancelant, pas encore habitué à son nouveau centre de gravité. Il avança délicatement une patte avant, puis l'autre, puis une patte arrière, et l'autre. Il accéléra un peu tout en allant encore lentement et fit le tour de la clairière. Il grogna joyeusement, comme s'il avait compris le truc, partit en bondissant, puis il trébucha et vint s'écrouler le museau dans les broussailles.

J'essayai de réprimer un gloussement mais n'y parvins pas très bien. Il me jeta un regard furieux.

— Courir, tu peux oublier. Commence plutôt par marcher lentement d'un pas tranquille, à ton rythme.

Il grogna et fit demi-tour à toute vitesse. Je me reculai, et il eut une sorte de rire enroué.

— Tu ne peux pas t'empêcher de jouer les durs, hein ?

Il se rua en avant et cette fois je ne bougeai pas. Il se retint de sauter au dernier moment, et… tomba sur le côté. Je ne contins pas mon rire, cette fois-ci. Il se remit sur ses pattes, attrapa la jambe de mon pyjama, tira dessus et me fit tomber.

— Espèce de brute !

Son grognement ressembla à une sorte de gloussement. Je posai le doigt sur un accroc imaginaire à la jambe de mon pyjama.

— Super. On me donne enfin un pyjama et tu le déchires.

Il s'approcha pour regarder de plus près. J'essayai de lui attraper la patte avant mais il s'élança hors de ma portée et traversa la clairière à toute vitesse. Il s'arrêta et regarda par-dessus son épaule comme pour dire : « Comment suis-je arrivé à faire ça ? » Il partit en sens inverse et tenta de nouveau de courir, mais il s'emmêla les pattes et s'écroula comme une masse à mes pieds.

— Tu réfléchis trop, comme d'habitude, dis-je.

Il grogna pour marquer son dédain et se remit d'aplomb sur ses pattes. Il essaya de nouveau de courir et cette fois il ne tomba pas : il bondissait moins qu'il ne faisait des embardées. Il menaçait de trébucher à chaque pas.

— On dirait que tu en as pour un moment, alors je vais peut-être te laisser t'entraîner et rentrer à la maison…

Il fonça se mettre devant moi pour me bloquer le passage. Je souris.

— Je savais que ç'allait marcher. Donc j'ai raison, tu vois ? C'est mieux quand tu agis sans réfléchir.

Il soupira en sifflant et la condensation fit un nuage dans l'air glacial.

— Tu n'aimes pas ça, hein ? Tu devrais compter les points pour voir qui a le plus souvent raison : moi ou toi.

Il leva les yeux au ciel.

— Ça ne risque pas, c'est ça ? Tu ne lâcherais jamais l'affaire si je te battais. Mais cette fois, j'ai raison. Ton corps sait se déplacer comme un loup. Il faut seulement que tu fasses taire ton cerveau et que tu laisses tes muscles faire leur boulot.

Il me fonça droit dessus. Je gardai ma position, et il me contourna à toute vitesse en faisant un large cercle, tête baissée. Il accéléra jusqu'à devenir une masse floue de pelage noir. Je me mis à rire. Je ne pouvais pas m'en empêcher. Il avait l'air vraiment… incroyable. Prendre une autre forme, ressentir le monde ainsi. J'étais contente pour lui. Il finit par freiner un peu et s'arrêta en dérapant, chaque patte tendue dans une direction différente.

— Il va falloir que tu travailles ça, lui dis-je.

Il grogna et fit un mouvement de la tête que je ne compris pas, jusqu'à ce qu'il se mette sur ses pattes, le museau levé dans le vent, les oreilles pivotant vers l'avant.

— Il y a quelqu'un ? chuchotai-je.

Il grogna pour me dire : *Chut, j'écoute.*

J'écoutai avec lui en tendant l'oreille pour percevoir ce qu'il entendait. Soudain, il y eut un bruit pour lequel une ouïe de loup n'était pas nécessaire : un long hurlement sinistre. Les poils de Derek se hérissèrent sur son dos, donnant à sa carrure impressionnante quelques centimètres de plus.

— C'est un chien ? demandai-je à voix basse.

Mais j'avais entendu assez de chiens hurler dans ma vie pour savoir que ça n'en était pas un. Derek s'élança vers moi et me cogna l'arrière des jambes. *Cours.*

Je me précipitai vers le sentier. Derek resta derrière moi. J'entendais à peine le bruit sourd de ses pattes, et je compris enfin pourquoi il se déplaçait toujours si silencieusement. C'était l'instinct du prédateur. Un instinct, et une technique, que je ne possédais pas, ce qui, malheureusement, devint rapidement évident.

Je mesurais peut-être la moitié de la taille de Derek, mais je faisais autant de bruit qu'un monstre de cent kilos piétinant dans la forêt. Je haletais comme une locomotive. Mes pieds réussissaient à trouver chaque branche du chemin pour les faire craquer aussi bruyamment qu'un coup de feu. J'essayai d'être plus discrète, mais cela me ralentissait. Quand je freinai l'allure, Derek me rentra dedans pour me faire comprendre de ne pas m'occuper de ça et de continuer à courir.

Je voyais désormais les lumières de la maison un peu plus loin devant. Puis, quelque part entre elle et nous, retentit un sifflement strident. Je m'arrêtai. Derek aussi, mais il me heurta en dérapant et m'envoya tomber sur les genoux.

Il grogna une excuse. Pendant que je me relevais, il se remit sur ses pattes et se posta devant moi, le museau levé pour humer le vent. Mais la brise soufflait de côté et il fit quelques pas pour essayer de sentir l'odeur de ce qui avait produit le sifflement. Lorsqu'elle lui parvint enfin, son corps se raidit, ses oreilles s'aplatirent et il commença à grogner de plus en plus fort. Il fit soudain demi-tour et me fonça presque dedans.

— Qui… ?

Il me répondit en attrapant le bas de ma veste entre ses dents d'un coup sec. *Cours vite !* J'obéis.

21

Qui étions-nous en train de fuir ? J'avais vu assez de films d'horreur pour savoir que c'était un loup qui avait hurlé, et il n'en restait aucun en liberté dans l'État de New York. Il s'agissait donc d'un loup-garou.

Liam et Ramon, ceux qui avaient essayé d'attraper Derek quelques jours auparavant, nous avaient dit que tout l'État était le territoire de la Meute, qui pourchasserait et tuerait tout loup-garou qui tenterait de s'y introduire. Ses membres n'étaient clairement pas aussi méthodiques que ça, puisque Derek avait vécu ici toute sa vie. Mais l'avaient-ils enfin découvert ?

Si ce n'était pas quelqu'un de la Meute, alors qui avait sifflé ? Andrew avait dit que le groupe Edison n'employait pas de loups-garous. Se trompait-il ? S'ils avaient besoin de retrouver des sujets disparus, un loup-garou était le meilleur limier surnaturel qu'ils pouvaient trouver.

Pour l'instant, ça n'avait pas d'importance. Derek savait qui avait sifflé, et même s'il ne pouvait pas me le dire, son comportement montrait que nous avions des ennuis, et qu'il ne nous restait plus qu'à espérer courir plus vite.

— Il y a une rivière par là-bas, dis-je en la montrant du doigt. Si c'est un loup-garou qu'on essaie de semer, l'eau masquera notre piste, non ?

Il répondit en suivant la direction indiquée.

La rivière n'était guère qu'un filet d'eau, mais elle suffit à effacer nos traces. Nous courûmes dans le cours d'eau qui s'enfonçait de plus en plus profondément. De petites falaises commençaient à s'élever de chaque côté. En continuant, nous risquions de nous retrouver coincés.

Devant moi, Derek se mit à escalader le talus tant bien que mal. Je le suivis. Mes baskets trempées glissaient dans la boue, et je dus m'agripper à des racines pour me hisser jusqu'en haut. Je me déplaçais le plus silencieusement possible, étant donné que n'importe quel loup-garou posséderait la même ouïe fine que Derek.

Nous suivîmes le cours d'eau au pas de course jusqu'à un petit bois épais. Derek me conduisit dans la clairière qui se trouvait au milieu. Il s'assit au centre, les pattes de devant tendues devant lui, la tête et la queue baissées. Il essayait de reprendre sa forme humaine. Après quelques minutes d'efforts et de grognements, il abandonna.

— On ne peut pas rester ici, dis-je. Si c'est un loup-garou...

Il gronda pour le confirmer.

— Alors il va finir par retrouver notre piste. Cette forêt n'est pas très grande.

Un autre grognement. *Je sais.*

— Je crois que la maison est par là.

Il secoua la tête et pointa le museau un peu plus à gauche.

— D'accord. Alors il faut juste qu'on...

Il s'immobilisa encore, le nez en l'air, les oreilles tournées vers l'avant. Je m'accroupis à côté de lui. Il humait l'air en grognant gravement, comme s'il avait flairé une odeur qu'il n'arrivait pas à retrouver. Il finit par me pousser doucement vers l'entrée de la clairière en faisant un bruit qui semblait dire « cours ! », mais quand je m'élançai en avant, il attrapa l'arrière de ma veste entre ses dents.

— Tu veux que j'avance lentement ? murmurai-je. Sans bruit ?

Un grognement qui voulait dire « oui ».

Il se glissa devant moi et fit un pas en avant, puis un autre. Un nuage passa devant la lune, et la forêt s'obscurcit. Nous nous immobilisâmes.

Une brindille craqua sur notre droite. Derek se retourna si vite qu'il se cogna contre moi. Il me poussa et me fit trébucher. Je ne me relevai pas assez vite à son goût et il montra les dents.

En reculant dans la clairière, je distinguai une masse sombre à la lisière. Quand une autre brindille craqua, Derek poussa mes mollets de toutes ses forces jusqu'à ce que je me retrouve à l'extrémité opposée de la clairière, puis il me bouscula dans les épaisses broussailles.

— Je ne peux pas..., chuchotai-je.

Il claqua des dents en grognant. *Mais si, tu peux.*

Je jouai des coudes à quatre pattes, les mains devant mon visage pour me frayer un passage. Je fis seulement quelques mètres avant de me heurter à un arbre. D'épais buissons me bloquaient la route de chaque côté. Je me contorsionnai pour me retourner et dire à Derek que je ne pouvais pas aller plus loin, mais il s'était arrêté à l'entrée de mon tunnel et son dos bloquait le passage.

La couche de nuages s'éclaircit et une silhouette se matérialisa sur le chemin. C'était un autre loup, aussi noir que Derek. Silencieux comme le brouillard, il semblait lentement glisser vers nous dans un mouvement fluide.

Les nuages laissèrent enfin apparaître la lune, mais le loup était toujours noir comme la nuit, de la truffe jusqu'aux yeux. Je remarquai des stries pâles sur son flanc. En regardant mieux, je vis qu'il s'agissait d'égratignures sur lesquelles le pelage avait disparu, qui laissaient voir la peau nue plissée, pas encore tout à fait cicatrisée. J'avais déjà vu ces balafres quelques jours plus tôt.

— Ramon, chuchotai-je.

Derek grogna, le pelage dressé, la queue hérissée, et il montra les crocs. Mais l'autre loup avançait vers nous sans se laisser impressionner. Derek s'élança enfin sur lui dans un rugissement.

Ramon s'arrêta, mais sans reculer. Il ne grogna même pas. Il resta là où il était jusqu'à ce que Derek soit presque à son niveau, puis il feinta sur le côté et courut droit sur moi.

Derek essaya de s'arrêter, mais il s'était lancé trop vite à l'attaque et il dérapa dans les fourrés.

Ramon fonçait sur moi et je tentai tant bien que mal de m'échapper, mais les broussailles étaient trop épaisses. Par chance, elles l'étaient aussi pour lui, et il ne parvint pas à aller beaucoup plus loin que l'avait fait Derek, juste assez pour que je puisse sentir son haleine fétide alors qu'il essayait de se frayer un chemin dans les taillis.

Derek réussit à lui planter les dents dans l'arrière-train et à le traîner en arrière, Ramon poussa un glapissement. Il parvint à se libérer et sauta sur Derek, qui l'évita et le contourna vivement pour revenir bloquer l'entrée de ma cachette.

Pendant un moment, je ne vis que la queue de Derek. Puis j'aperçus Ramon sur le côté, qui reculait et regardait autour de lui comme pour évaluer la situation.

Il plongea sur la gauche. Derek s'élança du même côté en aboyant et en grondant. Ramon feinta à droite. Derek le bloqua. Encore à gauche, encore bloqué. C'était comme ce soir-là dans l'aire de jeux, quand Liam avait fait semblant de vouloir m'attraper pour faire marcher Derek et lui avait ensuite ri au nez parce qu'il réagissait chaque fois.

— Il te nargue, chuchotai-je. Il essaie de t'épuiser. N'entre pas dans son jeu.

Derek grogna. Il se tendit, comme pour bloquer son corps dans une position. Mais ça ne lui fut pas d'une grande aide. Chaque fois que Ramon amorçait un mouvement vers moi, Derek bondissait en hurlant et en grondant.

Ramon finit par se lasser et s'élança sur Derek. Ils se heurtèrent dans un bruit de craquement de cartilage et tombèrent au sol en se mordant. Ils poussaient des grognements et des glapissements quand les crocs de l'un s'enfonçaient dans la chair de l'autre.

Je serrai le couteau dans ma main un peu plus fort. Je savais que je devais agir, me joindre à la bagarre, protéger Derek. Mais j'en étais incapable. Quelques jours plus tôt, quand j'avais vu Derek et Liam se battre sous leur forme humaine, ils avaient été trop rapides pour que je puisse m'interposer. Mais ç'avait été un combat au ralenti comparé à ce que je voyais maintenant : une boule de fourrure et de fureur qui roulait à travers la clairière, une masse indistincte de poils noirs, de crocs et de sang qui giclait.

Il *fallait* que je fasse quelque chose, parce que j'étais un sérieux handicap pour Derek. Il ne pouvait apparemment pas oublier que j'étais là, et, chaque fois que Ramon roulait de mon côté, Derek cessait le combat pour venir s'interposer.

Je voulais lui dire de ne plus se soucier de moi. J'étais en sécurité, profondément enfouie dans les broussailles et armée. Il n'y avait aucune trace de Liam, le partenaire de Ramon. Mais je savais que ça ne servirait à rien. Son instinct protecteur l'emportait sur la raison.

Je me levai, tendis le bras aussi haut que possible et attrapai la branche la plus basse de l'arbre qui se trouvait derrière moi. Ma blessure me tirailla, mais je n'en tins pas compte. Je me hissai dans l'arbre et grimpai aisément. Il était plus difficile de ne pas regarder en bas chaque fois que j'entendais grogner ou glapir.

Je finis par monter assez haut pour que Ramon ne puisse pas m'atteindre. J'appelai Derek pour lui signaler que j'étais en sécurité. Il fallut évidemment qu'il vérifie : il leva la tête et se fit arracher une touffe de poils dans le cou. Mais une fois qu'il vit où je me trouvais, il commença à se battre de toutes ses forces.

Il avait beau être imposant, Derek ne faisait pas le poids contre un loup-garou adulte et expérimenté. Face à Liam, il avait pris ses jambes à son cou en admettant qu'il n'avait aucune chance. Derek avait peut-être tendance à être arrogant, mais il n'était pas imprudent. S'il ne pouvait pas gagner un combat, fuir ne lui posait aucun problème.

Mais cette fois-ci, il ne pouvait pas prendre la fuite.

Je serrai fortement le couteau dans ma main et rampai le long de la branche jusqu'à me trouver au-dessus des deux loups.

En parlant d'imprudence…

Je m'arrêtai et sentis une pointe de culpabilité rien qu'à envisager quelque chose de si stupide. Dans l'éventualité où je me laisserais tomber sur eux, j'aurais de la chance si Derek ne se faisait pas tuer en essayant de me protéger.

J'avais horreur de rester là, recroquevillée comme une héroïne sans défense. Pourtant, j'étais bel et bien sans défense devant Ramon. Je ne possédais pas de force surhumaine ou de sens surdéveloppés, ni de crocs, de griffes ou de pouvoirs magiques.

Cesse de te plaindre de ce que tu n'as pas. Ton cerveau est encore en état de marche, oui ou non ?

Vu les circonstances, je n'en étais plus très sûre.

Utilise-le. Réfléchis.

Je regardais les loups se battre en me creusant la tête pour trouver un plan. Tout en les observant, je pris conscience que je pouvais distinguer Ramon de Derek grâce à ses cicatrices. Si je pouvais…

Les cicatrices.

Je me penchai autant que je le pus et criai :

— Derek ! Son flanc ! Là où les balafres…

Je voyais mal comment lui expliquer ce que j'avais en tête sans révéler le plan à Ramon, mais je n'eus pas besoin de dire un mot de plus. Derek se retourna et immobilisa Ramon. Sans la fourrure pour protéger la peau, il enfonça facilement ses crocs dans le flanc. Ramon hurla. Derek tira d'un coup sec et lui arracha un gros morceau de chair.

Le sang jaillit. Derek recula fièrement et recracha le morceau qu'il avait dans la gueule. Ramon attaqua, mais sa patte arrière vacilla. Derek l'esquiva et le mordit encore une fois au même endroit.

Ramon rugit de douleur et de colère, et se libéra de l'étreinte de Derek en bondissant. Il le contourna à toute vitesse en répandant son sang partout par terre, et il attrapa Derek par la peau du cou. Ils tombèrent tous les deux au sol ; Derek se débattit et le griffa jusqu'à ce qu'il réussisse à l'atteindre au flanc. Ramon glapit et relâcha Derek qui entreprit de reculer en direction de la rivière. Le cours d'eau était à plus de quatre mètres en contrebas, et je lui criai de faire attention, mais il continuait à se replier.

Ramon se précipita sur lui en grondant férocement, les poils hérissés. Soudain, un sifflement l'immobilisa. Liam. Ramon stoppa net son attaque, bascula la tête en arrière et hurla. Derek sauta sur lui. Ramon l'envoya valser puis avança vers lui en le forçant à reculer…

— Derek ! La falaise !

Cette fois il leva les yeux et me regarda. Mais il ne s'arrêta pas, le regard de nouveau braqué sur Ramon.

Au dernier moment, il vira sur la gauche, contourna Ramon et le frappa sur son flanc blessé. Ramon fut projeté en arrière. Derek bondit sur lui et planta ses crocs dans la chair meurtrie de son adversaire. Ramon poussa un sinistre hurlement de douleur.

Ramon, dos à la falaise, parvint à se remettre sur ses pattes. Derek lui sauta dessus et recula vivement. Son adversaire aperçut le gouffre et tenta de dévier sa trajectoire au dernier moment, mais Derek donna un coup de tête dans sa blessure et l'envoya voltiger par-dessus la berge.

Je descendis de l'arbre et courus jusqu'à Derek. Il se tenait au bord du précipice et regardait Ramon qui, toujours conscient, s'efforçait de se remettre debout, mais une de ses pattes avant était méchamment tordue.

Il y eut un autre sifflement. Derek se retourna brutalement en se cognant dans mes jambes puis me poussa du museau pour me signifier d'avancer.

— C'est Liam ?

Il hocha la tête.

Je ne perdis pas de temps à me demander pourquoi Liam avait conservé sa forme humaine. Il constituait encore une menace redoutable. Qu'il ne soit pas un loup présentait un unique avantage : suivre notre trace serait moins rapide.

— Le bruit vient de la maison, chuchotai-je en courant. On devrait rejoindre la route. Est-ce que tu sais où… ?

Il me dépassa à toute allure en guise de réponse. Nous courûmes pendant quelques minutes, mais je me laissais distancer. Il revint se placer derrière moi.

— Désolée. Je ne vois rien et je ne cesse de trébucher…

Il me fit taire d'un grognement. *Je sais. Continue à courir.*

Je partis donc devant. Derek me donnait un coup sur la jambe quand je virais du mauvais côté. J'aperçus enfin des lumières entre les arbres. Derek me poussa dans leur direction, et…

— Qu'est-ce que tu peux faire comme tapage, louveteau.

L'accent texan de Liam résonna à travers la forêt.

Derek se jeta sur moi et m'envoya m'écraser avec force sur le sol. Je m'égratignai le menton, la bouche pleine de terre. Je tentai de me relever, mais Derek était grimpé sur moi. Je me passai la langue sur les dents pour m'assurer que je n'en avais perdu aucune.

Il souffla bruyamment et posa sa truffe sur ma nuque. Je préférai considérer son geste comme une excuse, quelle qu'en soit la signification réelle.

— Allez, allez, sors de ta cachette, chantonna Liam.

Derek me poussa dans un fourré si petit que nous dûmes nous serrer pour y entrer à deux. J'avais sa fourrure dans la bouche. Lorsque je tentai de lui faire un peu de place, il gronda pour me dire de rester immobile. Je m'assis et il se pressa contre moi pour pouvoir entrer entièrement, jusqu'à se retrouver à moitié sur mes genoux.

Il leva la truffe pour humer la brise, qui soufflait de la même direction que la voix de Liam, ce qui voulait dire que ce dernier ne pouvait pas nous repérer.

Je fermai les yeux pour mieux entendre. Je sentais le cœur de Derek qui battait à tout rompre. Le mien devait cogner tout aussi fort, car il poussa mon bras jusqu'à ce que j'ouvre les yeux et croise son regard, assombri d'inquiétude.

— Je vais bien, soufflai-je.

Il changea de position pour essayer de s'appuyer moins lourdement sur mes jambes, et j'effleurai alors une zone mouillée de son pelage. Je levai la main : mes doigts étaient couverts de sang.

— Tu es…

Il grogna pour me dire de me taire. *Ça va. Maintenant, chut!*

Je tentai de voir si sa blessure était grave, mais il bougea encore, cette fois pour m'immobiliser.

Nous restâmes ainsi à écouter, en silence. Ses oreilles remuaient et tressaillaient de temps en temps, comme s'il entendait quelque chose. Mais au lieu de se crisper, il commença à se détendre.

— Il s'éloigne ? chuchotai-je.

Il fit « oui » de la tête.

Je me décontractai un peu. Il était difficile de craindre pour sa vie quand on avait un loup d'une centaine de kilos sur les genoux. Curieusement, c'était rassurant. Entre la chaleur de son corps, la douceur de son pelage et les battements de son cœur, je dus me forcer à cligner des yeux pour demeurer éveillée.

— Il est parti ? murmurai-je.

Derek secoua la tête.

— On doit rester combien de… ?

Il se raidit. Je scrutai l'obscurité, mais quand je le regardai de nouveau, il n'avait pas le museau dressé comme il le faisait pour flairer une odeur. Il gardait la tête baissée, les yeux grands ouverts, et demeurait complètement immobile.

Puis je sentis. Ses muscles tressaillaient.

— Tu es prêt à te transformer de nouveau, dis-je à voix basse.

Il grogna, tendu, l'inquiétude grandissant au fond de son regard.

— Aucun problème. Ça arrive toujours un moment après les premiers signes, pas vrai ? On a le temps de rentrer à la maison. Tu pourras faire la transformation là-bas…

Il fut secoué d'une convulsion, et ses deux pattes avant se tendirent. Il s'écroula sur le côté, les quatre pattes raides, la tête basculée en arrière et les yeux révulsés.

— Ça va aller. C'est mieux comme ça, de toute façon. Laisse-toi faire.

Non pas qu'il ait le choix… Je me dégageai et m'éloignai un peu de ses griffes gesticulantes. Accroupie derrière lui, je lui massai les épaules et lui assurai que ça allait, que tout se passerait bien.

Il baissa la tête puis la bascula d'un seul coup en arrière avec un affreux craquement. Il émit un glapissement qui se changea en grognement quand il essaya de l'étouffer, mais les convulsions étaient de plus en plus rapprochées et lui tiraient chaque fois un gémissement. Quand il se tut enfin, tout resta silencieux autour de nous. Mais je savais que Liam l'avait entendu.

Je me penchai au-dessus de Derek en lui chuchotant des encouragements dans l'espoir qu'il n'entendrait pas Liam approcher et que cela lui éviterait de paniquer. Mais, peu après, sa tête se releva brusquement, et je compris que Liam arrivait.

Derek avait bien entamé sa transformation, à présent. Son museau raccourcissait, ses oreilles s'écartaient sur les côtés, sa fourrure se rétractait tandis que ses cheveux poussaient. Je me penchai pour lui murmurer :

— Continue, d'accord ? Je m'occupe du reste.

Il se crispa et produisit un bruit qui, je le compris, voulait dire « non ». Je me levai. Il essaya de m'imiter mais fut secoué par un autre spasme.

— Je vais me débrouiller, lui dis-je en sortant mon couteau. Je ne ferai rien de dangereux. Tu as presque fini. Je vais faire diversion en attendant.

— Non, fit-il d'une voix confuse et gutturale.

Je m'apprêtai à y aller. Il tendit le bras pour m'attraper la jambe, mais ses doigts n'avaient pas encore recouvré leur forme initiale et je m'échappai facilement. Je sortis du fourré en courant, sans me retourner.

22

Je courus aussi loin de Derek que je le pus. J'aperçus enfin la silhouette d'un homme grand et mince aux cheveux clairs, qui avançait en boitant, une canne à la main. Liam. Sa démarche expliquait pourquoi il n'avait pas l'apparence d'un loup. Si la transformation était aussi douloureuse qu'elle en avait l'air, j'imaginais bien ce que ça devait être quand on était blessé. Sa blessure signifiait également qu'il avait un compte à régler. Avec moi.

Je pris une profonde inspiration en essayant de calmer mon cœur qui battait la chamade, sans résultat. Dommage. Je ne pouvais pas le laisser s'approcher assez pour voir ou entendre Derek se transformer.

Je m'approchai aussi près que j'en eus le courage puis m'arrêtai net en travers de son chemin. Il s'immobilisa et sourit.

— Bonsoir, ma jolie, dit-il d'une voix traînante. Je pensais bien t'avoir sentie.

— Comment va votre jambe ?

Son sourire perdit de son avenant, et il se contenta de montrer les dents.

— Ça me fait un mal de chien.

— Vous m'en voyez désolée.

— Je n'en doute pas.

Il s'approcha de moi. Je reculai d'un pas.

— Ne t'inquiète pas, dit-il. Je te pardonne pour la jambe. J'aime les poupées qui ont du caractère. (Il me jeta un regard qui me fit frissonner.) Elles sont plus marrantes à briser, comme ça. Bon, où se cache ce gros balourd de petit ami ? (Il éleva la voix.) C'est un stratagème de lâche, louveteau, d'envoyer ta copine pour détourner mon attention. Mais je m'y attendais, vu la manière dont tu t'es enfui la dernière fois.

Il tendit l'oreille pour vérifier si ses provocations feraient sortir Derek.

— Il est indisponible, déclarai-je. Avec Ramon. Il s'est dit que je pouvais m'occuper de vous toute seule.

Liam bascula la tête en arrière et partit d'un grand rire.

— Tu as du cran, c'est sûr ! On va bien s'amuser, dès que je me serai chargé de ton petit ami.

Il avança vers moi. Je fis quelques pas sur le côté pour l'attirer dans une autre direction.

— Tu veux jouer à cache-cache, ma jolie ? Je suis très doué à ce jeu. Et si on laissait ton copain et Ramon s'amuser pendant qu'on joue tous les deux et…

Quelque chose vibra. Liam soupira, plongea la main dans sa poche et ouvrit son téléphone portable.

— Je suis un peu occupé, là, annonça-t-il.

Il se tut pour écouter. Je distinguai une voix d'homme à l'autre bout du fil et je crus entendre le nom de Derek.

— Ouais, ouais. Si vous continuez à appeler, on n'arrivera jamais à vous l'attraper.

S'il disait « on », c'est qu'il ne parlait pas à Ramon. À un autre membre de la Meute ? Liam s'était peut-être déjà engagé à leur livrer Derek et, maintenant, on lui demandait de tenir ses promesses.

— Cessez de râler, dit Liam. Je vous ai dit qu'on l'aurait avant le lever du jour. Une complication mineure est survenue, c'est tout. Il avait une bonne raison pour sortir dans la forêt : fricoter avec sa petite copine. (Il me regarda.) Elle est mignonne comme tout. Les cheveux teints en noir. De grands yeux bleus. (Il marqua une pause.) Chloé ? Oui, elle a une tête de Chloé.

Le groupe Edison ? C'était sûrement à eux qu'il parlait. Mais pour l'instant, la seule chose qui m'importait était que la personne avec qui Liam discutait le tenait occupé et donnait à Derek le temps de finir sa transformation.

— Oui mais vous comprenez, c'est ça, le problème, expliqua Liam. On n'arrive pas à les séparer, tous les deux. Donc si on l'embarque, il est possible qu'on doive l'emmener, elle aussi. (Il s'arrêta pour écouter.) Bien sûr, on essaiera de la laisser tranquille, mais… Je comprends. Qu'on se débarrasse du louveteau, d'une manière ou d'une autre, c'est votre objectif principal. Donc vous acceptez les risques de dommages collatéraux ? (Il écouta la réponse et me sourit.) Absolument. Si on n'arrive pas à les séparer, vous n'aurez plus à vous inquiéter pour la fille. J'y veillerai moi-même. Bon, si vous avez autre chose à me dire, vous pourriez peut-être m'envoyer un texto ? Je suis un peu occupé.

Il raccrocha.

— Il y a des gens qui considèrent qu'on peut se passer de toi, on dirait.

— Qui ?

Il baissa la voix et fit semblant de chuchoter.

— Des méchants. Je sais que c'est dur à croire, mais le monde est rempli de…

Un cri résonna au loin et l'interrompit. Il se tourna en direction du fourré.

— En parlant de méchants, j'ai l'impression qu'on m'a raconté des bobards. Ton petit ami n'est pas du tout en train de jouer avec Ramon, je me trompe ?

Je me mis en travers de sa route, mais il entreprit de me contourner.

— Je sais que tu as très envie de t'amuser, mais j'ai besoin de mettre ton copain hors d'état de nuire d'abord. Mais ne t'inquiète pas. J'ai l'impression qu'il fait une transformation, et si c'est le cas, je serai très rapide.

Je bondis pour me mettre de nouveau devant lui. Son sourire se crispa.

— Garde ton courage pour plus tard, dit-il. Pour l'instant, tu ne réussiras qu'à me mettre en rogne, et crois-moi, ce n'est pas une bonne idée.

Je le laissai passer mais restai sur ses talons en essayant de trouver un plan. J'entendais Derek gémir. La transformation était peut-être arrivée rapidement, mais elle mettait du temps à s'achever.

Derek est sans défense. Si Liam le trouve comme ça, il va le tuer.

Je sais, je sais.

Alors fais quelque chose.

Je sortis mon couteau à cran d'arrêt, l'ouvris et m'approchai de Liam sans un bruit, les yeux braqués sur son dos. Il regarda par-dessus son épaule. Je cachai le couteau. Il s'arrêta.

— Et si tu passais devant, plutôt ? dit-il.

— Non, ça va.

Son visage se durcit.

— Passe devant, que je puisse garder un œil sur toi.

En le dépassant, je regardai sa canne. Comme Ramon, il était blessé.

Utilise sa faiblesse.

— V-vous avez dit que vous ramèneriez Derek à la M-Meute, fis-je en feignant de bégayer. C'est toujours votre intention, non ?

Il se contenta de me faire signe d'avancer, les yeux rivés sur un point au loin, là où Derek se trouvait.

— S-s'il vous p-plaît, ne…

Je me jetai sur lui et tentai d'attraper sa canne, mais il l'enleva brusquement hors de ma portée, puis il la fit tournoyer et me frappa dans le dos, si violemment que j'en eus le souffle coupé et que mes jambes cédèrent.

Je tombai par terre, haletante. Mon bras blessé me lançait. Je relevai la tête en essayant de me concentrer sur Liam, qui s'élançait droit sur le fourré où se trouvait Derek. Chaque inspiration était comme une lame chauffée à blanc qui me transperçait les poumons.

Fais quelque chose.

Mais quoi ? J'étais impuissante. Je…

Non. Je n'étais pas impuissante. Je pouvais faire quelque chose. J'eus un haut-le-cœur à cette pensée, mais ce n'était rien comparé à ce que je ressentais en imaginant Liam trouver Derek avant qu'il ait terminé sa transformation.

Il fallait que je gagne du temps.

Je fermai les yeux et me concentrai sans tenir compte des alarmes qui résonnaient en moi. J'invoquai en y mettant toutes mes forces… et il ne se passa rien. J'avais tous ces pouvoirs génétiquement améliorés, et quand j'avais besoin d'eux, ils me faisaient défaut.

Alors tu vas devoir utiliser la bonne vieille méthode traditionnelle.

J'essayai de me lever. La douleur fusa dans mon corps et la forêt sembla basculer, me donnant de nouveau la nausée. Je serrai les dents et rampai jusqu'à une branche qui était tombée par terre. Je m'agrippai à elle, me préparai à sentir la douleur puis me hissai debout. Une fois sur mes jambes, je courus jusqu'à Liam. Il se détourna pour m'éviter, mais je réussis à lui envoyer un coup dans la cuisse, là où je l'avais poignardé trois jours auparavant.

Il poussa un cri et chancela. Je le frappai encore une fois. Il s'écroula au sol. En tombant, il essaya de m'attraper mais je m'écartai, le bâton brandi au-dessus de la tête. Je lui assenai un autre coup lorsqu'il tenta de se relever. Cette fois, il réussit à saisir mon bâton et me fit perdre l'équilibre. Je lâchai la branche, mais j'étais déjà en train de tomber. Je m'écrasai à quelques pas de lui. Il se contorsionna pour m'attraper, mais je rampai hors de sa portée.

Je parvins à me remettre debout. Il commença à se relever puis s'arrêta net, les yeux braqués sur quelque chose derrière moi.

S'il vous plaît, faites que ce soit Derek.

Je me retournai et vis un lapin à moitié décomposé qui traînait son corps mutilé vers moi. Ses oreilles n'étaient que des lambeaux de peau parcheminée. Son museau ressemblait à un cratère. Ses lèvres avaient disparu, laissant apparaître deux grandes dents protubérantes.

Ses yeux étaient comme deux petits raisins secs. La moitié inférieure de son corps était aplatie et tordue, et ses deux pattes arrière pendaient d'un même côté.

— Arrête, dis-je d'une voix glacée.

Le lapin s'arrêta. Je me tournai vers Liam. Il me regardait, le visage horrifié. Il se leva lentement, les yeux braqués sur moi.

— Avance, ordonnai-je.

Le lapin avança tant bien que mal vers Liam, qui recula en trébuchant.

Je me relevai. Le lapin se trouvait à côté de moi et montrait les dents.

Je lui commandai mentalement de se diriger sur Liam. Il hésita puis tourna la tête vers lui et se mit en marche.

Liam laissa échapper une bordée de jurons et recula lentement. Soudain, un grognement s'éleva derrière lui.

Il se retourna. Une masse sombre se mouvait entre les arbres, cachée dans l'ombre. Je ne voyais qu'une silhouette : des oreilles pointues, une queue touffue et un long museau. Derek s'était-il retransformé en loup ? Mais comme la bête s'approchait, je me rendis compte qu'elle faisait à peine la moitié de la taille de Derek.

Elle s'arrêta sous un arbre, presque complètement cachée. Seules ses dents étaient visibles, et ses babines retroussées laissaient échapper un grognement continu. Lorsqu'elle s'avança dans un rayon de lune, je me préparai à voir apparaître un horrible monstre mort-vivant ; mais ce n'était qu'un chien ordinaire, bien en vie, qui devait venir d'une maison dans les parages.

Il se dirigea vers Liam sans cesser de grogner. Derek m'avait expliqué que les loups-garous et les chiens ne s'entendaient pas.

Liam le regarda dans les yeux et poussa lui aussi un râle. L'animal poursuivit sa progression.

— Va-t'en, le chien.

Liam fléchit la jambe et s'apprêta à lui envoyer un coup de pied, quand il remarqua que le lapin se rapprochait lui aussi. Il recula.

Soudain, quelque chose jaillit des broussailles derrière lui dans un vacarme de cris et de brindilles cassées. Je ne voyais pas de quoi il s'agissait, toutefois Liam jura et faillit rentrer dans le chien.

Ce dernier se jeta sur lui, mais Liam lui donna un coup pour le repousser. À ce moment-là, le clair de lune éclaira le flanc du chien et je vis un trou de la taille de mon poing dans lequel grouillaient des asticots.

Liam vit la même chose, pesta et fit plusieurs pas en arrière. Le chien se rua sur lui et il s'écarta.

— Arrête, ordonnai-je.

Le chien obéit. Il resta immobile à grogner en direction de Liam, les lèvres retroussées, le regard furieux, tous les poils hérissés.

Le lapin se dirigeait toujours vers lui. Liam l'envoya d'un coup de pied dans les broussailles, mais l'animal en sortit et recommença à avancer sur lui. Quelque chose d'autre surgit en même temps, une sorte de rongeur dont il ne restait presque plus que le squelette. Il produisait de petits bruits d'os entrechoqués et faisait grincer ses dents minuscules.

— Arrête, dis-je.

Ils obtempérèrent tous les deux. Liam me regarda.

— Oui, ils sont morts, déclarai-je. Oui, c'est moi qui les commande. Et vous ne pouvez pas les tuer. Vous pouvez essayer, mais vous n'y parviendrez pas.

— Alors je suppose que je vais devoir combattre celle que je peux tuer.

Il s'élança sur moi.

J'ordonnai au chien d'attaquer, mais Liam s'approchait et mon cerveau hésita. Je me jetai sur le côté. Liam saisit la jambe de mon pyjama et tira dessus. Je tombai sur le ventre et cherchai immédiatement à me relever ; je m'abîmai les ongles en enfonçant les doigts dans la terre. Je me débattis et sa main glissa jusque sur mon pied. Je tirai de toutes mes forces, m'élançai en avant et le laissai avec ma basket.

Alors que je me relevais tant bien que mal, j'entendis un bruit sourd. Je fis volte-face et vis Derek, de nouveau humain, sur le dos de Liam. Ce dernier se débattit et le fit tomber. Derek l'attrapa et ils commencèrent à se battre.

Le chien s'élança vers eux en courant. Je lui ordonnai de rester immobile, et il s'arrêta en dérapant sans cesser de grogner, tous les muscles tendus, comme une bête enragée qui tire sur sa chaîne. Je fermai alors les yeux et lui intimai l'ordre de quitter son corps.

Je continuai à délivrer son esprit et ceux des autres en tentant désespérément de ne pas prêter attention aux grognements et aux cris du combat. Lorsque j'ouvris les yeux, les animaux s'étaient écroulés par terre, leurs esprits libérés.

Liam et Derek roulaient sur le sol. Les mains de Liam s'agrippaient aux cheveux de Derek en essayant de faire basculer sa tête en arrière, et celles de Derek serraient le cou de Liam. Ni l'un ni l'autre ne parvenait à attraper son adversaire comme il le souhaitait pour pouvoir le renverser.

Je m'élançai sur eux en sortant mon couteau. J'appuyai sur le bouton pour faire sortir la lame… et la sentis s'enfoncer dans ma paume. Je lâchai tout, et le couteau disparut parmi les broussailles. Je tombai à genoux et tâtonnai frénétiquement pour le retrouver.

Il y eut un craquement, comme le bruit d'une branche qui se casse. Je me redressai brutalement et aperçus Derek couché sur le dos, les mains autour du cou de Liam qui le dominait. Ils étaient tous les deux immobiles. Derek, les yeux grands ouverts, le regardait fixement. Écarquillés, ceux de Liam ne voyaient plus rien, perdus dans le vide après le choc fatal.

23

— Je… je ne…, commença Derek.

Il se dégagea tant bien que mal du poids de Liam. Le corps du loup-garou tomba sur le côté, tous les muscles relâchés, la tête tournée, le cou cassé.

Derek déglutit, et le son résonna dans le silence.

— Je ne… J'ai seulement… J'essayais de l'arrêter.

— Tu ne voulais pas que ça se finisse comme ça, dis-je doucement. Mais lui, si.

Il regarda dans ma direction, mais ses yeux refusèrent de se poser sur moi.

— Il t'aurait tué, ajoutai-je. Il nous aurait tués tous les deux, au besoin. Tu ne l'as peut-être pas fait exprès, mais…

Je ne terminai pas ma phrase. J'aurais pu lui dire que le monde se porterait mieux sans Liam, mais nous savions tous deux que la question n'était pas de déterminer si Liam méritait de mourir, mais si Derek devait culpabiliser d'avoir tué quelqu'un. La réponse était « non ».

— Ce n'était pas un combat à mort pour toi, mais ça l'était pour lui.

Derek hocha la tête et se frotta la nuque. Il grimaça en sentant une éraflure sous ses doigts.

— Tout va bien ? demandai-je.

— Oui. Quelques contusions, c'est tout. Je guéris vite. J'aurai peut-être besoin d'un ou deux points de suture ici…

Il baissa les yeux pour regarder la blessure sanglante au-dessus de sa hanche et prit conscience qu'il ne portait aucun vêtement. Je mentirais en disant que moi non plus, je ne l'avais pas remarqué. C'était assez flagrant. Il n'avait évidemment pas pris le temps de trouver ses habits avant de se jeter sur Liam.

Heureusement, vu les circonstances, je n'avais pas eu l'occasion de m'appesantir sur l'absence de vêtements. Pendant qu'il se battait et maintenant qu'il était accroupi, je n'avais pas vu grand-chose de plus que quand il portait son caleçon. Cela ne l'empêcha pas de devenir écarlate.

J'ôtai ma veste et la lui tendis sans un mot. Il la noua autour de sa taille en marmonnant un remerciement.

— On devrait y aller, dit-il ensuite.

Mais nous restâmes sans bouger, en silence, Derek toujours accroupi à côté du corps de Liam, la tête baissée, les cheveux pendants, le dos et les bras couverts de sueur. Il frissonna.

— Je vais chercher tes habits, annonçai-je en me relevant.

Il m'attrapa le coude.

— Ramon.

— C'est vrai.

Je me sentais engourdie, sans doute à cause du choc, et je clignai plusieurs fois des yeux. L'un de nous devait forcer son cerveau à se remettre en marche, et Derek semblait bloqué, incapable de détacher son regard de l'homme qu'il avait tué.

— Il faut qu'on le déplace, dis-je. Au moins jusque dans les taillis pour le moment, pour dissimuler son corps. On va devoir revenir demain pour l'enterrer.

J'avais du mal à croire que j'étais en train de dire tout cela. Dissimuler un corps ? Un *corps* ?

Et quelle autre solution y a-t-il ? Le laisser au milieu du chemin en espérant que les voisins ne passent jamais par ici ?

Me débarrasser d'un corps était peut-être quelque chose que je n'avais jamais imaginé avoir à faire en dehors d'un scénario, mais telle était ma vie à présent. Soit je m'adaptais, soit j'abandonnais.

Je m'approchai, saisis le bras de Liam et essayai de le tirer.

— Je m'en occupe, déclara Derek en se levant. Je vais le porter. On ne peut pas laisser de traces au sol ni rien, et il va falloir qu'on l'enterre tout de suite pour qu'aucun chien ne le trouve.

— Enterrer qui ? fit une voix dans mon dos.

Je sursautai violemment et sentis mon cœur s'emballer.

— Chloé ? dit Derek.

Je me retournai. Liam avançait vers nous.

— Chloé ? répéta Derek.

— C-c'est Liam. Son fantôme.

Liam s'arrêta.

— Fantôme ? dit-il.

Il m'observa puis regarda son corps qui gisait par terre. Il lança un juron.

— Vous êtes mort, révélai-je.

— C'est ce que je vois. Ça doit signifier que tu es une de ces personnes qui peuvent parler aux morts et… (Il avisa les cadavres du chien et du lapin avec une grimace de dégoût.)… les ressusciter.

Son regard se porta de nouveau sur son corps, et il pesta une fois de plus. Je m'éclaircis la voix et lui dis :

— Puisque vous êtes là, j'ai quelques questions.

Il me regarda en haussant les sourcils.

— Tu plaisantes, j'espère ?

— Non.

Je m'assis à côté de son corps et fouillai sa poche.

— Chloé ? dit Derek en s'approchant d'un air perplexe.

Je sortis le téléphone de Liam.

— Quelqu'un l'a appelé, expliquai-je. Quelqu'un qui semble avoir tout mis en place, qui me connaît, qui sait qui je suis. (Je regardai le fantôme de Liam.) Qui était-ce ?

Il s'étrangla de rire.

— Tu es sérieuse ? Je viens de mourir. Ton petit copain, lui, là-bas, m'a tué. Tu crois vraiment que je vais rester pour te faire la conversation ? J'aimerais bien, mais je suis un peu traumatisé pour le moment. Peut-être plus tard.

Il se retourna et fit mine de partir. Je me précipitai en travers de son chemin.

— Vous vous apprêtez à passer dans l'au-delà, déclarai-je. C'est votre dernière chance de faire quelque chose de bien.

— Ah oui ! présenté comme ça, dit-il avant de lever les yeux au ciel. Les secondes chances, ça ne m'intéresse pas. Je n'ai pas fait une seule chose que je regrette. Si tu veux des réponses…

Il fit un pas vers moi et me toisa de toute sa hauteur. Je résistai à l'envie de reculer, mais je dus me crisper, car Derek s'approcha et me chuchota :

— Ne le laisse pas te tourmenter.

— La tourmenter ? dit Liam. C'est elle qui ne peut pas se passer de moi. (Il me regarda de nouveau.) Comme je te le disais, si tu veux des réponses, trouve-les toute seule. Et pendant que tu y es, essaie de t'amuser un peu, parce que j'ai le sentiment qu'on va se revoir très bientôt… de ce côté-ci.

Derek me serra le bras. J'essayai de me dégager, mais il se pencha et me dit à l'oreille :

— Laisse-le partir. Il n'en vaut pas la peine.

— Écoute ton petit copain, ma jolie, lança Liam en s'éloignant.

Je me redressai et lui demandai :

— Qu'avez-vous pensé de mes zombies ?

Il s'arrêta et se retourna lentement. Je lui montrai le chien mort.

— Vous savez comment j'ai fait ça ?

— Qu'est-ce que j'en ai à faire ?

— Vous ne devriez pas dire ça. Les nécromanciens ressuscitent les morts en renvoyant un esprit, c'est-à-dire un fantôme, comme vous, dans un cadavre qu'ils peuvent maîtriser, comme vous l'avez vu. Ça marche de la même façon pour les animaux et pour les gens. Alors soit vous répondez à mes questions, soit je vous renvoie là-dedans.

Je montrai son corps du doigt. Il se mit à rire.

— J'ai envie de dire que tu en as une sacrée paire, mais ce ne serait pas très correct.

— Vous croyez que je plaisante ?

Il me tourna le dos en guise de réponse et s'éloigna. Je fermai les yeux et m'imaginai en train de le tirer vers son cadavre, tout doucement.

— Hé, là ! fit-il. *Hé !*

J'ouvris les yeux et le vis en train de résister à une force invisible.

— Vous pensiez que c'était du bluff ?

J'y allai un peu plus fort, et il trébucha. Je le tirai encore davantage. Son fantôme fut projeté de quelques mètres en direction de son corps.

— Bon, bon, d'accord, me cracha-t-il. Qu'est-ce que tu veux savoir ?

— Qui vous a engagé ?

— Tu as le téléphone. Trouve toute seule.

Je répétai à Derek ce que Liam venait de dire puis demandai :

— Est-ce que c'était le groupe Edison ?

Il fronça les sourcils.

— Tu veux dire la compagnie d'électricité ? dit-il.

— C'était un certain Marcel Davidoff ?

— Qui ?

— Diane Enright ?

— Il a raison, chuchota Derek. Tu as le téléphone. Demande autre chose.

— Quand vous nous avez trouvés la première fois, dans l'aire de jeux, vous avez dit que vous vous étiez garés sur le côté de la route et que vous aviez senti Derek. C'était un mensonge, n'est-ce pas ?

— Tout le monde ment, ma chérie. Il faut que tu t'y habitues.

— Des gens vous ont engagés pour les débarrasser de Derek.

— Tu as deviné. Donc tu n'as plus besoin de moi…

— Pourquoi ?

— Pourquoi quoi ?

— Pourquoi veulent-ils qu'il disparaisse ?

— Parce que je suis un loup-garou, intervint Derek. Comme l'a dit Andrew, personne ne veut de nous.

— Bingo, louveteau ! fit Liam. Mieux vaut le comprendre rapidement. Ils ont tous peur de nous. (Il s'approcha de lui.) Tu essaies d'être un bon garçon, n'est-ce pas ? Tu penses que ça leur prouvera qu'ils se trompent. Et comment ça se passe pour toi, jusqu'à présent ? Devine quoi : ils n'en ont rien à faire. Pour eux, tu es un monstre, et rien de ce que tu feras, ou ne feras pas, ne changera leur opinion. Si tu veux un conseil, donne-leur ce qu'ils attendent. Cette vie est courte et brutale. (Il sourit.) Profites-en.

Derek regardait dans le vide en attendant patiemment.

— Il n'entend pas un mot de ce que je dis, c'est ça ? demanda Liam.

— Nan.

Il maugréa.

— Voilà que j'essaie de transmettre quelques dernières perles de sagesse à la prochaine génér…

Liam disparut. J'eus un sursaut de surprise et regardai dans tous les sens.

— Chloé ? demanda Derek.

— Il a disparu.

— Il est parti ?

— Non, il a simplement…

Je scrutai les alentours mais ne perçus aucun miroitement fantomatique.

— Il était en train de parler, repris-je, et puis il s'est volatilisé, comme si quelqu'un l'avait tiré de l'autre côté.

— Qu'est-ce qu'il a dit ? demanda Derek.

— Rien que nous n'ayons pas déjà…

Derek fit brusquement volte-face. Un homme avait surgi sur le chemin, à cinq mètres de nous. Ramon. Derek vint se mettre devant moi.

Ramon leva la main, paume ouverte, pour nous montrer qu'il n'était pas armé. Son autre bras, cassé, pendait le long de son corps. Il avança vers nous et je vis les bleus sur sa mâchoire et le sang qui maculait un côté de sa chemise. Il grimaçait de douleur à chaque pas.

— Je ne suis pas là pour me battre avec toi, jeune homme, déclara-t-il. Si tu insistes, je ferai de mon mieux, mais je préférerais qu'on se mette d'accord sur un match nul.

En voyant le corps de Liam, il s'arrêta et secoua la tête.

— C'était un accident, dis-je.

— Ouais, je suis sûr qu'il l'avait bien cherché.

Il secoua de nouveau la tête, mais un chagrin sincère se lisait dans ses yeux. Au bout d'un moment, il se détourna du corps et regarda Derek.

— Et maintenant, qu'est-ce qu'on fait ? demanda-t-il.

— On en reste à un match nul, comme tu l'as dit. Mais si tu reviens nous menacer un jour…

Ramon émit un petit rire crispé.

— À ton avis, j'ai l'air en état de vous poursuivre ? Non, ça, c'était l'idée de Liam. Cette espèce de tar…

— Quelqu'un vous a engagés tous les deux. Qui était-ce ?

— C'est à lui qu'il faut demander, répondit Ramon en désignant Liam du pouce. C'est lui qui manigançait tout. Depuis toujours. Moi, je ne faisais que suivre le mouvement.

— Alors vous ignorez qui vous a engagés ?

— C'était un surnaturel. Un guérisseur.

— Sorcier ? proposai-je. Chaman ?

— Aucune idée. Je n'y connais rien. Enfin, quelqu'un a mis Liam en contact avec ce type qui cherchait un loup-garou pour te retrouver (il désigna Derek d'un mouvement du menton) et te livrer à la Meute.

Mais justement, on avait déjà des ennuis avec la Meute, à cause de Liam, comme d'habitude.

— Et c'était la solution parfaite, poursuivis-je. Livrer Derek à la Meute, l'accuser d'être le mangeur d'hommes, et vous faire payer pour toute la peine que vous vous étiez donnée. Si vous ne parveniez pas à le ramener vivant, ce n'était pas bien grave non plus.

— Pas au début, répondit Liam. Le type voulait qu'on t'amène à la Meute, il avait l'air de croire que c'était la chose à faire. Enfin, c'est du moins ce qu'il prétendait.

— Et si la Meute se révélait être un groupe de tueurs, ce n'était pas sa faute à lui, dit Derek.

— C'est ça. Quand on t'a perdu la première fois, il a commencé à devenir agité. Il voulait que tu disparaisses, peu importe de quelle façon. Tu veux un conseil ? (Il regarda Derek.) Prends ta copine et pars en courant. Ce que tu essaies de faire ici, vivre avec d'autres surnaturels et faire semblant que tu es l'un d'eux, ça ne marchera pas. Ils seront toujours en train de t'observer et d'attendre que tu perdes le contrôle. (Il secoua la tête.) Tu sais beaucoup de choses sur les loups-garous, jeune homme ?

— Un peu.

— Il y a une raison pour laquelle ils vivent aussi loin que possible des humains. Des siècles d'expérience. Les gens n'aiment pas que d'autres prédateurs rôdent dans les parages. Ça les rend nerveux. Et quand ils sont nerveux, ils essaient d'éliminer la menace. Maintenant, je vais vous souhaiter une bonne nuit et emmener mon pote avec moi.

— Vous allez l'enterrer comme il faut ? demandai-je.

Il eut un petit rire sec.

— Je ne peux pas me permettre ce luxe. Je vais aller chercher mon acompte, et puis je vais apporter sa dépouille à la Meute pour régler les choses avec eux. Eh oui ! c'est une belle saloperie de faire ça à un ami, mais par ici, c'est la loi du plus fort. (Il croisa le regard de Derek.) Pour nous, c'est toujours la loi du plus fort.

Avec l'aide de Derek, Ramon parvint à mettre le corps de Liam sur son épaule en serrant les dents à cause de la douleur que lui infligeait ce poids en plus. Il disparut ensuite en boitillant dans la nuit.

24

Nous retournâmes là où Derek avait laissé ses vêtements avant la première transformation. Pendant qu'il se rhabillait, je parcourais le contenu du téléphone de Liam. Derek s'approcha pour regarder par-dessus mon épaule.

— Il a utilisé des initiales pour le nom. RRB. L'indice de zone téléphonique est 212. Ça veut dire que c'est un numéro à New York, mais ça pourrait encore être le groupe Edison qui utilise un de ses contacts locaux pour cette mission.

— Ouais.

— Tu n'as pas l'air convaincu.

Il regarda en direction de la maison.

— Tu crois que c'est un ami d'Andrew ? dis-je. Mais on est tombés sur Liam *avant* d'arriver à son cottage.

— Ils auraient pu savoir que j'étais en route, et envoyer Liam surveiller l'itinéraire du bus.

— Mais comment ? Andrew était prisonnier du groupe Edison, à ce moment-là. Il ne savait pas que nous arrivions, ce qui veut dire que personne d'autre ne le savait dans son groupe.

— Ils auraient pu garder un œil sur sa maison, voir Simon et Tori, en déduire qu'on était aussi en route, passer quelques coups de fil aux compagnies de bus, découvrir que deux ados étaient descendus à Albany le soir précédent. C'est un peu tiré par les cheveux, mais…

Il haussa les épaules.

— C'est une possibilité, reconnus-je en regardant de nouveau les initiales. Est-ce que tu as compris quel était le nom de famille de Russell ? Ramon a dit que son contact était un guérisseur. Russell est chaman. Mais peut-être que Ramon parlait d'un sorcier.

— Les sorciers ne sont pas des guérisseurs. Les sorcières oui, en quelque sorte, mais les guérisseurs hommes sont tous des chamans.

— On a besoin de preuves, et je sais comment les trouver, dis-je en lui montrant le téléphone.

Derek secoua la tête.

— C'est trop risqué. Je ne suis pas doué pour imiter les voix.

— Mais tu n'auras pas besoin de le faire. Liam a dit au type que s'il voulait autre chose, il devait lui envoyer un message. Donc on peut supposer que Liam aussi pouvait lui écrire.

— Bonne idée, confirma Derek en tendant la main pour prendre l'appareil. Je vais lui dire que…

Je retirai ma main pour éloigner le téléphone et le regardai. Il comprit le message et se frotta le menton en hochant la tête.

— Vas-y, dit-il.

Il se recula pendant que je tapais le message, et il essaya de ne pas regarder par-dessus mon épaule. Ce n'était pas facile ; il ne cessait de se balancer en avant pour jeter un coup d'œil. Mais il parvint à résister à l'envie d'écrire lui-même le message, ce que j'appréciai. Je le laissai ensuite lire ce que j'avais rédigé, et il approuva.

Mon texto expliquait que Liam avait coincé Derek et la fille. Il pourrait peut-être les attraper en vie, mais il risquait de les perdre encore une fois en essayant. Qu'est-ce que le patron attendait de Ramon et lui ?

Le destinataire, qui que ce soit, devait être suspendu à son téléphone à attendre des nouvelles, car la réponse arriva en quelques secondes à peine. Trois mots : « Débarrassez-vous d'eux. »

Je renvoyai un message, pour rendre les choses bien claires, disant que s'il voulait qu'on fasse disparaître les corps, ça lui coûterait dix pour cent supplémentaires. Là encore, la réponse ne se fit pas attendre. Un seul mot, cette fois : « Entendu. »

Je levai la tête et vis Derek regarder fixement le message, comme s'il croyait encore que Liam et Ramon avaient seulement essayé de nous faire peur, et que leurs ordres avaient été de me laisser tranquille et de le livrer à la Meute.

— Est-ce que ça va ? lui demandai-je.

Il hocha la tête, mais il n'avait pas l'air bien. Il était pâle et gardait les yeux rivés sur l'écran du téléphone.

— Derek ?

Le téléphone vibra. Encore un message du même expéditeur, qui tenait à préciser que les dix pour cent couvraient la disparition des *deux* corps. Et que s'ils parvenaient à attraper Derek vivant, je devais être éliminée.

— Parce que si je rentre voir Andrew, dis-je, je peux lui raconter ce qui s'est passé. C'est mieux que nous nous évaporions tous les deux en même temps, pour qu'on ait l'air de s'être enfuis ensemble.

Je regardai Derek. Il avait pris une drôle de teinte verdâtre, comme s'il allait être malade.

— Je suis vraiment désolé, dit-il enfin d'une voix à peine plus forte qu'un chuchotement. Ils étaient sur le point de te tuer, parce que tu es sortie dans la forêt avec moi. Pour m'aider. C'est moi qui t'ai demandé de venir.

— Et en quoi serait-ce ta faute ? rétorquai-je d'un ton brusque.

Je n'avais pas l'intention d'être agressive, mais j'étais en colère. Pas contre Derek ; contre « eux », contre tous ceux qui le faisaient culpabiliser ainsi. Avant que j'aie eu le temps de m'excuser, il cligna plusieurs fois des yeux. Une fois le choc passé, je compris que ma colère avait eu plus d'effet sur lui que n'importe quelles paroles de réconfort.

— Ils s'en sont pris à toi parce que tu es un loup-garou, poursuivis-je. C'est tout. Tu n'as rien fait, et il n'y a rien que tu puisses faire. C'est leur problème.

— Mais si je sais que ça pose un problème, je ne devrais pas mettre les autres en danger.

— Alors tu penses que tu aurais dû sortir tout seul ? C'est…

— Il n'y a pas que ça. Je vous ai mis en danger, Simon et toi, simplement en…

— En étant là ? Et quelle solution as-tu ? Partir ? Renoncer à retrouver ton père ? Abandonner Simon ?

Il eut l'air perplexe.

— Non, je ne pourrais pas… mais je trouve que…

— Que quoi ?

Il secoua la tête et détourna le regard. Je vins me placer devant lui.

— Tu trouves que quoi, Derek ? Que tu devrais partir ? Qu'on serait mieux si tu n'étais plus là ?

Il haussa à moitié les épaules puis détourna de nouveau les yeux. J'avais vu juste, mais il n'aimait pas m'entendre le dire à haute voix. Cela ressemblait trop à de l'autoapitoiement.

— Personne n'ira mieux si tu t'en vas, dis-je.

— Ouais, marmonna-t-il sans conviction.

— Simon a besoin de toi.

Il hocha la tête et son regard se perdit dans le vague.

J'ai besoin de toi. Je ne le lui dis pas, bien entendu. Comment l'aurais-je pu, sans que ça semble déplacé ? Mais c'était ce que je ressentais, et mon cœur battait la chamade dans ma poitrine. Cela n'avait rien d'une idiotie fleur bleue du genre : « Je ne peux pas vivre sans toi. » L'émotion était plus profonde, plus essentielle.

Lorsque j'imaginais Derek partir, j'avais l'impression que le sol se dérobait sous mes pieds. Avec tous ces changements si rapides autour de moi, j'avais besoin de me raccrocher à un repère solide et réel. Même si j'avais parfois l'impression que les choses auraient été plus simples sans Derek, qui était prêt à me sonner les cloches au moindre faux pas, je comptais quand même sur lui d'une certaine manière, pour me faire réfléchir, me motiver à essayer de m'améliorer et m'empêcher de me cacher la tête dans le sable en priant pour que tout se passe bien.

Quand il se tourna vers moi, il dut lire l'émotion sur mon visage. Je tentai immédiatement de dissimuler ce que je ressentais, mais je ne fus pas assez rapide. Il me regarda, d'une façon particulière qui…

Je fus prise de panique et sentis soudain que j'aurais préféré être n'importe où plutôt qu'ici, et en même temps nulle part ailleurs, et je voulais, je voulais…

Je détournai les yeux et ouvris la bouche pour dire quelque chose, n'importe quoi, mais il me prit de vitesse.

— Je n'irai nulle part, Chloé.

Il se frotta le dos derrière l'épaule en fronçant les sourcils, comme s'il essayait de détendre un muscle noué. Il ajouta :

— Je ne veux pas paraître trop…

— … angoissé ?

Il eut un petit rire crispé.

— Oui, sans doute. Il y a eu beaucoup trop de sources d'angoisse, dernièrement. Je préfère de loin l'action.

— Je peux comprendre, dis-je en montrant le téléphone. Et peut-être qu'avec ça, on peut forcer l'action à démarrer. Tu es prêt à aller voir Andrew ?

Il hocha la tête, et nous nous mîmes en route vers la maison.

Ce ne fut qu'en rentrant que je me rendis compte de ce qui s'était vraiment passé cette nuit-là. Quelqu'un voulait la mort de Derek. Cette même personne était prête à me laisser mourir parce que… eh bien, parce que apparemment, ça n'avait pas d'importance. *Je* n'avais pas d'importance. Je n'étais qu'un obstacle gênant à abattre pour atteindre son but.

Comment quelqu'un pouvait-il regarder des jeunes qui n'avaient jamais rien fait de mal, et n'y voir qu'une menace à abattre ? Peu importait celui qui était à l'origine de cela, il ne valait pas mieux que le groupe Edison.

Quelqu'un souhaitait la mort de Derek parce qu'il était un monstre. Mais quand il avait accidentellement tué Liam, il avait souffert, et il continuait à souffrir, que son acte ait été justifié ou non.

Qui, dans ce cas, était le véritable monstre ?

La maison était silencieuse. C'était étrange ; nous avions l'impression de nous être réveillés après un cauchemar et de pouvoir retourner dans nos lits comme si rien ne s'était passé.

Je laissai Derek aller chercher Andrew.

Ils me retrouvèrent assise à la table de la cuisine.

— On a quelque chose à te dire, annonça Derek à Andrew.

À voir l'expression de son visage, Andrew s'attendait sans doute à ce que Derek avoue m'avoir mise enceinte. Il sembla presque soulagé en apprenant que nous nous étions seulement fait pourchasser par des loups-garous tueurs… du moins jusqu'à ce qu'il comprenne qu'ils n'avaient pas été envoyés par le groupe Edison. Après avoir lu le message et confirmé qu'il s'agissait bien du numéro de Russell, Andrew changea d'attitude et devint enfin celui dont nous avions besoin.

Il était furieux. Il allait et venait dans la cuisine en jurant qu'à défaut de se venger, il exigeait au moins des réponses. Il voulait aussi que nous soyons en sécurité. Il nous promit qu'une chose pareille ne se produirait jamais plus, même si pour cela il devait nous éloigner des autres et s'occuper du groupe Edison tout seul.

Il appela Margaret et lui demanda de venir nous rejoindre à la maison. Peu lui importait qu'il soit 4 heures du matin, ça ne pouvait pas attendre le lendemain. Il ne parvint pas à joindre Gwen mais lui laissa le même message.

Nous réveillâmes ensuite Simon et Tori. Je parlai à Tori, et Derek à Simon. J'étais bien contente de ne pas avoir à affronter Simon pour le moment.

J'expliquai à Tori ce qui s'était passé. Je lui présentai du moins une certaine version des faits, en essayant de lui faire comprendre la gravité de la menace qui pesait sur nous sans la faire paniquer. Derek et moi n'avions pas tout dit non plus à Andrew, parce que nous ne voulions pas qu'il panique lui aussi. Nous avions caché le fait que Derek s'était complètement transformé. Tout le monde s'inquiétait déjà beaucoup à son sujet, sans que nous ayons à annoncer qu'il était dorénavant un loup-garou à part entière. Nous n'avions pas non plus avoué que Liam était mort et avions dit que Derek l'avait assommé, à la suite de quoi Ramon avait demandé qu'on en reste là et l'avait emmené avec lui.

Derek voulait que nous fassions tous nos valises et que nous partions en courant. Je le savais, parce que c'était ce que je souhaitais moi aussi. Mais ce n'était pas envisageable ; pas encore.

Les événements de la nuit nous avaient au moins donné un aperçu du danger qui menaçait au-delà des remparts de notre château. Il était sans doute un peu exagéré de prétendre que nous étions assiégés, mais nous le ressentions ainsi.

Dans un film, nous serions partis affronter Ramon, Russell et les assassins du groupe Edison. Ceux qui auraient refusé de quitter le château auraient été catalogués comme lâches et poules mouillées. Mais dans les films, les personnages agissent bêtement pour une bonne raison : personne n'a envie de regarder un groupe d'adolescents faire les cent pas, se chamailler et s'angoisser en attendant que les adultes établissent un plan. Nous n'étions pas très satisfaits non plus, mais pour l'instant, nous n'avions pas d'autre choix.

25

Seule Margaret vint nous rejoindre. Andrew supposa que Gwen était chez son petit ami et son téléphone éteint, mais je voyais qu'il n'aimait pas trop ça. Avait-elle participé au complot contre Derek ? J'espérais que non.

Si nous avions attendu la même indignation que celle d'Andrew de la part de Margaret, nous aurions été déçus. Mais elle était tout de même bouleversée et inquiète. C'était suffisant pour le moment.

Lorsque je sortis de la douche, je trouvai un papier glissé sous la porte. C'était un rébus de Simon, semblable à celui qu'il m'avait laissé dans l'entrepôt. Un fantôme à l'endroit du destinataire signifiait que le message m'était adressé, et un nuage de brouillard avec un éclair en guise de signature le représentait. Quant au message en lui-même, il était légèrement plus complexe que le précédent, et je mis un certain temps à le déchiffrer.

Le premier symbole représentait un toboggan et une balançoire. Le deuxième était une horloge. Il y avait ensuite un personnage à genoux, les mains jointes, devant une croix, puis un gâteau dont un morceau avait été découpé. Le dessin suivant montrait deux mains, et la première mettait quelque chose dans la paume de l'autre. Enfin, un calendrier sur lequel était inscrit « janvier, février ». « Jeux temps prie part __ mois. »

Je regardais les deux mains en essayant de trouver le mot manquant, lorsque j'entendis un long soupir venant de l'autre côté de la porte.

— Ou bien la réponse est « non », ou bien je dessine vachement mal.

— Attends, dis-je.

Je m'habillai en vitesse et ouvris la porte. Simon était appuyé contre le mur.

— Alors ? s'enquit-il.

— Je coince à un endroit.

Je lui montrai les mains.

— Donne, fit-il.

— Ah !

Je lus la note à haute voix :

— Je t'en prie part… *pardonne*-moi ? lus-je en levant la tête pour le regarder. Je crois que c'est plutôt à moi de dire ça.

— Non, tu as fait ce qu'il fallait. Tu t'es rendu compte que ce n'était pas ce que tu voulais, et tu me l'as dit. C'est moi l'abruti qui s'est vexé et t'a plantée toute seule en pleine forêt. Je suis désolé, vraiment. (Il marqua une pause.) Alors… on fait la paix ?

Mes genoux tremblaient de soulagement.

— Bien sûr que oui. Mais c'est *moi* qui suis dés…

Il leva la main pour me faire signe de me taire.

— Je ne peux pas me fâcher contre toi pour avoir confirmé quelque chose que je soupçonnais déjà. J'ai tenté ma chance, ça n'a pas marché. Je ne vais pas prétendre que je m'en fiche, mais… (Il haussa les épaules.) Je t'aime bien, Chloé. Et ce n'est pas comme si je voulais que tu sois ma copine sinon rien. J'espère qu'on va pouvoir oublier l'épisode on-a-essayé-mais-ça-n'a-pas-marché et revenir directement à comme c'était avant, si ça te va.

— Ça me va.

Quand nous descendîmes au rez-de-chaussée, Andrew était parti. Nous pensions qu'il était allé s'expliquer avec Russell, mais Margaret, qui avait dû rester pour jouer les baby-sitters, refusa de nous le confirmer. Allait-il toujours en être ainsi ? Allions-nous rester sur la touche pendant que les grands prenaient les décisions ? J'espérais que non.

Simon et moi trouvâmes Derek dans la cuisine. Simon voulait prendre une pomme et aller quelque part, loin des adultes, pour mettre au point ce que nous allions faire ensuite, mais Derek lui tendit son appareil d'analyse de sang et son insuline, puis il sortit du bacon et des œufs du frigo. Simon soupira, et Derek lui jeta un drôle de regard.

— J'espère que vous ne vous imaginez pas que je vais cuisiner ça, dis-je.

Je me fis à mon tour fusiller du regard.

— C'est seulement que, je veux dire…, bafouillai-je.

— On n'a pas tous grandi avec une gouvernante à la maison, m'informa Derek.

— Je n'ai pas besoin de prendre un petit déjeuner, dit Simon. Il faut qu'on parle.

— De quoi ? demanda Derek.

— Eh bien, heu, de comment sortir d'ici, par exemple. Quelqu'un a essayé de vous *tuer*. Tous les deux.

— Et le seul nouvel élément dans cette histoire, c'est qu'il ne s'agissait pas du groupe Edison, qui cela dit est probablement déjà sur notre piste à attendre qu'on fasse quelque chose de stupide, comme de prendre la fuite une fois de plus. (Il disposa des morceaux de bacon dans la poêle.) On reste. Au moins jusqu'à ce qu'on sache ce qu'ils prévoient de faire ensuite.

— Je voudrais invoquer Royce, dis-je.

Derek tourna la tête vers moi si vite qu'il aurait pu se faire un torticolis.

— *Quoi ?* s'écria-t-il.

— Je veux entrer en contact avec Royce. Avec un peu de chance, je vais tomber sur son oncle ou son cousin, mais c'est plus probable que je le trouverai lui, et il faudra qu'on gère la situation. On doit découvrir ce qui s'est passé ici, et rapidement.

— Elle a raison, approuva Simon en regardant son frère. Tu le sais.

Derek réfléchit en serrant la mâchoire. Il finit par dire :

— À une condition : que Tori ne soit pas là. La dernière chose dont on ait besoin, c'est qu'elle envoie une boule de feu à la tête de Royce.

— D'accord.

Je montai chercher Tori pour le petit déjeuner. Je lui expliquai ce dont nous étions convenus, et lui demandai son aide pour détourner l'attention de Margaret et nous prévenir si Andrew revenait. Elle aurait préféré assister à l'invocation, mais elle accepta malgré tout.

Après avoir mangé, nous décidâmes de faire l'invocation au sous-sol, loin d'Andrew et des dangers qu'on courait sur le toit. Et je dus admettre que Simon et moi avions hâte d'aller y jeter un coup d'œil.

Pour la première fois de ma vie, je descendis dans un sous-sol et ne frissonnai qu'à cause d'un réel courant d'air. C'était exactement comme Derek l'avait décrit, deux grandes pièces dans lesquelles étaient rangées un tas de choses, et un petit atelier. Simon plaisanta sur l'existence d'éventuels passages secrets, mais Derek écarta cette idée.

Je procédai comme d'habitude et me mis à genoux, les yeux fermés. Je pouvais visualiser le docteur Banks grâce à la photo. Ce fut plus difficile pour Austin, car je ne parvenais pas à imaginer autre chose que son corps ensanglanté, ce qui ne m'aidait pas à me détendre. Je me concentrai donc surtout sur le docteur Banks jusqu'à ce que je sente mon alarme interne sur le point de se déclencher pour me prévenir de ne pas aller plus loin.

— Rien, dis-je.

— Tu es sûre ? demanda Simon. Tu as tressailli.

— Essaie encore une fois, dit Derek.

Je réessayai donc, sans plus de succès. Pourtant, Simon s'écria :

— Oui, je suis sûr que tu as tressailli. Tes paupières ont bougé, comme si tu voyais quelque chose.

Je tentai une fois de plus et sentis en effet quelque chose, une petite étincelle qui me fit tressauter. Je soupirai et changeai de position.

— Prends ton temps, murmura Simon. On ne bouge pas d'ici.

Je repris l'invocation en résistant à l'envie d'augmenter la puissance. Un esprit était bien présent. J'avais la même hypersensibilité qu'en présence de cadavres, comme si je m'efforçais d'entendre une voix trop faible pour que mes oreilles puissent la discerner. Mes bras furent parcourus de frissons.

— J'ai envie d'enlever mon collier.

Je m'attendais à des cris de protestation, mais Derek se contenta de hocher la tête.

— Fais-le passer lentement au-dessus de ta tête et garde-le dans tes mains pour l'instant. Attends de voir si ça change quelque chose.

Je fermai les yeux et attrapai mon pendentif.

— Non !

Je sursautai et regardai Simon, puis Derek, mais je savais qu'ils n'avaient rien dit.

— Elle est revenue, annonçai-je. La femme.

Lorsque je repris l'invocation, la sensation revint, plus forte cette fois, et je dus résister pour ne pas y aller à fond et tirer l'esprit jusqu'à moi.

— Doucement, chuchota la voix.

Ma chair de poule s'intensifia.

— J-je peux vous voir, s-s'il vous plaît ? demandai-je d'une voix chevrotante.

Je m'éclaircis la voix et répétai ce que je venais de dire mais bégayai encore une fois.

— Chloé ? dit Derek.

Je suivis son regard jusqu'à mes mains tremblantes. Je serrai le collier et pris une profonde inspiration.

— C'est ta tante ? demanda Simon.

Je secouai la tête.

— Non. Je…

J'étais sur le point de dire que je ne savais pas qui c'était, mais je n'arrivai pas à prononcer les mots. Je savais de qui il s'agissait, mais j'osais à peine le croire.

— Écoute, mon bébé… Dois m'écouter…

« Écoute, mon bébé. » Je savais qui m'avait appelée ainsi. Je connaissais cette voix.

— Maman ?

26

— Hein ? fit Simon en se penchant en avant. Ta mère est ici ?

— Non, dis-je en secouant vivement la tête. Elle n'est pas là. J-j-je…

Je pris une autre inspiration et serrai les poings pour empêcher mes mains de trembler.

— Je ne sais pas pourquoi j'ai dit ça, ajoutai-je.

— Tu es épuisée, observa Derek.

— Et si c'était elle ? demanda Simon.

Derek le regarda pour lui signifier de se taire, mais Simon poursuivit malgré tout :

— S'il y a un fantôme par ici, tu veux continuer d'essayer ? (Il me regarda dans les yeux.) Ce n'est probablement pas elle.

— Je sais.

Je fermai les yeux. Je voulais que ce soit ma mère. Depuis le jour où j'avais appris que je pouvais communiquer avec les morts, j'avais tenté de toutes mes forces de me sortir cette idée de la tête. Rien que d'imaginer lui parler me comprimait la poitrine.

J'étais également terrifiée. Ma mère représentait un souvenir lointain et chéri. Je l'associais aux câlins, aux rires et à tout ce qui était bon dans mon enfance. Penser à elle était comme redevenir une petite fille de trois ans, blottie sur ses genoux, aimée et parfaitement protégée. Mais je n'avais plus trois ans, et je savais qu'elle n'était pas la mère parfaite dont je me souvenais.

C'était elle qui m'avait impliquée dans cette expérience. Elle voulait tant avoir un enfant qu'elle s'était enrôlée dans l'équipe de chercheurs du groupe Edison. Ils lui avaient assuré qu'ils résoudraient les effets secondaires qui avaient causé la mort de son frère. Mais elle avait tout de même dû savoir qu'elle prenait un risque.

— Chloé ? fit Simon.

— P-pardon. Je réessaie.

Je fermai les yeux et mis tout cela de côté. Si c'était ma mère, je voulais la voir, quelle que soit sa vraie nature, quelles que soient les choses qu'elle avait faites.

Je me permis donc une invocation en m'imaginant ma mère et en l'appelant par son nom.

— … m'entends ?

Sa voix revint, si douce que je ne l'entendais qu'en me concentrant. Je la tirai un peu plus à moi.

— Non !… suffit… dangereux.

— Qu'est-ce qui est dangereux ? T'invoquer ?

Elle répondit d'une voix trop faible pour que je l'entende. J'ouvris les yeux et cherchai autour de moi un signe qui aurait montré la présence d'un fantôme. Quelque chose bougeait à ma gauche, comme une nappe de chaleur qui s'élevait du sol. Je tendis mon collier à Derek.

— Non ! protesta la voix. Mets-le… dangereux.

— Mais je veux te voir.

— … peux pas… Désolée, mon bébé.

Je sentis ma poitrine se serrer.

— S-s'il te plaît. Je veux juste te voir.

— … sais… peux pas… collier… dangereux.

Derek me rendit le bijou. Je le pris au creux de ma main, mais recommençai l'invocation, plus fort cette fois, et tirai…

— Chloé ! fit la voix, si sévère à présent que j'ouvris les yeux. Pas si fort… amène-le.

— Royce ? Je lui ai déjà parlé. C'est toi que je veux voir.

Je repris l'invocation.

— Chloé !… continue… Je pars… devrais pas être ici… interdit.

— Qu'est-ce qui est interdit ?

— Tu n'as pas le droit de lui parler, murmura Derek. Les nécromanciens ne sont pas censés pouvoir appeler les membres disparus de leur famille. C'est ce que j'ai cru comprendre. Je n'ai rien dit parce que je n'étais pas sûr. Il semblerait que tu arrives à entrer en contact avec elle, mais pas très bien. Et elle ne veut pas que tu essaies plus fort, au cas où tu amènerais Royce aussi.

— Mais il faut que…

Je n'avais même pas fini ma phrase que l'air miroita, et qu'une forme apparut. La silhouette de ma mère, si peu visible que je la distinguais à peine, mais suffisamment pour la reconnaître. Je sus que c'était elle. Les larmes me montèrent aux yeux. Je fermai les paupières pour les chasser, et elle disparut.

— C'était toi, ce soir-là chez Andrew, dis-je. Dans les bois, quand ils nous couraient après. Tu as essayé de m'aider. Tu me suis.

— Pas toujours… peux pas… essayé de t'avertir… oh ! mon bébé… cours…

— Cours ?

— … dangereux… nulle part en sécurité… pas pour toi… tant de mensonges… t'en aller…

— On ne peut pas s'enfuir, dis-je. Le groupe Edison nous a trouvés cette nuit-là à…

— Non… c'est… essayé de te dire…

Sa voix commença à s'affaiblir. Je tendis l'oreille, mais elle s'éloignait toujours. Je tendis mon collier.

— Heu, Chloé ? dit Simon. Si ta mère t'a demandé de le garder…

— Elle était en train d'essayer de me dire quelque chose, et maintenant elle disparaît.

— Invoque-la encore, accepta Derek en prenant le pendentif, mais doucement.

Je la tirai légèrement tout en l'appelant. Derek se tenait à côté de moi, tendu, le collier entre les mains, prêt à me le passer autour du cou au moindre incident.

— Elle est partie, dis-je enfin.

Je sentis les larmes revenir. Je clignai fort des yeux pour les refouler et m'éclaircis la voix.

— Qu'est-ce qu'elle a dit ? demanda Simon.

— Que nous ne sommes en sécurité nulle part, ce qu'on savait déjà. Mais il y avait autre chose. Elle voulait me parler de cette nuit-là, chez Andrew.

— Si tu veux réessayer, vas-y, dit Derek. Si tu tombes sur Royce, tu peux le renvoyer, pas vrai ?

J'acquiesçai. Margaret m'avait déconseillé de le faire, mais je n'aurais pas de remords à envoyer ce fantôme-là dans une mauvaise dimension. Je restai donc à genoux et augmentai la puissance de mon invocation…

— Tu cherches quelqu'un, petite nécro ?

Je sursautai et perdis l'équilibre. Simon me rattrapa en même temps que Derek, qui me retint d'une main et me passa maladroitement le ruban de l'amulette autour du cou. Je le mis en place et regardai autour de moi.

— Royce, dis-je, est-ce que je peux te voir, s'il te plaît ?

Il ricana et apparut seulement en partie, comme il l'avait fait auparavant.

— Tu me trouves mignon, hein ?

Il paraît qu'il est impossible de faire semblant de rougir, mais j'essayai quand même. Je devais m'y prendre comme cela avec cet abruti : le flatter, même si c'était difficile.

— Tu avais raison, reconnus-je. On a besoin de ton aide. Tout va de travers.

— Comme par hasard.

— Est-ce que tu… tu étais l'un de nous ? Un sujet du projet Genesis ?

— Je suis génétiquement modifié, mais je ne suis pas une imitation comme vous.

— Une imitation ? répétai-je.

— Du modèle original. C'est-à-dire de moi. Enfin, de moi et Austin.

— Je croyais que nous étions les premiers sujets.

— Ils ont appelé l'expérience Genesis II, murmura Derek. Je pensais qu'ils voulaient dire que c'était la seconde après la Genèse de la Bible. Mais c'était le second projet. Ils ont dû en expérimenter un autre avant nous.

Royce se mit à rire.

— Vous êtes vraiment débiles. Vous pensez réellement qu'ils ont lancé une seule expérience ? Oui, vous êtes bien la deuxième vague… du projet Genesis seulement. Ensuite, il y a le projet Icarus, le projet Phœnix…

Le docteur Davidoff avait fait allusion au fait que le groupe Edison était impliqué dans d'autres expériences, mais je simulai l'étonnement.

— Comment sais-tu tout cela ? demandai-je.

— Je suis malin.

Et son oncle était l'un des chefs du groupe.

— Et qu'est-ce qui s'est passé ? dis-je.

— Comment ça ?

— Tu es mort, Austin est mort, le docteur Banks aussi… Est-ce que ç'a un rapport avec toi ? toi et Austin ?

Un éclair de colère passa sur son visage.

— Il y a eu un problème, insistai-je. Avec vous deux. C'est comme ça qu'il a su…

Il fit semblant de bâiller.

— Je suis le seul à trouver cette conversation soporifique ? Animons un peu tout cela avec un jeu. (Il s'approcha de Simon.) Tu as parlé d'un passage secret pour rigoler, tout à l'heure.

— Il ne peut pas t'entendre, tu te souviens ? lui rappelai-je.

— Tu veux faire plaisir à ton petit copain, fillette ? Je vais te dire où se trouve ce passage. Tu sais qu'il y en a un. Dans une grande maison comme celle-ci, le sous-sol fait forcément la même taille.

Je répétai ses paroles aux garçons.

— Pas nécessairement, contra Derek. À l'époque, c'était courant de ne pas construire des sous-sols entiers...

— Qu'est-ce qu'il est barbant... Il y a un passage vers une autre pièce, qu'ils ne veulent pas que vous trouviez. Surtout toi, petite nécromancienne. Ils ne voudraient pas que tu ranimes ces cadavres et que tu entendes leurs histoires.

J'hésitai. Simon me demanda ce que venait de dire Royce, et je leur répétai.

— Je pense qu'il raconte n'importe quoi, rétorqua Derek. Mais je veux bien le croire. Où est ce passage ?

Royce m'indiqua une direction, et je la montrai aux garçons.

— Dans l'atelier ? dit Derek. Il n'y a rien là-dedans. J'ai déjà regardé.

— Pourquoi la porte est fermée à clé, à ton avis ? demanda Royce.

— Parce que tu es un demi-démon génétiquement modifié, dis-je, et que tu manies la télékinésie. Tu étais un prototype et ils voulaient te garder sous surveillance rapprochée, mais dans un environnement normal. Alors au lieu de vivre au laboratoire, tu as été amené ici avec ton oncle, le docteur Banks.

— Vraiment sans intérêt...

— Et ton pouvoir de télékinésie te donne la faculté de faire bouger des objets par la force de l'esprit, c'est ça ?

— Mmh, ouais. Tu veux une autre démonstration ?

— Non, je suis seulement en train de t'expliquer. Tu as vécu ici. Tu peux faire bouger les choses avec ton esprit. Et là-bas (je montrai l'atelier du doigt) se trouve une pièce remplie d'outils. Pourquoi est-elle fermée à clé ? Je crois que c'est très clair.

Simon se mit à rire. Le fantôme fonça sur lui, mais il ne pouvait de toute façon pas l'effrayer.

— Ouvre cette porte, ordonna Royce.

— Pourquoi ? demandai-je. Pour que tu puisses sortir des jouets ? Non merci.

Simon ricana de nouveau.

Un balai posé contre un mur s'envola soudain sur moi comme un javelot. Un javelot difficile à manier, devrais-je ajouter, car je parvins facilement à l'éviter en me baissant, et Derek l'attrapa sans difficulté en plein vol.

— Bon réflexe, mon grand, reconnut le fantôme.

Il avança jusqu'à un tas de boîtes en plastique empilées contre le mur et ouvrit celle du dessus.

— Oh ! regarde, oncle Todd a gardé mes vieilles affaires. Il est trop sympa d'avoir rangé tout ça après m'avoir assassiné.

— Il t'a assassiné ? lâchai-je malgré moi.

Il fouilla dans la boîte.

— Apprête-toi à le bannir, chuchota Derek.

Puis il ajouta à l'intention de Simon :

— Remonte à l'étage.

Simon secoua la tête.

— Je…

Royce se retourna brusquement et envoya quelque chose dans notre direction, comme s'il faisait du lancer de poids. Je me baissai pour éviter l'objet, et Derek l'attrapa : une boule de bowling. Il ordonna rageusement à Simon de remonter.

— Oooh… de bons réflexes, une force surhumaine, et une voix féroce très convaincante. Je crois qu'on s'est trouvé un loup-garou. (Il vint se mettre juste devant le nez de Derek.) Un combat seul à seul, ça te dirait, jeune loup ? Une bataille de superpouvoirs ?

Je fermai les yeux et visualisai Royce en train de reculer. Mais il narguait encore Derek.

— On devrait peut-être tous remonter, dit Simon. S'éloigner de ce tordu.

— Il nous suivrait, objecta Derek.

— Oh ! ne l'écoute pas, dit Royce. Allez-y, remontez. Il y a plein de choses avec lesquelles on pourrait jouer là-haut. Des rasoirs. Des ciseaux. Des couteaux.

Il eut un sourire et me chuchota à l'oreille :

— J'aime beaucoup les couteaux. On peut faire tellement de choses avec.

Derek semblait nerveux et ne cessait de nous regarder alternativement, Simon et moi, sans parvenir à décider s'il devait me laisser finir de bannir Royce ou nous sortir d'ici avant qu'on se fasse attaquer.

— J'essaie, dis-je, je suis vraiment…

— Je sais. Prends ton temps. (Il jeta un de ses regards arrogants en direction du fantôme.) Il n'est pas dangereux.

Le fantôme fit volte-face et nous envoya une barre d'haltères. Elle nous arriva dessus de façon maladroite, comme s'il l'avait mal lancée. Derek se déplaça volontairement au ralenti et l'attrapa avant qu'elle tombe par terre. Pendant ce temps, je continuais à bannir Royce.

Il recommença à fourrager dans la boîte.

— Où est l'autre haltère ? Ah ! c'est vrai, je l'ai déjà utilisé. (Il se replaça devant Derek.) Pour défoncer le crâne de mon frère pendant son sommeil. Est-ce que tu dors, toi, jeune loup ?

Mon cerveau se bloqua sur les images du corps d'Austin, et du sang, du sang partout…

— Chloé ? dit Derek.

— J-je m'en occupe.

— Elle ne s'occupera de rien du tout, railla Royce. Elle m'a fait venir, et je ne m'en irai pas.

— Simon ? chuchota Derek. Remonte. Tout de suite.

Je devais demeurer ici pour bannir Royce et Derek restait pour me protéger, mais Simon était un spectateur que Royce finirait sûrement par attaquer.

Simon partit. Je l'entendis s'arrêter dans l'escalier. Il refusait de monter plus haut, au cas où nous aurions besoin de lui.

Il y eut un fracas. J'ouvris les yeux, je vis Derek debout et Royce en train de ramasser un morceau d'assiette cassée sur le sol de béton.

— Oh ! regarde, dit-il en passant le doigt le long de l'arête du bout de céramique. C'est coupant. J'aime bien quand c'est coupant.

Derek vint se mettre devant moi. Je gardai les yeux rivés sur son dos et vidai mon esprit. Je ne conservai que l'image de Royce reculant à toute vitesse à travers les dimensions, quelles qu'elles soient. Je me concentrai jusqu'à sentir le sang battre à mes oreilles. Toujours rien.

Tu n'y arriveras pas. Arrête ça et va te réfugier quelque part.

Mais il n'y avait pas de refuge. Pas contre ce fantôme. Il fallait que je me débarrasse de lui.

— Qu'est-ce que tu connais des loups-garous ? demanda Royce en faisant les cent pas, le morceau d'assiette à la main. Ces trucs-là ont bercé notre enfance, à Austin et moi. Ça faisait partie de nos leçons de culture générale, comme disait mon oncle.

— Qu'est-ce qu'il dit ? fit Derek.

— J'essaie de ne pas l'écouter.

— C'est bon, tu peux me le répéter.

Royce se jeta sur lui en brandissant le morceau de céramique comme un couteau. Derek se précipita sur le côté puis décrivit un cercle autour de Royce pour l'éloigner de moi, en me faisant signe de poursuivre ce que j'étais en train de faire.

Royce passa à l'attaque et le bout de céramique frôla Derek d'un peu trop près. Je paniquai, ce qui eut pour effet d'intensifier la bousculade mentale que j'envoyais à Royce. Sa forme à demi matérialisée vacilla.

Il voulut lancer de nouveau le morceau trop fort sur Derek mais il tomba de sa main. Il se baissa pour le ramasser. Derek l'atteignit en premier et l'écrasa sous la semelle de sa chaussure.

Royce s'élança vers le reste de l'assiette. Derek parvint à bloquer le plus gros morceau avec le pied, mais Royce se saisit d'un autre bout. Je le bousculai une fois de plus avec violence. Il chancela de nouveau.

Il recula, les yeux braqués sur Derek qui, lui, regardait l'éclat de céramique pour suivre la progression de Royce.

—Tu aimes les sciences, pas vrai? dit Royce. Eh bien, je vais mener une petite expérience, moi aussi. Je répète ma question: qu'est-ce que tu connais des légendes sur les loups-garous?

Je rapportai ses paroles à Derek, qui ne répondit rien et ne cessait de reculer pour focaliser l'attention de Royce sur lui et me laisser essayer de le bannir.

—Je ne me souviens que de quelques-unes, poursuivit Royce. C'étaient des histoires assez ennuyeuses, du moins celles que nous racontait oncle Todd. Mais il y en avait d'autres, dans des livres qu'il ne voulait pas qu'on lise. Je me rappelle celle qui parlait des procès de loups-garous. Apparemment, tous les tueurs en série du Moyen Âge essayaient de s'en sortir en rejetant la faute sur les loups-garous. Il y avait cette histoire assez cool d'un gars qui a expliqué au tribunal qu'il était un loup-garou. Mais le problème, c'est qu'on l'avait vu tuer quelqu'un sous forme humaine. Alors tu sais ce qu'il a dit?

Derek me fit signe de lui transmettre le message. J'obéis du mieux que je pus.

—Il a dit: «Ma fourrure est à l'intérieur de mon corps.»

Royce rit en entendant la réponse de Derek.

—Je vois que je ne suis pas le seul à aimer les vieilles histoires sanglantes. D'accord, alors raconte à la petite nécro comment ça s'est fini. Qu'a fait le juge?

J'hésitai à répéter la question à Derek, mais il insista. Il répondit:

—Il a fait couper ses bras et ses jambes, et les a disséqués pour vérifier s'il y avait de la fourrure sous la peau.

Royce me regarda.

—Malheureusement, il n'y en avait pas, dit-il. Mais ils s'étaient évité la complication et la peine que cause un procès.

Il se rua soudain sur Derek. Ce dernier leva les bras devant lui pour se protéger; le bout d'assiette lui coupa le dos de la main, et le sang jaillit. Royce recula en sautillant.

— Je ne vois pas de fourrure, et toi ? dit-il. Je crois qu'on va devoir continuer et mener l'expérience jusqu'au bout.

Je vis le sang couler le long du bras de Derek et fermai les yeux pour envoyer mentalement à Royce un grand coup rageur. Le morceau de céramique tomba bruyamment par terre. Royce était toujours là mais sa forme s'effaçait. Il serra les dents et je vis ses tendons saillir comme il s'efforçait de résister.

Je marchai jusqu'à lui et le repoussai mentalement en le regardant pâlir jusqu'à ce qu'il ne soit plus qu'une lueur, et enfin…

— Qu'est-ce que tu as fait ? rugit une voix derrière moi.

27

Je m'attendais à voir Andrew en me retournant, mais il n'y avait personne.

Un fantôme apparut devant moi, si proche que je tombai à la renverse. Derek m'attrapa le bras pour me retenir.

— Je crois qu'il est parti, déclara Derek. Tu as entendu quelque chose ?

Je levai les yeux sur le visage barbu de Todd Banks, déformé par la fureur, et ses yeux hagards cerclés de rouge.

— C-c'est le docteur Banks.

— Crois-tu que tout cela soit un jeu ? cria le docteur. Qui t'a parlé de Royce ? Pensais-tu que ce serait amusant de le faire venir pour voir s'il est aussi fou qu'on le dit ?

Derek se pencha pour me murmurer à l'oreille :

— Fais-le partir. Les choses qu'il aurait à nous dire n'en valent pas la peine.

Je secouai la tête. Derek n'apprécia pas mais s'en tint à sa mine renfrognée et laissa sa main sur mon bras, comme pour se tenir prêt à m'évacuer de la pièce si la situation dégénérait.

Le regard du docteur Banks s'adoucit quelque peu quand il m'eut observée.

— Chloé Saunders, murmura-t-il. Tu dois être Chloé Saunders. (Il se tourna vers Derek.) Et le jeune loup-garou.

— Oui, confirmai-je. Derek. C'est Derek.

Sa rage refit surface et son regard devint fou.

— Il ne faut pas que tu fasses des invocations ici, jeune fille. Laisse mon neveu en paix. Mais souviens-toi de lui, car son destin sera aussi le tien. Ton pouvoir va croître jusqu'à ce qu'il te consume et fasse de toi un monstre. Il te poussera à faire des choses que tu n'aurais jamais pu imaginer, des choses tellement horribles que…

Il chancela, comme s'il essayait de chasser ses souvenirs. Des mains se posèrent sur mes deux bras et je me rendis compte que Derek était venu se placer derrière moi. Je sentais sa présence, puissante et solide, et ses mains chaudes qui frottaient ma peau parcourue de frissons.

— Laisse-le partir, Chloé, murmura-t-il. Tu n'as pas besoin d'écouter ce qu'il dit.

— Si, insista le docteur Banks. Si, tu dois m'écouter. Tu ne comprends pas. Tout s'est très mal passé. Nous avons commis des erreurs. Nous nous sommes trompés dans les calculs…

— Pour la modification génétique ?

— Oui, oui, dit-il d'un ton impatient. Je leur avais dit. Je leur avais dit ! Ils ont fait des tests, et tout semblait normal. Mais ça ne l'était pas. Ils ont trafiqué les données.

— Trafiqué les données ? répétai-je.

Cela attira l'attention de Derek.

— Quelles données ?

— Celles qu'ils ont utilisées pour la modification, rapportai-je. Qu'est-ce que ça veut dire ?

— Ils ont changé les données pour obtenir les résultats qu'ils voulaient.

— Oui, dit le docteur Banks. C'est ça. Vous voyez ? Même un enfant peut le comprendre. Mais eux n'en ont pas été capables.

— Donc le docteur Davidoff a trafiqué les résultats…, commençai-je.

— Davidoff ? ricana le docteur Banks. Un sale flagorneur qui fait tout ce qu'on lui dit.

— Alors qui a modifié les données ?

Le docteur Banks poursuivit comme s'il n'avait rien entendu.

— Ces expériences... Mon Dieu ! ces expériences. Tester ceci, tester cela, repousser les limites pour découvrir ce qu'il pouvait créer et ce qu'il pouvait vendre. Il avait de ces rêves... Des rêves fous et grandioses de connaissance, de pouvoir, et la vision d'une vie meilleure pour ceux de notre espèce. Nous autres, imbéciles, nous avons cru en lui et lui avons donné carte blanche. Il se fichait de nous. Et il se fiche de toi, c'est pour ça qu'il est d'une importance cruciale que... (Il commença à disparaître.) Ce lieu est saturé de magie. Il faut que tu me rappelles à toi.

J'obéis, d'abord doucement, mais il continuait à s'effacer.

— Plus fort, Chloé. Il faut que je te dise...

Il s'évanouit avant que j'aie pu entendre la suite. Je l'invoquai de nouveau. Il apparut par intermittence et je ne pus comprendre que quelques mots qui, sortis de leur contexte, ne voulaient rien dire.

— Il est en train d'être rappelé, expliquai-je.

— Laisse-le partir, me conseilla Derek. On en a assez vu pour aujourd'hui.

— Il essayait de me dire quelque chose.

Derek ricana.

— C'est ce qu'ils font tous, non ? Ça doit être une des règles dans le manuel du fantôme : si vous êtes menacé de disparaître, assurez-vous d'être au milieu d'une révélation capitale.

J'ôtai mon collier et le tendis à Derek, mais il le fourra dans ma poche.

— Garde-le avec toi, d'accord ?

Je réussis à faire venir le docteur Banks plus facilement cette fois, mais il ne voulut pas rester. Lorsque j'augmentai l'intensité de mon invocation, il me dit :

— Non, Chloé. Tu vas faire venir Royce.

Il s'effaça, et sa voix me parvenait entrecoupée.

— ... autre... essaie... Fais le vide... concentre-toi sur moi... ne me tire pas... seulement te concentrer.

Je fis comme il disait. Il ne cessait de parler, de me répéter de me détendre, de ne pas tenter de l'attirer de mon côté, mais plutôt de l'accueillir.

Je sentis un élancement dans ma nuque. Je persistai malgré tout, jusqu'à ce qu'une douleur aiguë et soudaine me coupe le souffle. J'attendais que Derek me demande ce qui se passait, mais il se contenta de rester assis à me regarder.

Une autre douleur fusa à l'arrière de ma tête, puis je sentis mon sang se glacer complètement dans mes veines. J'essayai de hurler mais en fus incapable. Je ne pouvais plus bouger. J'étais muette.

— Chloé ?

J'entendis Derek, sans pouvoir orienter mon regard sur lui.

— Tu as besoin d'aide ? chuchota le docteur Banks. Il faut que tu m'invites à venir.

Que je l'invite à venir ? Venir où ? J'avais à peine formulé la question que je trouvai la réponse.

Il essayait d'investir mon corps.

Je luttai et tentai de le repousser mentalement, de lui fermer mon esprit, de le bloquer, mais le froid ne cessait de se répandre dans mon corps. Derek posa la main sur mon épaule en essayant d'attraper le collier qu'il avait mis dans ma poche, et je me renversai en arrière comme une statue.

Je crus apercevoir un mouvement, peut-être Derek qui se précipitait pour me rattraper, mais tout était confus. Même sa voix me semblait distante et assourdie. J'entendais seulement les paroles du docteur Banks qui résonnaient dans ma tête.

— Détends-toi, disait-il. Je ne te ferai pas de mal. Je vais seulement emprunter ton corps. Il faut que je règle tout ça. J'ai choisi la solution de facilité en me suicidant avant de mettre fin aux horreurs que j'avais causées.

Ma mère m'avait mise en garde contre le docteur Banks, qui avait perdu la raison après ce que Royce avait fait et le rôle qu'il avait lui-même joué dans cette tragédie. Et désormais, il était en moi.

Le sol m'égratigna le dos et je vis le plafond défiler, comme si Derek me traînait par les chevilles. La pièce vacilla, et tout devint noir. Quand la lumière revint, je regardais le plafond.

— Q-qu'est-ce qui s'est passé ?

Je sentis mes lèvres bouger et entendis ma voix, mais personne ne répondit. Je me mis debout.

— Chloé, allez, appela Derek derrière moi. Dis quelque chose.

— Comment ça ?

Je me retournai. Il était accroupi de l'autre côté de la pièce. J'aperçus deux jambes étendues avec des baskets qui pointaient vers le haut. Mes baskets. Mes jambes.

Je me précipitai jusqu'à lui et me vis, allongée par terre. Derek essayait maladroitement de passer le collier autour de mon cou. Je levai la main devant mes yeux. C'était bien ma main, encore couverte des égratignures de la nuit précédente dans la forêt.

— Derek ?

Il ne répondit pas. Je tendis la main vers son épaule.

Mes doigts passèrent à travers lui.

J'étais un fantôme.

Mes yeux s'ouvrirent à cet instant, les yeux de mon vrai corps qui gisait sur le sol. Ma bouche se tordit en un petit sourire qui ne ressemblait pas du tout au mien.

— Tiens, bonjour.

La voix qui s'échappa de cette bouche était la mienne, mais le ton et les inflexions sonnaient faux.

Derek fronça les sourcils et tenta encore une fois de me passer le collier.

L'autre moi repoussa sa main.

— Je n'ai pas besoin de ça.

— Si.

— Non.

Derek éloigna ma main d'une tape et m'enfila le bijou autour du cou. Le pendentif toucha ma peau, et je ressentis le contact, brûlant comme un tison. J'eus le souffle coupé, moi et mon corps en même temps. Tout fut plongé dans les ténèbres l'espace d'un instant. Puis je me retrouvai de nouveau en train de regarder le plafond.

Le visage de Derek était penché au-dessus de moi, et ses yeux verts reflétaient son inquiétude.

— Chloé ?

Je repris mon souffle. C'était tout ce que j'étais capable de faire. Inspirer. Expirer. Je sentis les mains de Derek tenir les miennes et me concentrai sur cela.

— Que s'est-il passé ? demanda-t-il.

— J-j-j…

Une voix partit d'un grand rire derrière Derek.

— Tu crois que je ne peux pas me réapproprier ton corps ? Bien sûr que je le ferai. Et ensuite, j'aiderai tes amis à arrêter le groupe Edison.

Le visage menaçant du docteur Banks se tenait juste au-dessus du mien et ses yeux brillaient d'une lueur démentielle.

— Nous retrouverons les autres sujets, poursuivit-il, et je mettrai fin à leurs souffrances, puis à celles de tes amis. Une fois qu'ils ne seront plus là, tu partiras les rejoindre, et vous serez tous réunis… dans l'au-delà. Je vais *clore* cette affaire.

— Non, certainement pas, dis-je en me relevant.

Il sourit.

— Tu as peut-être le pouvoir, Chloé, mais tu ignores totalement comment l'utiliser.

— Vous vous trompez sur toute la ligne.

Je tendis les bras et le poussai violemment, autant mentalement que physiquement, en y mettant toute ma rage. L'espace d'un instant, j'aurais juré le toucher pour de vrai. Il fut projeté en arrière et disparut en hurlant.

— Chloé ?

Derek me toucha l'épaule et je voulus me retourner, me laisser aller contre lui et tout lui raconter. Je résistai à cette pulsion et respirai profondément.

— Il faut qu'on parte d'ici, dis-je. Le plus vite possible.

Il apparut que nous étions sur le point de partir plus tôt que nous osions l'imaginer. Andrew était revenu, seul. Russell avait disparu. Il avait fait ses valises et quitté son appartement avant l'arrivée d'Andrew.

Nous pouvions entendre Margaret et Andrew parler avec d'autres membres du groupe qui étaient sur haut-parleur. Clairement, disait Margaret, ils n'arriveraient pas à s'occuper de nous, et le meilleur moyen pour eux de se défaire de cette charge était de nous confier à quelqu'un d'autre, en l'occurrence à tante Lauren et, s'ils parvenaient à le retrouver, au père de Simon.

Peu m'importait que la motivation de Margaret soit purement égoïste ; je lui aurais volontiers sauté dans les bras.

Nous partirions le lendemain pour Buffalo, ce qui signifiait qu'il était plus que temps de planifier la suite des opérations. Andrew me pria de lui donner des détails sur le laboratoire. J'avais rêvé de ce moment, et j'essayai de lui rendre ce service, mais chaque mot me demandait un effort immense. J'avais l'impression qu'on m'avait débranchée. J'étais complètement épuisée et hébétée.

Les garçons me vinrent en aide. Simon dessina le plan du laboratoire d'après mes instructions. Derek alla me chercher un verre d'eau fraîche. Durant un moment de silence dans la conversation, même Tori me demanda à voix basse si tout allait bien. Seule Margaret sembla ne rien remarquer et me questionna jusqu'à ce qu'elle finisse par en avoir assez et nous dise de partir. Je réussis à atteindre le salon et à me blottir dans un fauteuil. Je fermai les yeux et m'endormis dans la seconde.

Lorsque je me réveillai, je me trouvais encore dans le fauteuil, avec une couverture posée sur moi et mon verre d'eau sur la table à côté. Derek était assis à quelques mètres de moi, sur le canapé, et montait la garde, perdu dans ses pensées. J'ignorais ce qu'il guettait. Ça n'avait pas d'importance. Qu'il y ait une menace ou non, j'étais contente de le voir en me réveillant.

Tout en l'observant, je compris à quel point j'étais heureuse de le voir. Je ne faisais que nier mes sentiments. Ce serait plus simple si nous étions amis. Mais ce n'était pas ce que je ressentais vraiment.

J'avais envie d'aller me pelotonner contre lui, de lui parler. Je voulais savoir à quoi il pensait. Je voulais lui dire que tout se passerait bien. Et je voulais qu'il me dise la même chose. Je me fichais que ce soit vrai ou non, je voulais seulement le dire, l'entendre, sentir ses bras autour de moi, entendre le grondement de sa voix, son rire grave qui faisait battre mon cœur un peu plus vite.

Il tourna la tête vers moi, et j'étais tellement perdue dans mes pensées que je ne m'en rendis pas compte tout de suite. Je pris enfin conscience que je le dévisageais et détournai rapidement les yeux en sentant mes joues s'enflammer. Je sentais son regard sur moi. Il fronçait légèrement les sourcils, comme s'il essayait de comprendre quelque chose. Avant qu'il en ait eu le temps, j'avalai l'eau tiède d'un trait et lui dis « ça doit presque être l'heure du déjeuner », ce qui était une remarque complètement stupide, mais je ne trouvai rien d'autre. Il prit un moment avant de répondre « peut-être » en haussant les épaules. Puis il ajouta :

— Tu vas bien ?

Je hochai la tête.

— Tu veux qu'on parle de ce qui s'est passé en bas ? Avec Banks ?

J'acquiesçai de nouveau.

— Je devrais aller chercher Simon, dit-il. Il va vouloir qu'on le mette au courant.

Je fis encore signe que « oui », mais il ne bougea pas et resta à me regarder boire mon eau tiède.

— Chloé.

Je pris mon temps avant de lever la tête, certaine qu'il avait compris à quoi je pensais un peu plus tôt et qu'il allait m'expliquer avec douceur qu'il ne voulait pas de moi. Il ne dirait pas « désolé, je ne suis pas intéressé », parce que cela ne lui ressemblait pas, c'était trop présomptueux ; mais il trouverait un moyen de faire passer le même message, comme je l'avais fait avec Simon. « Je t'aime bien. Mais pas de cette manière. »

— Chloé ?

Je le regardai et lus dans ses yeux que… Mes mains tremblantes laissèrent tomber le verre, et toute l'eau se renversa sur moi en trempant mon jean. Je le rattrapai tout juste d'un geste maladroit avant qu'il tombe par terre et me retrouvai un genou au sol, la main fermement serrée autour du verre. Je n'avais toujours pas bougé quand je sentis qu'on me desserrait les doigts pour le retirer. Je relevai la tête et vis Derek accroupi en face de moi. Son visage était à quelques centimètres du mien. Il se pencha un peu plus et…

— Qu'est-ce que vous avez perdu ?

La voix de Simon nous parvint depuis la porte et nous nous relevâmes si rapidement que je le heurtai.

— Vous cherchiez quoi ? dit Simon en entrant. Pas ton collier, j'espère.

— N-non. J-j'ai juste fait tomber mon verre.

Je désignai d'un geste mon jean mouillé puis regardai Derek qui restait immobile, les mains dans les poches.

— J'allais justement…, commençai-je.

Je voulais dire que j'allais expliquer ce qui s'était passé avec le docteur Banks, seulement je n'en avais plus envie. Pas tout de suite. Je voulais revenir en arrière, à ce moment où Derek et moi étions tous les deux accroupis, et prier pour que Simon nous laisse encore une minute avant d'entrer, juste assez longtemps pour voir si ce que j'avais pressenti allait réellement se passer. Mais c'était impossible, à présent. Le moment était passé.

— J-je devrais aller me changer.

— D'accord, dit Simon en se laissant tomber sur le canapé.

Je marchai jusqu'à la porte et Derek m'appela.

— Chloé ?

Je me retournai, et j'eus l'impression qu'il essayait de trouver quelque chose à dire, peut-être une excuse pour venir avec moi.

Je voulais l'aider et lui en proposer une, car je crois que si j'avais pu le faire, il m'aurait suivie, mais je n'y parvins pas. Dieu sait que je fis un effort, mais je n'y arrivai pas plus que lui. Il marmonna simplement :

— Tu veux une pomme, ou un truc dans le genre ? Je vais te chercher ça pendant que tu te changes.

Je lui répondis « d'accord », et les choses en restèrent là.

28

C'est peut-être pathétique, mais j'admets que je pris plus de temps que nécessaire pour me préparer : je me brossai les cheveux, me passai de l'eau sur le visage, séchai mon jean à l'aide d'un sèche-cheveux après m'être rendu compte que celui que m'avait acheté Margaret ne m'allait pas bien et, enfin, je me brossai les dents.

Étant donné que Derek m'avait vue dans mon affreux pyjama rose avec de la terre plein la figure et des brindilles emmêlées dans les cheveux, mon haleine mentholée n'allait sans doute pas provoquer un « Waouh, elle est trop mignonne ». Mais je me sentais mieux, malgré tout.

En sortant de la chambre, je partis à la recherche de Tori. Elle avait disparu après notre réunion pour préparer notre projet en disant qu'il fallait qu'elle aille nettoyer quelque chose, et nous n'avions pas eu le temps de la mettre au courant pour Royce et le docteur Banks. Je descendis et suivis le fil de l'aspirateur dans le couloir, jusqu'à la bibliothèque où je la trouvai devant les étagères en train d'épousseter les vieux livres de cuir.

— Je ne crois pas que tu aies encore besoin de faire ça, lui dis-je. On part demain.

— Ça ne me dérange pas.

Elle sourit, et je ne sais pas ce qui me mit la puce à l'oreille, ce sourire ou le fait qu'elle prétende aimer faire la poussière. J'entrai et fis le tour de la pièce du regard. Une image tressauta sur l'ordinateur portable quand l'écran de veille en kaléidoscope se déclencha.

— C'est l'ordinateur de Margaret, remarquai-je en m'approchant. Tu étais en train de t'en servir ?

— J'essayais seulement d'envoyer un mail à des amis pour leur dire que je vais bien, mais il n'y a pas de connexion Internet.

— Mmh.

— Tu ne me crois pas ? Vérifie, tu verras. Il n'y a pas de wi-fi, et je ne trouve pas de prise, ce qui n'est pas surprenant puisqu'il n'y a même pas de téléphone en état de marche dans cette maison.

— Ce n'est pas ça qui me dérange, dis-je en me tournant vers elle. Tu nous aurais mis en danger pour écrire à tes amis ? Ça m'étonnerait.

Elle s'assit au bord du bureau.

— Tu vois, il y a du progrès, parce que si je t'avais raconté ça la semaine dernière, tu aurais tout gobé.

Je bougeai la souris et fis apparaître une fenêtre. Je me tournai vers elle.

— Ce n'est pas ce que tu crois, dit-elle.

— Et qu'est-ce que je crois ?

— Que je suis une espionne du groupe Edison et que je rassemble des informations. Ou alors que j'essaie d'entrer en contact avec eux pour leur indiquer où on est.

— Tu n'es pas une espionne.

Elle grimaça.

— Je ne sais pas si je dois te remercier de me faire confiance, ou te reprocher d'être trop gentille pour m'accuser en face. Je sais que c'est ce que pensent les garçons. Surtout Derek. Et je parie que je sais aussi pourquoi ils pensent ça.

— Pourquoi ?

— Parce que je m'en suis sortie trop facilement quand on était chez Andrew. Et ils ont raison, c'est vrai. (Elle s'appuya un peu plus sur le bureau.) Je ne pensais pas ça au début. Quand je me suis échappée, je me suis dit : « Waouh, je suis douée. Ces abrutis ne savaient pas à qui ils avaient affaire. » (Elle eut un rire un peu forcé.) Une fois que les choses se sont calmées, j'ai pensé : « Oui, je suis douée, mais pas à ce point-là. » Ils savaient que j'ai des éruptions de magie quand je m'énerve, et ils savaient que je n'étais pas une simple ado sans défense. Si je m'en suis si bien sortie, c'est peut-être parce qu'ils m'ont laissée faire.

— Pourquoi ?

— C'est bien ça la question. Au début, j'ai cru qu'on m'avait collé une puce quelque part. J'ai inspecté mes habits, je les ai lavés. Et même repassés, pour être sûre.

— C'était une bonne idée.

— Non, c'est ridicule. J'ai trop traîné avec vous. Mais je me suis aussi dit que si j'étais la seule que le groupe Edison avait réussi à attraper cette nuit-là, dissimuler un émetteur sur moi et me relâcher était en effet une bonne idée. Je ne voulais pas être celle qui allait les mener jusqu'à nous, alors je me suis un peu emballée en m'assurant qu'il n'y avait pas de puce.

— Et il n'y en avait pas.

— Pas pour autant que je sache. L'autre option était donc qu'ils m'avaient relâchée parce que je n'avais aucun intérêt à leurs yeux. Parce que je n'en valais pas la peine.

— Je ne vois pas comment…

— Réfléchis. Ils entendent dire que le loup-garou est en train de se déchaîner. Et puis on leur rapporte qu'Andrew s'est échappé. Soudain, je n'ai plus besoin d'être surveillée par deux gardes. Ils me laissent en compagnie d'un seul en espérant qu'il parvienne à me retenir. Mais il n'a pas réussi.

— D'accord, et donc… (Je désignai l'ordinateur d'un geste.)… qu'est-ce que tu étais en train de faire ?

— J'essayais de vous prouver que je n'étais pas une espionne. En espionnant. (Elle tourna l'écran vers elle.) Chercher moi-même à rassembler des informations est le meilleur moyen de montrer que je ne suis pas complètement inutile. Quand Andrew a dit qu'ils n'avaient pas réussi à joindre Gwen, ça m'a donné une idée.

Elle pianotait sur le clavier à toute vitesse en même temps qu'elle parlait.

—Russell n'a pas agi tout seul, c'est sûr. Peut-être que Gwen faisait partie du complot, mais je ne crois pas. Elle n'aime pas Russell.

—Ah bon ?

—Il pense qu'elle n'est qu'une blonde écervelée. La seule fois où il s'est approché d'elle, c'était pour regarder son décolleté. Mais il n'est pas un génie maléfique non plus. Quelqu'un d'autre a organisé la conspiration pour capturer Derek, et cette même personne a aussi mis en place le plan pour se débarrasser de nous. Je vote pour Margaret. J'ai fouillé dans ses fichiers et ses mails. Là, je regarde dans les documents qu'elle a effacés… enfin c'est ce qu'elle croyait. Même après avoir vidé la corbeille, les fichiers sont toujours là, si tu sais comment les trouver.

Elle commença à taper quelque chose et passa d'un fichier à l'autre si vite que regarder l'écran me faisait tourner la tête.

—Tu es vraiment une…, commençai-je.

—Si tu me traites de « geek », je me sers de toi pour m'entraîner à jeter des sorts. Je suis programmeuse. Mais c'est vrai que je connais quelques petits trucs de hackers, grâce à un ex-petit copain complètement débile qui utilisait ses talents pour modifier ses notes et avoir plus de temps à consacrer à ses jeux vidéo. Comme si *World of Warcraft* pouvait l'aider à entrer à l'université… Je lui ai quand même demandé de m'apprendre les bases avant de le larguer. On ne sait jamais quand on en aura besoin.

J'étais sûre qu'elle en avait déjà eu besoin auparavant. Je me souvins du chantage qu'elle avait fait au docteur Davidoff pour qu'il la laisse quitter le labo.

—Ça y est, j'ai trouvé quelques mails effacés. Je vais faire une recherche avec nos noms et celui du père de Simon. Comment s'appelaient ces types, les loups-garous engagés par Russell ?

—Liam et Ramon, mais c'était Liam le contact. Ça s'écrit L-I…

Elle m'adressa un regard mauvais. Je me tus et la laissai poursuivre. Elle ne découvrit rien.

— Est-ce que tu vois des messages envoyés par Russell ou adressés à lui ?

— Oui, son pseudo c'est LeDoc56. Je l'ai trouvé dans son carnet d'adresses. Je vais regarder.

Elle allait fermer un message qui avait été envoyé à Russell quand j'aperçus un mot qui attira mon attention. Je lui demandai d'arrêter. « Syracuse ». Là où était le quartier général de la Meute. Le mot donnait des instructions pour trouver une maison proche d'une ville nommée Bear Valley, près de Syracuse.

Je lus la suite.

« Tomas dit qu'il ne faut pas aller dans cette maison. Attends et aborde-les ailleurs que sur la propriété, de préférence dans un lieu public, et fais attention que les enfants ne soient pas là. Si possible, aborde l'Alpha ou la femme. Tomas dit qu'il ne peut pas insister suffisamment là-dessus. Ne va pas directement à la maison. Ne les aborde pas quand les enfants sont présents. »

— Alpha ? dit Tori.

— C'est un terme de loups. Ça désigne le chef du groupe. C'étaient les instructions pour livrer Derek à la Meute.

— Alors nous avons notre preuve.

— Continue à chercher. Plus on en saura, mieux ce sera. Fais une recherche avec Alpha, Meute, Bear Valley, Tomas…

— Oui, m'dame.

Il y eut un bruit dans le couloir et je me précipitai à la porte. C'était Margaret, mais elle partait dans la direction opposée. Derrière moi, Tori murmura : « Non, ce n'est pas… » Elle laissa sa phrase en suspens puis étouffa un juron.

Je courus jusqu'à elle. Elle avait les yeux rivés à un message laconique de quelques lignes seulement, écrit par Margaret, qui assurait le destinataire qu'elle avait communiqué les instructions de Tomas à « la personne que Russell a engagée pour résoudre le problème ».

— Super, une preuve de plus, dis-je. Quel est le problème ?

Elle me montra du doigt l'adresse à laquelle le message avait été envoyé : acarson@gmail.com.

— And-Andrew ? Non, c'est impossible. Est-ce qu'il y a un autre Carson ?

— C'est Andrew, Chloé. J'ai vérifié son carnet d'adresses et ses autres mails. Il y a aussi une réponse.

Elle afficha un deuxième message. Lui aussi était court, envoyé par Andrew, et disait en substance : « OK, merci. »

— Regarde la date, ajouta Tori.

Il avait été envoyé le jour où nous avions rencontré Liam et Ramon pour la première fois. Un jour où Andrew était prétendument prisonnier du groupe Edison.

29

Tori poursuivit ses recherches. Il n'y avait pas grand-chose de plus, mais c'était assez pour confirmer ce que nous avions déjà compris. Andrew faisait partie du complot qui visait à livrer Derek à la Meute. Et il n'avait été l'otage de personne.

— Alors Andrew appartient au groupe Edison ? résuma Tori. Ça n'a aucun sens.

— Non, en effet, dis-je en repoussant l'ordinateur et en m'asseyant sur le bureau. Tu étais avec moi au laboratoire. À nous deux, nous avons vu pas mal de membres du personnel. Est-ce que tu en as reconnu la nuit où nous étions chez Andrew ?

— C'était une équipe de sécurité. Nous n'avions pas eu l'occasion de les croiser avant.

— Si. Derek, Simon et moi les avons aperçus la nuit où on s'est échappés de Lyle House. Toi et moi, on les a vus après avoir fui le groupe Edison. Chaque fois, il n'y avait que les membres du groupe avec seulement deux gardes. S'ils avaient une sorte d'équipe d'élite, pourquoi ne l'auraient-ils pas utilisée pour ça ?

— Mais peut-être qu'il s'agissait des membres et des gardes cette nuit-là aussi. Comment savoir ? Ils portaient des… (Elle me regarda.) Ils portaient des trucs sur leurs chapeaux qui leur couvraient le visage. Ils n'avaient pas cet attirail à l'entrepôt, quand ils nous couraient après.

— Ni la nuit où Derek et moi nous sommes échappés de Lyle House. Pourquoi cacher leur visage si on les avait déjà vus ?

Je repensai aux événements de cette nuit-là et ajoutai :

— Tu n'es pas la seule à t'en être sortie trop facilement.

— Tu parles d'Andrew.

— Pas seulement. Je m'étais cachée dans un arbre, et une des femmes m'a trouvée. Je me suis jetée sur elle. C'était stupide, mais ça a marché, j'ai réussi à l'assommer. C'est du moins ce que j'ai cru.

— Tu vois, on est toutes les deux vraiment douées.

— Apparemment pas.

Nous essayâmes d'échanger un sourire.

— Le groupe Edison ne nous a pas suivis jusque chez Andrew, dis-je. C'est ce que ma mère essayait de me dire.

— Si vous voulez parler de ça, fit une voix grave depuis la porte, vous feriez peut-être mieux de monter sur le toit. Ou d'être un peu plus discrètes. Je vous entendais depuis le couloir.

— Parce que tu as une ouïe superpuissante, rétorqua Tori à Derek.

Je commençai à dire quelque chose, mais il me prit de vitesse.

— Simon voulait parler à Andrew, il est allé le voir. J'ai pensé que tu… (Il jeta un regard contrarié à Tori, comme si elle était en train d'écouter aux portes.) Je me suis dit qu'il y avait peut-être de vieux documents au grenier. Tu veux monter avec moi pour regarder ? On trouvera peut-être des informations sur le docteur Banks.

Je dus me retenir pour ne pas m'écrier : « D'accord ! » Nous venions de découvrir que les gens qui nous offraient l'asile étaient ceux qui avaient tenté de nous tuer trois jours auparavant, mais chercher à savoir si Derek était amoureux de moi était bien plus important.

— Je ne peux pas, dis-je. Nous…

— Ce n'est pas grave, m'interrompit-il en tournant le dos pour partir.

Je m'avançai pour le retenir.

— J'aimerais bien venir, mais…

— Mais Chloé ne peut pas venir jouer avec toi pour l'instant, dit Tori. Elle est en train de m'aider à dénouer une conspiration, c'est une question de vie ou de mort. *Notre* vie ou notre mort à nous.

— Ce n'est pas le groupe Edison qui nous a attaqués chez Andrew, révélai-je. C'est lui. Andrew et sa bande.

Je racontai à Derek ce que nous avions trouvé. J'espérais pour une fois qu'il dirait que je me trompais, que mon raisonnement ne tenait pas debout et qu'il y avait une autre explication parfaitement raisonnable.

Mais quand j'eus fini, il pesta avant de faire les cent pas en poussant plus de jurons. Il s'arrêta enfin et repoussa ses mèches de cheveux.

— On se trompe, non ? dis-je. On a mal interprété les données.

— Non, vous ne vous êtes pas trompées.

Je fulminai à mon tour et, en m'entendant, Tori haussa les sourcils.

— Je suis vraiment énervé contre moi-même, avoua Derek. J'ai senti que c'était une possibilité. Je me suis demandé si nous ne nous en étions pas sortis un peu trop vite cette nuit-là chez Andrew. Je me suis demandé pourquoi ils nous avaient tiré dessus avec des armes à feu alors qu'ils avaient utilisé des fléchettes tranquillisantes avant. Je me suis demandé pourquoi ils s'étaient caché le visage. Mais je n'aurais jamais pu imaginer qu'Andrew était impliqué là-dedans. J'ai quand même envisagé qu'il puisse être à l'origine de la tentative d'enlèvement hier soir.

— Mais tu as dit que…

— … que je lui faisais confiance. Je sais. Mais il pense que je serais mieux avec ceux de mon espèce, alors quand on lui a raconté ce qui s'était passé, j'attendais de voir sa réaction. J'ai vu qu'il n'était pas impliqué. Enfin, je l'ai cru.

— Il a eu l'air sincèrement surpris, et même furieux, ajoutai-je.

— Il doit être bon acteur alors, dit Tori. Bon, est-ce que je suis la seule à me demander pourquoi ils se seraient donné la peine de mettre en scène une attaque du groupe Edison alors qu'on était déjà en route pour aller chez Andrew ?

— Y aller ne signifiait pas qu'on y resterait, dit Derek.

— Hein ?

— On ne serait pas forcément restés avec Andrew, fis-je, si les choses ne s'étaient pas passées comme on voulait. On a déjà pris la fuite à deux reprises.

— Donc s'ils nous convainquaient que les membres du groupe Edison avaient retrouvé notre trace et qu'ils rôdaient dans les parages, prêts à nous tirer dessus…

— On se retrouvait bien plus coincés que si on était cernés de chiens de garde et de barbelés.

Je jetai un coup d'œil en direction de la porte et rappelai :

— Tu as dit que Simon était avec…

Derek jura.

— C'est vrai. Il est avec Andrew. Je suis sûr que quel que soit le but de l'opération, faire du mal à Simon ne fait pas partie du plan, mais je vais le chercher. Je lui dirai qu'il a oublié de manger quelque chose. Il faut qu'il grignote entre les repas, le matin et l'après-midi, pour sa glycémie, donc ce ne sera pas trop louche.

Je hochai la tête.

— Il faut qu'on fasse attention, dis-je.

— Je m'en balance, de ça, fit Tori. Je dégage d'ici.

Nous la regardâmes tous les deux.

— Quoi, c'est vrai ! Du moment que quelqu'un vient avec moi.

Nous l'observions toujours. Elle finit par soupirer.

— Bon, d'accord. Mais quand tout va dégénérer, rappelez-vous que j'ai le droit de rejeter la faute sur vous, parce que je voulais partir immédiatement.

— C'est ce qu'on va faire, dit Derek, dès qu'on en saura un maximum sur ce qu'ils comptent faire. Tu as dit que c'était l'ordinateur de Margaret, c'est bien ça, et pas celui d'Andrew ?

Je hochai la tête et ajoutai :

— Mais je sais comment récupérer celui d'Andrew, si tu veux que Tori fouille dedans.

— Parfait. Vas-y. Je veux savoir exactement quels sont leurs projets.

30

— Andrew ?

Je passai la tête par la porte de la cuisine où il était en train de goûter avec les garçons.

— Mmh ?

— Ce livre que vous vouliez bien me prêter…

— Ah ! oui. Mon ordinateur portable est dans le bureau. Tout devrait être branché comme il faut.

— Est-ce qu'il y a un mot de passe ?

Il sourit.

— Non. J'ai beau penser qu'un manuscrit non publié a beaucoup de valeur, il n'existe pas vraiment de marché noir pour le revendre. Il y a un raccourci directement sur le bureau pour toi.

Il me donna le titre.

— Tori voulait jeter un coup d'œil aussi, ça ne vous dérange pas ?

— Pas du tout. Plus je peux avoir de retour du public visé, mieux c'est. Si tu remarques quelque chose, des problèmes avec les personnages, l'intrigue, le style de l'écriture… fais-le-moi savoir.

Tori leva les yeux au ciel devant l'absence de protection sur l'ordinateur d'Andrew. Comme la plupart des gens qui n'étaient pas calés en informatique, il partait du principe que quand il supprimait un élément, celui-ci disparaissait. Ou s'il savait que des traces subsistaient, peut-être pensait-il que nous ne saurions pas les trouver. Et il aurait eu raison… si Tori n'avait pas été avec nous.

Elle commença par faire une recherche parmi les mails et retrouva ceux qu'il avait échangés avec Margaret, ce qui ôta les derniers doutes que nous pouvions avoir sur son rôle dans l'histoire. Il y avait aussi quelques messages entre lui et Tomas, dans lesquels Andrew semblait bien décidé à assurer un transfert vers la Meute sans danger pour Derek. S'était-il vraiment inquiété de la sécurité de ce dernier ? Liam avait clairement reçu l'ordre de le tuer si nécessaire. Cette décision avait-elle été prise dans le dos d'Andrew ? Cela expliquerait pourquoi il avait eu l'air si choqué en apprenant ce qui nous était arrivé, à Derek et à moi.

Peut-être n'étais-je simplement pas prête à considérer Andrew comme l'un des méchants. Je l'aimais vraiment bien, jusque-là. Mais il suffit d'un mail supplémentaire pour que ces sentiments s'évaporent ; un message qui n'avait rien à voir avec Liam, Russell ou le groupe Edison. Quand Tori l'eut trouvé, nous le lûmes toutes les deux plusieurs fois sans prononcer un mot. Je finis par dire d'une voix tremblante :

— Je ferais mieux d'aller chercher les garçons.

— Je regarde s'il y a autre chose, déclara-t-elle alors que je partais rapidement.

Je trouvai enfin Derek, seul dans la bibliothèque en train de feuilleter un livre.

— Tu es là, dis-je avec un soupir de soulagement.

Il se retourna. Il esquissa un sourire, et son regard s'adoucit d'une manière qui remua quelque chose dans mon ventre et me fit m'arrêter net. J'oubliai l'espace d'une seconde la raison pour laquelle j'étais venue.

— Est-ce que S-Simon est par là ?

Il cligna des yeux et se retourna face à l'étagère.

— Il est là-haut. Il est vraiment fâché contre Andrew, donc c'est sans doute là où il est le mieux pour l'instant, jusqu'à ce qu'on soit prêts à partir. Sans ça, il risque de lui dire quelque chose qu'il ne faut pas. Tu as besoin de lui ?

— En fait, p-peut-être que je devrais te montrer à toi d'abord.

Il me regarda par-dessus son épaule en fronçant les sourcils.

— On a trouvé quelque chose, ajoutai-je.

— Oh !

Il lui fallut une seconde, comme s'il changeait mentalement de vitesse, puis il hocha la tête et me suivit.

Tori pivota sur sa chaise en nous voyant arriver.

— Il y en a d'autres, annonça-t-elle. Il en a envoyé un toutes les deux semaines. Le dernier date de quelques jours à peine.

— D'accord, dis-je. Ça t'ennuierait d'aller surveiller Andrew ?

— Pas de problème.

Elle quitta la pièce. Derek se dirigea vers la chaise que Tori avait libérée.

— Attends, lui dis-je en saisissant sa manche.

Je voulais le préparer, mais je ne savais pas comment. De toute façon, quelle que soit la manière dont j'allais lui annoncer la nouvelle, je ne pouvais pas lui épargner le choc. Je finis donc par lui murmurer bêtement :

— Vas-y.

Quand il lut ce qui était affiché sur l'écran, il s'immobilisa complètement, comme s'il avait même cessé de respirer. Au bout de quelques secondes, il tira l'ordinateur un peu plus vers lui et se pencha pour relire encore une fois. Puis une autre. Il recula enfin sa chaise et expira.

— Il est vivant, dis-je. Ton père est vivant.

Il leva la tête vers moi, et je ne pus m'en empêcher : je me jetai à son cou et le serrai dans mes bras. Je pris ensuite conscience de ce que j'étais en train de faire et desserrai mon étreinte en reculant, ce qui me fit trébucher.

— J-je suis d-désolée. C'est juste que… je suis contente pour toi.

— Je sais.

Il resta assis mais m'attrapa pour m'attirer à lui. Nous restâmes ainsi à nous regarder. Sa main était toujours enroulée dans ma chemise, et mon cœur battait si fort que j'étais sûre qu'il pouvait l'entendre.

— Il y en a d'autres, poursuivis-je au bout de quelques secondes. D'autres mails, d'après Tori.

Il hocha la tête et se retourna vers l'ordinateur en me faisant de la place. Je me rapprochai un tout petit peu pour ne pas le gêner, mais il me tira devant lui. Je perdis l'équilibre et tombai à moitié sur ses cuisses. Je tentai de me relever, le rouge aux joues, mais il me fit asseoir sur son genou en passant timidement un bras autour de ma taille, l'air de dire : « Je peux ? » Je le laissai faire, même si je sentais mon pouls battre si fort à mes tempes que je n'arrivais plus à penser. Heureusement que je lui tournais le dos, car mes joues devaient être écarlates.

Je n'avais pas mal interprété le regard qu'il m'avait adressé plus tôt. Il se passait quelque chose. Ou plutôt, j'espérais qu'il se passerait quelque chose. Je l'espérais de tout mon cœur. Mais pour l'instant, nous avions d'autres choses à gérer. J'avais horreur de cela, mais j'étais malgré tout contente de pouvoir prendre un peu de temps pour que ma tête cesse de tourner.

Un instant après, toujours perchée sur le genou de Derek, je redirigeai mon attention sur l'écran.

Je relus le premier échange d'e-mails. Il y avait trois messages datant de deux mois auparavant, et le premier était court et sans détour.

« C'est Kit. Me suis attiré des ennuis. Sais-tu où sont les garçons ? »

La réponse d'Andrew :

« Non, je ne sais pas. Quel genre d'ennuis ? Qu'est-ce que je peux faire ? »

La réponse de Kit était plus longue :

« Les Nast m'ont rattrapé. J'ai vu un article sur D. Me suis fait attraper avant de pouvoir m'enfuir. Suis allé avec eux pour détourner leur attention des garçons. Ils m'ont gardé quelques mois jusqu'à ce que je leur donne ce qu'ils voulaient. Les garçons sont partis depuis longtemps. J'ai pensé à EG, mais aucune trace au labo. Les Nast peut-être ? ou les services sociaux ? Aucune idée. J'ai besoin que tu m'aides, vieux. Si tu peux faire quoi que ce soit. S'il te plaît. »

Il avait ensuite noté un numéro de téléphone en précisant qu'il était temporaire, comme l'adresse, mais qu'il reprendrait contact avec lui dans quelques semaines.

Je passai au message suivant et Derek lut par-dessus mon épaule. Il y en avait trois autres du même genre dans lesquels M. Bae réclamait des nouvelles, et Andrew répondait qu'il cherchait Simon et Derek mais que ses contacts au sein du groupe Edison juraient que les garçons n'étaient pas là.

Le dernier e-mail de M. Bae avait été envoyé trois jours plus tôt, quand Andrew était prétendument retenu en otage par le groupe Edison, ce qui signifiait qu'il avait reçu le message *après* avoir appris où se trouvaient Simon et Derek.

— Il y a encore un message après celui-là, dit Derek. Ça doit être la réponse.

Elle avait été envoyée la nuit où Andrew et les autres avaient monté la garde devant son cottage en attendant que leur faux groupe d'intervention fasse une descente pour nous attraper.

« Toujours rien. Mais j'ai peut-être une piste. Un type qui travaille pour les Cortez m'a rapporté une rumeur selon laquelle ils retiendraient deux garçons. Je t'appelle dès que j'en sais plus. »

— Les Cortez ? dis-je.

— C'est une Cabale, comme celle des Nast. Des corporations riches et puissantes, dirigées par des sorciers. Mais elles ressemblent plus à des mafias qu'à des lobbies.

— Alors Andrew a menti.

— Pas seulement : il a essayé d'envoyer mon père courir partout pour rien alors qu'il savait exactement où on se trouvait.

— Ça change tout.

Il hocha la tête.

— Il faut qu'on parte d'ici, dis-je.

Il acquiesça de nouveau mais ne bougea pas. Je me penchai pour attraper un stylo et du papier sur le bureau d'Andrew puis notai les dernières coordonnées laissées par le père de Derek. Je lui passai le papier, et il lui fallut une seconde pour remarquer mon bras tendu.

— Ça va ? lui demandai-je en me tournant vers lui.

— Oui, c'est juste… Andrew. Qu'il veuille se débarrasser de moi, je peux comprendre. Mais éloigner mon père… Il avait confiance en lui.

— Et nous ne pouvons plus lui faire confiance, maintenant, ajoutai-je. Ça craint, mais l'important, c'est que ton père soit en vie.

Il sourit, d'abord faiblement, puis son visage se fendit en un large sourire qui fit battre mon cœur. Je repris mes esprits et lui rendis son sourire. Je commençai à me pencher pour passer les bras autour de son cou mais me retins en rougissant. Avant que j'aie eu le temps de reculer, il m'attrapa les coudes, mit mes bras sur ses épaules et me serra contre lui.

Il se releva tout à coup en faisant pivoter la chaise si vite que je perdis presque l'équilibre. J'entendis alors des bruits de pas dans le couloir et me remis debout tant bien que mal, juste au moment où Simon entrait dans la pièce en haletant, comme s'il avait couru.

— Tori m'a dit que vous vouliez me voir ? à propos de papa ?

Je m'écartai pour que Derek puisse lui montrer les messages, puis sortis dans le couloir pour monter la garde et les laisser tranquilles. Ils attendaient cette nouvelle depuis le début de notre fuite, et ils avaient vécu un enfer en imaginant qu'elle ne viendrait jamais. Je m'efforçai donc de ne pas écouter leur conversation.

— Chloé ?

Derek se tenait dans l'embrasure de la porte. Il me fit signe de revenir. Simon était devant l'ordinateur et avait ouvert le panneau de configuration.

— Il n'y a pas de connexion Internet, dis-je, si c'est ça que tu cherches. Pas de téléphone non plus.

— Andrew a un téléphone portable, signala Simon.

— C'est trop risqué, répondit Derek. Il y a une cabine à la station-service. On l'appellera une fois en route pour décider d'un lieu de rendez-vous.

L'idée de parler enfin à son père fit briller le regard de Simon, puis la colère l'assombrit. La joie d'avoir des nouvelles se heurtait à la douleur de la trahison d'Andrew.

— On part tout de suite, alors ? demandai-je.

— Oui, dit Derek. On y va.

31

Nous étions devenus des experts en évasion. Après avoir mis Tori au courant, nous nous séparâmes pour rassembler ce dont nous avions besoin, des vêtements, de l'argent, de la nourriture. Nous fîmes nos sacs à tour de rôle, deux par deux, pendant que les autres restaient à discuter en bas de sorte qu'Andrew ne se demanderait pas pourquoi sa maison, où vivaient quatre adolescents, était soudain devenue silencieuse. Par chance, il passa la plus grande partie de l'après-midi dans la cuisine. Je ne crois pas qu'aucun de nous aurait pu lui faire face.

Tori et moi étions chargées de manifester notre présence, quand Derek entra dans la pièce les bras chargés de blousons de ski.

— Je les ai trouvés au sous-sol, dit-il. On a eu froid la dernière fois.

Il m'en passa un rouge et en donna un bleu à Tori.

— Simon en cherche un à sa taille, et il remonte, ajouta-t-il. On va sortir par la porte de derrière. Vous trois partirez devant, et je resterai dans la maison pour m'assurer qu'Andrew ne sorte pas avant que vous soyez à l'abri dans les bois.

— Et s'il sort ? demandai-je.

Derek se frotta la bouche, ce qui signifiait qu'il ne préférait pas prévoir cette éventualité.

— Ne me dis pas que ça te poserait un problème de le mettre hors d'état de nuire, s'étonna Tori. Après ce qu'il t'a fait ? Je propose qu'on lui règle son compte maintenant, ça nous évitera d'avoir à prendre toutes ces précautions. Je vais lui lancer un sort d'immobilité, et ensuite vous l'attacherez.

— Ça me va, approuva Simon en arrivant derrière nous. Je me rappelle encore comment faire des nœuds, de l'époque où j'étais chez les scouts.

Derek hésitait. Il me regarda, ce qui me surprit un peu ; je lui dis : « j-je suis d'accord » sans savoir si c'était ce qu'il attendait, mais il hocha la tête et je repris, d'un ton plus ferme :

— C'est la meilleure chose à faire. Sinon, quand il découvrira qu'on s'est enfuis, il…

La sonnette retentit. Je ne fus pas la seule à sursauter. Derek attrapa nos sacs, prêt à décamper.

— Les jeunes ? cria Andrew. Vous pouvez aller ouvrir ? C'est Margaret.

— Ça complique un peu les choses, murmura Tori. Mais pas tant que ça. Elle est vieille, et ce n'est qu'une nécromancienne.

Elle me jeta un regard et ajouta :

— Désolée.

— Hé ho ?

Les pas d'Andrew résonnèrent dans le couloir.

— J'y vais ! cria Simon.

— On va s'occuper de Margaret d'abord, murmura Derek. Tori peut l'immobiliser, et Simon l'attacher. Je vais voir Andrew. Chloé ? Mets les manteaux et les sacs dans un placard, au cas où.

J'étais chargée des manteaux et des sacs ? Parfois je souhaitais que mes pouvoirs soient un peu plus… utiles. Je saisis deux sacs à dos pendant que Derek partait en direction de la cuisine et que Tori et Simon se dirigeaient vers la porte d'entrée.

J'étais en train de revenir pour prendre le reste quand j'entendis la voix de Margaret. Le sort de Tori avait-il échoué ?

— Je vous présente Gordon, était-elle en train de déclarer. Et voilà Roxanne. Comme Russell et Gwen ne sont plus là, nous nous sommes dit qu'on pouvait faire venir quelques autres membres pour vous rencontrer. Allons donc passer notre projet en revue.

Tori voulait s'attaquer aux quatre personnes mais suggéra l'idée sans réelle conviction. Quatre adultes contre autant d'adolescents, ça ne présageait rien de bon, d'autant plus que nous ignorions quels genres de surnaturels étaient Roxanne et Gordon. Nous décidâmes alors de partir discrètement dès qu'ils auraient commencé leur réunion. Seulement, ils voulurent que nous nous joignions à eux. Simon préféra ne pas y aller : il ne pouvait pas regarder Andrew en face. Derek et moi acceptâmes donc d'y assister. C'était surtout à moi qu'ils souhaitaient parler, de toute façon, pour me poser d'autres questions sur le laboratoire du groupe Edison et son personnel.

Je dus faire appel à mes années de théâtre pour tenir ce rôle. J'évitai également de regarder en direction d'Andrew quand ce n'était pas absolument nécessaire. Je savais qu'ils se moquaient de ce que je pouvais leur dire et qu'ils ne comptaient pas retourner au laboratoire, et je bouillis intérieurement du début à la fin. J'ignorais leur vrai plan, mais nous n'allions pas rester assez longtemps pour le découvrir.

Ils nous laissèrent enfin partir.

— Va chercher Simon, chuchota Derek à Tori pendant que nous avancions au pas de course. Je m'occupe de porter les sacs jusqu'à la forêt. Chloé ? Couvre-moi.

Il aurait été plus logique que Tori, avec ses pouvoirs magiques, soit celle qui le couvre, mais je ne protestai pas. Derek ne lui faisait pas encore assez confiance pour lui demander ça.

Tori n'était même pas arrivée au niveau de l'escalier qu'une voix nous appela depuis le couloir :

— Les jeunes ? Vous êtes là ?

C'était Gordon, le nouveau. Derek maugréa dans sa barbe.

— Par ici, indiquai-je en me dirigeant vers sa voix, suivie de Derek.

Gordon, environ du même âge qu'Andrew, de taille moyenne, avait un gros ventre et une barbe grise. Il était le genre de bonhomme à qui on demande de jouer le Père Noël pour le réveillon de l'entreprise.

— Ils ont encore besoin de nous ? demandai-je.

— Non, ils sont occupés à faire des projets, alors je me suis dit que j'allais venir vous saluer. On n'a pas vraiment eu l'occasion de discuter pour l'instant.

Il avança jusqu'à Derek et lui fit un grand sourire en lui serrant la main.

— Tu ne te souviens pas de moi, hein ? poursuivit-il. Ça ne m'étonne pas. Tu étais tout petit la dernière fois qu'on s'est vus. Je travaillais avec ton père autrefois. On jouait au poker ensemble tous les mardis.

Il tapota l'épaule de Derek et le guida jusqu'au salon.

— Andrew m'a dit que tu es un petit génie des sciences, ajouta-t-il. J'enseigne moi-même la physique à…

Gordon bavardait en le poussant dans la pièce. Derek m'adressa un regard mécontent teinté de frustration. Mais lorsque j'ouvris la bouche, il secoua la tête. Nous étions coincés. Une fois de plus.

— Alors, on part ? chuchota Tori en retournant vers Simon.

— Pas encore.

Gordon finit par nous demander de venir les rejoindre. Il avait connu ma tante et la mère de Tori, et maintenant il voulait faire plus ample connaissance avec nous. La veille, nous aurions tous été enchantés d'avoir l'occasion de faire bonne impression et de prouver que nous étions des adolescents normaux. À présent, c'était devenu sordide de raconter nos vies à un type qui pouvait nous tuer d'un moment à l'autre si nos pouvoirs se révélaient aussi incontrôlables qu'il le craignait.

Après la réunion, ils décidèrent de rester manger et nous n'avions aucun moyen d'y échapper ; pas tous les quatre en même temps avec nos sacs à dos.

— Est-ce qu'on ne pourrait pas les laisser derrière nous ? suggérai-je. On a de l'argent. Si on…

— Tori ? appela Andrew. Tu pourrais m'aider à préparer le dîner ?

— Heu, en fait…, commença-t-elle.

Andrew passa la tête dans l'embrasure de la porte. En nous voyant tous les quatre en train de discuter dans le couloir, il fronça les sourcils puis se força à sourire :

— Je vous dérange, peut-être ?

— Nous étions en train de préparer notre évasion, dit Tori.

Mon ventre se crispa et j'écarquillai les yeux.

— On espérait pouvoir s'éclipser après le repas pour aller prendre une glace, expliqua-t-elle.

— Ah ! fit Andrew en se passant la main dans les cheveux, l'air mal à l'aise. Je sais que vous devez en avoir marre d'être cloîtrés ici…

— On commence à devenir claustros, confirma Tori. Et puis ça me démange de dépenser ce que j'ai gagné en faisant le ménage. On fera attention, et on sera de retour avant la tombée de la nuit.

— Je sais, mais… Non, désolé. C'est fini les sorties. (Il essaya de sourire.) On part pour Buffalo demain et je vous promets qu'on s'arrêtera prendre une glace sur le chemin. Allez, Tori, si tu veux bien venir m'aider…

Il l'emmena dans la cuisine.

Nous allâmes nous asseoir dans la salle de jeux pour faire semblant de jouer au Yam's.

— Il a deviné, observa Simon.

— On dirait, effectivement, reconnus-je. Mais peut-être qu'on est juste paranos ?

Nous nous tournâmes vers Derek. Il agita les dés et les lança sur la table plusieurs fois, perdu dans ses pensées puis déclara :

— Je pense qu'on ne craint rien. On est simplement nerveux.

— On a envie de partir, alors ça nous donne l'impression qu'ils nous bloquent ici, soupira Simon.

Il essaya de s'installer confortablement dans son fauteuil sans cesser de pianoter des doigts sur sa jambe.

— On devrait attendre cette nuit, proposa Derek. On va se coucher, et ensuite on attaque Andrew pendant son sommeil. Les autres seront partis depuis longtemps, à ce moment-là, ce qui nous laissera plus de temps. Personne ne se rendra compte qu'il y a un problème avant demain matin.

— Ça me semble bien, dit Simon. Reste à savoir si on va tenir le coup d'ici là sans devenir cinglés…

Il se tut en voyant Derek pencher la tête puis se tourner vers la porte.

— Un problème ? chuchota Simon.

— Téléphone.

— Heu, ouais, ils en ont tous un. Alors…

— Ils sont par là, dit Derek en montrant la gauche. J'entends une sonnerie assourdie qui vient de la porte d'entrée, là où ils ont laissé leur manteau.

— Heu, oui, mais je ne vois toujours pas…

Simon se redressa vivement.

— Téléphone. Papa. Où est le numéro ?

Il se mit debout. Derek tenait le morceau de papier hors de sa portée.

— Relax, lui conseilla-t-il.

— OK, OK.

Simon inspira profondément et se força à se détendre.

— Ça te va ? dit-il à Derek, qui lui tendit alors le papier.

Je me retins de les suivre, encore une fois pour ne pas les gêner, mais Derek me fit signe de venir. En arrivant près de la porte d'entrée, il chuchota à Simon qu'il pouvait avancer pendant que nous restions monter la garde, le temps qu'il téléphone.

— Alors, qu'as-tu pensé du livre qu'Andrew est en train de corriger ? demanda Derek.

Je le regardai bouche bée. Je devais avoir l'air très jolie comme ça…

— Parle-moi, chuchota-t-il.

— Ah ! d'accord. Pardon. Eh bien, c'est… c'est bien pour l'instant. Je…

— Il n'y a pas de réseau, signala Simon à voix basse en passant la tête au coin du mur.

— Déplace-toi, lui souffla Derek. Andrew s'est servi de son téléphone.

Pendant que Simon tentait de capter un signal, je fis semblant de parler du livre, ce qui n'était pas facile puisque je n'en avais pas lu ne serait-ce qu'une ligne. Je débitai donc des remarques d'ordre général sur le rythme et le style, jusqu'à ce que Simon apparaisse de nouveau en faisant de grands gestes, le téléphone sur l'oreille, et chuchote :

— Ça sonne !

Derek lui fit signe de se remettre dans le coin, à l'abri des regards puis me dit de faire durer la discussion. J'obéis, même si je ne pouvais m'empêcher d'entendre Simon.

— Papa ? C'est moi. Simon.

Sa voix se cassa et il se racla la gorge.

— Bien. Enfin, ça va… Il est juste là. Avec moi. On est avec Andrew… Je sais. On essaie de… Non. Pas chez lui. C'est une sorte de refuge. La maison appartenait à un certain Todd Banks. Une grande… Papa ? Papa ?

Derek me fit signe de rester pour surveiller et s'approcha de Simon.

— Réseau, murmura ce dernier.

Derek commença à parler puis s'interrompit et se retourna vivement pour regarder le fond du couloir. Effectivement, une seconde après, j'entendis des bruits de pas.

— Les jeunes ? cria Andrew. À table.

— On arrive ! répondis-je.

— Laisse-moi réess…, commença Simon.

— Non, dit Derek. Il faut que j'efface la trace de l'appel. Va à la cuisine avec Chloé. On rappellera depuis la station-service demain.

Nous mangeâmes tous du bout des dents en nous forçant à avaler assez de nourriture pour que tout ait l'air normal. Derek ne cessait de nous répéter à voix basse de manger, de nous remplir l'estomac, mais il eut lui-même du mal à finir son assiette, trop occupé à guetter la sonnerie du téléphone, inquiet à l'idée que leur père les rappelle et dévoile notre supercherie.

Mais il ne le fit pas. D'après ce que j'avais cru comprendre, Derek avait hérité de la prudence de son père. Alors qu'une personne normale aurait immédiatement rappelé après avoir été déconnectée, il avait dû regarder de qui provenait l'appel, et le nom de Gordon lui avait sans doute mis la puce à l'oreille et l'avait dissuadé de le faire.

Il n'essaierait pas d'appeler Andrew non plus. Le fait qu'il ne l'ait pas prévenu que nous étions avec lui avait dû lui sembler louche. Il n'allait pas le joindre. Il viendrait simplement chercher ses garçons.

Avait-il compris que nous nous trouvions dans la maison du docteur Banks, comme le lui avait signalé Simon ? Savait-il où elle se situait ? Si oui, allait-il arriver trop tard pour nous récupérer et se faire capturer en essayant de sauver ses fils déjà partis ?

Je me répétai que la station-service n'était qu'à un quart d'heure de marche. Nous pouvions avertir M. Bae avant qu'il tente quoi que ce soit. À moins qu'il soit assez près de la maison pour venir nous chercher *avant* que nous partions… C'était une perspective agréable, mais je savais que nous ne pouvions pas compter dessus, et qu'il valait sans doute mieux ne pas trop l'espérer non plus. Nous avions un plan. Nous allions nous échapper sans encombre, trouver M. Bae et, avec son aide, nous irions porter secours à tante Lauren et à Rae.

32

Je me retirai dans ma chambre à 21 heures. Tori s'y trouvait déjà, plongée dans *Le Comte de Monte-Cristo*. Elle se contenta de me faire un petit signe et finit son chapitre, puis nous parlâmes ensemble pendant un moment, de rien d'important ; nous ne fîmes que bavarder en faisant de notre mieux pour rester calmes, tout en priant que le temps passe plus vite. Nous y étions presque, cependant. Plus que quelques heures…

Derek avait dit qu'Andrew n'allait jamais se coucher avant minuit. Si nous voulions le surprendre dans son sommeil, il fallait qu'on attende 2 heures du matin.

À ma grande surprise, je m'endormis si profondément que je n'entendis pas l'alarme de la montre que m'avait donnée Derek un peu plus tôt. Tori dut me secouer d'une main pour me réveiller, tout en essayant d'éteindre la montre de l'autre.

Je bâillai et clignai plusieurs fois des yeux.

— S'évader après une semaine de nuits presque blanches, dit-elle, ce n'est pas une idée géniale. Heureusement, j'avais prévu le coup.

Elle ouvrit une canette de Coca et me la tendit.

— Ça ne marche pas aussi bien que le café, mais je parie que tu n'en bois pas, de toute façon, pas vrai ?

Je secouai la tête et avalai la boisson d'un trait.

— Ah ! les enfants, soupira-t-elle en levant les yeux au ciel.

La porte s'ouvrit d'un seul coup et Simon se précipita dans la pièce.

— Te gêne pas, surtout ! s'écria Tori.

— C'est Derek, me dit-il. Je n'arrive pas à le réveiller.

Nous le suivîmes à toute vitesse. Derek était encore au lit, étendu de tout son long sur le ventre, et les draps avaient glissé au sol. Il ne portait que son caleçon.

Je le secouai par l'épaule. Mes mains étaient encore fraîches de la canette de soda, mais il ne bougea pas.

— Il respire, chuchota Simon. Mais il ne veut pas se réveiller.

Tori s'approcha du lit. Du coin de l'œil, je la vis jauger Derek du regard.

— Tu sais, dit-elle, vu d'ici, il n'est pas si mal.

Je lui jetai un regard noir.

— Je veux simplement dire que…

Je me penchai au-dessus de Derek et l'appelai en élevant la voix aussi fort que je l'osai.

— Personnellement, je préfère les garçons élancés et agiles, commenta-t-elle, comme ceux des équipes offensives. Mais pour celles qui préfèrent les mecs plus baraqués du genre défenseurs, il est…

Le regard furieux que je lui décochai la fit taire.

— Tu me caches la lumière, lui lançai-je en lui faisant signe de se pousser.

— Tu sais donner les soins d'urgence, Chloé ?

Je secouai la tête.

— Alors c'est toi qui me caches la lumière. Pousse-toi.

Je la laissai passer. Elle prit le pouls de Derek et écouta sa respiration. Les deux lui semblèrent normaux. Elle se pencha ensuite au-dessus de son visage.

— Son haleine ne sent rien de bizarre, seulement… le dentifrice.

Soudain, Derek ouvrit les yeux. La première chose qu'il vit fut le visage de Tori, à quelques centimètres au-dessus du sien. Il sursauta et poussa un juron. Simon éclata de rire ; je lui adressai des gestes frénétiques pour le faire taire.

— Est-ce que ça va ? demandai-je à Derek.

— Maintenant, il va bien. Tori a remis son cœur en marche, commenta Simon.

— On n'arrivait pas à te réveiller, lui expliquai-je. Tori était en train de s'assurer que tu allais bien.

Il ne cessait de ciller et semblait désorienté.

— J'ai du Coca dans ma…, commençai-je.

— Je vais le chercher, dit Tori.

Je me retournai vers Derek, qui continuait à cligner des yeux.

— Derek ?

— Ouais, marmonna-t-il comme s'il avait des billes plein la bouche.

Il grimaça et s'éclaircit la voix.

— Comment tu te sens ? demandai-je.

— Fatigué. Je devais dormir profondément.

— Comme une souche, confirma Simon.

— Est-ce que tu te sens groggy ? dis-je.

— Ouais, répondit-il avec une autre grimace. Qu'est-ce que j'ai mangé hier soir ?

Je fus parcourue d'un frisson.

— Est-ce que tu as la bouche pâteuse ?

— Ouais.

Il maugréa en s'asseyant. Quand Tori revint, je lui pris la canette des mains.

— Quelqu'un l'a drogué, dis-je.

— Drogué ? répéta Simon.

Il se tut une seconde puis ajouta :

— Andrew.

— Je vais chercher les sacs, dit Tori.

Nous les avions mis dans notre chambre en allant nous coucher, inquiets que quelqu'un tombe dessus dans le placard du rez-de-chaussée.

Je pris celui de Derek pendant qu'il finissait le Coca.

— Andrew nous a apporté des sodas hier soir, avant qu'on aille se coucher, dit Simon en prenant son sac.

— Et il a précisé lequel était pour Derek ?

— Il n'a pas eu besoin de le faire. Je prends toujours du light.

Je regardai Derek, qui s'essuya la bouche du revers de la main.

— Est-ce que ça va aller ? lui demandai-je.

— Oui. Laisse-moi juste m'habiller.

Pourquoi Andrew avait-il drogué Derek ? Est-ce qu'ils comptaient l'embarquer cette nuit ? Ou bien le groupe savait-il exactement ce que nous préparions, auquel cas nous aurions eu raison d'être paranos ? Quoi qu'il en soit, notre meilleur combattant était hors service.

— Je vais rester avec Derek, dis-je. Simon, tu crois que tu peux aller jusqu'à la chambre d'Andrew avec Tori et la couvrir ?

Il regarda Derek pour confirmation. Derek essaya de se concentrer et cilla plusieurs fois de suite. Il parvint enfin à marmonner :

— Ouais. Tu n'as qu'à faire ça.

— Mais fais attention, dis-je. Il y a de grandes chances qu'Andrew ne soit pas dans son lit.

Ils revinrent dix minutes plus tard.

— Il n'est pas là, murmura Simon.

— Comment ça ?

— Il n'y a aucune trace de lui nulle part, dit Tori. La camionnette est garée dehors, mais aucune lumière n'est allumée dans la maison.

— Et ses chaussures ne sont plus là, ajouta Simon.

— Il a dû partir retrouver quelqu'un, chuchotai-je. Des gens sont peut-être venus chercher Derek, et Andrew est dehors avec lui en train de se demander comment s'y prendre.

— Ou bien il a été enlevé, dit Tori.

Derek se frotta le visage, puis s'ébroua.

— On oublie Andrew, fit-il. Allons-y, et soyons prudents.

Simon passa le bras de son frère par-dessus ses épaules en dépit de ses protestations. Je portais le sac de Derek en plus du mien, et Tori avait celui de Simon.

Nous scrutâmes le couloir obscur. Derek flaira l'air. La dernière trace de l'odeur d'Andrew était déjà vieille, ce qui signifiait qu'il n'était pas remonté depuis qu'il était passé donner les boissons aux garçons. Derek se posta en haut de l'escalier principal et tendit l'oreille puis secoua la tête. Aucun bruit venant du rez-de-chaussée.

Nous prîmes l'escalier étroit que nous avions découvert en arrivant, celui qui se trouvait à l'arrière de la maison et qui avait dû être autrefois l'escalier de service. C'était une zone que Tori n'avait pas nettoyée. Personne d'autre ne l'avait fait depuis des années, apparemment, et je fus obligée de me couvrir le nez et la bouche pour ne pas éternuer à cause de la poussière.

J'arrivai en bas de l'escalier la première. Tori était derrière moi, et Derek, aidé par Simon, fermait la marche. Je me trouvais face à une porte. Je tournai le bouton tout doucement, en m'efforçant de ne pas faire de bruit. Il bougea un peu avant de se bloquer. Je poussai, mais la porte ne s'ouvrit pas.

Tori vint se glisser à côté de moi pour essayer.

— C'est fermé à clé, chuchota-t-elle. Je croyais que vous…

— On a vérifié toutes les portes hier soir, dit Simon. Celle-ci était ouverte.

— Poussez-vous, grogna Derek d'une voix encore pâteuse.

Nous nous serrâmes pour le laisser passer. Il tordit la poignée et la serrure lâcha avec un bruit qui me fit grimacer.

L'escalier donnait sur une pièce sombre et basse de plafond. Ça devait être un ancien cellier, ou quelque chose comme ça. Tori alluma sa lampe de poche. L'endroit était sale et vide, une raison supplémentaire pour avoir abandonné ce passage. Cette fois, ce fut elle qui se retrouva devant la porte. Je savais déjà ce qu'elle allait constater avant qu'elle le dise.

— Fermé.

— Tu es sûre ? chuchota Simon.

Derek, bien éveillé à présent, passa devant nous. Il fit tourner la poignée et, encore une fois, la serrure lâcha. Il tira sur la porte, mais elle resta en place. Il tira plus fort et fit grincer les gonds.

— Elle est scellée par un sortilège, dit une voix derrière nous.

Nous nous retournâmes pour voir Andrew sortir du passage que nous venions d'emprunter. Simon leva les mains pour lui lancer un sort d'étourdissement et Derek se précipita sur lui. Andrew tendit les mains vers moi et des étincelles jaillirent du bout de ses doigts. Simon et Derek s'arrêtèrent tous les deux.

Andrew eut un sourire ironique.

— Je me disais bien que ça marcherait. Simon, tu sais ce qui peut se passer. J'ai un sort prêt à être jeté, il suffit d'un mot pour le compléter.

— Q-quel genre de sort ? soufflai-je, hypnotisée par les étincelles qui fusaient vers moi.

— Un sort fatal, dit Andrew.

Derek eut un grognement qui ressemblait tellement à celui d'un loup que j'en eus un frisson dans le dos.

Tori, qui se tenait sur le côté, essayait de me faire comprendre quelque chose silencieusement. Je ne compris pas mais supposai qu'elle m'avertissait avant de jeter un sort.

— Non, grogna Derek.

Il avait les yeux rivés sur Andrew et je croyais qu'il s'adressait à lui, mais il détourna ensuite le regard et répéta à l'intention de Tori :

— Non.

— Écoute ses conseils, dit Andrew. S'il pensait qu'il y avait un moyen de m'atteindre avant que je déclenche le sort, il le ferait lui-même. Tori, viens te mettre devant moi, s'il te plaît, pour que je puisse voir tes lèvres. Simon, assieds-toi sur tes mains. Derek ?

Je tournai la tête vers Derek. Son regard, furieux, était braqué sur Andrew, et sa mâchoire était crispée. Andrew l'appela encore une fois mais il ne sembla pas l'entendre. Il ne cessait de serrer et desserrer les poings.

— *Derek*, dit Andrew d'un ton plus sec.

— Quoi ? rugit Derek.

Andrew tressaillit puis se reprit et redressa les épaules.

— Retourne-toi.

— Non.

— *Derek*.

Derek lui jeta un regard mauvais puis inclina la tête. Je ne voyais plus son visage, mais quelque chose en lui fit légèrement reculer Andrew. Il déglutit, essaya de se redresser et de regarder Derek dans les yeux, mais il n'y parvint pas vraiment. Il bougea les mains vers lui et les étincelles rejaillirent.

— Derek ? murmurai-je. S'il te plaît. Ne fais pas ça.

Il sursauta en entendant ma voix et détourna son regard d'Andrew. À ce moment-là, son expression changea, le loup se retira et je reconnus le vrai Derek.

— Fais ce qu'il dit, suppliai-je. S'il te plaît.

Il hocha la tête et se tourna lentement face au mur.

— Merci, dit Andrew. J'aurais préféré éviter ça, mais on dirait que j'ai sous-estimé la dose. Je ne veux pas te faire de mal, Derek. C'est pour ça que je t'ai fait prendre des somnifères. Je ne veux faire de mal à aucun d'entre vous. Je suis là pour vous protéger. Ç'a toujours été mon intention.

Simon ricana.

— Ah oui ! évidemment que tu ne veux pas lui faire de mal. Tu as demandé à ces loups-garous de le tuer sans douleur, c'est ça ?

— Je n'ai pas essayé de tuer Derek.

— Non, tu as engagé quelqu'un pour le faire à ta place. Tu es trop lâche pour le regarder en face et appuyer sur la détente. Ou bien tu avais peur de te salir. Je sais à quel point tu tiens à tes beaux habits. Le sang, c'est une vraie saloperie à faire partir.

— Je ne…

— On a trouvé les e-mails ! s'écria Simon en se relevant d'un coup.

Derek lui jeta un regard, et il se rassit par terre.

— On sait que tu fais partie du complot, ajouta-t-il.

— Oui, j'étais d'accord pour livrer Derek à la Meute. C'est cette information-là que vous avez trouvée, n'est-ce pas ? Rien qui laisse croire que j'aie donné la permission de le tuer. Ça, je n'y suis pour rien, c'était Russell. Notre idée était d'amener Derek à la Meute. Tomas et moi nous sommes renseignés sur eux, jusqu'à ce qu'on soit certains qu'ils ne tueraient pas un jeune loup-garou de seize ans. Ils sont semblables à n'importe quel groupe de surnaturels, et ils ont mis en place un endroit où ceux de leur espèce peuvent apprendre à maîtriser leurs pouvoirs et à vivre dans le monde des humains. Un endroit où ils peuvent être avec les leurs.

Je regardai Derek et me préparai à voir dans ses yeux une lueur signifiant que c'était ce qu'il voulait. Mais il se contentait de contempler le mur, impassible, le regard vide.

— Je pense que c'est ce qui est le mieux pour toi, Derek, dit Andrew. Les loups-garous doivent rester entre eux.

— Et les fils doivent rester avec leur père, ajoutai-je doucement.

Andrew se raidit et me regarda d'un air méfiant.

— On a aussi trouvé ces e-mails-là, expliquai-je. Vous avez volontairement éloigné leur père.

Il y eut un silence.

— Oui, c'est vrai. Et j'ai une bonne raison.

— Bien sûr, railla Simon. Laisse-moi deviner. Notre père est en fait un méchant sorcier membre d'une Cabale. Ou un agent double du groupe Edison. Choisis l'excuse que tu préfères. C'est un gros méchant qui nous tuerait s'il en avait l'occasion.

— Non, Simon, dit Andrew d'une voix plus douce. Ton père est le meilleur qui soit. Il a tout sacrifié, sa carrière, ses amis, sa vie, pour prendre la fuite et vous protéger. Il a refusé de rejoindre notre groupe parce que cela aurait pu vous mettre en danger. Sa priorité, c'est vous deux, pas le groupe Edison. Il ne m'aurait jamais laissé vous ramener dans ce laboratoire pour m'aider à les arrêter. Si je l'avais appelé, il serait venu vous récupérer, tous les quatre, et se serait enfui avec vous. Il m'aurait dit de démanteler le groupe Edison sans vous.

— Ce n'est pas une mauvaise idée, lança Tori.

Andrew secoua la tête.

— Si Kit vous emmène avec lui, vous êtes en sécurité. Si vous êtes en sécurité, les membres de mon groupe n'ont plus de raison de dissoudre le groupe Edison. Ça fait des années que j'essaie de les convaincre, et maintenant, ils sont enfin prêts à agir, mais uniquement en cas de menace imminente. Si vous partez, ils vont reprendre la surveillance. Et seulement s'ils vous laissent partir avec lui.

— Pourquoi refuseraient-ils ? demanda Simon. Ça les débarrasserait.

— Pour la plupart d'entre eux, c'est le cadet de leurs soucis, bien loin derrière leur inquiétude concernant la menace que vous représentez pour le monde surnaturel dans son ensemble. Si votre père vient…

Il changea de position et fit bouger ses doigts. Les étincelles faiblirent l'espace d'une seconde puis réapparurent. Il reprit :

— J'espère que Russell a agi seul en ordonnant à ces loups-garous de tuer Derek et Chloé, mais pour être honnête… Je n'en sais rien.

— Sympas, tes amis.

— Oui, certains d'entre eux sont mes amis, Simon, mais la plupart sont comme d'autres membres d'un club auquel j'appartiens aussi. Nous partageons le même but, rien de plus. Et ce but est de protéger notre monde. En ce qui me concerne, cela signifie fermer le groupe Edison. Et pour d'autres…

— … nous éliminer, murmurai-je.

— Ne l'écoute pas, Chloé, dit Simon. C'est un menteur et un traître. Si ces gens sont si inquiets à notre sujet, pourquoi te laissent-ils tout seul pour nous surveiller ?

— Justement, je ne suis pas seul. C'est pour cette raison que je devais vous arrêter avant que vous mettiez un pied dehors.

Simon eut un rire sans joie.

— Ah oui ! parce que maintenant ils rôdent dans le noir, prêts à nous assommer avec de l'énergie magique ? Ah non ! pardon, ça, c'est toi.

Andrew baissa les mains une fraction de seconde, comme s'il voulait cesser les menaces.

— Oui, ils sont là, Simon. Pas juste derrière la porte, mais pas très loin. Ils surveillent les routes par lesquelles vous pourriez vous enfuir. Parce que c'est exactement ce qu'ils craignent le plus : que vous vous évadiez. Que vous alliez vous réfugier chez les humains et que vous nous dénonciez. Ou que vous perdiez le contrôle et que nous soyons démasqués. Vous êtes partis de Lyle House, vous vous êtes enfuis du groupe Edison. Quelle est la première chose que vous êtes susceptibles de faire si des ennuis surviennent ? Vous décamperez et…

Tout à coup, Derek bondit. Il me heurta l'épaule et me renversa par terre. Il se retrouva sur moi et je sentis son corps parcouru de secousses, comme s'il avait été touché par un sort. Je poussai un cri et m'efforçai de me relever, mais il me retint en chuchotant « ça va, je vais bien », jusqu'à ce que mon cerveau fasse la connexion.

Je levai la tête et vis Andrew paralysé par un sort d'immobilité. Simon se remit debout en un éclair, le plaqua au sol et lui tordit les bras derrière le dos. Derek se leva pour l'aider et bloqua Andrew.

— T-tu vas bien ? demandai-je en m'avançant vers lui, les genoux tremblants. Il ne t'a pas jeté un sort ?

— Si.

Andrew releva la tête et dit :

— Et comme tu vois, ce n'était pas un jet d'énergie fatal. Je t'ai dit que je ne voulais pas te faire de mal, Derek. Je n'aurais pas blessé Chloé non plus. Je voulais juste que vous m'écoutiez.

— On t'a écouté, répliqua Derek. Simon, je crois que j'ai vu de la corde dans l'atelier. Chloé, reste ici. Tori, couvre Simon au cas où il y aurait quelqu'un d'autre dans la maison.

33

Derek avait d'autres questions pour Andrew. Il lui demanda ce qui s'était passé la nuit où nous étions à son cottage. Andrew reconnut avoir prétendu s'être fait enlever et admit que ses amis s'étaient fait passer pour des membres du groupe Edison. C'était un gigantesque coup monté, même quand ils nous avaient donné la chance de voler un de leurs talkies-walkies pour qu'on apprenne son « évasion ». Andrew et les autres avaient joué les sauveteurs pour pouvoir nous emmener en détention provisoire.

Simon revint en courant et jeta une corde par terre.

— Son téléphone portable, dit-il. On peut appeler papa. Fouille ses poches.

— Il est dans la table de nuit à côté de mon lit, indiqua Andrew. Mais c'est inutile. Je n'ai capté le réseau que par intermittence ces derniers temps, et c'était hors service toute la nuit. Je crois que quelqu'un a installé un appareil dans la maison pour brouiller le signal.

— Je ne vais pas te croire sur parole, dit Simon.

— Je me doute bien.

Effectivement, il fut impossible de capter un réseau, même en allant se percher sur le toit.

Andrew nous avait dit la vérité, cette fois. Mais que penser du reste ? Ses associés étaient-ils vraiment dehors à surveiller ? à nous attendre ? ou bien était-ce un autre mensonge pour nous empêcher de fuir ?

Les garçons attachèrent et bâillonnèrent Andrew, et nous le descendîmes au sous-sol avant de nous concerter.

Comme on pouvait s'y attendre, Tori voulait tenter une évasion. Simon était d'accord avec elle. Ni l'un ni l'autre n'avait envie de rester coincé ici une minute de plus que nécessaire. Ils voulaient partir et, au cas où nous nous ferions attraper, comme le disait Tori, que feraient-ils ? Nous tireraient-ils dessus ? Seulement voilà, c'était peut-être exactement ce qu'ils feraient.

Nous ne pensions pas que Russell avait agi seul. Gwen s'était-elle associée à lui ? ou bien étaient-ils plus nombreux ? Combien d'entre eux auraient été secrètement heureux de nous voir tués ? C'était là une solution commode au problème que posait notre existence inopportune.

Si nous nous faisions prendre tous les quatre dans la forêt avec nos sacs à dos en train de partir furtivement, et même s'ils ne souhaitaient pas notre mort, ils n'auraient aucun doute sur ce que nous étions en train de faire. Nous perdrions alors toute chance de nous enfuir.

L'un d'entre nous devait aller vérifier. Mais lequel ? Derek avait plus de risques de se faire tuer s'il se faisait attraper. Tori avait beau lever les yeux au ciel quand elle nous entendait parler de danger de mort, elle ne se porta pas volontaire pour autant. Et Derek n'envisageait même pas la possibilité de laisser Simon ou moi y aller.

Nous débattîmes un moment puis nous séparâmes. Derek et Simon descendirent pour essayer d'obtenir plus d'informations de la part d'Andrew, et Tori décida de continuer à fouiller dans l'ordinateur, au cas où quelque chose nous aurait échappé, qui pourrait prouver soit qu'il disait la vérité, soit qu'il mentait.

Pendant qu'elle cherchait, je m'agenouillai et tentai d'invoquer Liz. Elle aurait été la solution idéale au problème et aurait pu sortir sans que personne ne la remarque pour chercher si quelqu'un surveillait la maison. Je m'efforçai de bien la visualiser et d'appeler clairement son nom, pour ne pas faire venir accidentellement Royce ou le docteur Banks. J'aurais aussi beaucoup aimé entrer en contact avec ma mère. Mais il ne fallait pas que j'y pense. Même si je parvenais à l'invoquer, je n'étais pas sûre de pouvoir la retenir assez longtemps pour lui permettre d'aller faire du repérage.

J'appelai donc Liz. Je l'appelai, encore et encore, sans ressentir le moindre tressaillement.

— Derek est avec vous ?

Je sursautai et vis Simon entrer dans la pièce.

— Je croyais qu'il était avec toi, dis-je en me relevant.

— Non. Il m'a fait faire un test de glycémie, et je suis allé manger quelque chose, mais quand je suis revenu, Andrew était tout seul.

— Je vais t'aider à le chercher.

Je trouvai Derek sur le toit en train d'observer, d'écouter et de flairer la présence de quelqu'un qui serait en train de surveiller la maison.

— Oh ! c'est une idée géniale, dis-je. Celui qu'ils risquent le plus de tuer est perché sur le toit pour leur offrir une belle cible.

— Ils ne me verront pas ici.

Je lui jetai un regard plein de reproche et il soupira, comme si je faisais toute une histoire pour peu de chose, puis il s'assit.

— Ça te va ? demanda-t-il.

— Je ne crois pas que ce soit prudent pour toi d'être ici.

— Encore quelques minutes, dit-il en enlevant son manteau et en le posant à côté de lui. Assieds-toi ici, entre moi et la cheminée. Ça ne craint rien.

— Je ne m'inquiète pas pour moi.

— Tout va bien.

— Et comment peux-tu le savoir ? Ils pourraient avoir des lunettes à vision nocturne, des fusils de précision…

Il esquissa un sourire, et je m'attendais à ce qu'il me dise : « Tu regardes trop de films. » Il ne fit pas de commentaire, mais je savais qu'il en avait envie.

— Tu ne veux pas rentrer, alors ?

— Dans un moment. Assieds-toi. Je voudrais te parler.

— Et moi, je veux que tu rentres. On peut parler à l'intérieur.

— Je ne sens personne dans les parages. Je crois qu'Andrew nous a menti.

— S'il te plaît, Derek, rentre.

— Dans une minute.

Je me retournai et commençai à m'éloigner.

— Chloé…

J'espérais qu'il me suivrait, mais je savais qu'il ne le ferait pas. Et en effet, il resta là où il était.

— Je l'ai trouvé, dis-je à Simon quand je le croisai dans le couloir du premier étage. Sur le toit.

— Le *toit* ? Je suppose que tu lui as dit qu'il était un imbécile.

— Je lui ai demandé de descendre, mais il refuse.

— Parce qu'il croit que c'est la chose à faire. C'est-à-dire, la chose à faire pour les autres. Un de ces jours, il va se… (Simon se passa la main dans les cheveux.) Je peux lui parler autant que je veux, l'engueuler, le message ne passe pas. Il n'est pas suicidaire ; ce n'est pas comme s'il se fichait d'être en vie ou de mourir. Seulement…

— Ce n'est pas sa priorité.

— Pas si ça empiète sur son devoir de nous protéger. Il ira peut-être te dire que c'est sa part animale, mais aucun des deux loups-garous que vous avez croisés ne s'est vraiment jeté dans la ligne de tir pour protéger son partenaire, n'est-ce pas ?

— Non.

Il soupira.

— J'ai peut-être une idée pour le faire descendre. Mais ne compte quand même pas trop dessus.

— D'accord.

Après le départ de Simon, je savais ce que je devais faire. Il ne restait plus que quelques heures avant le lever du jour, et nous restions là, comme des cerfs hypnotisés par les phares, à attendre que la voiture nous renverse. Nous devions découvrir si quelqu'un surveillait la propriété ou non, et il n'y avait qu'un moyen de nous en assurer.

34

Je sortis par la porte de derrière et longeai le mur, là où Derek ne pouvait pas me voir depuis le toit. Le vent soufflait dans mon dos, ce qui voulait dire que mon odeur ne lui parviendrait pas. Tant mieux. J'avançai dans la forêt.

Le meilleur moyen de savoir s'il y avait quelqu'un était d'envoyer un leurre. De nous quatre, j'étais le meilleur appât. Je n'avais pas la force de Derek, ni les pouvoirs magiques de Simon et Tori. J'étais la plus petite, et la plus inoffensive. Je détestais cette situation, mais à ce moment-là c'était un avantage, car je représentais moins de danger pour nos ennemis.

Mais la propriété était immense. Il y avait un très large périmètre à couvrir. Comment pouvaient-ils s'y prendre ? Derek avait posé la question à Andrew, et celui-ci avait répondu qu'ils se servaient de leur magie. Simon n'était pas convaincu que ce soit possible, mais il avait reconnu qu'il n'en était pas sûr.

Que penser de la nuit précédente ? Il semblait logique qu'ils n'aient pas eu besoin de surveiller la maison quand j'étais dans les bois avec Derek, puisque Liam et Ramon étaient là pour le faire. Mais quand Simon et moi étions allés prendre une glace plus tôt, pourquoi ne s'était-il rien passé ? Andrew avait dit que nous étions suivis depuis un moment, et qu'ils ne s'inquiétaient pas, car ils savaient que Simon ne partirait pas sans Derek. Tout de même…

Pensais-je vraiment que nous étions sous surveillance? Non. Andrew essayait de nous faire peur pour nous garder à la maison jusqu'à ce que ses amis arrivent le lendemain matin et lui viennent en aide. Je n'avais plus qu'à prouver que je pouvais me rendre à la station-service.

Pour y arriver, je devais traverser les bois. Plus j'avançais, plus les lumières de la maison diminuaient, et je me retrouvai dans l'obscurité, le genre de ténèbres où je ne voyais même pas ma main si je la levais devant mes yeux. J'avais pris une lampe de poche, mais une fois dans les bois, je compris que ça n'avait pas été l'une de mes meilleures idées. J'aurais plus vite fait d'allumer un néon en forme de flèche au-dessus de ma tête.

Sans la lampe, je risquais tout autant d'attirer l'attention sur moi en trébuchant et en tombant. Je finis donc par l'allumer en cachant le faisceau de ma main pour ne laisser passer qu'une faible lueur.

Il faisait sombre, mais la forêt était loin d'être silencieuse. Les brindilles et les feuilles craquaient. Une souris couina et fut interrompue par un écœurant bruit d'os broyés. Le vent chuchotait et gémissait au-dessus de ma tête. Même mes pieds faisaient du bruit à chaque pas. J'essayai d'y remédier, mais plus je me concentrais, plus j'avais l'impression d'entendre un battement de cœur, « boum-boum », « boum-boum », « boum-boum ». Je déglutis et serrai mes doigts moites autour de la lampe de poche.

Continue à marcher. Reste sur le chemin. Un pied devant l'autre.

Une chouette ulula et me fit sursauter. J'entendis une sorte de hoquet, comme si quelqu'un étouffait son rire. Je fis volte-face et ma main glissa de la lampe en libérant un faisceau qui ne révéla rien.

Qui pensais-tu trouver? Un des amis d'Andrew? en train de se moquer de toi?

Je desserrai mes doigts crispés et fis passer la lampe dans mon autre main. J'essuyai ma paume sur mon jean et la replaçai devant le faisceau lumineux. Je pris une profonde inspiration. L'air sentait la pluie. La pluie, la terre humide et, très légèrement, la pourriture. L'odeur de choses mortes. De choses en décomposition.

Je pris une autre inspiration et me remis péniblement en marche, le dos courbé, le cou profondément enfoncé dans mon blouson de ski. Le vent glacial me gelait le nez et les oreilles.

Je levai la tête en espérant voir le clair de lune mais n'aperçus que des pans de ciel gris à travers les arbres touffus, les branches entrelacées au-dessus de moi semblables à de longs…

Je baissai les yeux, mais la vue n'était pas mieux. Des arbres à l'infini qui s'étendaient dans toutes les directions, des dizaines et des dizaines de troncs épais qui auraient très bien pu être des fantômes, bien cachés, en train de m'observer, d'attendre…

Le sol devint plus humide, et j'entendais un horrible bruit de succion à chaque pas que je faisais. La végétation crissa sur ma gauche, et je sentis tout à coup une odeur de chair en décomposition. Une image passa devant mes yeux : le chien zombie, le lapin zombie et tous les autres animaux que j'avais ressuscités la nuit précédente. Les avais-je bien tous renvoyés dans l'autre dimension ? Ou bien étaient-ils encore ici à m'attendre ?

J'accélérai le pas.

Un chuchotement inarticulé retentit derrière moi. Je me retournai d'un seul coup, les doigts crispés sur la lampe. La voix murmurait toujours et le bruit se propagea autour de moi. Je le suivis avec la lampe torche, sans rien voir.

Quelque chose frappa mon bras blessé. Je sursautai en poussant un cri et lâchai la lampe qui s'écrasa au sol et s'éteignit.

Je me baissai et la cherchai à tâtons. Je finis par mettre la main dessus. J'appuyai sur le bouton, mais il ne se passa rien.

Je tapotai la lampe contre mon genou, sans résultat. Je clignai plusieurs fois des yeux et commençai petit à petit à distinguer les masses des buissons et les troncs noueux des arbres.

— Tu as peur du noir ? chuchota une voix.

Je donnai un coup plus violent sur la lampe. Toujours rien.

— Quel joli manteau tu portes ! Petit Chaperon rouge, toute seule la nuit dans les bois. Où est ton grand méchant loup ?

Un frisson me parcourut.

— Royce.

— Tu es futée. Dommage que tu ne le sois pas assez pour savoir ce qui arrive aux petites filles qui se promènent toutes seules la nuit dans les bois.

Je me souvins de l'image résiduelle de la fille que j'avais vue à la première station-service, ensanglantée, martyrisée, rampant au milieu des broussailles en tentant désespérément d'échapper à son agresseur pour finalement se faire trancher la gorge, se vider de son sang dans la forêt, et s'y faire enterrer.

Royce partit d'un grand rire plein de satisfaction. Il appréciait ma peur. Il s'en nourrissait. Je la ravalai donc, fourrai la lampe dans ma poche et me remis en marche.

— Sais-tu à qui était ce manteau que tu portes ? À Austin. Son blouson de ski. De la couleur du sang. Ça tombe bien, n'est-ce pas ? Il est mort dans un manteau rouge. Du sang, avec des petits morceaux de cervelle et d'os.

J'accélérai.

— Quand je t'ai vue arriver, j'ai cru l'espace d'un instant que c'était Austin. Mais tu ne lui ressembles pas. Pas du tout. Tu es une petite fille très mignonne, tu sais ?

J'essayai de ne pas écouter sa voix et de me concentrer plutôt sur le bruit sourd de mes pas, mais ils étaient devenus plus discrets, trop discrets, et il ne subsistait que cette forêt silencieuse et la voix de Royce. Il s'était matérialisé, à présent, et marchait à côté de moi. J'avais la chair de poule et dus résister à l'envie de me frotter les bras.

— J'aime bien les jolies filles, dit-il. Et elles m'aiment bien aussi. Il faut juste savoir comment les traiter. (Il me sourit dans l'obscurité.) Ça te plairait de rencontrer une de mes copines ? Elle n'est pas loin d'ici. Elle dort à poings fermés sous une couverture de feuilles et de terre. Tu pourrais la réveiller, discuter avec elle, lui demander ce que je lui ai fait.

Il se pencha et me chuchota à l'oreille :

— Ou bien préfères-tu que je te le raconte moi-même ?

Je trébuchai légèrement, et il se mit à rire. Je regardai autour de moi en essayant de m'orienter, mais tout ce que je voyais était une forêt noire sans fin. Quelque chose passa devant moi en trottinant. Royce rit de nouveau.

— Tu es nerveuse, on dirait ? Ce n'est pas bien pour une nécromancienne, tes nerfs vont lâcher bien avant que la folie te gagne.

Je poursuivis ma route.

— Ils t'ont prévenue, à propos de la folie ?

— Oui, ton oncle m'a dit qu'on perdrait tous la raison, comme toi.

Mon cœur se calma un peu au son de ma propre voix.

— Moi ? Je ne suis pas fou. J'aime seulement faire mal. J'ai toujours été comme ça. Oncle Todd ne voulait pas l'admettre. Il essayait de se convaincre que le chiot d'Austin avait eu un accident, que les chats des voisins s'étaient fait tuer par des coyotes… Tu sais comment sont les adultes, parfois.

J'accélérai le pas, mais il gardait le même rythme que moi et avançait toujours à mon côté.

— Quand j'ai dit la folie, je voulais parler de la malédiction des nécromanciens. Ils t'en ont parlé, non ? Ou alors, ils ont peur de le faire. Tu es une petite chose si délicate.

Je ne répondis rien.

— Eh bien, vois-tu, après toute une vie passée à voir les fantômes, les nécromanciens…

— Ça ne m'intéresse pas.

— Ne m'interromps pas, fit-il d'une voix glaciale.

— Je suis au courant pour la folie, mentis-je, alors tu n'as pas besoin de m'expliquer.

— Très bien, parlons plutôt de la fille, alors. Tu veux savoir ce qui lui est arrivé ?

J'obliquai vers la gauche.

— Essaierais-tu de t'éloigner de moi ?

Le ton glacial réapparut dans sa voix. J'eus le temps de faire trois pas, puis quelque chose me cogna la tête. Je trébuchai et vis une pierre grosse comme un œuf tomber par terre et rouler devant moi.

— Ne fais pas comme si je n'étais pas là, dit-il. Ne m'interromps pas. Ne me tourne pas le dos.

Je m'arrêtai et me retournai pour lui faire face. Il sourit.

— Voilà qui est mieux. Alors, de quoi veux-tu parler ? De ce que j'ai fait à cette fille ? ou de la malédiction ? Tu peux choisir.

Je le repoussai mentalement. Son image vacilla puis réapparut. La fureur déformait son visage.

— Est-ce que tu essaies de me mettre en rogne ? Parce que c'est une très mauvaise idée.

Il disparut. Je tournai sur moi-même en tentant de le distinguer. Un caillou heurta l'arrière de ma tête si fort que je perdis connaissance l'espace d'une seconde et tombai à genoux. Le sang me dégoulina dans le cou.

Je me relevai et me mis à courir. La pierre suivante m'atteignit à l'épaule. J'allais droit devant en le visualisant s'envoler vers l'autre dimension, mais je n'arrivais pas à me concentrer et n'osais pas fermer les yeux, ne serait-ce qu'une seconde. Je m'emmêlai les pieds dans les broussailles et les branches me fouettèrent le visage ; je ne suivais plus le chemin depuis longtemps.

Une pierre me toucha derrière le genou. Je faillis tomber mais parvins à garder l'équilibre et avançai en titubant avant de me remettre à courir. Une branche m'atteignit dans l'œil, puis mon pied se prit dans une plante rampante, et je me retrouvai par terre la tête la première.

Je me hissai à quatre pattes. Quelque chose me frappa entre les omoplates et je retombai au sol, le visage dans la terre. Une branche à demi enterrée m'écorcha la joue assez profondément pour me faire saigner.

Je n'essayai pas de me relever, cette fois-ci. Je restai sur le ventre, la tête baissée et les yeux fermés pour tenter de renvoyer Royce dans l'au-delà.

— Je t'ai dit d'arrêter...

Sa voix s'estompa et le coup tomba, mais doucement et de travers. Le bâton glissa à côté de moi, comme si Royce avait trop faibli pour le garder en main.

Je le repoussai plus fort. Le bâton s'éleva. Je comptai jusqu'à trois puis roulai sur le côté. À cet instant, Royce se matérialisa, le visage déformé par la rage. Je me levai d'un bond. Il frappa de nouveau, plus violemment, et je l'évitai facilement. Il se précipita sur moi en brandissant le bâton. Je le repoussai mentalement de toutes mes forces. Il alla voltiger et retomba sur le dos en laissant échapper le bâton.

Il tendit le bras pour l'attraper, mais le bout de bois s'éloigna en roulant. Il essaya encore une fois de s'en emparer ; la branche fut soulevée du sol et vola dans les airs. Il me jeta un regard haineux, comme si j'étais à l'origine du phénomène, mais je n'avais rien fait.

Le bâton se balançait au-dessus de sa tête. Royce sauta pour l'attraper, mais il s'écarta sur le côté, hors de sa portée. Royce sauta de nouveau, et le bâton tomba par terre.

Royce braqua son regard sur moi ; au même moment, une silhouette apparut derrière lui. Une jeune fille aux longs cheveux blonds qui portait une chemise de nuit Minnie et des chaussettes décorées de girafes orange.

— Liz !

— Quoi ? fit Royce en suivant mon regard, mais elle avait disparu.

Je reculai. Royce tendit la main pour saisir le bâton, qui glissa de sa main. Il le rattrapa mais le morceau de bois se cassa en deux.

Il me jeta un regard noir, et Liz apparut en me faisant des grands signes pour me dire de le bannir.

Je fermai les yeux. Je dus me forcer à ne pas les rouvrir et à ne pas imaginer Royce sur le point de m'envoyer un coup. J'espérais que Liz avait la situation en main. Je le poussai aussi fort que je le pus et imaginai toutes sortes de scénarios utiles : Royce qui chutait d'une falaise, Royce qui tombait du haut d'un gratte-ciel, Royce qui se faisait éjecter d'un avion en plein vol. Les idées ne manquaient pas.

Il se démena, poussa de grands cris, proféra des menaces. Mais quand il essayait de me lancer quelque chose à la figure, ses projectiles n'arrivaient jamais jusqu'à moi. Ses paroles se firent de moins en moins audibles et s'affaiblirent jusqu'à ce que le silence se fasse enfin.

— Il est parti, constata Liz.

35

Devant moi, Liz affichait un grand sourire.

— On a réussi, dit-elle.

J'eus un rire chevrotant, proche d'un sanglot. Mes genoux tremblaient de soulagement. Elle s'approcha de moi.

— Bon, j'imagine que ce connard est un demi-démon avec un pouvoir de télékinésie, comme moi. Il faisait aussi partie de l'expérience ?

Je hochai la tête.

— Ça ne veut pas dire qu'on est parents, lui et moi, si ?

— Je ne pense pas.

— Ouf. Parce que j'ai assez de tarés dans mon arbre généalogique comme ça. En parlant de tarés, tu as une sorte de détecteur, on dirait, non ?

— Apparemment.

— Ça a marché avec moi, même si mon pourcentage de folie ne doit pas encore être assez élevé parce que ça m'a pris des lustres pour te retrouver. Je t'entendais m'appeler, mais pour répondre, c'était une autre histoire.

— Merci, lui dis-je d'une voix tremblotante.

Liz vint me passer le bras autour des épaules. Je ne sentais pas son étreinte, mais je pouvais l'imaginer.

— Ton *poltergeist* garde du corps a repris son service, dit-elle. Ensemble, on peut affronter tous les méchants fantômes. Moi je les tabasse, et toi tu les chasses. (Elle sourit.) Hé ! c'est pas mal, ça !

Je lui rendis son sourire.

— Pas mal du tout.

— En parlant de méchants, je suppose que tu es venue avec Derek pour l'aider pendant sa transformation. Tu ferais bien d'aller le chercher, parce qu'il n'y a pas que des connards qui lancent des cailloux et des bâtons, dans cette forêt. Il y a aussi des connards avec des pouvoirs magiques et des armes. (Elle me dévisagea.) Et pourquoi ai-je l'impression de ne rien t'apprendre ?

Je lui expliquai la situation aussi vite et aussi discrètement que possible.

— Cet Andrew vous dit la vérité, confirma-t-elle. Il y a quatre personnes par ici, vêtues de noir, équipées de radios et de fusils. Ce n'est pas beaucoup, mais elles ont pas mal de gadgets high-tech, normaux et surnaturels. Elles ont installé des pièges et aussi des bidules avec des rayons infrarouges. Et je les ai entendues parler de quelque chose qu'elles appellent « sort de sécurisation du périmètre ».

— Il faut qu'on rentre alors, et…

— Chut. Quelqu'un vient.

Je me baissai. Liz me chuchota à l'oreille :

— Je ne crois pas que ce soit notre ami *poltergeist*, mais reste ici. Je vais voir.

Elle partit. Je me tapis aussi près du sol que possible. Soudain, une silhouette massive se dressa devant moi. Je poussai un petit cri. Elle s'avança.

— C'est moi, murmura une voix familière.

— Der…

« Paf ». Il trébucha et je vis Liz derrière lui, tenant une grosse branche.

— Liz, c'est…

Elle le frappa encore une fois d'un grand coup entre les épaules et il s'écroula en jurant, le souffle coupé. Elle reconnut sa voix (ou son exclamation) et se pencha pour le regarder.

— Oups.

—Je dirais qu'il l'a mérité, à toujours surgir subrepticement, commenta Simon en arrivant du même côté que Derek.

Il regarda autour de lui.

—Salut, Liz.

Je lui montrai où elle se trouvait et il se tourna dans la bonne direction.

—Salut, Simon, répondit-elle.

Je transmis le message pendant que Derek se relevait en grommelant.

—Vous avez dit que Liz était là ? demanda Tori en émergeant elle aussi de la forêt.

Quand je lui indiquai où se tenait Liz, son visage s'illumina de son plus beau sourire depuis... eh bien, je ne savais pas depuis quand. Liz avait été l'amie de Tori à Lyle House ; elles se saluèrent par mon intermédiaire.

—Qu'est-ce que vous faites tous ici ? demandai-je.

—On est ton équipe de secours officielle, répondit Tori. Elle est au complet, en comptant le limier.

Elle fit un geste en direction de Derek, qui était en train d'épousseter son jean.

—Je t'ai laissé un mot, dis-je à Derek. Je t'expliquais où j'allais et pourquoi.

—Il l'a eu, intervint Simon. Mais ça n'a rien changé.

Derek nous jeta un regard mauvais.

—Tu crois que me laisser un mot peut excuser que tu sois partie faire quelque chose de vraiment...

—Ne dis pas « stupide », l'avertis-je.

—Pourquoi pas ? C'était complètement stupide.

Simon grimaça et lui murmura :

—Relax, frangin.

—Ça ne fait rien, dis-je. Je suis habituée.

Je levai les yeux vers Derek. Il hésita un instant puis croisa les bras en serrant les mâchoires.

— C'était stupide, répéta-t-il. Risqué et dangereux. Ces types pourraient être par ici, armés…

— Ils sont ici, rétorquai-je. (Puis je me tournai vers Simon et Tori.) Liz les a vus. Andrew disait la vérité. Il faut qu'on rentre avant qu'ils nous entendent nous disputer.

Nous marchâmes en silence. Arrivée devant la porte de derrière, Liz s'arrêta. Elle tendit les mains, paumes vers l'extérieur, comme si elle les pressait contre une vitre.

— Je crois qu'il y a un sort pour éloigner les fantômes, comme à Lyle House, dis-je. Tu parviendras peut-être à entrer par le sous-sol ou le grenier, comme tu l'avais fait là-bas. D'autres fantômes ont réussi. Je vais…

— Je vais rester dehors, Chloé. Ça ne me dérange pas. Va faire ce que tu as à faire.

J'hésitai, et elle me fit un sourire.

— Vraiment. Je reste dans le coin. Quand tu auras besoin de moi, je serai là, d'accord ?

À peine avais-je passé la porte que je regrettais déjà de ne pas être restée dehors avec elle.

— Tu étais énervée contre moi parce que je ne voulais pas descendre du toit, dit Derek en venant vers moi.

— Et tu crois que je suis partie pour te contrarier ?

— Bien sûr que non. Mais tu étais fâchée parce que j'avais pris un risque. Alors tu as fait la même chose, pour me faire comprendre le message.

— Aucune dispute avec toi ne méritera jamais que je risque ma vie, Derek. Et je n'étais pas fâchée contre toi. Vexée, oui. Inquiète, évidemment. Je pensais que mon avis avait plus d'importance pour toi, maintenant. Mais heureusement que tu me remets les idées en place.

Derek blêmit à ces mots.

— Je…, commença-t-il.

— Je suis sortie pour la raison que je t'ai donnée dans mon mot. Parce qu'il fallait qu'on soit fixés, et que j'étais la plus apte à nous fournir la réponse.

— Et pourquoi ça ? Est-ce que tu peux voir dans le noir ? Est-ce que tu es douée d'une force surhumaine ? de sens ultrasensibles ?

— Non, mais celui que tu décris ne voulait pas descendre du toit, alors à défaut, la meilleure personne était celle qui ne possédait *aucune* de ces qualités. Celle qu'ils ne considèrent pas comme une menace.

— Elle a raison, murmura Simon en s'approchant derrière nous. Ce qu'elle a fait ne te plaît pas, mais tu sais bien qu'il fallait que quelqu'un le fasse.

— On aurait dû prendre cette décision tous ensemble.

— Est-ce que tu m'aurais écoutée ? demandai-je.

Il ne répondit rien. Je repris :

— Je ne pouvais pas t'en parler, parce que tu m'aurais empêchée de sortir. Je ne pouvais pas parler à Tori parce que tu l'aurais accusée de m'avoir laissée partir. Je ne pouvais pas parler à Simon parce qu'il aurait deviné que tu l'accuserais, et il aurait essayé de me dissuader lui aussi. Je n'aime pas faire des choses en douce, mais tu ne m'as pas laissé le choix. Avec toi, c'est toujours noir ou blanc. Si Simon ou moi prenons un risque, tu trouves ça stupide et imprudent. Mais si c'est toi qui le fais, on est stupides de s'inquiéter.

— Je n'ai jamais dit ça.

— Tu m'as écoutée quand je t'ai parlé sur le toit ?

— J'ai dit que j'allais bientôt rentrer.

— Quand ça ? Je suis partie vingt minutes après, et Simon était encore avec toi en train d'essayer de te faire descendre. (Je secouai la tête.) Ça suffit. On n'a pas le temps de se chamailler. Il faut qu'on prépare un plan.

36

Nous pensâmes demander à Liz de partir en repérage pour nous dire si la route était libre, mais nous avions affaire à des sortilèges et à des alarmes sophistiquées, ce qu'un fantôme ne déclencherait pas. Il nous fallait partir du principe que tout le périmètre avait été couvert.

Nous nous disions aussi qu'il ne serait pas autant surveillé pendant la journée, quand Andrew, Margaret et les nouveaux seraient là pour garder un œil sur nous. Nous devions nous échapper à ce moment-là.

D'ici là, il fallait jouer le jeu. Andrew nous avait utilisés ; c'était désormais à nous de l'utiliser, lui. Pour cela, nous étions obligés de le libérer. Nous cherchâmes désespérément une autre solution, sans succès. Pour nous échapper, il fallait les convaincre que tout allait bien, et pour ça, Andrew devait être là où ils s'attendaient à le trouver.

Nous n'allions évidemment pas le mettre au courant de notre plan d'évasion. Nous le laisserions au sous-sol jusqu'au matin, puis nous lui annoncerions notre décision : le seul moyen pour nous de démanteler le groupe Edison était de suivre son idée.

Le matin venu, quand Margaret et les autres arriveraient, ils nous trouveraient impatients de partir. Nous espérions ainsi qu'ils baisseraient un peu la garde, et c'est à ce moment-là que j'enverrais Liz en éclaireur pour nous assurer que la voie était libre.

Si notre plan ne fonctionnait pas, nous nous échapperions de force et appellerions ensuite M. Bae.

Il était presque 6 heures quand nous finîmes les préparatifs, ce qui signifiait qu'il nous restait au moins deux heures encore avant l'arrivée de Margaret. Tori regardait toujours dans l'ordinateur d'Andrew. Nous ne nous attendions plus à y trouver autre chose, mais ça lui donnait un but. Les garçons surveillaient Andrew, ce qui leur donnait un but à eux aussi. Et moi ? J'étais perdue. Effrayée, désemparée, frustrée. Et blessée. J'avais beau essayer de ne pas penser à Derek, je ne pouvais m'en empêcher.

Je trouvai un bloc-notes et un crayon, et je m'installai dans le salon pour transformer la marche dans les bois de cette nuit en scène de film. Je n'avais pas écrit une seule ligne depuis mon arrivée à Lyle House. À ce moment-là, j'avais vraiment besoin de ça pour me changer les idées.

J'étais en train d'ébaucher les grandes lignes quand la porte s'ouvrit. Je levai la tête et vis Derek qui se tenait dans l'embrasure. Je restai impassible.

— Mmh ?

— J'ai quelque chose pour toi, dit-il en me tendant une vieille caméra huit millimètres. Je l'ai trouvée en bas. Elle ne marche pas, mais je crois que je peux la réparer.

Une caméra vidéo ? Qu'allais-je pouvoir en faire ? Filmer notre grande évasion ? Je ne lui dis pas ce que je pensais, car je savais que ce n'était pas la question. C'était un cadeau, une manière de dire : « Je sais que j'ai eu tort et je m'excuse. »

Il me suppliait du regard d'accepter. De la prendre et de lui pardonner. D'oublier ce qui s'était passé. De tout recommencer. Et c'était ce que je voulais faire, accepter son cadeau, lui sourire, voir ses yeux briller et…

Je pris la caméra et la posai sur la table.

— Il fait froid ici, dit-il. Est-ce que le radiateur fonctionne ?

Il s'en approcha et posa les mains dessus.

— Pas très bien, constata-t-il. Je vais chercher une couverture.

— Je n'ai pas besoin de…

— Une seconde.

Il sortit. Une minute plus tard, il revint et me tendit une couverture pliée. Je la posai sur mes genoux. Il regarda autour de lui, puis il traversa la pièce pour s'asseoir sur le canapé. Au bout d'un moment de silence, il dit :

— Pourquoi tu ne viens pas ici ? C'est plus confortable que ta chaise. On a plus chaud, aussi, c'est près du radiateur.

— Ça va.

— C'est difficile de te parler quand tu es là-bas, à l'autre bout de la pièce.

Il se glissa jusqu'à l'extrémité du canapé, même s'il y avait déjà plein de place à côté de lui et posa son bras sur le dossier. Il essaya de sourire sans y parvenir très bien, mais je sentis malgré tout mon cœur s'emballer un peu.

Il est désolé, Chloé. C'est vraiment un garçon gentil. Ne fais pas ta garce. Et ne fais pas tout rater. Va le voir. Donne-lui une chance, et en un rien de temps, tu auras oublié tout le reste.

Et c'est exactement la raison pour laquelle je restai sur ma chaise. Je ne voulais pas oublier tout le reste sinon, sans me rendre compte de rien, j'allais le retrouver sur le toit en train de mettre sa vie en danger.

— Tu n'as pas le droit de faire ça, dis-je enfin.

— Faire quoi ? demanda-t-il d'un air innocent, mais en baissant légèrement les yeux. Je suis désolé. C'est ça que j'essaie de te dire, Chloé. Que je suis désolé.

— De quoi ?

Il me regarda, perplexe.

— De t'avoir mise en colère.

Je ne répondis rien et me levai seulement pour partir. Il me rattrapa à la porte et posa la main sur mon épaule. Je ne me retournai pas pour le regarder. Je n'osai pas. Mais je m'arrêtai et l'écoutai.

— Quand je me suis énervé parce que tu étais partie, reprit-il, ce n'était pas parce que je trouvais ça stupide, ni parce que je me disais que tu ne ferais pas attention.

— Tu t'inquiétais seulement pour moi.

— Oui, soupira-t-il, soulagé que je comprenne.

— Parce que tu crois que j'en vaux la peine, dis-je en me tournant vers lui.

Il prit mon menton dans sa main.

— Je suis persuadé que tu en vaux la peine.

— Mais tu n'as pas la même opinion de toi-même.

Il ouvrit la bouche puis la referma.

— C'est ça le problème, Derek. Tu ne nous laisses pas nous inquiéter pour toi, parce que tu penses que tu n'en vaux pas la peine. Mais moi, je ne suis pas de cet avis. Pas du tout.

Je me hissai sur la pointe des pieds, mis mes bras autour de son cou et l'attirai vers moi. Quand nos lèvres se touchèrent, je fus comme électrocutée… Je ressentis tout ce que je n'avais pas ressenti avec Simon, tout ce que j'avais toujours souhaité.

Il posa les mains autour de ma taille et me serra contre lui…

Les pas de Simon résonnèrent dans le couloir. Nous nous séparâmes précipitamment.

— Et il dit que c'est moi qui n'arrive jamais au bon moment, grommela Derek.

Puis il lança :

— Qu'est-ce qui se passe ?

— Andrew a besoin d'aller aux toilettes, expliqua Simon en entrant. J'ai envie de dire tant pis pour lui, mais…

— Bon, fit Derek. Je m'en occupe. Chloé, tu veux venir…

— Il faut que je parle à Simon.

Il me regarda bizarrement l'espace d'une seconde, pas vraiment comme s'il était jaloux, mais plutôt un peu blessé que je n'aie pas sauté sur l'occasion de venir avec lui.

— C'est important, ajoutai-je. Mais emmène Tori, elle pourra t'aider pour Andrew.

Il hocha la tête et sortit.

37

— Alors, fit Simon, on dirait que Derek et toi vous êtes rabibochés. Qu'est-ce qui s'est passé ? Il t'a fait son regard ?

— Quel regard ?

— Tu sais, celui qui lui donne un air de chien battu, et qui t'oblige à te sentir coupable de l'avoir maltraité.

— Ah ! celui-là. Il marche aussi sur toi ?

Il ricana.

— Ça marche même sur mon père. On cède, on lui dit que ce n'est pas grave, et sans qu'on s'en rende compte, le revoilà en train de mâchouiller nos chaussons.

Je me mis à rire. Simon se laissa tomber dans un fauteuil.

— Mais bon, tu sais qu'il essaie de faire au mieux. Il ne pense pas assez à lui, et alors ? Est-ce qu'on préférerait qu'il soit un sale égoïste ?

Il secoua la tête puis me demanda :

— Tu voulais qu'on parle ?

— Il y a quelque chose que je voudrais proposer, mais… Derek ne va pas aimer.

— Dis-moi.

Je lui expliquai ce que j'avais en tête. Lorsque j'eus fini, il poussa un juron.

— C'est une mauvaise idée ? demandai-je.

— Non, au contraire. Mais tu as raison, il ne sera jamais d'accord. Si tu lui suggères l'idée, il va croire que c'est un test, et soit il va s'énerver, soit il le fera pour te faire plaisir, ce qui ne nous aidera pas parce que s'il veut juste nous faire plaisir, il ne restera pas.

— Restera pas où ? fit une voix.

Nous nous tournâmes vers la porte par laquelle entra Tori.

— J'ai cru entendre Derek m'appeler, dit-elle. Qu'est-ce qui se passe ?

Je lui parlai de mon idée.

— On aurait dû faire ça dès qu'on a su qu'ils le recherchaient, dit-elle. Qu'est-ce qu'il aurait à redire ? Ce n'est pas comme si tu l'envoyais se faire voir. Il faut juste qu'il se planque pendant quelques heures, le temps de les convaincre qu'il s'est enfui. (Elle s'assit sur le canapé.) Je suis avec vous, même si ça ne compte pas pour grand-chose.

— Bien sûr que si, affirmai-je. Tu fais partie de l'équipe, toi aussi. Il faut qu'on commence à agir en conséquence.

Je regardai Simon. Il haussa les épaules et lança :

— J'imagine, oui.

— Waouh, je ne me suis jamais sentie si utile, s'exclama Tori.

— Je suppose que tu n'as pas l'intention de me poignarder dans le dos pour t'amuser, dit-il. Mais si jamais c'est dans ton intérêt… je ne me retournerai pas. Juste au cas où.

— Alors je passe du mal incarné à la pétasse ordinaire. Je peux faire avec. (Elle étendit ses jambes.) Alors, qui va l'annoncer à Derek ?

— Personne, dis-je. C'est ça le problème. Il ne sera pas d'accord, et même si on suggère…

— Vous voulez que je me planque ?

La voix grave qui venait de la porte nous fit tous lever la tête. Derek entra.

— Vous voulez que je fasse semblant d'être parti ? (Il se tourna vers Simon.) C'est ça que tu veux ?

— Oui, répondit Simon.

— Chloé ?

— Il ne s'agit pas de ce qu'on *veut*, dis-je. Mais qui Andrew a-t-il drogué hier soir ? Qui est-ce qu'ils observent tous ? Ils veulent que tu disparaisses, Derek, et honnêtement, je ne crois pas qu'ils feront quoi que ce soit tant que tu seras là.

Il croisa mon regard et le sonda, comme s'il y cherchait quelque chose. Il dut le trouver, car il hocha la tête.

— D'accord, tu as raison. On a besoin qu'ils se détendent un peu, et ça n'arrivera pas tant que je serai dans le coin.

Ce n'était pas vraiment le raisonnement que j'avais espéré, mais je m'en contentai.

Nous décidâmes que le meilleur endroit pour Derek était le grenier. Il y avait des fenêtres par lesquelles il pouvait facilement sauter ; c'était donc mieux que le sous-sol. Plus sale, mais moins dangereux.

Pendant que Simon l'aidait à rassembler des provisions et des couvertures, je sortis appeler Liz.

— J'ai besoin de savoir si tu peux entrer dans le grenier, lui dis-je.

— J'ai déjà fait l'essai. Je peux aller sur le toit, dans le grenier, et plus ou moins dans le sous-sol, mais c'est plus difficile.

Je lui expliquai ce que nous comptions faire avec Derek.

— Tu veux que je lui tienne compagnie ? dit-elle en souriant. On pourra jouer au morpion dans la poussière.

Elle vit l'expression sur mon visage, et son sourire s'évanouit.

— Ce n'est pas ce que tu veux, n'est-ce pas ?

— Je m'inquiète pour lui. Il n'est pas très doué pour prendre soin de lui.

— Et il pourrait avoir besoin d'un *poltergeist* garde du corps ?

Je hochai la tête.

— Protège-le pour moi. S'il te plaît.

— J'y veillerai.

Nous descendîmes ensuite libérer Andrew. Nous lui dîmes que Derek avait décidé de partir pour ne pas nous mettre plus en danger. Nous avions essayé de l'arrêter, mais il s'était glissé dans la forêt où il allait sans doute rester caché jusqu'à ce qu'il trouve un moyen de quitter la propriété.

Nous lui cachâmes que nous aussi avions l'intention de trouver un moyen de partir. Pour autant qu'il sache, nous avions décidé de suivre ses plans.

Margaret arriva pendant que nous prenions le petit déjeuner, et nous découvrîmes un autre avantage à la disparition de Derek : elle nous donnait une excuse pour être inquiets et silencieux.

Nous étions en train de finir quand quelqu'un sonna à la porte. Nous sursautâmes tous les trois et Simon fit tomber bruyamment sa cuillère dans son bol.

— Je ne crois pas que Derek sonnerait à la porte, si ? dis-je.

— On ne sait jamais, répondit Simon en se levant. Je vais voir.

Je savais ce qu'il attendait, ce qu'il espérait : que ce soit son père. La probabilité que M. Bae vienne sonner à la porte d'une maison où ses fils étaient peut-être retenus prisonniers semblait plutôt faible, mais je le suivis, ne serait-ce que pour trouver une raison de m'éloigner d'Andrew et Margaret.

J'atteignis la porte au moment où Simon l'ouvrait. Gwen se tenait sur le seuil.

— Salut, fit-elle avec un sourire forcé en nous présentant une boîte. Pas de donuts cette fois, j'ai compris le message ! Mais je vous ai apporté de supermuffins. Tu pourras en prendre, j'espère ?

— Heu, oui oui, dit Simon.

Il recula pour la laisser passer et me jeta un regard qui voulait clairement dire : « Qu'est-ce qu'elle fait ici ? »

— Andrew a ess-ssayé de te joindre, dis-je.

— Je sais. Le boulot. Vous savez ce que c'est. (Elle eut un rire qui sonna faux.) J'imagine que non en fait, vous avez de la chance. Profitez-en tant que c'est possible, parce que pour tout vous dire…

(Elle se pencha et baissa la voix.) La vie d'adulte, c'est nul. Mais je suis là maintenant, prête à passer à l'action. Le message d'Andrew disait qu'on partait aujourd'hui pour Buffalo.

Je hochai la tête.

— Parfait. J'arrive juste à temps, alors. Venez, on va dévorer ces muffins. Ils sont excellents.

Nous fîmes entrer Gwen dans la cuisine, et j'observai la réaction d'Andrew et de Margaret. Ils semblèrent tous les deux surpris. Pour Andrew, la surprise était plutôt agréable. Pour Margaret, pas vraiment. Elle ne sembla pas en colère, simplement irritée par cette jeune femme frivole qui allait et venait comme elle le voulait.

Ils passèrent au salon. Simon, Tori et moi trouvâmes une excuse pour nous éloigner.

— Elle ment, dit Tori. Elle est peut-être écervelée, mais personne n'ignore une demi-douzaine d'appels urgents pour ensuite débarquer avec des muffins aux myrtilles.

— Russell l'a envoyée pour espionner, fit Simon. Il prépare quelque chose.

— Peu importe, conclus-je. Quelle que soit l'histoire derrière tout ça, on sera bientôt partis. Surveillez-la quand même jusque-là. Je vais envoyer Liz chercher des itinéraires d'évasion.

38

Je gagnais l'escalier quand Simon m'appela.

— Tu peux donner quelque chose à Derek ? chuchota-t-il. C'est dans ma chambre.

Nous montâmes ensemble. Il sortit son sac de sa cachette, prit son carnet de croquis, plia une feuille en quatre et me la tendit.

— Donne-lui ça. Et dis-lui que ça ne me dérange pas.

— Comment ça ?

Simon baissa les yeux et haussa les épaules.

— Il comprendra.

Il garda le silence un moment puis releva la tête et se força à sourire.

— Maintenant, c'est parti, ajouta-t-il, on sort d'ici.

Simon m'accompagna jusqu'au passage qui menait au grenier et au toit.

— Chloé ? Simon ?

C'était Margaret qui nous appelait d'en bas. Simon râla et me regarda.

— Tu peux y aller ? demandai-je. Il faut vraiment que j'envoie Liz en reconnaissance, sans quoi on ne réussira jamais à partir.

Il acquiesça. Je me glissai dans la pièce la plus proche et fermai la porte au moment où il répondait :

— Je suis là !

— Il faut que je vous parle, dit Margaret.

Ses talons résonnèrent sur les marches, accompagnés des pas lourds de Simon qui courait à sa rencontre. Je collai mon oreille contre la porte pour écouter.

— As-tu vu Chloé ? demanda-t-elle.

— Mmh, non. Elle essayait de trouver un coin tranquille pour écrire. Vous avez regardé dans la véranda qui donne sur le jardin ? Elle aime bien…

— J'irai voir. J'ai besoin que tu descendes au sous-sol aider Tori à remonter des chaises supplémentaires pour le déjeuner.

— Le déjeuner ? Mais on vient à peine de prendre le petit déjeuner. Et on a bien assez de chaises…

— Eh bien, non. Le reste du groupe arrive pour les derniers préparatifs. Andrew est parti les chercher à l'aéroport, et j'ai besoin de votre aide pour les sièges.

— Tori peut bien s'en…

— C'est à *toi* que je demande, Simon.

— D'accord, accepta Simon en élevant la voix pour être sûr que je l'entende. Je vais chercher des chaises en bas. Mais si j'étais vous, je n'embêterais pas Chloé avec ça. Ces sièges sont plus gros qu'elle.

Margaret lui dit d'y aller et ajouta qu'elle le rejoignait pour mettre tout ça en ordre. Simon dégringola bruyamment les marches. Margaret appela ensuite Gwen, qui lui répondit depuis le rez-de-chaussée.

— Il faut que je parle à Chloé, lui déclara Margaret quand elle arriva. Je lui ai apporté un livre sur la nécromancie. Simon m'a dit qu'elle était par ici. Regarde de ce côté-là, et moi je vais voir derrière.

Simon avait parlé de la véranda… qui se trouvait en bas.

Je baissai les yeux pour regarder la poignée de la porte. Il y avait une vieille clé dans la serrure. Je la tournai aussi doucement que possible.

Je balayai la pièce des yeux. C'était une des chambres inoccupées. Il n'y avait aucun placard, mais l'armoire qui se trouvait de l'autre côté de la pièce semblait assez grosse pour que je puisse me glisser dedans. Je m'avançai et mes baskets se mirent à couiner. Je faillis les retirer, mais le sol était sale et ç'aurait bien été ma chance de marcher sur une punaise rouillée et de pousser un cri qui aurait ameuté tout le monde.

Je traversai la pièce avec précaution. J'étais à mi-chemin lorsque j'entendis un bruit sourd. Je me figeai et levai la tête. Derek ?

Je tendis l'oreille. Silence. Je fis un autre pas, puis encore un autre.

— Chloé ? chuchota une voix.

C'était celle de Gwen, qui se tenait juste derrière la porte. Je restai immobile.

— Chloé ? Tu es là ?

Puis elle ajouta dans un souffle :

— S'il vous plaît, faites qu'elle soit là. S'il vous plaît.

Je regardai l'armoire. Elle était trop loin pour que je puisse l'atteindre sans bruit.

— Chloé ? Je sais que tu es là.

Je regardai autour de moi. Il y avait une grosse commode tout près, recouverte d'un drap. Je vins m'accroupir à côté d'elle.

Mais enfin, la porte est fermée à clé. Elle ne peut pas entrer.

Je m'en fichais. Si on me trouvait cachée dans une pièce fermée à clé, ça paraîtrait louche, et nous ne pouvions pas nous permettre de courir ce risque. J'aurais dû descendre avec Simon.

— S'il te plaît, Chloé.

Le son de sa voix semblait provenir de l'intérieur de la pièce.

Tu t'imagines des choses.

— Pourquoi suis-je revenue ? chuchota Gwen. Où avais-je la tête ?

Elle ajouta, plus fort :

— Ah ! te voilà. Dieu merci.

Mon cœur fit un bond dans ma poitrine. Je regardai la commode, mais j'étais bien camouflée. Le drap descendait jusque par terre et dissimulait même mes pieds.

Elle bluffe. Elle ne peut pas te voir. Il est impossible que…

Gwen apparut devant moi, ses cheveux courts ébouriffés autour de son visage pâle, les joues striées de mascara et les yeux écarquillés.

— Viens, Chloé. Dépêche-toi !

Je me levai.

— J-je c-cherchais un…

— Ça n'a pas d'importance. Il faut que tu trouves Simon et Tori. Sais-tu où ils sont ?

— Au sous-sol, mais…

— Vite !

Elle tendit la main vers moi puis s'immobilisa soudain, avant de reculer.

— Il faut que tu les préviennes, dit-elle.

— À propos de quoi ?

Elle secoua la tête.

— Pas le temps. Viens !

Elle me fit signe d'avancer vers la porte. Je posai la main sur la poignée et voulus ouvrir la porte. Elle se bloqua.

Fermée. La porte était toujours fermée à clé.

— Ouvre-la, Chloé. S'il te plaît.

Je tendis la main vers Gwen, qui recula brusquement, mais pas assez vite pour m'éviter. Mes doigts effleurèrent son bras… et passèrent au travers. Je plaquai ma main sur ma bouche.

— Ne crie pas, Chloé. D'accord ? S'il te plaît, vraiment, ne crie pas.

Je hochai la tête.

Oh non ! C'est un fantôme. Elle est morte.

C'était impossible. Je l'avais entendue quelques minutes plus tôt, j'avais entendu ses pas dans le couloir quand elle était partie me chercher. Se pouvait-il vraiment que ç'ait été la dernière fois ?

Je me souvins des paroles de Margaret : « Simon m'a dit qu'elle était par ici. Regarde de ce côté-là, et moi je vais voir derrière. »

Puis il y avait eu un bruit sourd. Le bruit d'un corps qui s'écroule au sol.

Margaret avait tué Gwen ? C'était insensé. Impensable.

Oui, elle est sûrement tombée et s'est tordu le cou par accident pendant qu'elle te cherchait.

Je déglutis.

— Margaret, chuchotai-je.

— On dirait que cette vieille teigne est bien plus vilaine que je ne le pensais, marmonna Gwen. Je n'aimais pas la tournure que prenaient les événements. J'ai… j'ai entendu des choses. Margaret et Russell. C'est pour ça que je suis partie quand Andrew m'a téléphoné. Je ne voulais pas être mêlée à ça. Mais je n'ai pas réussi. Il fallait que je revienne, je me suis dit qu'il fallait prévenir Andrew et l'aider à vous protéger. Apparemment, c'était une mauvaise idée. Je n'ai même pas eu le temps de l'avertir.

Je me retournai d'un coup vers la porte.

— Derek, dis-je.

Gwen vint se mettre devant moi.

— Est-ce qu'il est en sécurité ?

Je lui passai au travers.

— Chloé, est-il en sécurité ? Parce que si c'est le cas, il faut que tu le laisses là où il est et que tu ailles prévenir Simon et Tori. Tu as dit que Margaret les avait envoyés…

— Au sous-sol, chercher des chaises. Pour les autres qui arrivent cet après-midi.

— Personne d'autre ne vient aujourd'hui, Chloé.

Je fonçai vers la porte. Pendant que je l'ouvrais, Gwen glissa à travers le mur.

— Attention, chuchotai-je. Margaret…

— Elle peut me voir, je sais.

Gwen revint dans la chambre et me fit signe de sortir et de courir me réfugier dans la pièce suivante. Nous procédâmes ainsi : je me dirigeai vers l'escalier du fond en m'élançant de pièce en pièce, et Gwen ouvrait la voie.

Je fis ce qu'elle me dit, mais intérieurement, j'étais complètement paniquée. Je me répétais : *Gwen est* morte*, et maintenant Simon et Tori* *sont au sous-sol, et Derek est au grenier, et est-ce que je fais le bon choix, et est-ce que je vais arriver à temps, et mon Dieu, mais que se passe-t-il?*

J'étais presque parvenue au petit passage quand Gwen me fit comprendre que je devais me cacher. Je me glissai sous un lit et me protégeai la bouche de la main pour ne pas respirer la poussière.

J'entendis les talons de Margaret claquer dans le couloir. Ils semblaient s'éloigner. *S'il vous plaît. S'il vous plaît… Oui!* Elle descendit le grand escalier d'un pas énergique en criant le nom de quelqu'un. Russell. Russell était ici?

Oh non! il fallait que je prévienne Derek. Je devais absolument monter au grenier…

Et s'il découvre que Simon est en danger, il va descendre à toute vitesse et se faire tuer. Il vaut mieux qu'il reste là où il est en pensant que tout va bien.

Je fermai les yeux et respirai profondément jusqu'à ce que mon cœur cesse de tambouriner si fort. Gwen vérifia que la voie était libre, puis je me dépêchai d'aller jusqu'à l'escalier de service.

Gwen monta la garde pendant que je descendais les marches. Je vis la porte du sous-sol entrouverte et tendis l'oreille pour essayer de discerner la présence de Tori et de Simon; pour une fois, j'aurais vraiment aimé les entendre se disputer. Au lieu de ça, je perçus les voix étouffées de Margaret et de Russell qui provenaient d'une porte fermée… une porte qui se trouvait entre moi et le sous-sol.

Gwen me guida pas à pas avec précaution. Je guettais un silence dans la conversation ou des bruits de pas, mais ils parlaient toujours.

J'étais à trois marches du sous-sol quand les talons de Margaret résonnèrent sur le plancher.

Je regardai en bas de l'escalier, mais j'étais trop loin. Je me retournai et ouvris prestement la porte la plus proche.

— Non! chuchota Gwen.

Je me retournai. Elle m'adressa de grands gestes frénétiques pour me dire de sortir et disparut soudain sans prévenir. Je restai immobile l'espace d'une seconde, suffisamment pour entendre Margaret tourner la poignée, puis je me retournai à la recherche d'une cachette. Je me figeai : Andrew se tenait de l'autre côté d'une table basse.

Il me regardait en fronçant les sourcils.

— Chloé ? articula-t-il lentement, comme s'il n'était pas sûr de lui.

— Une minute, intervint Margaret en entrebâillant la porte. J'ai cru entendre quelqu'un.

Andrew écarquilla les yeux et me fit signe de venir jusqu'à lui et de me cacher derrière la table. Elle était longue et massive ; on ne me verrait pas. Je n'hésitai qu'une seconde puis courus vers elle, mais ma chaussure glissa sur quelque chose. J'essayai de garder mon équilibre, mais mon autre pied dérapa lui aussi sur le sol glissant. Je m'écroulai sur la table, les mains en avant, et me cognai les genoux contre l'arête.

— On a trouvé Chloé, dit Margaret d'une voix calme, de l'autre côté du seuil.

Je levai la tête et vis Russell se diriger vers moi, une seringue à la main. Je reculai et me réfugiai tant bien que mal de l'autre côté de la table.

— Andrew ? appelai-je en levant les yeux. Aidez-moi…

Andrew n'était plus là.

Une aiguille s'enfonça dans l'arrière de ma jambe. Je donnai un coup de pied à Russell et l'entendis grogner. La pièce chavira. Je clignai fiévreusement des yeux en luttant pour rester éveillée. Je tentai de me relever, de m'éloigner de la table, mais mes bras lâchèrent et je tombai sur le côté.

Je me cognai contre quelque chose de moelleux et roulai jusque dans une flaque tiède. Je fis un effort pour me concentrer et levai les mains devant mes yeux. Du sang. J'étais étendue dans une mare de sang.

J'essayai de me redresser, mais mes muscles s'y refusaient et je m'effondrai par terre. La dernière chose que je vis fut le visage d'Andrew, à quelques centimètres du mien, et ses yeux morts qui me regardaient fixement.

39

Un morceau de métal froid vibra contre ma joue. J'entendis le moteur d'une voiture qui passait.

— Comment est son taux de sucre ?

C'était une voix de femme, distante. Margaret.

— Faible.

Celle d'un homme, plus proche. Russell.

— Très faible. Je peux lui faire une piqûre de glucose, mais on devrait vraiment…

— Fais-le.

— Derek.

C'était la voix de Simon, à présent, qui appelait son frère en gémissant.

J'ouvris les yeux et battis des paupières. Nous étions allongés à l'arrière d'une camionnette. Simon était à quelques mètres de moi et dormait encore, le visage crispé comme s'il avait mal.

— Et redonne-lui un sédatif, lança Margaret, assise derrière le volant. Je ne veux pas qu'ils se réveillent.

— Il ne faudrait vraiment pas qu'il ait trop de…

— Fais ce que je te dis.

Je fermai presque complètement les yeux pour qu'ils ne se rendent pas compte que je ne dormais plus. Je tentai de regarder autour de moi sans bouger la tête, mais je voyais seulement Simon et, au-dessus de sa tête, la chaussure de Tori.

Derek. Où est… ?

Mes paupières se refermèrent.

La camionnette s'arrêta. Je sentis entrer un courant d'air froid et de gaz d'échappement. Le moteur toussa avant de s'éteindre. Il y eut un grondement métallique, comme le bruit d'une porte de garage qui se refermait. Le vent disparut, et tout devint obscur. Puis une ampoule s'alluma.

Simon, toujours à côté de moi, fut pris d'un haut-le-cœur et vomit. Une odeur infecte emplit la camionnette. J'entrouvris les yeux et le vis assis, soutenu par Russell qui tenait un sac plastique pour lui.

— Simon, dis-je d'une voix pâteuse.

Il se tourna vers moi et me regarda dans les yeux en essayant de faire le point. Il ouvrit la bouche et articula d'une voix râpeuse :

— Tu es réveillée.

Puis il eut une nouvelle éructation et se courba au-dessus du sac.

— Que lui avez-vous donné ? fit une voix d'homme d'un ton brusque.

Je connaissais cette voix. Une main froide se posa sur mon bras nu. Je levai les yeux : le visage du docteur Davidoff était penché au-dessus du mien.

— Tout va bien, Chloé, me dit-il en souriant. Tu es de retour chez toi.

Un gardien m'emmena à travers les couloirs dans une chaise roulante. Mes bras et mes jambes étaient maintenus par des sangles. Un autre garde poussait Tori, elle aussi attachée, à côté de moi.

« C'est une mesure temporaire, m'avait assuré le docteur Davidoff quand le garde m'avait installée dans la chaise. Nous ne voulons pas vous redonner d'autres sédatifs, et c'est notre seule solution jusqu'à ce que vous ayez eu le temps de vous réaccoutumer. »

Le docteur Davidoff marchait entre les gardiens. Derrière eux, Margaret et Russell avançaient en parlant avec la mère de Tori, qui n'avait pas adressé un mot à sa fille depuis notre arrivée.

— Nous avons décidé que le meilleur endroit pour eux était ici, expliquait Margaret. Ils ont besoin d'un niveau de contrôle et de surveillance que nous ne pouvons pas leur apporter.

— Vous faites preuve d'une compassion et d'une attention sans bornes, railla Diane Enright. Et rappelez-moi, où vouliez-vous que nous vous envoyions la récompense ?

Je sentis le ton glacial de Margaret quand elle répondit :

— Vous avez le numéro de compte.

— On ne part pas d'ici tant que le virement n'a pas été confirmé, renchérit Russell. Et si vous vous imaginez qu'on va se laisser rouler…

— Je suis sûre que vous avez pris les précautions nécessaires contre une telle éventualité, rétorqua sèchement Mme Enright. Une lettre à ouvrir au cas où vous disparaîtriez soudainement, qui nous dénoncerait tous, par exemple ?

— Non, dit Margaret. Simplement quelqu'un qui attend notre appel. Un collègue qui est en contact direct avec la Cabale Nast et qui possède toutes les informations sur votre organisation. Je suis sûre que M. St. Cloud n'aimerait pas ça.

Le docteur Davidoff eut un petit rire.

— Vous menacez une Cabale avec une Cabale ? Pas bête. Mais ce ne sera pas nécessaire. (La bonne humeur disparut de sa voix.) Quel que soit l'intérêt que M. St. Cloud porte à notre organisation, nous menons des missions de façon indépendante, ce qui veut dire que nous n'agissons pas sous les auspices de sa Cabale. Vous avez conclu un marché avec nous : en échange de nos sujets et de la dissolution de votre petit groupe rebelle, nous vous versons une somme assez considérable. Vous avez mérité ce paiement, et vous l'obtiendrez sans avoir besoin de recourir à la traîtrise ou à la violence. (Il se retourna pour les regarder.) Cependant, étant donné qu'il s'agit en définitive de l'argent de M. St. Cloud, je vous suggérerais, une fois que vous quitterez la protection de nos murs, de partir aussi loin et aussi vite que possible.

La mère de Tori s'éloigna avec Margaret et Russell, et j'en profitai pour demander des nouvelles de Simon au docteur Davidoff. Je n'aimais pas l'idée de lui faire le plaisir d'entendre ma voix trembler, mais j'avais besoin de savoir.

— Je t'emmène le voir tout de suite, Chloé, dit-il de sa voix condescendante et faussement joyeuse que je ne connaissais que trop bien.

Regarde comme nous nous occupons bien de toi, traduisis-je. *Et regarde comme tu nous traites. Nous voulons seulement t'aider*. J'enfonçai mes ongles dans les accoudoirs de la chaise roulante.

Le docteur Davidoff passa devant moi pour ouvrir une porte. Nous traversâmes une petite passerelle et nous retrouvâmes dans une cabine d'observation qui surplombait une salle d'opération. Je me penchai pour regarder la table en métal brillant et les plateaux d'instruments métalliques rutilants. Je m'agrippai davantage à la chaise.

Une femme se trouvait dans la salle, sur le côté par rapport à la vitre d'observation. Je ne voyais qu'un bras mince vêtu d'une blouse blanche.

La porte de la salle d'opération s'ouvrit, et une femme aux cheveux gris entra. C'était Sue, l'infirmière que j'avais rencontrée quand j'étais venue ici la première fois. Elle tirait derrière elle un lit à roulettes sur lequel était étendu Simon, attaché par des sangles.

— Non ! criai-je en tirant sur mes entraves.

Le docteur Davidoff émit un petit rire.

— Je ne veux même pas savoir ce que tu imagines qu'on va lui faire, Chloé. On a amené Simon ici pour lui faire une intraveineuse. Puisqu'il est diabétique, il peut facilement se déshydrater en cas de vomissements. Nous ne voulons prendre aucun risque, pas tant que les sédatifs lui détraquent encore l'estomac.

Je ne dis rien et gardai simplement les yeux rivés sur Simon, le cœur battant.

— Ce n'est qu'une précaution, Chloé. Et ce que tu vois est simplement notre infirmerie. Oui, elle est équipée pour les opérations chirurgicales, mais uniquement parce que la pièce est polyvalente.

Il se pencha pour chuchoter :

— Si tu regardes bien, je parie que tu verras de la poussière sur ces instruments.

Il me fit un clin d'œil, tel l'oncle sympathique voulant faire plaisir à la petite idiote, et j'eus envie de… je ne sais pas de quoi, mais quelque chose dans mon expression le fit tressaillir, et l'espace d'un instant, l'oncle sympathique s'effaça. Je n'étais plus la docile petite Chloé dont il se souvenait. J'aurais pris moins de risques en jouant ce rôle, mais je n'arrivais plus à faire semblant.

Il se redressa et se racla la gorge.

— Et si tu regardes encore, Chloé, je crois que tu verras quelqu'un d'autre que tu connais.

Je me tournai vers Simon, toujours allongé sur le lit, aussi pâle que le drap qui le couvrait. Il écoutait la femme à la blouse blanche, mais je ne la voyais que de dos. Elle était mince, d'une taille inférieure à la moyenne, avec les cheveux blonds. Et ce fut cette chevelure, et la façon dont elle la faisait bouger en se penchant au-dessus de Simon, qui me fit hoqueter de surprise.

Le docteur Davidoff frappa au carreau. La femme tourna la tête.

C'était tante Lauren.

Elle s'abrita les yeux de la main, comme si elle ne distinguait rien à travers la vitre teintée ; puis elle revint à Simon et il hocha la tête pendant qu'elle lui parlait.

— Ta tante a fait une erreur, commenta le docteur Davidoff. Tu étais si bouleversée quand nous t'avons amenée ici qu'elle a paniqué. Elle était vraiment angoissée et elle a fait de mauvais choix. Elle s'en est rendu compte, maintenant. Nous l'avons comprise et lui avons pardonné. Elle est de nouveau un membre apprécié de notre équipe. Comme tu peux le voir, elle s'est remise au travail, elle est heureuse et en bonne santé, et pas enchaînée dans un donjon ou condamnée à une mort certaine dans je ne sais quelles circonstances affreuses. (Il se tourna vers moi.) Nous ne sommes pas des monstres, Chloé.

— Alors où est Rachelle ?

La voix de Tori me fit sursauter. Sa chaise était à côté de la mienne, mais j'avais oublié sa présence.

— C'est la prochaine sur la liste de la tournée des joyeuses retrouvailles, j'imagine, ajouta-t-elle.

Comme le docteur Davidoff gardait le silence, Tori abandonna son sourire sarcastique.

— Où est-t-t-elle ? bégayai-je. Elle v-va bien, pas vrai ?

— Elle a été transférée, dit le docteur.

— T-transférée ?

Il répondit sur un ton de jovialité forcée :

— Oui. Ce laboratoire n'est pas vraiment un bon espace de vie pour une jeune fille de seize ans. Sa chambre ici n'était que temporaire, et nous vous l'aurions expliqué si vous nous en aviez laissé le temps. Rachelle est partie à… (Il eut un petit rire.) Je ne dirai pas un foyer, parce que je vous assure que l'endroit est loin de ressembler à Lyle House. Ce serait plutôt une sorte d'internat, réservé aux surnaturels.

— Laissez-moi deviner, ironisa Tori. On ne peut s'y rendre qu'en prenant un train magique. Vous nous prenez pour des idiotes ?

— Absolument pas. Nous vous prenons pour des personnes spéciales. Il existe des gens, comme vous l'avez appris, qui pensent que *spécial* signifie dangereux, et c'est pour cette raison que nous avons conçu une école pour votre éducation et votre protection.

— L'Institut Xavier pour jeunes surdoués, dis-je.

Il me sourit, sans percevoir l'intonation de ma voix.

— Exactement, Chloé.

Tori se tourna pour le regarder.

— Et si nous sommes tous vraiment, vraiment gentils, nous pourrons aller la rejoindre là-bas et retrouver aussi Liz et Brady. Est-ce qu'Amber y habite aussi ?

— Justement…

— *Menteur !*

Le ton venimeux de Tori le fit tressaillir. Des chaises vides commencèrent à trembler ; les gardiens s'approchèrent et touchèrent leur arme. Je les remarquai à peine. J'étais en train de me dire : *Rae. Non, je vous en supplie, pas Rae.*

— Liz est morte, reprit Tori. On a rencontré son fantôme et on l'a vue jeter des choses, utiliser ses pouvoirs. Même ma mère l'a vue. Elle savait que c'était Liz. Elle ne vous en a pas parlé, peut-être ?

Le docteur Davidoff détacha son bipeur de sa ceinture et appuya sur un bouton, sans doute pour appeler la mère de Tori. Pendant ce temps, il s'efforça de se composer l'expression adéquate : regret et tristesse.

— Je ne pensais pas que vous saviez ce qui était arrivé à Liz, fit-il prudemment. Oui, je l'admets. Il y a eu un accident la nuit où nous l'avons retirée de Lyle House. Nous ne vous avons rien dit, parce que vous êtes tous très fragiles en ce…

— Vous trouvez que j'ai l'air fragile ? demanda Tori.

— Oui, Victoria, en effet. Tu as l'air en colère, affolée et très vulnérable, et c'est tout à fait compréhensible si tu penses que nous avons tué tes amis. Mais c'est faux.

— Et Brady ? demandai-je.

— Chloé a aussi vu son fantôme, ajouta Tori. Ici. Au labo. Il lui a dit qu'il avait été amené pour vous parler, qu'il avait vu sa tante Lauren, et qu'après, « pouf », fini.

Son regard passa de l'une à l'autre, en évaluant la probabilité que Tori ait également réussi à obtenir une preuve de la mort de Brady.

— Chloé souffrait encore des effets secondaires du sédatif que nous lui avions administré, assura-t-il. Elle avait aussi reçu un traitement pour l'empêcher de voir des fantômes. Un de ces médicaments aurait pu causer ses hallucinations.

— Comment aurait-elle pu avoir une hallucination d'un garçon qu'elle n'avait jamais rencontré ? Vous voulez qu'elle vous le décrive, peut-être ? Parce que apparemment il lui ressemblait comme deux gouttes d'eau.

— Je suis sûr que Chloé a vu une photo de lui quelque part, même si elle ne s'en souvient pas. Brady était proche de Rachelle. Elle le lui avait sans doute décrit…

— Vous avez une explication pour tout, on dirait ? Très bien. Brady, Rae et Amber vivent tous heureux dans votre internat superspécial. Vous voulez qu'on se calme ? Laissez-nous leur parler au téléphone. Ou mieux, passez-les-nous en vidéoconférence. Ne me dites pas que c'est impossible, parce que je sais que ma mère a le matériel.

— Si, c'est possible, et nous vous laisserons leur parler, dès que…

— Tout de suite ! rugit-elle.

Des étincelles crépitèrent au bout de ses doigts, et les chaises vides tanguèrent. L'une d'entre elles se renversa en arrière. Le gardien de Tori sortit son arme.

— Je veux les voir tout de suite ! Rae, Brady, Amber…

— Tu peux vouloir tout ce que tu veux, mademoiselle Victoria, annonça la mère de Tori en ouvrant la porte, mais tes volontés n'ont plus d'importance. Tu as perdu ce privilège quand tu t'es enfuie.

— Alors tu me reconnais encore, maman ? Ouf, j'ai cru avoir tellement changé que tu avais oublié qui j'étais.

— Oh ! je te reconnais très bien, Victoria. Tu es toujours la même princesse gâtée qui a fui ses responsabilités la semaine dernière.

— Mes responsabilités ?

Tori serra les poings et ses sangles se déchirèrent. Mon gardien se précipita vers elle, mais le docteur Davidoff lui fit signe de reculer et demanda à l'autre de ranger son arme.

Tori se leva. Ses cheveux se dressèrent sur sa tête en jetant des étincelles.

— Endormez-la, aboya Mme Enright. Si elle ne peut pas bien se comporter…

— Non, Diane, la somma le docteur Davidoff. Il faut qu'on apprenne à gérer les crises de Victoria sans avoir recours aux médicaments. Tori, écoute, je comprends que tu sois troublée…

— Ah oui ? fit-elle en se retournant vers lui d'un seul coup. Vraiment ? Vous m'avez enfermée à Lyle House et m'avez annoncé que j'étais une malade mentale. Vous m'avez fait bouffer des pilules. Vous avez assassiné mon amie. Vous m'avez transformée en un monstre génétiquement modifié, et pourtant vous me dites que c'est ma faute ?

Elle tapa son poing contre sa jambe et fit jaillir de petits éclairs. Le garde amorça un pas vers elle.

— Ça vous rend nerveux ? dit-elle. Mais ce n'est rien.

Elle leva les mains. Une boule d'énergie se mit à tourner entre ses paumes, à peine de la taille d'un petit pois au début, puis de plus en plus grosse…

— Ça suffit, Victoria, dit le docteur Davidoff. Nous savons que tu es très puissante…

— Vous n'imaginez pas à quel point.

Elle lança en l'air la boule d'énergie, qui resta à tourner sur elle-même en crépitant.

— Mais je peux vous montrer, ajouta-t-elle.

Tout le monde avait le regard braqué sur Tori ; derrière elle, sa mère se déplaça sans que personne ne le remarque. Ses lèvres bougèrent : elle était en train de lancer un sort. J'ouvris la bouche pour avertir Tori, mais un éclair jaillit des doigts de Mme Enright, passa à côté de Tori et vint frapper le gardien qui s'était avancé en pleine poitrine.

Il s'écroula. Le docteur Davidoff, Mme Enright et l'autre gardien se précipitèrent à ses côtés.

— Il ne respire plus, dit ce dernier en levant des yeux écarquillés sur le docteur. Il ne respire plus !

— Oh mon Dieu ! fit Mme Enright en se tournant vers sa fille. Qu'est-ce que tu as fait ?

Tori sursauta, surprise.

— Mais je n'ai rien…

— Allez chercher le docteur Fellows, cria Davidoff au gardien. Vite !

— Je n'ai pas fait ça, affirma Tori. Ce n'était pas moi.

— C'était un accident, murmura sa mère.

— Non, je n'ai rien fait. Je le jure…

— Elle dit la vérité.

Tout le monde releva vivement la tête en entendant ma voix. Je me tournai pour faire face à Mme Enright.

— Tori n'a pas jeté ce sort, poursuivis-je. C'était vous. Je vous ai vue lancer…

Je reçus un coup à la joue, comme une gifle invisible, si violent que ma chaise roula en arrière et que mon nez se mit à saigner.

— Tori ! s'écria Mme Enright. Arrête un peu !

— Mais je n'ai…

Tori se figea, frappée par un sort d'immobilité.

Mme Enright se tourna vers le docteur Davidoff.

— Tu vois un peu de quoi je parle ? Elle est complètement incontrôlable. Elle s'en prend à ses ennemis autant qu'à ses amis, et elle ne s'en rend même pas compte.

— Attachez-la, dit-il. J'emmène Chloé dans sa chambre.

40

Et c'est ainsi qu'après une semaine de cavale, je me retrouvai exactement là d'où j'étais partie. Dans la même cellule. Allongée sur le même lit. Seule.

Le docteur Davidoff m'avait fait partir de force avant que tante Lauren vienne en aide au gardien. Je pensais qu'il voudrait peut-être lui montrer mon nez ensanglanté, mais il m'avait seulement apporté un linge mouillé et une chemise propre que j'avais laissée dans mon placard à Lyle House en me disant que je pourrais voir ma tante dès que j'aurais recouvré mon calme et que je serais prête à l'écouter. Mais passer du bon temps avec ma tante qui s'était révélée, une fois de plus, être une traîtresse, ne me motivait pas autant qu'il le croyait.

Tout au long de cette dernière semaine, j'avais rêvé du jour où je reviendrais ici pour libérer tante Lauren et Rae. Maintenant que j'étais sur place, et il n'y avait personne à sauver. Tante Lauren était rentrée au bercail. Rae était morte.

Je fermai les yeux, mais les larmes coulèrent malgré tout le long de mes joues.

J'aurais dû faire plus d'efforts pour convaincre Rae de venir avec moi. J'aurais dû revenir la chercher plus vite.

Rae était morte. Et Tori était la prochaine sur la liste. Sa mère avait assassiné le gardien pour la piéger. Je ne saisissais pas bien la raison d'être de tout ce mal, mais je savais ce qu'il signifiait. Diane

Enright voulait que sa fille meure, car elle était devenue un poids, une menace.

Tori allait mourir, et je ne perdais rien pour attendre. Et qu'adviendrait-il de Simon ? et de Derek ? J'essuyai mes larmes et m'assis. J'avais deux options : m'enfuir, ou accepter mon sort. Mais je refusais de l'accepter. Je ne baisserais pas les bras maintenant. Je n'abandonnerais jamais.

Je fis l'inventaire ce qui se trouvait autour de moi et de ce que je pourrais utiliser. La pièce n'avait pas changé. Quant à moi, je n'avais que les vêtements que je portais, ma nouvelle chemise et un jean encore taché du sang d'Andrew. J'essayai de ne pas y penser.

Je fouillai mes poches en espérant trouver le couteau que je gardais toujours sur moi. Il avait disparu.

Quelque chose se froissa sous mes doigts : du papier. Je le sortis et le dépliai. Quand je me rappelai qu'il s'agissait du croquis que Simon avait exécuté pour Derek, je commençai à le replier, mais j'avais eu le temps de voir ce qu'il avait dessiné : un portrait de moi, à genoux à côté d'un loup noir, mon bras autour de son cou. Je me souvins des paroles de Simon : « Donne-lui ça. Et dis-lui que ça ne me dérange pas. »

Mes yeux me piquaient. Je repliai la feuille d'une main tremblante et la glissai de nouveau dans ma poche. Je me redressai alors et secouai vivement la tête. J'avais encore un très gros atout caché. Je remontai mes jambes sur le lit, fermai les yeux et invoquai le demi-démon.

J'avais à peine fini que je sentis de l'air chaud me chatouiller le haut de la tête.

— Eh bien, murmura-t-elle d'une voix mélodieuse, j'ai déjà vu ça quelque part.

— J'ai besoin de votre aide.

— Voilà quelque chose de nouveau. Et qui me fait plaisir, en plus. La première chose que tu dois faire, c'est me libérer. Ensuite, nous enverrons tous ceux qui nous ont fait du tort brûler dans les flammes de l'enfer.

— Je vous libérerai une fois que nous aurons fini. Et on va zapper l'épisode de l'enfer.

— Oh ! mais c'est tellement amusant ! Tout ce feu, ces tourments infernaux, ces rivières de lave. Les démons qui battent de leurs ailes déchiquetées pour attiser les flammes. (Elle s'arrêta puis poussa un soupir.) Les jeunes crédules comme toi ne comprennent rien au sarcasme, n'est-ce pas ? Je parlais au sens figuré. Je voulais dire qu'on allait provoquer des ravages. Châtier nos ennemis communs.

— Pas de châtiment.

— Tu vas me gâcher tout mon plaisir, hein ? Bon, d'accord. Libère-moi, et...

— Après, quand vous m'aurez aidée.

— Oh ! ne chipotons pas. Je suppose que tu veux encore t'enfuir. Je ne vois pas bien pourquoi, étant donné que tu as l'air d'aimer cet endroit. Tu ne cesses d'y revenir.

Je lui jetai un regard mauvais.

— Oui, j'ai besoin de votre aide pour m'échapper, mais nous allons aussi libérer Simon et Tori, et Derek, s'il est ici lui aussi.

— En supposant que tu parles du jeune loup-garou, il n'a pas passé ces portes depuis qu'il a quitté cet endroit il y a des années. Mais s'ils l'amènent ici, je l'inclurai dans notre projet. Le moins que l'on puisse dire, c'est que je suis juste dans mes transactions avec les mortels.

J'avais vu assez de films d'horreur dans lesquels le pacte démoniaque virait au cauchemar pour savoir que le nôtre devait être solide comme un roc. Le problème était que je ne savais pas exactement ce que j'avais besoin qu'elle fasse. M'aider à sortir d'ici, d'accord ; mais comment ?

Comme il fallait s'y attendre, elle avait une idée. Et comme il fallait s'y attendre, je ne l'aimais pas beaucoup.

— N'y a-t-il pas un autre moyen ? demandai-je.

— Il y a toujours un autre moyen. Personnellement, je préférerais cette sorcière, Diane Enright. J'aime bien les sorcières, comme je l'ai déjà mentionné. C'est vrai qu'elle est vivante, mais c'est un obstacle qu'on peut facilement déjouer. Dis au gardien que tu souhaites lui parler, et je te guiderai pour le reste. Lui tordre le cou serait la méthode la plus simple, mais tu es un peu frêle pour cela, alors…

— Non.

— Alors on en revient à ma première suggestion, n'est-ce pas ?

Une minute plus tard, je me retrouvai à genoux sur la moquette en train de faire quelque chose que je m'étais juré de ne jamais envisager : renvoyer un fantôme humain dans son cadavre. Mais à ce moment-là, c'était l'unique solution que j'avais trouvée pour ne pas devenir moi-même un cadavre.

Je me concentrai sur l'image de son visage et lui ordonnai de revenir.

— Encore un peu, murmura le demi-démon. Oui, c'est bien. Maintenant, fais-le venir à toi.

Je l'appelai et craignis d'entendre des hurlements.

— Ils sont tous dans la salle de réunion, me précisa le démon comme si elle lisait mes pensées. Amène-le jusqu'ici rapidement.

Un instant plus tard, la serrure à carte cliqueta. La porte s'ouvrit en grand, révélant le gardien que Mme Enright avait tué.

Un peu plus tôt, il s'était seulement appelé « le gardien ». Je ne connaissais pas son prénom. Je ne voulais pas le connaître. J'avais dû faire des efforts pour me rappeler son visage pendant l'invocation. Il n'avait été qu'un sbire anonyme du groupe Edison. À présent que je voulais par-dessus tout le dépersonnaliser de nouveau, je vis un homme. Jeune, les cheveux châtains coupés court, des taches de rousseur, des marques d'acné sur les joues. Était-il beaucoup plus vieux que moi ? Je déglutis et commis l'erreur de lever les yeux sur lui. Il avait des yeux marron, emplis de rage et de haine. Je baissai la tête.

Il avait encore le passe à la main, levé devant lui, et je me concentrai là-dessus. Autre erreur. Une alliance brillait à son doigt.

Oh non ! il était marié. Peut-être avait-il des enfants ? un bébé ? Qui ne connaîtrait jamais son…

Je refermai les yeux.

Tu n'as rien à voir avec sa mort.

Mais j'avais fait quelque chose qui était tout aussi terrible. Je l'avais ramené à la vie. Et en avisant son visage, sa haine, sa fureur, son dégoût, je compris l'horreur que c'était.

— Ferme la porte, chuchota le demi-démon.

Je suivis son conseil.

Le gardien me regardait, les yeux froncés, la carte toujours à la main comme s'il rêvait de me la faire avaler. De m'observer en train de m'étouffer avec.

Il dit d'une voix confuse :

— Je ne sais pas ce que vous voulez que je fasse, mais je n'obéirai pas.

Le demi-démon ricana et répondit, bien qu'il ne puisse pas l'entendre :

— Alors tu ne connais pas grand-chose à propos des nécromanciens, en particulier en ce qui concerne celle-ci.

— Je ne veux rien, dis-je. Je suis désolée…

— Désolée ? s'écria-t-il rageusement en avançant vers moi.

Sa veste s'ouvrit en laissant apparaître un trou noirci dans sa poitrine. L'odeur atroce de chair brûlée flotta jusqu'à moi. J'eus un haut-le-cœur, et ma bouche s'emplit de bile. Il fit un autre pas.

— Arrêtez, dis-je d'une voix tremblante.

Il se figea et resta ainsi à me transpercer du regard.

— Puis-je te suggérer de prendre son arme ? me conseilla le demi-démon. Par précaution.

Je baissai les yeux. Sa main était posée sur la crosse de son pistolet.

— Ne bougez pas, ordonnai-je avant de saisir l'arme.

— Vous voulez m'utiliser pour vous échapper, c'est ça ? demanda le gardien. Vous n'y arriverez jamais. Votre place est ici. Ils avaient raison, vous êtes des monstres. J'espère qu'ils vous tueront tous. (Il me sourit d'un air méprisant.) Non, en fait, j'espère qu'ils ne vous tueront pas. J'espère qu'ils vont vous enfermer et pratiquer leurs expériences sur vous. Qu'ils vont vous piquer, vous pincer, vous analyser jusqu'à ce que vous souhaitiez être morts.

Une semaine plus tôt, j'aurais eu la chair de poule en entendant prononcer ces mots. Mais désormais, je n'allais pas me laisser impressionner par ses menaces et ses injures, ni prendre peur à l'idée de ce que j'avais à faire.

Je lui dis de s'asseoir. Il obtempéra. Il n'avait pas d'autre choix. Puis je m'efforçai de laisser partir son esprit, en imaginant non pas une libération, mais un échange. Les yeux fermés, assise en tailleur, mon collier posé par terre à quelques centimètres de ma main, je priai pour que ça fonctionne. *S'il vous plaît, faites que ça marche...*

— Voilà qui est mieux, dit le gardien dont la voix confuse avait été remplacée par des inflexions étrangement musicales.

Il se racla la gorge et ajouta, cette fois de sa voix normale :

— Non, *voilà* qui est mieux.

Je repris le collier. L'homme eut un petit gloussement et ses yeux brillaient d'une lueur orange. Il battit des paupières et fit bouger ses épaules puis se racla encore la gorge et partit d'un rire grave. Ses yeux prirent une teinte noire, puis marron.

— Tu crois que ça passera ? demanda le demi-démon depuis l'intérieur de ce corps.

Je ramassai le pistolet qui se trouvait par terre. Le demi-démon se mit à rire.

— Tu penses vraiment que je vais te tirer dessus et me condamner à rester pour l'éternité coincée dans une enveloppe mortelle en décomposition ? Je suis ton esclave au même titre que le mortel, et je te promets que j'obéirai sans toutes ces lamentations inconvenantes.

Je me levai, l'arme toujours à la main.

— Je peux te suggérer de garder cela, dit-elle. Mais il faut que tu trouves un endroit pour le dissimuler.

Je glissai le pistolet dans mon dos, sous la ceinture. Chaque fois que j'avais vu un personnage le faire sur le grand écran, j'avais levé les yeux au ciel en pensant : *Un seul mauvais geste, et tu vas te tirer dans les fesses.* Mais à ce moment-là, c'était le seul endroit auquel je pouvais penser.

J'ajustai ma chemise par-dessus, les doigts tremblants. Je pris une profonde inspiration.

— Oui, je sais, reconnut-elle. Cette expérience fut loin d'être agréable, mais au moins ça l'a énervé.

Je lui jetai un regard inquisiteur et elle haussa les sourcils.

— Tu aurais préféré qu'il soit reconnaissant ? content d'être ressuscité ? Et qu'il te supplie de passer quelques minutes de plus avec sa famille ?

Elle n'avait pas tort. J'arrangeai une dernière fois ma chemise et me recoiffai avec les doigts.

— Tu es merveilleuse, ma chère.

Elle désigna la porte d'un geste de la main.

— Allons-y, veux-tu ? (Elle marqua une pause.) Je la refais. (Elle prit une grosse voix.) Prête à y aller, petite ?

J'étais prête.

41

Comme l'avait annoncé le demi-démon, toutes les personnalités importantes se trouvaient en réunion. Étant donné leur répugnance à admettre les problèmes qui se présentaient à elles, nous espérions qu'elles ne s'étaient pas empressées d'informer les autres gardes de la mort de leur collègue, de sorte qu'il ne soit pas trop louche de le voir escorter des prisonniers à travers le bâtiment.

Les couloirs se révélèrent déserts. Nous parvînmes au bureau de la sécurité sans voir ni entendre personne. La porte n'était pas fermée à clé, et le demi-démon l'ouvrit. Un gardien nous tournait le dos et surveillait les écrans. Je restai derrière le démon, mais quand l'homme se retourna, je l'entrevis assez pour en être consternée : c'était celui qui avait été avec nous plus tôt.

Je me reculai vivement pour me mettre hors de sa vue et me plaquai contre le mur du couloir.

— Salut, Rob, dit le demi-démon.

— Nick ? fit le gardien.

Il repoussa sa chaise dans un grincement et se leva tant bien que mal.

— Je croyais que tu étais…, poursuivit-il.

— Moi aussi. On dirait qu'il ne suffit pas d'un sortilège de sorcière pour me tuer. Je ne sais pas quel ensorcellement a utilisé Phelps, le chaman, mais ça marche.

— Ils ont fait venir Phelps ? dit le gardien en soupirant de soulagement. Je ne pensais pas qu'ils le feraient. Le docteur Fellows est douée, mais…

— … elle n'est pas chaman. Mais elle est bien plus agréable à regarder que ce vieux Phelps.

Ils rirent tous les deux.

— Enfin bref, je reprends du service, et apparemment, manquer de mourir ne me dispense même pas de finir ma journée. Ils veulent que tu ailles à l'entrée pour garder la porte. Trudy est sur les nerfs, avec les jeunes qui sont revenus.

— Je la comprends. Personnellement, je ne sais pas pourquoi ils veulent tant les réhabiliter. Après ce que cette gamine t'a fait, je suis prêt à les enfermer et à jeter la clé. Mais je vais quand même aller tenir compagnie à Trudy.

Il avança en faisant grincer ses chaussures sur le sol puis se mit à renifler.

— C'est quoi, cette odeur ?

— Quelle odeur ?

— Comme si quelque chose avait brûlé.

— Ah ! oui. Je crois que Trudy a encore fait brûler du pop-corn dans le micro-ondes.

— Non, ça ne sent pas le pop-corn. (Il fit un pas.) Ça vient de…

Il y eut un cri étouffé, suivi du bruit sourd d'un corps qui s'effondre. Je me précipitai dans la pièce. Le demi-démon était en train de traîner le gardien dans un coin.

— Vois-tu un fantôme, jeune fille ? demanda-t-elle sans se retourner.

— N-non.

— Alors il n'est pas mort, n'est-ce pas ?

Elle disposa le corps derrière des chaises qui le cachaient à moitié, puis elle me prit les mains et les appuya contre le cou de l'homme où je sentis son pouls battre avec force.

— Tu es la première à m'avoir donné une chance de recouvrer la liberté. Crois-tu que j'irais la gaspiller ? (Elle regarda le gardien puis me jeta un coup d'œil en douce.) Tout de même, ce serait l'occasion idéale de choisir un corps bien plus approprié pour moi, celui de quelqu'un que *personne* ne croit mort.

Mon regard noir la fit soupirer.

— Bon, très bien. Va chercher tes amis.

Je scrutai les moniteurs pendant qu'elle surveillait la porte. Il n'y avait aucune trace de Tori, mais je m'y attendais. Cela signifiait simplement qu'elle se trouvait dans une des cellules qui n'étaient pas sous vidéosurveillance. Je trouvai Simon, toujours à l'infirmerie, attaché sur le brancard, une intraveineuse plantée dans le bras. Il n'y avait aucun gardien en vue.

Je vérifiai les autres écrans. Le docteur Davidoff était dans la salle de réunion avec Mme Enright, Sue, le gardien Mike, que je connaissais, et deux autres. Ils semblaient en plein débat.

Aucune des autres pièces n'était éclairée, sauf une, pas plus large que mon dressing à la maison, où s'entassaient un lit simple, un petit bureau et une chaise.

Quelqu'un était assis au bureau en train d'écrire, la chaise placée aussi loin que possible du champ de la caméra. Je ne voyais qu'une épaule et un bras, mais je reconnus le chemisier de soie pourpre. J'étais là quand tante Lauren l'avait acheté cet hiver-là.

Elle se leva, et je n'eus plus aucun doute. C'était bien tante Lauren.

Je fis entrer le demi-démon et lui désignai l'écran.

— C'est quelle pièce, et pourquoi ma tante se trouve là-bas ?

— Parce qu'elle a été vilaine. Apparemment, vous n'aimez pas être enfermées, dans la famille. Elle venait à peine d'être confinée dans une cellule normale qu'elle a essayé de s'échapper le jour même. Ils ont décidé qu'elle avait besoin d'être surveillée de plus près.

— Alors ils la retiennent prisonnière ?

— Elle t'a aidé à t'enfuir. Croyais-tu qu'ils allaient organiser une fête en son honneur ? sacrifier une chèvre ou deux ?

— Ils m'ont dit qu'elle avait changé d'avis et reconnu avoir fait une erreur.

Le demi-démon ricana.

— Et tu les as crus ? Bien sûr que oui, puisqu'ils ont toujours été parfaitement honnêtes avec toi.

Je me sentis rougir.

— Oui, ils ont essayé de lui faire voir en quoi elle avait eu tort, reprit-elle. Ils lui ont offert l'immunité, le pardon, des oreillers en plume… C'est un membre très apprécié de l'équipe. Mais elle a refusé. (Elle me regarda et soupira.) J'imagine que tu veux la sauver elle aussi.

Je hochai la tête.

— Eh bien, au travail alors.

Je lui attrapai le bras avant qu'elle s'éloigne.

— Rae. La fille demi-démon, celle qui maîtrise le feu. Ils ont dit qu'elle avait été transférée. Est-ce qu'elle est là, elle aussi ?

Elle hésita, et il y avait une certaine douceur dans sa voix quand elle me répondit :

— Non, mon enfant. Elle n'est pas ici. Et je ne sais pas ce qu'elle est devenue, alors ce n'est pas à moi qu'il faut le demander. Elle était là un soir, et le matin venu, elle avait disparu.

— Ils l'ont…

— Nous n'avons pas le temps pour ça. Tes amis t'attendent et eux… (Elle désigna la réunion du groupe Edison.)… ne vont pas rester dans cette pièce indéfiniment.

Nous allâmes d'abord libérer Tori.

J'essayai de la préparer au choc qu'allait lui causer la vision d'un mort-vivant et entrai la première, mais elle l'aperçut et, après une première seconde de surprise, nous dit :

— Bonne idée.

Je m'apprêtai à lui expliquer que je n'avais pas créé un zombie gardien esclave, mais le demi-démon était déjà à la porte suivante, devant la troisième cellule, suivie de Tori. Je me dis que si cette dernière ne voyait pas d'inconvénient à ce que je relève des morts pour mon usage personnel, je n'avais pas vraiment de raison de lui avouer que j'avais en fait conclu un pacte avec un démon.

Les choses ne se passèrent pas aussi bien avec Simon, qui savait bien que je ne m'amusais habituellement pas à commander les morts. Je ne pouvais pas prétendre que nous n'avions pas le temps, puisque nous fûmes obligés de prendre un moment pour lui enlever ses sangles et son intraveineuse, lui faire un bandage et chercher ses chaussures pendant que le demi-démon surveillait la porte.

Je leur expliquai donc la vérité. Tori l'accepta sans sourciller. Je commençais à me dire qu'elle en ferait de même avec n'importe quoi.

Simon resta silencieux pendant un moment, et je m'attendais à ce qu'il s'écrie : « Tu es folle ? » Mais il s'agissait de Simon ; il se leva seulement du lit, s'accroupit à côté de moi alors que je regardais sous une table pour retrouver ses chaussures et chuchota :

— Tu vas bien ?

Je savais qu'il parlait du mort que j'avais ressuscité, et une fois que j'eus acquiescé, il chercha à voir mon visage et se contenta de répondre :

— D'accord.

Je lui assurai que je serais prudente avec le demi-démon, et il ajouta :

— Je sais, et on restera prudents.

Ce fut tout.

42

— Prochain arrêt, cette chère tatie Lauren, fit le demi-démon d'un ton joyeux. Puis nous nous dirigerons vers la sortie la plus proche, et… (Elle sourit.)… la liberté pour tout le monde !

— Pas tout le monde, dit Tori en me regardant pendant que nous avancions. Il faut qu'on récupère les dossiers du projet. Il y a d'autres jeunes qui s'imaginent être des malades mentaux, comme Peter et Mila. Plus tous ceux chez qui les pouvoirs ne se sont peut-être pas encore déclarés.

Peter était déjà pensionnaire à Lyle House quand j'y avais été amenée, et il avait été libéré avant que je m'échappe. Je n'avais pas connu Mila, et je savais seulement qu'elle avait vécu au foyer avant moi, qu'elle avait été « réhabilitée » et renvoyée à sa vie d'avant.

— J'aimerais vraiment obtenir ces dossiers, convins-je. Mais nous n'avons pas le temps d'aller les chercher et d'imprimer…

Tori sortit une clé USB de sa poche. Je ne pris même pas la peine de lui demander d'où elle la sortait.

— Tu as le mot de passe du docteur Davidoff, dit-elle. On a accès à son bureau, et je peux copier les fichiers pendant que tu t'occupes de ta tante.

— Et il y a sûrement un téléphone quelque part, ajouta Simon. Je peux réessayer de joindre mon père.

Ils avaient raison. Je le regretterais si nous partions d'ici sans ces informations. Et je le regretterais encore plus si nous nous faisions prendre sans avoir profité de l'occasion pour dire à M. Bae où nous étions.

Nous arrivâmes au bureau. Il fallait entrer un code supplémentaire, mais le demi-démon le connaissait. Je prévins Simon et Tori qu'elle et moi allions chercher ma tante, et que nous reviendrions après.

— Alors le sorcier reste avec sa sœur ? lança le demi-démon.

— Ma sœur ? fit Simon. Elle n'est pas…

— Ta sœur jeteuse de sorts, ajoutai-je précipitamment. C'est une expression qu'elle utilise.

Quand nous nous fûmes assez éloignées, je chuchotai :

— Donc le père de Simon est vraiment celui de Tori ?

— C'est le secret le moins bien gardé de tout le bâtiment, dit-elle d'une voix chantante à laquelle se mêlaient les accents bourrus du gardien. Et crois-moi, ma petite, c'est dire.

— Ça explique sans doute pourquoi sa mère a flippé quand Tori a reconnu qu'elle aimait bien Simon.

— Ooh ! voilà une situation qui aurait été embarrassante. Voilà une bonne leçon en ce qui concerne les secrets : ils reviendront toujours te hanter de la manière la plus gênante qui soit. Mais que cette femme se sente coupable ou non, c'est une autre histoire. Elle a les valeurs morales d'un succube. Je dois admettre que la regarder essayer de séduire le sorcier était assez distrayant. Ç'a été un coup dur à son *ego* quand elle a échoué.

— Échoué ? demandai-je au moment où nous tournions au bout du couloir. Mais si Tori est sa fille, alors…

— Alors rien. Qu'est-ce qu'on apprend aux jeunes à l'école de nos jours ? Les rapports sexuels sont loin d'être la seule façon de se reproduire. C'est sans doute la plus agréable, mais si ça ne marche pas, et qu'on a accès à un laboratoire entier et toutes les excuses possibles pour se procurer les fluides organiques…

— Berk. C'est vraiment…

Une sonnette d'alarme retentit soudain juste au-dessus de ma tête.

— Notre temps est écoulé, on dirait, murmura le demi-démon.

Elle ouvrit la porte la plus proche avec le passe, me poussa dans la pièce et se glissa derrière moi.

— Ma tante…

— Elle va très bien. Elle n'est que quelques portes plus loin, en sécurité pour l'instant. C'est toi l'oiseau qui n'est plus dans son nid.

Elle m'emmena jusqu'à une porte, de l'autre côté de la pièce, qui donnait sur un grand cagibi. Elle me fit entrer à l'intérieur.

— Simon et Tori…

— Je suppose qu'ils sont en possession d'oreilles et de cerveaux en état de marche. Ils entendront l'alarme et iront se cacher, ce que nous devons également faire.

J'avançai dans le réduit et vis le corps du gardien s'écrouler brutalement. Je tombai à genoux à côté de lui.

— Oh ! tu verras qu'il est toujours bel et bien mort, fit la voix du demi-démon au-dessus de ma tête. Cette enveloppe mortelle m'a été très utile, mais mon aspect original est beaucoup plus pratique pour rester cachée.

— Mais vous avez dit que vous ne pouviez pas en sortir sans mon aide.

— C'était *sous-entendu*, je n'ai jamais dit ça. Je suis un démon. Nous connaissons toutes les astuces. Bon, je vais aller jeter un coup d'œil. Tu as toujours ton arme, n'est-ce pas ?

— Oui, mais…

— Sors-la et prie pour ne pas avoir à l'utiliser. Je reviens tout de suite.

Je sentis un courant d'air chaud puis me retrouvai toute seule avec le cadavre du gardien.

L'alarme retentissait toujours.

Était-ce la cavalcade de quelqu'un qui courait que j'entendais là ? un cri ? un coup de feu ?

Détends-toi. Tu ne peux rien faire.

C'était bien ça le problème. J'étais obligée de rester tapie dans ce cagibi à serrer dans mes mains tremblantes une arme dont je ne savais pas me servir, en sachant que je ne pouvais rien faire, rien qui n'aurait pas donné à Derek une raison de me crier dessus s'il avait été là ; et Dieu sait que j'aurais aimé l'avoir près de moi. J'aurais volontiers subi ses remontrances, si elles m'avaient permis de savoir qu'il allait bien…

Il va bien. Mieux que s'il était là avec toi.

S'il était resté dans la maison, alors oui, il était en sécurité. Liz était là pour veiller sur lui, et il ignorait complètement où nous étions partis et comment nous retrouver. Il devait être hors de lui, mais en sécurité.

Je regardai le gardien. Il était tombé comme une masse et ses yeux morts étaient braqués sur moi. Je songeais à lui et me demandai si…

Ne pense pas à lui. Ne te demande rien. Sans quoi ton vœu va être exaucé, et tu ne seras plus toute seule dans ce réduit.

Je détournai vivement le regard et chassai son image de mes pensées. J'examinai le pistolet. J'avais décrit des scènes de fusillade dans des scénarios, mais à mon grand embarras, j'ignorais si l'arme était chargée ou si le cran de sécurité était enclenché. Ce genre de détails n'a pas d'importance dans les scénarios. Il suffit d'écrire « Chloé prit l'arme et tira » et de laisser l'acteur et l'accessoiriste s'occuper du reste.

Le pistolet ressemblait quand même à un Glock, et d'après mes souvenirs, ce type d'armes n'avait pas de dispositifs de sécurité. Il fallait simplement viser, et tirer. J'en étais capable, s'il le fallait vraiment.

Tu vois, tu n'es pas sans défense. Tu possèdes une arme. Deux armes.

Deux ? Je baissai les yeux sur le gardien et déglutis. Non, jamais je ne…

Bien sûr que tu le ferais, si tu y étais forcée.

Non, j-je…

Tu ne peux même pas finir ta phrase, n'est-ce pas ? Tu le ferais si c'était ton dernier recours. Commander les morts, voilà ton pouvoir. Ton plus grand pouvoir.

Je fermai les yeux.

Tu ne verras personne venir si tu restes comme ça.

Je mis un moment à prendre conscience que la voix n'était pas dans ma tête. Le demi-démon était revenu.

— Qu'est-ce qui a déclenché l'alarme ? demandai-je.

— Aucune idée, mais tes amis sont à l'abri. Ils se sont réfugiés dans le petit salon de Davidoff. Le groupe s'est rendu compte de votre évasion mais, chose terrible, ils s'imaginent que vous avez essayé de quitter le bâtiment. Heureusement, vous ne vous trouvez pas à côté d'une sortie. Et malheureusement…

— Nous ne nous trouvons pas à côté d'une sortie.

— Je peux te faire sortir. Je suis peut-être même capable de libérer ta tante par la même occasion. Mais tes amis sont dans la direction opposée, et il m'est impossible…

— Alors je reste ici. On ne part pas tant que je ne suis pas sûre que tout le monde est en sécurité.

— C'est une noble décision. Il existe cependant une autre solution et j'ai peur que tu l'apprécies encore moins que ma dernière suggestion.

— Vous libérer.

Au moment où je prononçais ces mots, ma voix intérieure me hurla que je m'étais fait avoir. Mais j'entendis les cris des membres du groupe Edison. Ils avaient réellement été alertés, et le demi-démon n'avait aucune raison de le faire elle-même, puisqu'elle aurait pu facilement nous emmener jusqu'à la sortie et réclamer son dû.

— Libère-moi, et tu pourras bloquer les sortilèges qui règnent en ce lieu, dit-elle.

— Génial, ça mettra fin aux expériences, mais comment cela nous aidera-t-il à sortir d'ici ? Ce n'est pas la magie qui m'inquiète. C'est l'alarme et les types armés. Ce dont j'ai besoin…

— C'est une diversion. Et c'est ça que je t'offre. Ma magie est omniprésente ici. Si je la perturbe, cela affectera bien plus que les sorts qu'ils ont jetés. Tu auras la diversion dont tu as besoin.

Notre entreprise avait échoué, et elle avait à présent toutes les raisons de me mentir pour me convaincre de la libérer avant que je me rende compte que j'avais été piégée.

— J'ai conclu un pacte, dit-elle. Et nous sommes liées par ce pacte démoniaque. Libère-moi, et je resterai tout aussi engagée à honorer ma promesse.

Lui faisais-je confiance ? Bien sûr que non. Mais avais-je le choix ? Pas à ma connaissance.

— Dites-moi comment faire, déclarai-je.

43

Libérer le demi-démon n'était pas très différent de la délivrance d'un fantôme. C'était sans doute logique, puisqu'elle avait été amenée ici par une sorte d'invocation.

— Tu y es presque, ma petite, dit-elle en m'enveloppant de son souffle chaud. Je sens mes entraves tomber. Un quart de siècle d'esclavage, et je vais enfin recouvrer la liberté. Même les murs trembleront lors de mon départ et détaleront comme des souris effrayées. Continue. Le sens-tu, toi aussi ?

Je ne sentais rien du tout, et j'aurais préféré qu'elle se taise pour me laisser me concentrer.

Elle poussa un cri qui me fit sursauter, et le cagibi s'emplit d'air chaud tourbillonnant. Je me recroquevillai. Le vent soufflait autour de moi puis s'apaisa petit à petit jusqu'à devenir une brise légère, avant de totalement disparaître.

Silence.

— C'est... c'est tout ? dis-je.

— Mmh. Sens-tu autre chose ? une vibration, peut-être ?

— Non, répliquai-je en jetant un regard furieux vers la voix. Vous m'avez promis une divers...

Le cagibi se mit à trembler. Un grondement sourd s'éleva au-dessus de moi, comme si un train passait sur le toit. Je levai la tête ; à ce moment-là, une secousse me fit perdre l'équilibre.

Un bout de plafond tomba et toucha mon épaule. Puis un autre. Le minuscule cagibi craqua et grinça ; les cloisons se fendillèrent et une pluie de plâtre commença à tomber.

— Dehors, ma petite ! cria le demi-démon pour que je l'entende malgré le vacarme. Il faut que tu sortes !

J'essayai de me mettre debout mais tombai à quatre pattes. La pièce continuait à trembler et à craquer, et les murs se fendaient. La poussière de plâtre m'emplissait la bouche et me piquait les yeux. J'avançai en rampant à l'aveuglette et suivis la voix du demi-démon qui me guidait.

Je sortis enfin du cagibi et débouchai sur la pièce principale. Elle tremblait tout autant, et le carrelage se décollait sous moi. Un bout de plâtre tomba sur mon dos. Un autre, de la taille de mon poing, ricocha sur mon bras blessé et explosa en mille morceaux en tombant par terre. Je reçus des éclats au visage.

Tout en recrachant la poussière, je sentis une autre odeur que celle du plâtre. Un parfum sucré qui m'était étrangement familier.

— Plus vite, ordonna le demi-démon. Avance.

Je me remis en marche. Tout à coup, les tremblements cessèrent. Le grondement se tut. La pièce fut plongée dans le silence et tout s'immobilisa.

Je regardai autour de moi. Mes yeux larmoyaient encore à cause de la poussière. Le sol était couvert de plâtre. Des morceaux de Placo pendaient aux murs, qui étaient zébrés de fissures.

La pièce se remit à grincer, plus doucement cette fois, comme si elle se tassait. Il ne restait plus que l'odeur sucrée.

Le demi-démon me pressait toujours de me dépêcher. Je me remis debout. J'entendais les éclats de voix et les cris distants des membres du groupe Edison dans le couloir. Au plafond, l'ampoule clignota comme un stroboscope en plongeant la pièce sans fenêtre dans l'obscurité.

— Tu as eu ta diversion, me dit le démon. Maintenant, mets-la à profit.

Je fis un pas vers la porte et sentis quelque chose frôler ma jambe. Je sursautai et baissai les yeux mais ne vis rien. J'avançai encore un peu ; une main chaude m'effleura la joue. Un chuchotement inintelligible me chatouilla le cou en faisant voler des mèches de mes cheveux.

— Est-c-ce que c'est vous ? demandai-je.

— Bien sûr, répondit le demi-démon… à l'autre extrémité de la pièce.

Je regardai autour de moi mais ne vis que des débris. La lumière ne cessait de clignoter. Des voix éloignées crièrent qu'il fallait trouver le technicien informatique.

— Leur serveur a lâché, dit le demi-démon. Parfait. Allons-y.

Je me remis en marche. Un gloussement résonna à ma gauche et je fis volte-face. Quelque chose grogna derrière moi, et je me retournai de nouveau.

— La *porte*, reprit le demi-démon. Ouvre la porte.

Tout à coup, une violente bourrasque d'air chaud me renversa, et je tombai en arrière.

Un rire éclata au-dessus de moi, puis j'entendis une voix qui parlait dans une langue étrangère. Je me relevai, mais une autre rafale me plaqua de nouveau par terre. L'air chaud tourbillonnait autour de moi en soulevant la poussière comme dans une tempête de sable. J'en avais plein les yeux, le nez, la bouche.

Je rampai jusqu'au battant. Le vent me fouettait de toutes parts. L'odeur sucrée, douceâtre à présent, me soulevait le cœur. Des mains invisibles me caressaient la tête, le dos, le visage. Des doigts touchaient mes vêtements, me tiraient les cheveux, me pinçaient les bras. Des voix chuchotaient, grognaient, criaient à mes oreilles. Mais je ne devais écouter que celle du demi-démon, qui me disait d'aller jusqu'à la porte.

Ma tête heurta le mur. Je tâtonnai jusqu'à ce que je trouve la poignée, me hissai debout et l'ouvris. Je tirai la porte, m'acharnai sur la poignée.

— Non, chuchotai-je. Non, pas ça.

On dirait que ces coupures de courant ne sont peut-être pas si commodes.

Des doigts passèrent dans mes cheveux. Un souffle tiède me caressa la joue. De l'air chaud souffla autour de moi. La lumière vacilla.

— Adorable enfant, murmura une voix.

— Qu'est-ce qu'elle est ? demanda une autre.

— Une nécromancienne.

Il y eut un petit rire.

— Tu es sûr ?

— Que lui ont-ils fait ?

— Quelque chose de merveilleux.

— Laissez-la tranquille, exigea le demi-démon. Elle n'est pas à vous. Allez, ouste ! dégagez tous.

— Q-que se p-passe-t-il ? demandai-je.

— Ne t'inquiète pas, mon enfant. Le rituel de libération a simplement eu quelques répercussions. Il y a habituellement des précautions à prendre contre ce genre de choses, mais nous n'avions pas le temps. Ni les moyens.

— Des précautions contre quoi ?

— Eh bien, quand tu libères un démon, tu ouvres un…

— Un passage pour le monde démoniaque ?

— « Passage » est un bien grand mot. Une minuscule brèche, plutôt.

Les voix se faisaient toujours entendre et les mains invisibles me touchaient, me chatouillaient.

— Ce sont des démons ?

— Sûrement pas, dit-elle sur un ton dédaigneux. Ce sont des esprits démoniaques mineurs. À peine supérieurs à des insectes. (Elle haussa la voix.) Qui vont avoir de gros ennuis s'ils n'obéissent pas à mes ordres.

Les esprits sifflèrent, couinèrent et crachotèrent, sans pour autant s'éloigner.

— Ne fais pas attention à eux. Ils peuvent seulement te toucher, et encore. Considère leur présence comme une invasion d'insectes d'un autre monde. Pénibles et gênants, mais pas dangereux. Ils ne peuvent pas se manifester dans ce monde tant qu'il n'y a pas de cadavre…

Elle se tut. Nous nous tournâmes toutes les deux en direction du cagibi.

— Vite, dit-elle. Renvoie-moi dans le corps du gardien. Si je l'occupe, les esprits ne pourront pas…

Un bruit sourd retentit dans le réduit, suivi d'un sifflement. Je me retournai précipitamment et me démenai sur la porte de la pièce. Des grognements s'élevèrent depuis le débarras. Alors que je m'acharnais sur la poignée, j'entendis des grattements, comme des ongles qui griffaient du bois. Il y eut un cliquetis, puis le grincement d'une porte qui s'ouvre. Je me retournai vers le cagibi. Les lumières s'éteignirent.

44

Je reculai d'un bond en sentant des doigts effleurer mon visage. À l'autre bout de la pièce, des ongles raclaient le sol.

— Il arrive, chuchota une voix. Le maître arrive.

— Le m-maître ? fis-je.

— Ils mentent, m'assura le demi-démon. Ce n'est qu'un autre…

Un gémissement retentit à mon oreille et couvrit la fin de sa phrase. Je fis quelques pas en arrière mais renversai une chaise et tombai lourdement. Une bourrasque d'air brûlant me rabattit les cheveux dans les yeux et entortilla mes vêtements. Je me retrouvai coincée. J'entendais des bruits de lutte et les injures du demi-démon, à peine audibles dans la cacophonie des cris des esprits.

Puis, soudain, le phénomène s'arrêta aussi brusquement qu'il avait commencé. Le vent retomba et le silence se fit dans la pièce.

Tout était noir, il n'y avait plus un bruit.

— Vous êtes là ? appelai-je.

Le demi-démon ne répondit pas. À sa place, j'entendis le grattement des ongles et le bruissement d'un tissu qui frottait sur le sol. Je me relevai d'un bond mais me pris les pieds dans la chaise renversée, perdis l'équilibre et vins heurter un autre meuble. Je me cognai l'arrière de la tête, et ma blessure se rouvrit. Je sentis le sang couler le long de ma nuque.

Les grattements cessèrent et j'entendis comme un reniflement. Quelqu'un flairait l'air tout en se léchant les babines.

J'essuyai le sang et reculai précipitamment. Je m'écrasai contre le mur. Il y eut un claquement, puis un sifflement, puis de nouveau le silence. J'entendais les voix distantes au bout du couloir et m'y raccrochai en me répétant que je me trouvais au laboratoire, et pas enfermée dans un sous-sol avec des cadavres qui rampaient jusqu'à moi.

Heu, c'est-à-dire qu'en fait, il y a justement un cadavre...

Mais ce n'était pas une carcasse en décomposition.

Certes, la dépouille est toute fraîche... et possédée par un esprit démoniaque.

Les grattements reprirent. Je serrai les bras autour de ma poitrine et fermai les yeux.

Ah! oui tiens, bonne idée, ça peut t'aider.

Non, mais en revanche, peut-être que *ça* pourrait m'aider: je me concentrai pour essayer de libérer l'esprit. Je m'y appliquai en faisant autant d'efforts que j'osai me le permettre, mais le bruissement du tissu et les grattements d'ongles se rapprochaient de plus en plus, à tel point que j'entendais les boutons racler sur le sol. Je tentai de me déplacer, me cognai à une autre chaise et m'écroulai dessus.

Libère l'esprit. Cesse d'essayer de t'en aller. Libère-le.

Je fermai les yeux. Non pas que ça change quoi que ce soit: la pièce était si noire que je ne voyais absolument rien, je ne distinguais pas le corps du gardien qui se traînait par terre, je ne savais pas où il était, je ne le voyais pas...

Concentre-toi!

Je libérai l'esprit, encore et encore, mais il continuait à avancer et chuchotait, grattait, sifflait, cliquetait. Je l'entendais même claquer et grincer des dents, à présent. Je sentais aussi cette odeur écœurante de démon mêlée à la puanteur de la chair brûlée. J'en avais des haut-le-cœur.

Concentre-toi.

J'essayai, mais j'avais beau faire autant d'efforts que possible, la chose ne s'arrêtait pas, ne grognait pas, ne donnait aucun signe qu'elle ressentait quelque chose.

Un souffle chaud me brûla les chevilles. Je remontai les genoux contre ma poitrine et les serrai en clignant des yeux, dans l'espoir de distinguer une forme, mais la pièce était toujours plongée dans l'obscurité. Les grattements, les chuchotements et les cliquetis se turent tout à coup, et je compris que la chose était juste devant moi.

Il y eut un bruit de tissu déchiré, suivi d'un autre, plus sourd, comme mouillé. Je poussai un gémissement étranglé et me recroquevillai, sans bouger de l'endroit où j'étais, les genoux serrés contre moi à écouter cet affreux bruit de déchirure humide ponctué de craquements, comme si des os se brisaient.

Je gardai les yeux fermés. *Va-t'en, va-t'en...*

Quelque chose de froid et humide battit contre ma cheville. Je retirai mon pied et plaquai mes mains sur ma bouche pour m'empêcher de hurler. Je me levai d'un bond, mais des doigts glacés s'enroulèrent autour de mes jambes et me forcèrent à me rasseoir. La chose me serrait fort et remontait ses mains le long de mes jambes, comme pour se hisser sur moi.

Je perdis mon sang-froid et me mis à cogner frénétiquement des poings et des pieds, mais la chose me maintenait avec une force surhumaine. Elle parvint alors à grimper sur moi et me plaqua au sol en sifflant et en me soufflant son haleine fétide en pleine figure. Je sentis quelque chose de froid et humide dans mon cou. Elle était en train de me lécher. Elle léchait mon sang.

Je me débattis de toutes mes forces et m'imaginai en train de la libérer. L'espace d'un instant, son étreinte se relâcha. Je remuai dans tous les sens et parvins à me débarrasser de la chose. Je reculai à toute vitesse jusqu'à me retrouver contre le mur.

Je me relevai et essayai de courir, mais je trébuchai sur la chaise que j'avais renversée plus tôt. Je me rattrapai avant de tomber puis m'éloignai le plus possible en m'attendant à ce que, d'un instant à l'autre, la chose me saute dessus pour me renverser. Mais elle ne fit rien de tel et en écoutant bien, je perçus un halètement rauque qui venait de l'endroit où je l'avais laissée. Je reculai lentement.

La lumière revint dans un « clic », et je découvris le gardien à quatre pattes, les bras et les jambes tordus… d'une manière anormale, tordus comme des membres du corps ne peuvent pas l'être. Il ressemblait à une sorte d'insecte monstrueux aux membres cassés et vrillés, dont les os ressortaient à travers le tissu. Sa tête était baissée, et il produisait toujours ce halètement humide.

Je fis un pas de côté et vis ce qu'il était en train de faire : il léchait mon sang qui avait coulé par terre. Je reculai à grands pas pour m'éloigner et il tourna la tête, il la tourna complètement, jusqu'à se déchirer la chair du cou pour la faire pivoter à cent quatre-vingts degrés. Il retroussa ses lèvres ensanglantées, montra les dents et émit un sifflement. Puis il se mit à cavaler vers moi, ses membres cassés et tordus s'agitaient si vite qu'il semblait avancer en frôlant à peine le sol.

Je me précipitai sur la porte du cagibi, et il vint me couper la route à la vitesse de l'éclair. Il se cabra alors en sifflant et en crachant.

— Libère-le, mon enfant, me chuchota une voix familière à l'oreille.

— V-vous êtes revenue, dis-je en regardant autour de moi, prête à sentir les chatouilles et les pincements des esprits. Où sont les autres…

— Ils sont partis, et ils ne reviendront pas. Il ne reste plus que celui-là. Libère-le, et tout sera fini.

— J'ai déjà essayé.

— Et maintenant, je suis là pour détourner son attention pendant que tu essaies encore.

Une bouffée d'air chaud passa entre moi et la chose, qui se cabra encore une fois en suivant le courant d'air du regard.

Je fermai les yeux.

— Ton collier, me murmura-t-elle.

— Ah oui ! c-c'est vrai.

Je l'ôtai et le regardai, réticente à m'en séparer.

La chose s'élança de nouveau sur moi. Le demi-démon s'exprima dans une langue que je ne compris pas et parvint à attirer son attention.

Je posai mon collier sur une chaise, assez près pour pouvoir l'attraper, puis je fermai les yeux et m'efforçai de libérer la créature.

Je sentis l'esprit lâcher prise progressivement, tout en grognant. Soudain, il y eut un déclic et j'ouvris grands les yeux pour regarder la porte, d'où venait le bruit.

— Oui, elle est ouverte, dit le demi-démon. Ce n'est pas trop tôt. Mais d'abord, finis ce que tu es en train de faire.

Savoir que la porte était ouverte me redonna l'énergie dont j'avais besoin. Le bruit qui résonna ensuite fut celui du corps difforme du gardien qui s'écroulait au sol.

— Excellent, approuva le demi-démon. Maintenant, récupère ton bijou et…

Je reçus une violente bourrasque d'air brûlant en plein visage, qui fit passer les précédentes pour de légers souffles de brise.

— Q-qu'est-ce que c'est que ça ? demandai-je.

— Rien, ma petite, dit-elle prestement. Allez, dépêche-toi.

45

Je saisis mon collier et le passai autour de mon cou en courant jusqu'à la porte. J'allais contourner le corps du gardien lorsque celui-ci se leva comme si de rien n'était, sans tenir compte de ses multiples fractures. Je fis un pas de côté.

— Stop ! gronda-t-il.

J'obéis sans savoir pourquoi. Le ton de sa voix ne m'avait pas laissé le choix.

Je me retournai et vis le gardien debout, le menton relevé, les yeux brillant d'un vert irréel. Je sentais sa chaleur rayonner même à deux mètres de lui.

— Diriel ! rugit-il en balayant la pièce des yeux.

— Heu, ici, maître, dit le demi-démon. Si je puis me permettre, c'est un honneur de vous voir…

Il se tourna vivement vers elle et parla d'une voix étrangement mélodieuse, un peu semblable à la sienne, mais plus grave et masculine, peut-être même envoûtante. Je demeurai figée à l'écouter.

— Voilà plus de deux décennies que tu n'as pas répondu à mes sommations. Où étais-tu ?

— Eh bien, voyez-vous, c'est une drôle d'histoire, et je serais heureuse de vous la raconter dès que…

— Serais-tu en train de me demander d'attendre que tu sois disponible ?

Il parla à voix basse, mais j'en eus des frissons malgré la chaleur ambiante.

— Absolument pas, maître, mais j'ai conclu un pacte avec cette…

— … cette mortelle ? fit-il en se retournant vers moi d'un seul coup, comme s'il me voyait pour la première fois. Tu as conclu un pacte avec une *enfant* ?

— Comme je vous l'ai dit, c'est une drôle d'histoire, et vous allez adorer…

— C'est une nécromancienne, observa-t-il en s'approchant de moi. Ce halo…

— C'est joli, n'est-ce pas ? Il existe tant de variations chez ces surnaturels humains. Même le plus faible d'entre eux obtient quelque chose, comme cet adorable halo.

— Le halo d'un nécromancien est révélateur de sa puissance.

— Tout à fait, et c'est tant mieux, car une nécromancienne aussi faible qu'elle a besoin d'un halo très lumineux pour attirer les fantômes.

Il ricana en marchant jusqu'à moi. Je ne cillai pas, seulement parce que la terreur me paralysait.

J'étais face à un démon. Un vrai démon. J'en avais la certitude, et mes jambes en tremblaient.

Il s'arrêta devant moi et m'observa en inclinant la tête. Enfin, il me sourit.

— Donc, reprit Diriel, je vais simplement aider cette pauvre petite nécromancienne sans défense…

— Par pure gentillesse, je suppose.

— Eh bien, pas exactement. On dirait que cette gamine m'a libérée. Complètement par accident. Les enfants, vous savez ce que c'est, toujours en train de jouer avec les forces des ténèbres. Il semble donc qu'elle m'ait rendu service, et si vous me laissez remplir ma part du contrat, maître, je serai à vous…

— Quelle puissance une enfant nécromancienne doit-elle posséder pour libérer un semi-démon ? songea-t-il à haute voix. Je sens ton pouvoir, petite fille. Ils t'ont fait quelque chose, n'est-ce pas ? J'ignore quoi, mais c'est extraordinaire.

Ses yeux émirent une lueur, et je les sentis me traverser comme s'il regardait au cœur de mon pouvoir. Quand il vit ce qui s'y trouvait, il sourit, et je frissonnai de nouveau.

— Peut-être, maître, mais elle n'est qu'une enfant. Vous savez ce que dit le Traité de Bérinthe sur la séduction des jeunes gens. C'est injuste, j'en conviens, mais elle sera bientôt adulte et si vous m'autorisez à l'encourager en remplissant mon contrat…

Il la regarda et répondit :

— Quel que soit ce pacte que tu as conclu avec l'enfant, il pourra être honoré plus tard. Je ne vais pas te laisser filer si facilement, cette fois-ci. Tu as tendance à disparaître.

— Mais elle…

— … elle est assez puissante pour t'invoquer quand elle le souhaitera.

Il se tourna vers moi et, sans que j'aie le temps de m'éloigner, il me prit le menton dans la main et le leva vers lui. Les doigts du gardien étaient étrangement chauds. Il tourna mon visage vers le sien et murmura :

— Grandis et sois forte, jeune fille. Forte et puissante.

Il y eut un courant d'air chaud.

— Je suis désolée, petite, chuchota Diriel.

Et ils disparurent tous les deux.

Le corps du gardien tomba et je sautai par-dessus pour me précipiter sur la porte. La poignée tourna avant que j'aie pu la toucher ; je regardai autour de moi, prête à m'enfuir, mais il n'y avait nulle part où aller. Je sortis le pistolet et reculai contre le mur. La porte s'ouvrit et une silhouette apparut.

— T-tante Lauren, soufflai-je.

Mes genoux se mirent à trembler. À une époque, je trouvais irritant qu'elle me materne constamment, mais après deux semaines passées à ne compter que sur moi-même et sur d'autres jeunes tout aussi effrayés et perdus que moi, son regard inquiet me fit l'effet d'une chaude couverture par une nuit d'hiver. J'eus envie de me jeter dans ses bras et de lui dire : « Prends soin de moi. Résous le problème. »

Mais je n'en fis rien. Elle courut jusqu'à moi et me serra contre elle. C'était fabuleux, mais mon envie d'être sauvée me passa. Je me vis me détacher d'elle et m'entendis lui dire :

— Viens. Je connais le chemin.

Alors que nous sortions en courant, elle se retourna et aperçut le corps du gardien. Elle poussa un petit cri.

— Mais c'est…

Sans me démonter, je lui coupai la parole et bégayai :

— J-je ne sais pas ce qui s'est passé. J'ai eu peur, il est entré ici et…

Elle me serra dans ses bras et me murmura :

— Ce n'est pas grave, ma chérie.

Elle me croyait, évidemment. J'étais toujours sa petite Chloé, qui n'aurait même pas idée de ressusciter les morts.

Au moment où nous nous glissions dans le couloir, elle vit le pistolet et le prit sans que je me rende compte de ce qu'elle était en train de faire. Je commençai à protester, et elle répliqua :

— Si on a besoin de l'utiliser, c'est moi qui appuierai sur la détente.

Je savais qu'elle voulait m'éviter d'avoir à tirer sur quelqu'un. Je n'avais envie de tirer sur personne, mais quelque part, abandonner l'arme me dérangea. J'eus l'impression qu'on me forçait à retourner dans des vêtements devenus trop petits pour moi.

— Simon et Tori sont dans le bureau du docteur Davidoff, chuchotai-je.

— On va passer par là. C'est plus long, mais on aura moins de risques de tomber sur quelqu'un.

Au moment où nous tournions dans un autre couloir, un gardien chauve sortit d'une pièce. J'essayai d'attraper ma tante par le bras pour la retenir, mais il nous avait déjà vues.

— Ne bouge pas, Alan, ordonna tante Lauren en braquant le pistolet sur lui. Fais demi-tour, rentre dans cette pièce et ferme…

—Alan, fit une voix derrière lui.

Il se retourna. Il y eut un coup de feu, et le gardien s'effondra. Mme Enright apparut, un revolver à la main.

—Je déteste vraiment ces engins, fit-elle en désignant l'arme. C'est tellement primitif. Mais je me suis dit que ce serait peut-être utile.

Je regardai tante Lauren; elle avait été frappée d'un sort d'immobilité.

—Regarde ce que ta tante a fait, Chloé, dit Mme Enright en montrant le gardien qui gisait par terre. Quel dommage! Ils ne la laisseront pas s'en sortir avec une assignation à domicile, cette fois-ci.

Je fis passer mon regard de tante Lauren au gardien mort. Mme Enright se mit à rire.

—Tu te demandes si tu ne pourrais pas le ressusciter, n'est-ce pas? Comme tu es ingénieuse. Je suppose que c'est toi qu'il faut remercier pour tout ça. (Elle embrassa les murs fissurés d'un geste.) C'est ce que j'aime chez toi. Tu es ingénieuse, intelligente, et apparemment… (Elle désigna une fois de plus le gardien.)… tu deviens un peu plus sûre de toi chaque fois que nos chemins se croisent. J'ai presque envie de te laisser ranimer le mort, pour voir de quoi tu es capable.

—Laissez-nous partir, ou bien…

—C'est moi qui tiens une arme, Chloé. La tienne est plus longue à activer. Si je le vois ne serait-ce que tressaillir, tu peux dire au revoir à ta tante. C'est moi qui propose les marchés, et je suis encore d'accord pour m'arranger avec toi. Je crois qu'on pourrait…

Une masse sombre arriva soudain par-derrière et se jeta sur elle. Elle réussit à se tourner en tombant et vit un énorme loup noir la plaquer au sol: Derek. Elle ouvrit la bouche pour lui lancer un sort, mais il l'attrapa par la chemise et l'envoya valser contre le mur. Elle recouvra ses esprits et roula sur le côté tout en récitant une formule dans une langue étrangère. Il la saisit et la poussa encore une fois. Elle heurta le mur avec un craquement, s'affala, et ne bougea plus.

Je me précipitai en avant.

— Chloé ! cria tante Lauren, qui venait d'être libérée du sort d'immobilisation.

— C'est Derek, lui dis-je.

— Je sais. Ne…

J'arrivais déjà près de lui et me baissai à son côté. Il haletait bruyamment en essayant de redevenir maître de lui-même. Je plongeai les mains dans sa fourrure et y enfouis mon visage, les larmes aux yeux.

— Tu es là, soufflai-je. J'étais tellement inquiète.

— Tu n'étais pas la seule, fit une voix.

Je levai la tête et aperçus Liz. Je lui souris.

— Merci, dis-je.

— Je n'ai fait que l'accompagner. Après ce qui s'est passé… (Elle fit un geste en direction de Derek.)… tu vois les chiens qu'utilisent les aveugles pour s'orienter ? Eh bien, je crois que les loups-garous auraient besoin de *poltergeists* pour leur ouvrir les portes !

Derek émit un grognement sourd et me donna un petit coup de la tête.

— Il faut y aller. Je sais.

Je fis mine de me relever, mais il s'appuya contre moi. Je sentais son cœur battre à toute vitesse. Il fourra son museau dans le creux de mon cou, respira profondément, frissonna, et son cœur commença à ralentir. Il huma de nouveau et mit sa truffe jusque sur ma nuque. Il avait senti le sang et grognait d'inquiétude.

— C'est juste une égratignure, le rassurai-je. Je vais bien.

Je caressai sa fourrure et le serrai fort contre moi une dernière fois avant de me mettre debout. Je me tournai vers tante Lauren. Elle n'avait pas bougé et nous regardait fixement.

— Il faut qu'on y aille, dis-je.

Elle croisa mon regard, sans cesser de me dévisager, comme si elle voyait quelqu'un qu'elle ne reconnaissait pas.

— Liz est ici, repris-je. Elle va nous montrer le chemin.

— Liz…

Elle déglutit, hocha la tête et ajouta :

— D'accord.

— Est-ce qu'elle…, fis-je en désignant la mère de Tori.

— Elle est toujours en vie, mais elle a reçu un gros choc. Elle devrait rester sans connaissance pendant un moment.

— Bien. Derek, il faut qu'on aille chercher Tori et Simon. Suis-moi. Liz, est-ce que tu peux partir devant et nous dire si la voie est libre ?

— Oui, chef, répondit-elle en souriant.

J'avançai de quelques pas avant de me rendre compte que tante Lauren ne nous suivait pas. Je me retournai et la trouvai toujours en train de me regarder.

— Je vais bien, lui dis-je.

Elle me répondit d'une voix douce :

— Je vois ça.

Et elle ajouta, un peu plus fort :

— Tu vas très bien.

Nous nous mîmes en route.

46

Nous retrouvâmes Tori et Simon au moment où ils sortaient pour partir à ma recherche. Après avoir expliqué très brièvement la raison du tremblement de terre et de la présence d'un loup à mes côtés, je demandai à Simon s'il avait réussi à joindre son père. Son visage s'assombrit et je compris que les nouvelles n'étaient pas bonnes.

— Messagerie, fit-il.

— Ah bon ?

— Une voix qui disait qu'il était indisponible, et je suis tombé directement sur le répondeur. J'ai laissé un message. Peut-être qu'il n'avait pas de réseau, ou qu'il était déjà au téléphone, ou alors…

Il ne finit pas sa phrase, mais nous savions tous ce qu'il sous-entendait. *Indisponible* pouvait vouloir dire beaucoup de choses, et pas seulement qu'il était trop éloigné d'une antenne-relais.

— On réessaiera dès qu'on sera sortis d'ici, déclara tante Lauren. Ce qui ne devrait pas tarder.

Nous nous dirigeâmes vers la sortie la plus proche. Nous avions fait cinq mètres lorsque Liz revint rapidement.

— Ils sont trois, dit-elle. Ils viennent par ici.

— Armés ? demandai-je.

Elle hocha la tête.

S'ils avaient été trois membres du personnel, sans armes, même dotés de pouvoirs surnaturels, j'aurais été prête à les affronter. Mais les armes changeaient tout. J'en parlai aux autres.

— Il y a une aile condamnée dans la partie ouest, nous informa tante Lauren. Personne ne surveillera cette sortie parce qu'elle se trouve derrière une porte sécurisée.

Je la suivis et me servis du passe pour nous faire entrer dans l'aile ouest. Une fois de l'autre côté, Derek se figea, les poils du dos dressés et les babines retroussées.

— Tu sens quelqu'un ? demandai-je à voix basse.

Il secoua vivement la tête en grognant, comme pour me dire « désolé », et nous nous remîmes en marche, mais il restait sur ses gardes et regardait de part et d'autre.

— Je connais cet endroit, murmura Simon. Je suis déjà venu ici.

— Ton père vous amenait parfois à son travail quand vous étiez petits, dit tante Lauren.

— Oui, je sais, mais ici…

Il regarda autour de lui puis se frotta la nuque.

— Je ne sais pas pourquoi, mais ça me rend nerveux, ajouta-t-il.

— La sortie est juste là au coin, au bout du couloir, indiqua tante Lauren en nous faisant avancer. Ça donne sur un jardin. On va devoir escalader un mur, mais c'est aussi une des raisons pour lesquelles cette issue n'est pas surveillée.

Nous poursuivîmes notre chemin. Simon et Derek n'étaient pas les seuls à avoir la chair de poule. Cet endroit était tellement silencieux, et si vide, comme mort. Des ombres se tapissaient le long des murs, loin de la lueur de l'éclairage de sécurité. Une odeur nauséabonde flottait dans l'air, à cause de l'antiseptique qui imprégnait les sols, comme dans un hôpital abandonné.

Je jetai un coup d'œil par la première porte et m'arrêtai net. Il y avait des bureaux. Quatre petits bureaux. Un des murs était couvert de posters décolorés d'animaux en forme de lettres de l'alphabet. Je vis aussi un tableau noir où l'on distinguait encore des chiffres fantomatiques. Je clignai des yeux, convaincue que j'étais en train d'halluciner.

Derek appuya sa truffe contre mes jambes pour me signifier d'avancer. Je baissai les yeux sur lui puis regardai encore une fois la salle de classe.

C'était là qu'il avait grandi. Quatre petits bureaux. Quatre petits garçons. Quatre petits loups-garous.

L'espace d'un instant, je crus les voir : trois garçons qui travaillaient ensemble, leurs bureaux serrés les uns contre les autres, et Derek, assis tout seul à la quatrième table poussée un peu plus loin, concentré sur son travail et s'efforçant de ne pas faire attention aux autres.

Derek me poussa de nouveau en gémissant. Je baissai les yeux et le vis en train d'observer la pièce, les poils du cou hérissés, impatient de quitter cet endroit. Je murmurai une excuse et suivis les autres. Nous passâmes devant deux portes supplémentaires, puis Liz revint nous voir.

— Quelqu'un arrive.

— Quoi ? s'exclama tante Lauren quand j'eus répété l'information. Il arrive par ce côté-là ? C'est impossible. Ce n'est...

Elle se tut en entendant des bruits de pas, regarda de chaque côté puis nous fit signe d'entrer dans la pièce la plus proche.

— Le passe, Chloé, vite !

J'ouvris la porte et nous nous précipitâmes tous à l'intérieur. Je fermai le battant derrière nous, et la serrure s'activa. Je regardai autour de moi en plissant des yeux dans la faible lumière de l'éclairage d'évacuation.

Nous nous tenions dans une énorme réserve où étaient empilées une multitude de boîtes en carton.

— Il y a plein d'endroits où se cacher, chuchotai-je. Je vous suggère qu'on en trouve un.

Nous partîmes chacun de notre côté pour trouver une cachette. Les pas résonnaient dans le couloir. Je me retournai et faillis trébucher sur Derek. Il n'avait pas bougé et observait la pièce, la fourrure hérissée.

Je levai les yeux et vis des boîtes et encore des boîtes, mais aussi, alignés contre le mur du fond, quatre lits.

— C-c'était ta…, commençai-je.

— Où sont-ils passés ? tonna une voix dans le couloir.

Derek se reprit, attrapa ma manche entre ses dents et me tira dans l'océan de boîtes. Il s'arrêta près du fond de la pièce, là où des cartons étaient empilés sur un mètre de haut et nous laissaient un petit espace où nous cacher. Derek m'y poussa, et j'appelai les autres en chuchotant pendant qu'il partait les rassembler.

Une minute plus tard, nous étions serrés les uns contre les autres dans ce petit coin, assis ou accroupis. Derek s'était placé devant pour garder l'entrée, les oreilles dressées. Les bruits de pas se rapprochèrent et je pus moi aussi entendre ce que disaient les voix.

— Ces scientifiques, soupira un homme. Ils s'imaginent qu'il suffit de louer quelques flics semi-démons pour être préparés à ça. Quelle bande de connards arrog… (Ses grommellements s'estompèrent.) M. St. Cloud sera bientôt là ?

— Son vol arrive dans soixante-quinze minutes, monsieur.

— Alors il nous reste une heure pour nettoyer tout ce bordel. Il y avait combien de gamins, déjà ? quatre ?

— Trois d'entre eux ont été capturés. Le quatrième, le loup-garou, n'était pas avec le groupe à ce moment-là, mais selon un rapport, il aurait pénétré dans le bâtiment.

Leurs pas résonnèrent derrière la porte.

— Génial. Vraiment génial. Bon, voilà ce qu'on va faire. Il me faut deux survivants. Si vous pouvez m'en garder deux, M. St. Cloud sera content. Et c'est sans compter le loup-garou.

— Naturellement, monsieur.

— Il nous faut un endroit où installer la base des opérations. L'équipe sera là dans cinq minutes.

— Je n'ai pas l'impression que cette aile soit utilisée, monsieur. (Une porte grinça.) Cette pièce a même des bureaux et un tableau.

— Parfait. Commencez les installations et joignez Davidoff par radio. Je veux qu'il vienne ici tout de suite.

Je fis signe à Liz d'aller voir de plus près.

Nous tendions tous l'oreille en priant pour qu'ils trouvent un défaut à cette pièce, ou pour qu'on leur en propose une plus adéquate ; sans résultat.

— Au moins ils sont de l'autre côté de notre itinéraire de sortie, dit Tori.

— Ça ne change rien, objecta Simon. Un groupe d'intervention de la Cabale est en train de s'installer au bout du couloir. On est foutus.

Liz revint à toute allure.

— Il y a deux types en costume et un autre vêtu de ce qui ressemble à un uniforme militaire. Et quatre autres habillés de la même façon sont en chemin dans le couloir.

Le claquement de leurs bottes fit écho à ses dernières paroles.

— On va tenir bon, dis-je. Ils vont envoyer ces hommes à notre recherche, ailleurs qu'ici j'espère. Dès qu'on en aura l'occasion, on partira en courant.

Derek souffla et se glissa à côté de moi pour me laisser m'appuyer contre lui. Il était si chaud et confortable que je commençai à me détendre, ce qui l'apaisa lui aussi. Ses muscles se relâchèrent et son pouls ralentit.

— Alors vous êtes venus tous les deux ? demandai-je à Liz. Comment avez-vous fait ?

— On a pris une voiture.

— Mais Derek n'a pas son permis.

Simon eut un petit rire.

— Ça ne veut pas dire qu'on ne sait pas conduire. Notre père nous a fait commencer l'année dernière, on s'est entraînés à foncer sur un parking.

— Tu me parles de quelques minutes au centre commercial. Ce n'est pas pareil que de conduire huit heures sur l'autoroute.

Derek grogna comme pour dire que ça n'avait rien d'extraordinaire, mais j'étais persuadée que ça n'avait pas été simple.

— On a pris le camion d'Andrew, poursuivit Liz. Après avoir trouvé… Après que Derek a découvert que… Enfin, tu sais. On ne devait pas être bien loin derrière vous. Je l'ai aidé à lire la carte.

— Comment avez-vous communiqué ?

— Du papier et un crayon. Deux inventions incroyables. Enfin, une fois arrivés à Buffalo, je l'ai guidé jusqu'ici. On ne savait pas comment faire pour entrer et ça l'a stressé, apparemment, voilà ce qui arrive quand un loup-garou est sous pression. (Elle désigna Derek.) Bref, entre-temps, la porte du garage s'est ouverte et un employé est arrivé pour garer une voiture. Il a vu Derek et s'est dit qu'il était temps de chercher un autre boulot.

Des bruits résonnèrent dans le couloir. Liz alla observer ce qui se passait. Je sentis le flanc de Derek se crisper dans mon dos, et je le massai distraitement. Le muscle tressautait sous mes doigts. Je finis par poser la question que je redoutais depuis que tante Lauren m'avait retrouvée la première fois.

— Rae est morte, n'est-ce pas ? Le docteur Davidoff a dit qu'elle avait été transférée, mais je sais ce que ça signifie. La même chose que ce qui est arrivé à Liz et Brady.

L'expression que je lus sur le visage de tante Lauren à ce moment-là… Je ne peux pas la décrire, mais s'il me restait des doutes quant à ses remords d'avoir joué un rôle dans tout cela, ils s'effacèrent quand je vis sa réaction. Elle garda le silence pendant une seconde puis sursauta, comme si elle avait eu peur.

— Rae ? Non. Rae n'est pas morte. Quelqu'un est entré par effraction dans sa cellule et l'a emmenée. Ils pensent que c'était sa mère.

— Sa mère adoptive ?

Tante Lauren secoua la tête.

— Sa mère biologique. Jacinda.

— Mais le docteur Davidoff a dit qu'elle était morte.

— Nous avons dit beaucoup de choses, Chloé. Beaucoup de mensonges, en nous convaincant que c'était pour votre bien, mais nous l'avons surtout fait parce que c'était plus facile ainsi. Si Rae croyait que sa mère était morte, elle ne la réclamerait pas. Mais d'après tout ce que j'ai entendu, ils pensent que c'est elle qui…

Le flanc de Derek se contracta de nouveau. Je baissai les yeux et compris qu'il avait un spasme. Un autre se déclencha au niveau de son épaule. Quand il se rendit compte que je le regardais, il grogna pour me dire que ce n'était rien, de ne pas faire attention à lui et de continuer à monter la garde.

Pendant que tante Lauren parlait, je lui massais le dos et il s'appuya contre ma main en se détendant un peu. Je savais que ça ne changerait rien ; la transformation était proche.

— Il faut qu'on se remette en marche, dis-je. Je vais appeler Liz.

Elle traversa l'océan de boîtes avant que j'aie eu le temps de finir mon invocation. La mère de Tori avait rejoint le groupe d'intervention dans la pièce d'à côté. Apparemment, Derek ne l'avait pas blessée aussi gravement que je l'aurais espéré. Elle souffrait d'un mal de crâne atroce… et d'une terrible soif de vengeance. Elle ordonna aux hommes de tirer à vue sur Derek, pas avec des fléchettes tranquillisantes, mais pour le tuer.

Des renforts devaient arriver d'une annexe de la Cabale pour renforcer les effectifs et les sortilèges. Ils semblaient résolus à nous trouver avant l'arrivée de ce fameux St. Cloud.

— Il va falloir qu'on tente notre chance, dis-je. Dès que ce sera calme…

Derek fut secoué par une convulsion et faillit me renverser.

— Quelqu'un n'est pas d'accord avec ton idée, commenta Tori. Juste quand j'étais en train de me dire que c'était agréable quand il n'avait pas de voix. On ne réussira pas à l'empêcher de râler, apparemment.

— Tu ne comprends pas, répondis-je alors que Derek se tordait. Il va se transformer.

— Ça ne peut pas attendre ? Parce que là…

Tout le corps de Derek se convulsa, et ses membres se raidirent ; une patte arrière griffa Simon, et une autre frappa Tori. Ils s'écartèrent tous les deux.

— Je crois que non, dit Simon.

— Il faut qu'on parte d'ici, insistai-je. Comme tu peux le constater, il a besoin d'espace. Et je ne suis pas sûre que vous ayez envie de voir ça.

— Dis-leur que je suis d'accord avec toi, ajouta Liz. J'ai eu un aperçu, et ça m'a suffi.

Elle fit la grimace et frissonna.

Je leur demandai de se pousser et me tournai vers Derek qui était couché sur le côté, haletant.

— Tu l'as déjà fait seul, alors je suppose que tu n'as pas besoin que je…

Il attrapa le bas de mon jean entre ses dents et tira doucement en me suppliant du regard de rester. J'informai les autres que j'allais aider Derek, et que dès qu'ils auraient l'impression que le groupe d'intervention allait fouiller ce couloir, ils devaient tous partir.

— On ne va pas vous laisser tous les deux ici, objecta Simon.

Derek grogna.

— Il est d'accord avec moi, dis-je. Pour une fois. Il faut que vous y alliez. Avec un peu de chance, ils se diront que Derek et moi sommes ailleurs.

Simon n'aimait pas cette idée, mais il se contenta de grommeler à Derek de se dépêcher.

Tante Lauren resta après qu'ils se furent éloignés.

— S'il arrive quelque chose, tu viens avec nous, Chloé. Derek peut s'occuper de lui…

— Non, il ne peut pas. Pas quand il est comme ça. Il a besoin de moi.

— Je m'en fiche.

— Moi pas. Il a besoin de moi, alors je reste.

Nos regards se croisèrent. Je vis quelque chose passer dans ses yeux, de la surprise et peut-être aussi de la peine. Je n'étais plus sa petite Chloé. Je ne le redeviendrais jamais.

J'avançai jusqu'à elle pour la prendre dans mes bras.

— Ça va aller.

— Je sais, dit-elle en me serrant fort, puis elle partit rejoindre les autres.

47

La transformation de Derek s'accélérait à présent et semblait moins pénible : il ne vomit pas cette fois-ci. Quand ce fut enfin terminé, il s'écroula sur le côté, à bout de souffle, tremblant et frissonnant. Il attrapa ma main et la serra fort. J'entrelaçai mes doigts avec les siens, me rapprochai un peu de lui et repoussai de son front ses mèches humides de sueur.

— Ouh là ! dit une voix qui nous fit tous les deux sursauter.

Simon se tenait à l'entrée de notre cachette, un tas de tissu dans les mains. Il ajouta :

— Il faut vraiment penser à t'habiller avant de commencer à faire ça.

— Je ne commence rien du tout, répliqua Derek.

— Quand même…

Simon lui tendit la pile de tissu en disant :

— Le docteur Fellows a déniché des tenues stériles d'hôpital pour toi. Habille-toi et puis, heu… Enfin bref.

— On n'était pas en train de…, intervins-je.

— Tu as toujours mon message ? m'interrompit Simon.

Je hochai la tête.

— Donne-le-lui, ajouta-t-il.

Je sortis le morceau de papier de ma poche et le tendis à Derek. Pendant que ce dernier étudiait le croquis, Simon l'observa, et son sourire s'effaça.

— Comment il va ? me souffla-t-il.

Je lui fis signe que tout allait bien et passai l'uniforme à Derek qui était en train de replier le papier. Je me retournai pour le laisser se changer.

— Sans rancune ? dit Simon.

— Non, c'est bon, fit Derek à voix basse.

Simon s'éloigna en faisant couiner les semelles de ses chaussures. Derek l'appela, se releva en poussant un grognement et fit quelques pas vers lui, toujours pieds nus. Ils échangèrent quelques mots en chuchotant, puis Simon lui donna une tape dans le dos et disparut.

J'entendais le froissement des vêtements que Derek était en train d'enfiler. Quand il eut fini, il vint vers moi et posa une main légère et timide sur ma taille. Je me retournai et le vis debout devant moi, son visage tout près du mien. Il passa les bras autour de moi et je levai les yeux sur lui…

— Qu'est-ce que… ?

Nous sursautâmes une fois de plus. Tori nous regardait et Simon, derrière elle, lui attrapa le bras.

— Je t'avais dit de ne pas…

— Oui, mais tu n'as pas dit pourquoi. Je ne m'attendais sûrement pas à… (Elle secoua la tête.) Pourquoi suis-je toujours la dernière à être au courant, avec vous ?

Liz rappliqua à toute allure.

— Que se passe-t-il ? demanda-t-elle.

— Derek est prêt, dis-je. On y va.

Nous avions une arme, un loup-garou, un *poltergeist*, une jeteuse de sorts superpuissante, un jeteur de sorts un peu moins puissant, et une nécromancienne complètement inutile, même si Liz me rappela qu'elle avait besoin de moi pour transmettre ses messages.

Mais notre plan se résumait à une action beaucoup plus simple qu'un affrontement entre surnaturels. Nous étions sur le point d'appliquer le conseil que le père des garçons avait donné à Derek pour lutter contre un adversaire beaucoup plus fort que lui : courir comme des dératés.

Pendant que Liz surveillait la base des opérations, nous allions tenter de nous faufiler jusqu'à la sortie. Et si nous échouions ? C'était là que le pistolet, le loup-garou, le *poltergeist* et les jeteurs de sorts entreraient en jeu.

D'après Liz, il y avait cinq personnes dans la pièce : Mme Enright, le docteur Davidoff, le type en costume, son assistant et un gardien du groupe d'intervention. Ils ne semblaient pas avoir l'intention de bouger et assuraient la permanence de la base pendant que les employés nous recherchaient. De temps en temps, un des membres de l'équipe venait prendre des nouvelles de la situation ou attendre des ordres. Nous n'avions plus qu'à prier pour que personne n'arrive durant les quelques minutes qu'il nous faudrait pour atteindre la porte.

Derek resta à côté de moi pendant que nous dressions un plan d'attaque éventuel. Tante Lauren ne cessait de nous lancer de drôles de regards. Nous ne faisions rien pour les mériter, mais elle ne pouvait s'empêcher de jeter des coups d'œil désapprobateurs vers nous. Elle finit par dire :

— Derek ? Je peux te parler ?

Il se raidit et me regarda, comme pour me demander : « Qu'est-ce qu'elle veut ? »

— On n-n'a pas le temps de..., commençai-je.

— J'en ai seulement pour une seconde. Derek, s'il te plaît ?

Elle lui fit signe de la suivre. Tori et Simon n'étaient pas d'accord sur les sorts à lancer, et Liz surveillait le couloir : ils ne remarquèrent rien. Tante Lauren dit quelque chose à Derek, et il ne sembla pas apprécier. Il me regarda et secoua la tête en fronçant les sourcils.

Était-elle en train de lui demander de me laisser tranquille ? J'avais espéré qu'elle avait compris qu'il n'était pas dangereux, et peut-être même qu'elle avait vu les sentiments que j'avais pour lui, mais je supposai que c'était trop demander.

J'avais envie d'aller les interrompre, mais avant que j'en aie eu l'occasion, Derek cessa de parlementer. Il se recula et resta songeur, la tête baissée, le visage caché par ses cheveux. Il finit par hocher lentement la tête. Elle tendit la main, lui prit le bras et se pencha, l'air préoccupée, pour ajouter quelque chose qui semblait urgent. Il garda les yeux baissés et acquiesça de nouveau. Je pensai qu'il lui disait sûrement ce qu'elle avait envie d'entendre pour qu'on puisse sortir d'ici au plus vite, mais je me sentis beaucoup mieux quand il arriva près de moi et qu'il me lança d'une voix grave :

— Tu es prête ?

Tante Lauren alla chercher Simon et Tori.

— Est-ce qu'elle te disait de me laisser tranquille ? demandai-je à Derek.

Il hésita puis répondit :

— Oui.

Il me serra discrètement la main, sans que ma tante le voie, et ajouta :

— Ne t'inquiète pas, tout va bien.

Nous nous dirigeâmes vers la porte.

Notre plus grande inquiétude concernait le déverrouillage bruyant de la serrure, mais Derek tendit l'oreille et me fit signe d'ouvrir pendant que les hommes parlaient. Il sortit en premier, au cas où quelqu'un arriverait par la porte de sortie. J'avançai derrière lui, suivie de Simon et Tori, tante Lauren fermait la marche.

La dizaine de mètres qui nous séparaient de la porte ressemblait à une dizaine de kilomètres. Je n'avais qu'une envie, me précipiter jusqu'au bout du couloir, ouvrir la porte en grand et disparaître. Mais nous devions avancer sans faire de bruit, c'est-à-dire avec une lenteur insoutenable.

Nous avions progressé d'à peine trois mètres quand quelqu'un qui se trouvait dans la base s'écria :

— Nous avons repéré une brèche, monsieur. Dans le sort de sécurisation du périmètre.

— Où ça ?

Derek accéléra légèrement.

— Attendez, dit l'homme. On dirait que c'est juste là…

— Chloé ?

Le chuchotement un peu trop fort de tante Lauren flotta dans le couloir.

Je me retournai d'un seul coup et la vis partir à petites foulées dans l'autre direction, vers la pièce où se trouvaient l'équipe du groupe Edison et les hommes de la Cabale. Elle m'appela encore une fois, comme si elle me cherchait.

J'ouvris la bouche, mais une main vint se plaquer sur mon visage. Derek passa le bras autour de moi pour me retenir et me chuchota à l'oreille :

— Je suis désolé.

— Je crois que je les entends, dit le docteur Davidoff.

— Chloé ? répéta tante Lauren, qui courait vraiment à présent, sans chercher à étouffer le bruit de ses pas sur le linoléum. Chloé ?

Elle entra précipitamment dans leur pièce et poussa un cri.

— Bonjour, Lauren, dit la mère de Tori. Tu as encore perdu ta nièce ? (Elle lui lança un sort d'immobilisation.) Je vois que tu as toujours cette arme. Laisse-moi la prendre avant que tu tues quelqu'un d'autre.

Derek fit signe aux autres d'avancer pendant que je me débattais. Je vis vaguement Simon et Tori passer devant moi alors que Derek me prenait sous son bras et m'emmenait vers la sortie. Je compris alors que c'était *cela* que tante Lauren lui avait demandé de faire, et contre quoi il avait essayé de protester. S'il arrivait quelque chose, elle se sacrifierait pour nous sauver. Son rôle à lui était de me sortir de là.

Je tournai la tête et vis la mère de Tori braquer le pistolet sur ma tante, qui était toujours paralysée.

— Il est temps de nous débarrasser d'une vraie…

— Une arme, Diane ? fit une voix masculine. Je suppose que ton charme n'est pas le seul pouvoir que tu sous-estimes.

Un homme surgit au bout du couloir. Il devait avoir l'âge de mon père, et faire quelques centimètres de moins que Mme Enright. Il était mince, les cheveux poivre et sel. Il souriait, d'un sourire que je connaissais bien, même si je n'avais jamais vu cet homme.

— Papa ! s'écria Simon en s'arrêtant net.

48

M. Bae leva la main pour nous saluer nonchalamment, comme s'il était arrivé au milieu d'une conversation entre amis. Je me débattis et Derek me lâcha.

— Bonjour, Kit, dit Mme Enright.

Elle pointa le pistolet sur lui.

— Tss-tss, fit-il. C'est vraiment l'image que tu veux donner, Diane ? Tu veux prouver à toutes les personnes ici présentes qu'une sorcière a besoin d'un flingue pour combattre un sorcier ?

Elle baissa l'arme et leva son autre main, des étincelles au bout des doigts.

— Voilà, dit-il. C'est mieux. Maintenant viens par ici et montre-moi à quel point je t'ai manqué.

Elle envoya une décharge d'énergie, que M. Bae arrêta et fit exploser en plein vol de sa main tendue.

Le gardien s'approcha de tante Lauren, revolver à la main, maintenant que le sort qui l'immobilisait avait été brisé.

Simon s'élança en avant, mais son père lui fit signe de courir. Simon ne s'arrêta pas et Derek l'attrapa par l'épaule. Celui-ci me regarda moi, puis la porte, puis son père, partagé entre l'instinct de sauver l'homme qui l'avait recueilli ou de nous protéger.

— Bats-toi, lui chuchotai-je.

Je n'eus pas besoin d'en dire plus. Derek relâcha Simon et me poussa vers la porte. Tori jeta un sort d'immobilisation au gardien et cria à tante Lauren de me suivre. Ma tante bondit jusqu'au garde, attrapa son arme et le frappa à la tête avec la crosse, alors que Derek se ruait sur le docteur Davidoff et l'envoyait rouler.

Tori lança un autre sort, puis encore un autre. J'ignorais ce qu'elle faisait exactement, mais les murs se mirent à trembler. Les fissures qui étaient apparues plus tôt s'élargirent et de la poussière de plâtre vola dans l'air.

Je voulais faire quelque chose, n'importe quoi, mais Derek m'aperçut et me cria de reculer. Soudain, un des hommes en costume lui jeta un sort, et Derek fut projeté avant que son père n'envoie une décharge à l'agresseur. Je restai là où j'étais en sachant que j'avais beau vouloir aider, les autres chercheraient à me protéger et je ne ferais que les mettre en danger.

Les murs fragilisés tremblaient toujours et le plafond se fendillait. De la poussière blanche se répandait dans la pièce et je ne saisissais que des aperçus de l'action entre deux nuages de plâtre.

Tori qui affrontait sa mère.

Liz qui courait vers Mme Enright, une planche cassée entre les mains.

Le garde qui gisait sans connaissance aux pieds des autres.

Derek qui plaquait l'homme en costume au sol, et son père et Simon qui s'attaquaient à l'autre.

Tante Lauren qui, debout au-dessus du docteur Davidoff, lui braquait le pistolet sur la tempe.

Tout à coup, dans un craquement assourdissant, le plafond s'écroula. D'énormes morceaux de plâtre et de bois cassé dégringolèrent. Des boîtes, des caisses et des meubles à tiroirs tombèrent du grenier. Le plafond continuait à se casser et à craquer, et lorsque je levai la tête, je le vis se fendre juste au-dessus de moi. Derek hurla et vint me percuter. Il me renversa et roula au-dessus de moi alors que le reste du plafond s'effondrait.

Quand l'écho de ce vacarme se fut éteint, j'entendis M. Bae appeler Derek.

— Je suis là, répondit-il. Avec Chloé.

Il se dégagea et m'aida à me relever. Je me mis debout en toussant et en clignant des yeux. Je distinguai Simon et M. Bae sains et saufs dans la pièce où nous nous étions cachés un peu plus tôt.

— Tori ? cria Liz. Tori !

Je plissai les yeux et avançai vers sa voix. Derek agrippait toujours mon bras et restait à mon côté. Liz était penchée au-dessus de Tori. Je hurlai son nom ; elle leva la tête et se passa la main sur la figure.

— Ç-ça va, dit-elle. Je vais bien.

Pendant qu'elle se relevait, je cherchai frénétiquement tante Lauren des yeux. Je la vis enfin remuer sous un monceau de gravats entre Tori et moi. Je m'élançai vers elle, mais Derek me retint.

— Restez là, dit M. Bae. Tori…

Il resta silencieux, et quand je tournai la tête vers lui, je le vis observer Tori fixement, comme s'il la voyait vraiment pour la première fois.

— Papa ? appela Simon.

M. Bae se ressaisit et reprit lentement :

— Tori ? Regarde-moi. Ce plafond ne m'inspire pas confiance.

Je levai la tête. Des poutres cassées et d'énormes morceaux de plâtre se balançaient dangereusement. Des boîtes reposaient au bord du trou, en équilibre instable.

Tori regarda autour d'elle. Le gardien et les deux hommes en costume étaient presque enterrés sous les débris. Le docteur Davidoff était allongé sur le ventre, immobile. À côté d'elle se trouvait quelqu'un d'autre : sa mère, les yeux ouverts braqués sur le plafond.

— Ding, dong ! la sorcière est morte, dit-elle.

Elle chancela puis émit un drôle de hoquet étranglé. Ses épaules se voûtèrent.

— Maman…

— Tori, ma chérie, dit M. Bae. Je veux que tu viennes jusqu'à moi, d'accord ?

— Tante Lauren ! m'écriai-je. Elle est coincée…

— Je m'en occupe, déclara Tori en s'essuyant le visage avec sa manche.

Elle se pencha et commença à débarrasser ma tante des gravats qui l'avaient ensevelie.

Une planche s'éleva du tas qui se trouvait derrière elle. Le docteur Davidoff, qui avait rouvert les yeux, la guidait mentalement. J'ouvris la bouche pour crier un avertissement et Liz se précipita pour attraper le morceau de bois, mais il s'abattit sur Tori et la frappa derrière la tête. Elle fut projetée dans les décombres. Tante Lauren se dégagea tant bien que mal en poussant les morceaux de plâtre qui la couvraient puis s'arrêta net. Le docteur Davidoff se leva derrière elle, le pistolet braqué sur sa nuque.

Liz saisit la planche avec laquelle Davidoff avait frappé Tori, mais il la vit bouger et dit :

— Non, Elizabeth.

Il dirigea alors l'arme sur Tori.

— Sauf si tu veux un peu de compagnie dans l'au-delà, ajouta-t-il.

Liz lâcha le morceau de bois.

Le docteur Davidoff pointa de nouveau le pistolet sur tante Lauren.

— Reprends la planche, s'il te plaît, Elizabeth, et viens te mettre devant moi pour que je sache où tu es.

Elle obéit.

— À présent, Kit, poursuivit-il, je vais te donner cinq minutes pour prendre tes garçons et partir. Les modifications ont eu l'air de fonctionner sur Simon. Et Derek a beau être très fort, il semble normal pour un loup-garou. Un autre succès. Chloé et Victoria posent un problème, mais je t'assure qu'on prendra bien soin d'elles. Prends tes garçons et...

— Je n'irai nulle part, intervint Derek. Pas sans Chloé.

Il se raidit, comme s'il s'attendait à ce que je proteste, mais je les entendais à peine parler. Le sang me battait aux tempes et mon ventre se crispait. Je savais ce que j'avais à faire, et je luttais pour transgresser mon instinct qui s'y opposait violemment.

Le docteur Davidoff leva les yeux sur Derek. Il fronça les sourcils, jaugea la situation puis hocha la tête.

— Qu'il en soit ainsi. Je ne vais pas manquer l'occasion de garder notre seul sujet loup-garou. Prends ton fils, Kit.

— Je prendrai mes deux fils, déclara M. Bae. Ainsi que Victoria, Chloé et Lauren.

Le docteur Davidoff ricana.

— Tu ne sais toujours pas voir quand il faut sauver les meubles, hein ? Je pensais qu'après dix ans de cavale, tu aurais compris la leçon. Pense à tout ce que tu as sacrifié, uniquement parce que je voulais récupérer Derek. Je suis sûr que Simon aurait été bien plus heureux si tu ne t'étais pas autant acharné.

— L'acharnement est une bonne chose, dit Simon. Et c'est de famille. Je ne partirai pas non plus tant que vous ne les aurez pas libérées.

Derek me frotta les épaules, prenant la tension que me causait l'effort pour de la peur. Simon me jeta un regard inquiet en voyant la sueur qui couvrait mon visage. Je fermai les yeux et me concentrai.

— Pars, Chloé, s'écria tante Lauren. Pars.

— Ça ne marchera pas comme ça, dit le docteur Davidoff. Je peux réussir à tirer sur toi et Tori avant que Kit ou Derek parviennent à me maîtriser. Décide-toi, Kit. Une équipe de la Cabale est en route, si elle n'est pas déjà arrivée. Épargne-toi le pire, et pars.

Une forme se dessina derrière le docteur. Derek étouffa un cri puis expira doucement et me chuchota des encouragements. Simon et M. Bae détournèrent vite les yeux pour que le docteur Davidoff ne se retourne pas.

— Tu n'as que quelques minutes, Kit, dit-il.

— Prends le pistolet, ordonnai-je.

Il se mit à rire.

— Ta tante sait bien qu'il est inutile de se jeter sur une arme qui se trouve trois mètres plus loin, Chloé.

— Docteur Davidoff, dis-je.

— Oui ?

— Tue-le.

Il fronça les sourcils et ouvrit la bouche. Le cadavre de Mme Enright oscilla. Je croisai son regard empli de rage.

— J'ai dit…

Elle tira. Le docteur Davidoff resta immobile un instant, la bouche ouverte, un trou au milieu de la poitrine. Puis il s'effondra. Je fermai les yeux et libérai l'esprit de Mme Enright. Lorsque je les rouvris, tante Lauren était accroupie à côté du docteur, deux doigts sur son cou. Son fantôme se tenait près d'elle et regardait sans comprendre.

— Il est parti, dis-je. Je… je vois son esprit.

Un cri retentit au loin, suivi d'un martèlement de bottes.

— Il faut qu'on y aille, nous pressa M. Bae. Lauren…

— Ça va aller.

— Derek, prends Tori sur ton dos et suis-moi.

Nous franchîmes la porte en courant juste au moment où les cris résonnaient derrière nous. M. Bae cria à Simon et tante Lauren de passer par-dessus le mur et m'aida à grimper. Derek portait Tori. J'escaladai jusqu'en haut, m'accroupis à côté de Simon, et nous aidâmes Derek à monter. Un peu plus loin devant, Liz nous hurla que la voie était libre.

M. Bae resta posté en haut du mur le temps que tout le monde passe de l'autre côté, au cas où il aurait été nécessaire de lancer des sorts à nos poursuivants. Mais personne ne sortit : les gravats et les cadavres les ralentirent assez longtemps pour nous permettre de partir. Tori avait fini par reprendre connaissance, et nous nous élançâmes tous aussi loin et aussi vite que possible.

49

La camionnette de M. Bae était garée à plus d'un kilomètre, dans un centre commercial. Il l'avait achetée un mois auparavant en produisant des faux papiers pour qu'on ne puisse pas remonter jusqu'à lui, et il semblait qu'il ait vécu dedans. Il balança son sac de couchage et sa glacière à l'arrière, et tout le monde monta dans le véhicule.

Je ne sais pas jusqu'où il nous emmena. En Pennsylvanie, je crois. Personne ne posa la question. Personne ne s'en souciait. Ce fut un trajet très long et très silencieux. J'étais à l'arrière avec tante Lauren, et même si je vis Derek se retourner de temps en temps pour me jeter un regard anxieux, je m'endormis rapidement au murmure des voix de Simon et de son père à l'avant.

Je me réveillai au moment où M. Bae se garait devant un motel au bord de la route. Il prit deux chambres et nous nous répartîmes en deux groupes, les garçons dans l'une, les filles dans l'autre. M. Bae proposa de commander une pizza pour tout le monde et de parler ensuite. Tante Lauren lui répondit de ne pas se précipiter comme ça. Personne n'avait faim, et j'étais sûre que les garçons voulaient passer un moment avec leur père.

Liz et Tori semblèrent se dire que j'avais moi aussi besoin de me retrouver seule avec tante Lauren. Liz partit en disant qu'elle allait se promener et qu'elle serait de retour le lendemain matin. Tori prétendit avoir mal au cœur après toute cette route, et elle alla s'asseoir dehors un moment pour prendre un peu l'air. Tante Lauren lui conseilla de se cacher derrière le bâtiment pour que personne ne puisse la voir en passant en voiture.

C'est à ce moment-là que j'en pris vraiment conscience : nous ne rentrions pas à la maison, pas pour l'instant, en tout cas. Et il allait falloir adopter ce genre de réflexes, et faire attention à ceux qui pouvaient nous observer.

Je m'assis à côté de tante Lauren sur le lit, et elle passa son bras autour de mes épaules.

— Comment vas-tu ? demanda-t-elle.

— Ça va.

— Ce qui s'est passé là-bas… au labo…

Elle ne finit pas sa phrase. Je savais de quoi elle voulait parler : la mort du docteur Davidoff. Et je savais que si j'abordais le sujet, elle voudrait me persuader que je ne l'avais pas vraiment tué. Mais c'était faux. J'ignorais encore ce que je pensais de tout ça, mais une chose était sûre, je n'en parlerais pas à tante Lauren parce qu'elle ne ferait qu'essayer de me réconforter, au lieu de m'aider à l'assumer. Pour cela, j'avais besoin de Derek. Je me contentai donc de lui répondre que ça allait puis j'ajoutai :

— Je sais que je ne peux pas rentrer chez moi pour l'instant, mais je veux que papa soit informé que je vais bien.

— Je ne sais pas si…

— Il faut qu'il soit au courant. Même s'il ne doit rien savoir sur la nécromancie et le groupe Edison. Il faut qu'il sache que je vais bien.

Elle hésita un moment, mais en voyant l'expression de mon visage, elle finit par hocher la tête.

— On trouvera un moyen.

Je partis rejoindre Tori derrière le bâtiment. Elle était assise là, comme la nuit où nous nous étions cachées dans l'entrepôt, après la trahison de son père. Elle restait assise, les genoux relevés contre elle, le regard vide.

La situation devait être si dure pour elle. Les garçons avaient retrouvé leur père, j'avais retrouvé tante Lauren. Et elle ? Elle avait vu mourir sa mère. Aussi horrible que Mme Enright ait été, et malgré la haine qu'elle suscitait désormais chez Tori, elle restait sa mère.

Tori n'était pas seule pour autant. Elle avait encore un parent, du moins un parent biologique, mais j'étais sûre que M. Bae ne s'empresserait pas de le lui dire. Ce serait vraiment étrange, comme de lui annoncer : « Désolée que tu aies perdu un de tes parents, mais voilà un remplaçant. »

Je m'assis à côté d'elle.

— Je suis désolée pour ta mère, lui dis-je.

Elle eut un petit rire amer.

— Pourquoi ? C'était une sale meurtrière.

— Mais c'était ta sale meurtrière à toi.

Elle émit un rire étouffé puis hocha la tête. Une larme coula sur sa joue. Je voulais lui entourer les épaules de mon bras, mais je savais qu'elle détestait ça. Je me rapprochai donc un peu plus, jusqu'à me coller contre elle. Elle se crispa et je pensai qu'elle allait s'éloigner, mais elle finit par se détendre et s'appuya contre moi. Je sentais son corps secoué de sanglots. Elle ne faisait pas un bruit, pas même un gémissement.

Une ombre immense apparut au coin du bâtiment. Derek s'avança, la tête penchée pour écouter le vent. Quand il m'aperçut, il me sourit du coin des lèvres.

— Salut. Je me disais que…

Tori releva la tête et essuya ses yeux du revers de sa manche. Derek se tut.

— Pardon, dit-il d'un ton bourru en commençant à faire demi-tour.

— Non, c'est bon, fit-elle en se relevant. Ma séance d'apitoiement est terminée. Je te la laisse.

Elle s'éloigna pour retourner à la chambre, et Derek resta debout, l'air mal assuré. Encore nerveux. Je lui fis signe de s'asseoir à côté de moi, mais il secoua la tête.

— Je ne peux pas pour l'instant. Mon père m'a demandé d'aller te chercher.

Je commençai à me lever mais j'avais des fourmis dans le pied, et je trébuchai légèrement. Derek me rattrapa et ne me lâcha plus. Il se pencha comme s'il allait m'embrasser puis s'arrêta.

Allait-il toujours se comporter ainsi ? Je faillis le charrier, mais il avait l'air grave et je n'osai pas.

— Ta tante, commença-t-il, elle t'a parlé de ce qui allait se passer pour toi ?

— Non.

Encore une fois, il pencha son visage vers le mien et s'arrêta net.

— Elle ne t'a rien dit du tout ? Par exemple si tu allais rentrer chez toi ou pas ?

— Non, je n'y retournerai pas. Tant que cette Cabale est là quelque part, on ne peut pas. Je suppose qu'on va rester avec vous, si c'est ce que ton père a en tête. C'est sans doute ce qu'il y a de plus sûr.

Il soupira, comme s'il avait retenu son souffle trop longtemps, et je compris enfin pourquoi il était si nerveux. À présent que nous avions échappé au groupe Edison et retrouvé nos familles, il pensait que nous partirions chacun de notre côté.

— En tout cas, *j'espère* qu'on va rester avec vous, c'est sûr.

— Moi aussi.

Je me rapprochai de lui, sentis ses bras autour de moi qui me serraient contre son torse. Nos lèvres se touchèrent…

— Derek ? appela son père. Chloé ?

Derek grogna. Je me mis à rire et reculai.

— Ça nous arrive un peu trop souvent, hein ? constatai-je.

— Beaucoup trop. Après le dîner, on va faire un tour. Un très long tour. Loin de toutes les interruptions possibles.

Je lui fis un grand sourire.

— Bonne idée.

En parlant d'idées, M. Bae en avait des tas. Pendant que nous mangions la pizza, il confirma ce que j'avais pressenti : nous devions recommencer à fuir, cette fois pour échapper à la Cabale.

— Alors tout ce qu'on a fait là-bas, au labo…, dis-je. Ça n'a servi à rien ?

— Sauf à faire chier la Cabale, probablement, marmonna Tori.

— Pas du tout, ç'a été utile, affirma M. Bae. Le groupe Edison ne s'en remettra pas de sitôt, et il va falloir du temps à la Cabale pour mettre tout ça au clair et lancer des recherches. Heureusement, étant donné leur statut de Cabale, ils ont une très longue liste de choses à faire et nous ne serons pas leur priorité. Vous êtes précieux et ils vont vouloir vous récupérer, mais on peut respirer un peu. (Il regarda ma tante.) Lauren ? Vivre sur les routes n'était peut-être pas ce que tu avais prévu de faire, mais je vous suggère fortement, à toi et Chloé, de venir avec nous. On devrait rester tous ensemble.

Derek me regarda, tendu, comme s'il était prêt à sauter sur tante Lauren avec un tas d'arguments si elle refusait. Quand elle déclara que c'était la meilleure solution, il se détendit, et moi aussi. Simon sourit et leva un pouce en signe de victoire. Je regardai Tori : elle semblait se forcer à rester aussi immobile que possible et à garder un visage impassible pour ne rien laisser transparaître.

— Et Tori vient avec nous, pas vrai ? demandai-je.

— Évidemment, répondit M. Bae en lui faisant un sourire. Je suppose que je devrais d'abord lui demander si elle est d'accord, cela dit. Veux-tu rester avec nous, Tori ? (Elle acquiesça et me fit un petit sourire.) Il va falloir rester discret pendant un moment. J'ai quelques idées d'endroits où nous pourrions aller. Simon m'a dit que Tori avait la liste des autres sujets de l'expérience. On va entrer en contact avec eux. Il faut qu'ils sachent ce qui se passe… et ce qui s'est passé. On va chercher Rae, aussi. Si elle est avec sa mère, tant mieux, mais il faudrait nous en assurer. Il ne faut oublier personne.

Ça faisait beaucoup de choses d'un coup, mais c'était aussi très réconfortant de savoir que nous n'étions pas seuls, qu'on pouvait venir en aide aux autres. Nous avions énormément de travail devant nous, mais l'avenir nous réservait certainement plein d'autres aventures. J'en étais convaincue.

Derek et moi sortîmes nous promener après le repas. Seuls.

Il y avait un champ derrière le motel. Nous prîmes cette direction. Quand nous fûmes enfin assez loin du bâtiment, Derek m'emmena dans un petit bois. Une fois parmi les arbres, il hésita, incertain. Il s'était jusque-là contenté de me tenir la main. Je fis un pas vers lui et sentis son autre main se poser sur ma hanche.

— Bon, dis-je. On dirait que tu te retrouves coincé avec moi pour un moment.

Il me fit un sourire. Un vrai sourire qui illumina son visage tout entier.

— Tant mieux.

Il m'attira à lui puis se pencha vers moi. Son souffle chaud effleura mes lèvres. Mon cœur battait si fort que j'arrivais à peine à respirer. J'étais sûre qu'il allait encore se rétracter et j'attendis cette hésitation, tendue, le ventre noué. Ses lèvres se posèrent sur les miennes, mais je craignais encore qu'il recule.

Il pressa ses lèvres contre les miennes et les entrouvrit. Et il m'embrassa. Il m'embrassa vraiment ; il me serra dans ses bras et je sentis sa bouche qui s'animait contre la mienne, fermement, comme s'il avait décidé que c'était ce qu'il voulait et qu'il ne reviendrait pas sur sa position.

Je passai les bras autour de son cou. Il me serra encore plus fort contre lui et me souleva en m'embrassant comme s'il ne s'arrêterait plus jamais. Je ne touchais plus terre, et je l'embrassai en retour avec la même ardeur, comme si je voulais qu'il ne s'arrête jamais.

C'était un moment parfait, durant lequel rien d'autre n'avait d'importance. Je ne sentais plus que lui. Je ne goûtais plus qu'à son baiser. Je n'entendais rien d'autre que les battements de son cœur. Et je ne pouvais penser à rien d'autre qu'à lui, à combien j'avais voulu cela, à ma chance inouïe de l'obtenir et à la force avec laquelle j'allais m'y accrocher.

C'était ce que je désirais. Ce garçon. Cette vie. Cette Chloé-là. Je ne retrouverais plus jamais ma vie d'avant, et peu m'importait. J'étais heureuse, en sécurité. J'étais exactement là où je voulais être.

TOUTE L'ACTUALITÉ
CASTELMORE
SE TROUVE SUR :

www.castelmore.fr

Les nouveautés, les couvertures, les biographies des auteurs et des illustrateurs, des interviews, un blog et bien d'autres surprises !

Des dossiers pédagogiques réalisés pour les enseignants sont disponibles en téléchargement gratuit (format pdf) pour certains titres du catalogue.

Pour les lecteurs aux canines pointues,
rendez-vous sur :

www.vampire-academy.fr

pré-publication, widgets, goodies, interviews vidéo de l'auteur de la série ***Vampire Academy***.

Pour toute demande d'information, vous pouvez nous écrire :

CASTELMORE
60-62, rue d'Hauteville
75010 Paris
E-mail : info@castelmore.fr

CPI
AUBIN IMPRIMEUR

IMPRIM'VERT
Votre imprimeur agit pour l'environnement

Achevé d'imprimer en juillet 2013
N° d'impression 1305.0334
Dépôt légal, août 2013
Imprimé en France
36231013-2